背徳の貴公子 Ⅲ

麗しの男爵と愛のルール

サブリナ・ジェフリーズ
富永佐知子　訳

MIRA®

Published by Harlequin K.K., Tokyo, 2011

いまだかつてない最高の批評をしてくれるレクサン・ベクネルへ
あなたなしでは、どうしていいやら皆目わかりません。

麗しの男爵と愛のルール

■主要登場人物

クリスタベル……………………ハヴァシャム侯爵未亡人。
フィリップ……………………クリスタベルの亡夫。
ライアン将軍……………………クリスタベルの父親。
ロサ……………………………クリスタベルの小間使い。
ギャヴィン・バーン……………高級紳士クラブ経営者。摂政皇太子の私生児。
マーカス・ノース………………バーンの異母弟。ドレイカー子爵。
レジーナ…………………………ドレイカー子爵夫人。
アレクサンダー・ブラック……バーンの異母弟。アイヴァースリー伯爵。
キャサリン………………………アイヴァースリー伯爵夫人。
ストークリー男爵………………バーンのギャンブルのパートナー。
エレナー…………………………バーンの元愛人。ジェンナー伯爵夫人。
トールボット夫妻、ブラッドリー大佐
マーカム中尉、ハンゲート侯爵夫人……ジェンナー伯爵夫人のギャンブル仲間たち。
アンナ……………………………バーンの元恋人。キングズリー子爵夫人。
ミセス・ワッツ…………………バーンの利用する仕立て屋。
リディア…………………………ミセス・ワッツの雇い人。
ジョージ殿下……………………摂政皇太子。

1

愛人契約を結ぶ際は、あとで揉《も》めたりしないよう、ただの遊びということで互いに合意を取り結ぶよう心がけていました。

――作者不詳『ある愛人の回想録』

一八一五年、秋　ロンドン

異母弟がいると、ときどきうっとうしい。

ギャヴィン・バーンは、ふたりに鋭い視線を向けた。末弟のアイヴァースリー伯爵アレクサンダー・ブラックだけは、本当の父親が皇太子殿下《プリンス・オブ・ウエールズ》だという事実を、成人するまで母親から聞かされていなかった。バーンのすぐ下の弟にあたるドレイカー子爵マーカス・ノースは、その粗野な風貌《ふうぼう》と巨体のせいで、いまなお社交界でドラゴン子爵と呼ばれている。年少のころから自分が落《お》とし胤《だね》だと知っていたが、それを喜ばしく思ったことなどない。

三人はドレイカーの書斎に立っている。そして、この常軌を逸した事態の裏にいたのもドレイカーだった。

「このわたしに何をさせたいと？」バーンは不機嫌な声で言った。

ドレイカーがアイヴァースリーと目を見交わした。「兄貴は耳が遠くなったようだな」

アイヴァースリーが喉の奥で笑った。「もうろくしてきたのかな」

バーンは目をむいた。「片手を背中で縛られていても、生意気な弟たちを鞭打《むちう》つなど造作もありません。それに、わたしのプライドを傷つけて怒らせれば、意のままに動かせると思ったら大間違いだ。自分が誰を相手にしているか、お忘れのようですね。あなた方の肝心なところに毛も生えそろっていない時分から、わたしは他人を自在に操っていたのですよ」とはいえ、晩餐《ばんさん》の時刻より早めに来いとドレイカーに言われたとき、ろくに警戒もしなかったのは、不覚としか言いようがない。バーンは机上のオーク材の箱から最高級の葉巻を選びだした。「まったく、なぜ殿下の頼みなど聞く必要があるのです？」

「見返りがあるからに決まってるだろうが」ドレイカーが答えた。「殿下は、おまえを男爵にすると言った」

急上昇した脈拍を意識の外へ追いやり、バーンは葉巻に火をつけた。爵位など、〝父《てて》なし子バーン〟と呼ばれ続けた人生の埋め合わせにはならない。二十歳になるまでは面と向かって嘲笑《ちょうしょう》され、それから現在までの十五年間は陰口を叩《たた》かれてきたのだ。男爵になったところで、認知も受けられぬ落とし胤という汚名は消せない。

そのうえ、必要なものは何もかも手に入れている。社交場の経営で予想以上の財産を築けたし、ベッドの相手に不自由したこともない。交友関係も子爵や伯爵や公爵ばかりだ。もちろん、永遠の友情で結ばれた関係でもなく、機知に富んだ会話よりも金が目当ての連中ばかりかもしれない。それに、高貴な血筋といえども、不義の子であることに変わりはない。目に見えぬ線で隔てられているのだと、ときおり痛いほど思い知らされる。だが、それがどうした。「男爵位がほしいと思わなくてはいけませんか」

アイヴァースリーが声をあげた。「自分がほしくなくても、将来生まれてくる子供のことを考えてやれよ。最初に生まれた嫡男が爵位を受け継ぐんだから」

バーンは鼻を鳴らした。「まったく心が動きませんね。結婚する気も、嫡男をもうける気もないもので。運がよければ子供とも無縁です」

「ならば、こう考えてみろ」ドレイカーが、ひたと見すえてきた。「爵位は議事堂で、摂政皇太子から直々に授与される。おまえのことを殿下に認知させる早道だぞ」

今度ばかりはバーンも押し黙った。何年も認知を拒まれてきた私生児が、公衆の面前で殿下本人から爵位を賜るのか。それも捨てがたい。あの男から奪えるものの一部でしかないとしても。「爵位の件は殿下も同意しているのですか?」

「ああ、そういう約束だ」ドレイカーがうなずいた。
バーンは葉巻をかみつぶした。「約束を守るという保証はありませんね」
「破りはしないだろう」アイヴァースリーが言い張った。
「前科があるのですよ」殿下がバーンの母親をどう扱ったか、ふたりとも承知しているはずだ。
「約束をたがえないよう、俺《おれ》からも釘《くぎ》を刺しておく」ドレイカーが言った。
「ふん、なるほど」バーンは冷ややかな声を発した。「われらが種馬殿下と昵懇《じっこん》の仲にな
ったからには、ずいぶん発言力が増したとお考えのようですね」
ドレイカーが鼻息を荒くした。「昵懇の仲なんてもんじゃないが、殿下は殊勝にも昔の
行動を悔やむようになった。だから、俺の言葉にも少しは耳を傾ける」
バーンは頭を振った。「焼きがまわりましたね、あなたもアイヴァースリーも。美人の
奥方と身を固めて以来、くだらない感傷の霞《かすみ》ごしに世界を見るようになった」
自分の声に入りまじった羨望《せんぼう》の響きを、バーンは容赦なく叩きつぶした。弟たちの楽し
そうな結婚生活をうらやましく思ったりするものか。いまの暮らしは気に入っている。何
にも束縛されない暮らしが好きなのだ。ときたま夫を裏切り、ほんの何時間かこちらを向
く人妻たちと、気ままで後腐れのない関係を持つぐらいで十分だ。
本質的に、孤独な根無し草でいるほうが楽なのだ。

バーンは眉間《みけん》にしわを寄せた。「それで、あてにならない見返りのために、わたしは何をしなくてはいけないのです?」

アイヴァースリーが肩の力を抜いた。「べつに何も。ストークリー男爵の屋敷で、毎年恒例の泊まりがけの賭博《とばく》パーティーがあるだろう? それに未亡人を一人招待してくれるよう、男爵に頼むだけでいい」

「パーティーの話をどこから?」バーンは問いただした。

「殿下は密偵を何人も飼っている」ドレイカーが答えを引き継いだ。

バーンは、ドレイカーが用意していた錫《すず》の器に葉巻の灰を落とした。「その未亡人というのは殿下の密偵ですか? それとも愛人?」

アイヴァースリーが首を横に振った。「愛人なんかじゃない。見たところ、密偵でもないようだ」

「あのパーティーに招かれるには、いろいろと厳しい条件がありますよ。カード遊び《ホイスト》が達者で、いかがわしい場面にも動じない。口が堅いのは言うまでもありません。その未亡人とやらは条件にあてはまりますか?」

ドレイカーは虚を突かれたようだった。「いざとなれば、ちゃんと口を閉じていられるだろう。いかがわしい場面にでくわしても動じないはずだが、レディ・ハヴァシャムがホイストも強いかどうかは――」

「なんですって？ レディ・ハヴァシャム？ あの女を招待させる？ 正気ですか？」

ドレイカーは面食らった。「そんじょそこらの貴婦人じゃないぞ」弁解がましく言う。

「ライアン将軍の娘だ」

「そのせいですかね、去年わたしが頭を撃ち抜かれそうになったのは」

ドレイカーが目をしばたたいた。「会ったことがあるのか？」

「会ったというか、なんというか」たちまち記憶がよみがえってきた。大口径のライフルを構えた、漆黒の髪の小柄な女。「夫君がうちのクラブで借金を重ねるばかりだったもので、屋敷まで話し合いに出向いたところ、帽子はもちろん馬車にまで穴をあけられました」

アイヴァースリーが笑いをかみ殺した。「つまり、ほかのレディたちとは違い、ひと目であんたを気に入ってくれたわけじゃなかったのか」

バーンは一方の眉をつりあげた。「清らかなレディ・ハヴァシャムは、夫の賭博好きが不満だったようで。次の弾をライフルにこめていたときに夫君が出てきて、邸内に戻るよう説得してくれたのです。そうでなければ股間《こかん》まで撃ち抜かれていた」かぶりを振り、言いつのる。「とんでもなく気性の荒い女です。たとえ招待されたとしても、あのパーティーでおとなしくしていられるわけがない。あきらかに賭博が嫌いで、いかがわしい遊びも許せないたちでしょう」バーンは眉根を寄せた。「わたしとの悲惨な出会いについて何も言っていませんでしたか？」

「ああ」ドレイカーは答えた。「そういう因縁があったなら、なぜレディ・ハヴァシャムは殿下が入手した招待客リストのなかから、おまえに白羽の矢を立てたんだろうか」

「わたしを射程距離に入れる機会は逃さない、ということでしょう。夫君が死んだので、いよいよ積年の恨みを晴らすつもりだとか。それにしても、侯爵はなぜ死んだのです？やはり、奥方に撃ち殺されましたか」

「そんなんじゃない」

「わたしが手を下したのかということなら、違いますからね。侯爵は死ぬ直前に借金をすべて返済しました。だから、わたしが彼の死を望む理由もない」

「それは奥方も承知しているさ。おまけに、侯爵は馬から落ちて死んだ」ドレイカーは自分用にブランデーを注いだ。「今回の件は、侯爵の死とは無関係だ」

「しかし、何と関係してくるのか見当もつかないわけですよね」バーンは反論した。

「殿下は何も言わんだろうから、侯爵未亡人に直接きくしかないな」何やら含みのある目で、ドレイカーがつけくわえた。「怖くて話もできんのなら別だが」

やれやれ。またしてもわたしのプライドをついて重い腰を上げさせようというのか。そんな駆け引きなどお見通しなのに、ドレイカーはまったく学習していないらしい。「言い分くらいは聞いてやりましょう。ただし、会うなら武装解除させなさい」

アイヴァースリーがドレイカーに笑いかけた。「どうする？　あんたが呼びに行くか？　それとも、俺が行こうか」

「ここに来ているのですか？」バーンは声を荒らげた。「冗談じゃない。奥方も息子もいる屋敷に、あのような女を入れるなんて。銃は前もって隠しておいたのでしょうね？」

ドレイカーが顔をしかめた。「誰にも見とがめられないよう、おまえと引き合わせなきゃいけなかったから、レディ・ハヴァシャムも晩餐に招待したんだ。そこまで恐ろしい女でもなかろう。ふつうに愛想もよかったし。まあ、少しは……その……」

「凶暴」

「まっすぐな性格なんだ」

「ものは言いようですね」バーンはつぶやいた。「わかりました、呼んでいらっしゃい。パーティーの件については、わたしに目をつけた理由を本人の口から聞いたうえで考えることにしましょう」

ドレイカーはうなずき、アイヴァースリーと一緒に書斎を出ていった。わずか一分後、レディ・ハヴァシャムその人が堂々たる足取りで入ってきた。よくよく見れば、記憶していた以上に美しい。いかにも未亡人らしく垢抜《あかぬ》けない喪服と、不格好な髪型にもかかわらず。だが、自分の顎までの背丈しかない女にしては、やけに猛々《たけだけ》しく見える。ぎらつく緑の目と、見るからに気の強そうな鼻をした小さな猛獣と言ってもいい。

なんとなく落ち着かない気分で、バーンは葉巻を押しつぶした。爵位はともかく、レディ・ハヴァシャムは貴婦人などではない。スカートをはいた軍人だ。

「こんばんは、ミスター・バーン」彼女は黒手袋に包まれた手を、実に男っぽく出してきた。

バーンはその手をそっと取ると、すばやく引きよせて片腕をウエストにまわし、退路を絶った。そのあいだにも、もう一方の手で、糊《のり》のきいたウールのドレスの上から全身を探っていく。

レディ・ハヴァシャムは必死に逃れようとした。「何を――」

「静かに」バーンは鋭く命じた。「銃を隠し持っていないか検《あらた》めさせていただきます」

「嫌よ、やめて」レディ・ハヴァシャムは声をあげたものの、あらがわなくなった。両手で体をなでまわされる恥辱にしばらく耐えたあと、厳しい声を放つ。「銃は手提げ袋《レティキュール》に入れたまま客間に置いてきました。もうよろしい？」

歩く武器庫か、この女は。「結構です」バーンはレディ・ハヴァシャムを解放した。丸腰だと言われたからではなく、小柄ながらも女らしい体を両手で探っているうちに、よこしまな思いが鎌首《かまくび》をもたげてきたせいだった。だが、それを悟られたくはない。無礼千万とばかりに股間を撃ち抜きかねない女だ。

レディ・ハヴァシャムは胸をかき抱くようにしながら視線をぶつけてきた。「それで？

お力を貸していただけるんですの？」

本題に移るのがなによりだろう。「わたしに話を持ちかけてきた理由は？」バーンは問い返した。「以前お会いしたときは、こちらの経歴にも、まるで感銘を受けていらっしゃらぬご様子だったのに」

レディ・ハヴァシャムの唇の端が、わずかに上がった。「わたしのせいで経歴に大穴があくところだったとおっしゃりたいのですか？　あの件については謝らないといけませんわね」

「そうしていただければ話が早い」

レディ・ハヴァシャムが毅然《きぜん》と顔を上げた。「あれは夫の破産を止めようとしただけです」

「破産？　ご主人は、あっさり借金を返済してくださいましたよ」

物憂く悲しげな色が彼女の面をよぎった。「ええ、そうね。夫は家族の私物をお金に換えたのだもの。ストークリー男爵に売り渡して」

突如、さまざまなものが見えてきた。「だから男爵邸のパーティーに行きたいのですね。それを取り戻すために。正確に言えば、盗みだすために」

「買い戻せるものなら、とっくにそうしています。でも、売ってもらえなくて」

「あなたがストークリーに頼んだのですか？」

「いいえ、殿下が」思わず眉間にしわが寄る。レディ・ハヴァシャムが、あわてて言い添えた。「もちろん、わたしの家族のためにですけれど」

殿下がそんなことをするとは思えない。慈善家には程遠いのだから。レディ・ハヴァシャムの〝私物〟とは、よほど価値のあるものなのだろう。さもなければ、それを取り戻す見返りに男爵位を下賜したりするものか。

「その品がストークリーの領地の屋敷にあると推察なさった理由は？　彼は町屋敷を所有しています。銀行の金庫室を特別に借りているかもしれない」

「自分の目の届かないところに置くはずがありません。それに、町屋敷には住みこみの召使いが数人しかいないから、簡単に泥棒に入られてしまうでしょう。そんな危険な場所に置くわけがないわ」

「それなのに、あなたをパーティーに招待するような危険は冒すとお思いか。その品の置き場所をあなたに知られていて、しかも絶対に手放すつもりがないのに？」

「彼の手元にあることすら、わたしは知らないと思われているのよ」

「どういうことです？」

「夫は、わたしの父から受けとったものだと男爵に説明したのです。本当は、わたしが譲り受けたものなのに、夫が無断で持ちだして。わたしは殿下の呼び出しでロンドンへ来るまで、それがなくなったことさえ気づいていませんでした。なんでも、その品のことで男爵から殿下に手紙がきたそうです」

「どのような?」

しゃべりすぎたと悟ったのか、レディ・ハヴァシャムが目をしばたたいた。「さ、さあ……存じませんわ」

嘘《うそ》つきめ。だが、いまのところは不問に付しておこう。「ずいぶんこみ入っていますが、わたしとなんの関係が?」

レディ・ハヴァシャムが雄弁な眉の片方を上げた。

「わたしへの借金返済のために売られたものだから、わたしも取り戻す手伝いをするべきだとおっしゃるのですか?」

「夫があなたと賭《かけ》などしなければ――」

「ほかの誰かと賭をしていたでしょう。亡くなられたご主人がカードに弱かったのは、わたしのせいではありませんよ」

「あなたのような人にも良心があると思ったのが間違いでしたわ」

「そのとおりです」きつい目でにらまれ、バーンはつけくわえた。「とにかく、すべて仮定の話だ。依頼に応じてさしあげたくても、うまくいく可能性は皆無に等しい」

「どういう意味かしら」

バーンは冷たく笑った。「ストークリーのパーティーに招かれるのは、特定の種類の人間だけです。あなたは、その種類の人間にあてはまらない」

「賭博をしないから？」

「賭博をするような人間ではないから」バーンは新しい葉巻に火をつけ、長々と煙を吐いた。「まあ、わたしがその品を取り戻してあげてもいい――」

「結構よ」簡潔な断りだった。「自分で取り戻さなくてはいけないのです」

なんなんだ、その私物とやらは？「いったい何を、どのような理由で盗みたいのか、そのくらい教えてくださってもよろしいでしょう」

レディ・ハヴァシャムが身構えた。「無理です。どうしても言わせようとなさるおつもり？　だったら、ほかの方に頼るしかありませんわね」

「ご自由に。わたしの伝手《つて》でもパーティーにもぐりこめないのなら、誰に頼っても同じことだ」

ひどく疑わしげな表情が、侯爵未亡人のきれいな顔に広がった。「見返りが男爵位だという話は、お聞きになっていらっしゃらないの？」

「これまで爵位なしでも順調に運んできましたから、たいした見返りでもありませんね」

「わたしに手を貸せば国に尽くすことになると言ったら？」

バーンは笑った。「ますますくだらない。尽くすほどのことを国がしてくれたでしょうか」

レディ・ハヴァシャムは憤慨したようだ。「あなたにとっては、たいした手間でもないでしょう。わたしをパーティーに呼んでもらえるよう、ストークリー男爵に口添えしてくだされぱいいだけですわ。ホイストのパートナーにするとかなんとか言って」

「ホイストの腕前は？　お強いのですか？」

レディ・ハヴァシャムは胸を張った。「それなりに」

また嘘をついている。大嘘だ。「わたしはいつもストークリーと組みます」バーンは葉巻を深々と吸いこんだ。「それに、きわめて評判の悪い客も集まるパーティーです。ストークリーの交友関係は、あなたの度肝を抜くでしょう」

「わたしはそう簡単に度肝を抜かれたりしません。お忘れかしら？　外国暮らしが長かったのよ。ふつうのイングランド女性より多くのものを目にしてきました」

賭《か》けてもいいが、ストークリーのパーティーのようなものは目にしていないはずだ。

「それでも無理ですね。ストークリーは長年のギャンブル仲間しか招待しない」

レディ・ハヴァシャムが眉根を寄せた。「招待客リストには、その定義にあてはまらない人もいますわ。ジョーンズ大佐とか」

「いかにも。だが、愛人のハンゲート侯爵夫人が賭博好きでして。ハンゲート侯爵が招待されているのも、同じ理由からですよ。筋金入りのギャンブラーか、その恋人、配偶者、愛人……いずれかでなければ、ストークリーのパーティーには招かれません」

レディ・ハヴァシャムの顔が輝いた。「最初から、そう言ってくだされればいいのに。あなたの愛人ということにすれば、わたしも招待してもらえるわ!」

バーンはレディ・ハヴァシャムを凝視した。自分を仰天させることのできた人間はほとんどいない。なのに、この短気なレディは、それを二度もやってのけた。こんなに突拍子もない誘いは初めてだ。

レディ・ハヴァシャムの体に視線をすべらせ、豊かな胸をじっくりと堪能《たんのう》する。黒布に隠されてはいるが、なかなかどうしてウエストは細いしヒップも立派ではないか。

レディ・ハヴァシャムが頬を染めたので、バーンは思わず声をあげて笑いそうになった。この女は何も知らないくせに大口を叩いている。それなのに、なぜこのような申し出をしてきたのか。

レディ・ハヴァシャムは目を伏せ、露骨な視線を避けた。「もう愛人を同伴するご予定? そうではないのでしょう? ジェンナー伯爵夫人と、おつき合いがあるらしいけれど——」

「過去の話です」バーンは葉巻をもみ消した。「愛人は数名おります。しかし、あなたが本気とも思えない」

「あら、なぜ? たしかに、普段あなたが好んでつき合うような女でもないけれど——」

「やたらと銃を向けてこない女性が好みですが」

レディ・ハヴァシャムは苦い顔をした。「背が高くてブロンドで、慎みがなくて、どんな社交の場でも腕にぶらさがってくると噂《うわさ》されるような女性でしょう？」

「お許しいですね。わたしのほうは、あなたをろくに存じあげないのに」

「あなたの女性の好みは有名だもの。わたしの身長や髪の色は変えられないし、胸でなく頭を使いたい性分だということも変えられないけれど、こつを少し教えてもらえば、ちゃんと愛人に見えると思うわ」

「少し教える程度ではすまないでしょう」バーンは不意を突き、喪服の胴着《ボディス》にたくしこんであった慎み深い黒のショールを奪いとった。「まず、この救いがたい喪服を脱ぎなさい。わたしが鴉《からす》のような装いの女とつき合っているなんて、誰も信じやしない」

ひどく反抗的な視線がぶつかってきた。「流行遅れの長い髪も切って、変な縮れ毛にしろとか言われそうね」

「そこまで極端なことは申しません」長い髪のほうが好みだし、髪を下ろした姿も早く見たい。「しかし、小間使いに身支度を手伝わせて、もっとましな格好をしてもいいでしょう」

レディ・ハヴァシャムが体をこわばらせた。「ちゃんと手伝わせています。うちの小間使いは、髪を整えるのが上手じゃないだけよ」

「髪も整えられない小間使い、ですか」喉元まで覆うボディスの縁を、バーンは指先でなぞった。ボディスの中身はみごとなのだが。「堅苦しい服も小間使いの見立てですか?」レディ・ハヴァシャムはバーンの手を払いのけた。「いざとなれば、ちゃんと流行の服をあつらえます」

バーンは横柄に唇の端を上げてみせた。「そうですか。しかし、みだらがましく触れられても、がまんできるようになりますか?」

「愛人らしく、いちゃついてみせるくらい簡単だわ。それほど難しい芝居でもありません」

バーンは笑みを消した。「芝居だけですませるおつもりですか」

レディ・ハヴァシャムが目をぱちくりとさせた。「当然よ。ほかに何かあって?」

自分でも意外なことに、ひどく残念な気がする。「どうせ噂されるなら、芝居だけでなく本物の愛人になるほうがよろしいのでは?」

その提案に、レディ・ハヴァシャムは不安の色を浮かべた。「なぜですの?」

「ちょっと考えるだけでも、理由は山ほどあります。楽しくつき合えるし、快感も得られる。後生大事に操を守るより、よほどいい。未亡人は何をやろうと自由ですからね」さて、この未亡人は〝私物〟を取り戻すため、何をどこまでやるか。

かがみこんだ拍子に、レディ・ハヴァシャムの香りが鼻腔《びこう》をくすぐった。異国風の、かぎ慣れぬ香り。甘いというより、きりっとした芳香だ。予想外だった。洗濯用の灰汁《あく》で体を洗いそうな女なのだが。正真正銘のレディらしいところを垣間見て、さらに興味がかきたてられた。

「愛人のためならば、わたしも手を貸してやろうと思うかもしれませんよ」とっておきのささやきで誘いかける。

唐突に侯爵未亡人が笑いだした。「好きでもないくせに」

「銃を向けてこなければ十分です」指先で軽く顎をなでてやると、レディ・ハヴァシャムの息づかいが速くなったので、バーンは狂喜した。「ベッドでの奉仕にも本腰を入れてくださるなら――」

「そんな技を身につけているように見えて?」なお笑いながら、レディ・ハヴァシャムは手を押しのけた。だが、いまの笑い方は、ぎこちない。「娼館《しょうかん》の女でもないのに」

「わたしの愛人も、れっきとした淑女ばかりですよ。だからといって、寝室で楽しくやれないということもありません」

レディ・ハヴァシャムの笑みが消えた。「率直に申しあげてよろしいかしら、ミスター・バーン?」

バーンは、頬がゆるみそうになるのをこらえた。「あなたが率直でなかったことなどありましたか?」

「できれば、愛人のふりをするだけのほうがいいわ」

「しかしねえ、見せかけの愛人など、ほしくはありません。いつでも好きなときに本物の愛人を持てるのですから」

緑の目が鋭くなった。「本物の愛人にならなければ手を貸さないとおっしゃるの？」

「いかにも」意外に、はったりでもない。愛人にしたいという思いが強くなっている。いや、気を引きしめろ。この女を抱きたいと思うのも無理はないが、やはり〝私物〟のほうが、ずっと利用価値がある。それを彼女に返そうと、殿下が躍起になっているほどの代物なのだから。女の手助けをして男爵になるより、もっと大きな獲物を仕留めてやる。母にひどい仕打ちをしたと、人前で殿下に懺悔《ざんげ》くらいさせなければ話にならない。スキャンダルになろうとかまわない。最近の情勢では、ひとつのスキャンダルが殿下の命取りになるかもしれないが、知ったことか。事実を日のもとにさらすのだ。しかし、それには力がほしい。この女が力の源になってくれるだろう。自分さえ欲望に理性を失ったりしなければ。

レディ・ハヴァシャムが長いため息をこぼした。「しかたがありませんね。どうしてもとおっしゃるなら、わたしを組み敷いて、上で勝手に動けばよろしいわ。辛抱しましょう」

その言葉に、バーンは凍りついた。「あなたを組み敷いて……？」

「夫のときも、なんとか辛抱しましたもの。だから、あなたが相手でも、ほんの数回ならどういうことはないはずです」

重いため息。絆《ほだ》されてはいけない。小賢《こざか》しい女め、はったりだと高をくくり、はぐらかそうとしているだけだろう。

「ベッドをともにすれば、案外――」

「天国へ行った気分になれるでしょうね。よくわかりますわ」侯爵未亡人が言った。

その嫌味に気づかぬわけでもない。「では、合意ということで」

レディ・ハヴァシャムの顔が引きつった。「男爵位の約束だけでは満足せず、もっと見返りをほしがるなんて。ずいぶん欲が深いこと」バーンの目つきが険しくなった瞬間、レディ・ハヴァシャムはすばやく言葉を継いだ。「でも、あなたの言い値を払うしかないようね」

男の口説き文句を金銭ずくの駆け引きに貶《おとし》めようというのか。いや、震える両手から、胸中がうかがえる。虚勢を張っているだけなのだ。やれやれ、ずいぶん大事な〝私物〟らしい。彼女にとっても、殿下にとっても。

このまま追いこみ、どこまでがんばるか見てやろう。本当のところ、女に無理強いするのは不本意だが。嫌がる女をベッドに連れこんで何が楽しい。とはいえ、レディ・ハヴァシャムの計画に合意してやれば、口説き落とす時間は腐るほどある。うまく口説いた暁には、達成感も大きくなるはずだ。

こちらが何も言わずにいると、レディ・ハヴァシャムがつけくわえた。「では交渉成立ね。いますぐ手打ちをなさりたい？　いざ突撃となると、たいていの男性は短兵急だから、スカートをめくるだけでいいわね。誰にも気づかれないうちに、さっさと終わらせ――」

「もう結構。あなたの勝ちだ」本人は勝ったと思ってはいないだろうが、圧勝だ。「それにしても、突撃だとか短兵急だとかいう言葉をどこで仕入れたのです？」

冷めたまなざしが突き刺さってきた。「ほとんどいつも軍人に囲まれて育ちましたから。将軍の娘ですし。お忘れ？」

「なるほど」だから窮地に陥ると、裏をかいて反撃しようとするのか。賭博場の経営者の裏をかくには、大勢の将軍の娘たちが全兵力を挙げて戦わなければ勝ち目はないのだが、どこまで心得ていることやら……。バーンは穏やかに言った。「よろしい、愛人のふりだけということで合意しましょう」抱かれずにすんでよかったという安堵《あんど》の色が緑の目の奥に浮かび、バーンのプライドを刺激した。「いまのところは」

「本気ですの？」レディ・ハヴァシャムが気丈に言い返してきた。「わたしならべつに――」

「おやめなさい、かわいい奥さま」やさしく禍々《まがまが》しい声音で、バーンは言った。世の男たちがこの声を聞いたら、たちまち身構えるところだ。「むやみに奥の手を出してはいけません」震える唇に視線を落とす。「一枚しかない切り札なのだから」

バーンは戸口に近づき、扉を開けた
「いい子にして、よそで遊んでいらっしゃい。男同士の話がありますので。ストークリーのパーティーの件については、殿下に出す条件への返答しだいで考えます。こちらの条件は、あなたと関係ありませんからね」

レディ・ハヴァシャムは無礼に追いだされて柳眉《りゅうび》を逆立てたものの、首を縦に振ると、開いた扉のほうへ歩きだした。「ご助力に感謝いたしますわ、ミスター・バーン」

「よそよそしいのはやめにしましょう。愛人のふりをするなら、みんなのようにバーンと呼んでください」バーンは一方の眉を上げた。「ダーリンでもかまいませんが」

レディ・ハヴァシャムが貴婦人らしくなく鼻で笑った。「わたしのことはクリスタベルとお呼びになって」

「将軍の娘にしては、ずいぶんしゃれた名前ですね」

「わたしには母もおりましたから」そう言い捨てたレディ・ハヴァシャムは、みごとなヒップを揺らしながら堂々と出ていった。

よけいなところばかりに熱を感じつつ、バーンは舌を巻いた。あの未亡人は、男のよこしまな欲望をつのらせ、ひどく魅了する。本当に母親がいた？　きっとアマゾネスとか妖《よう》精《せい》の女王とか、男の精を吸い尽くす夢魔とかに違いない。平凡なイングランド女から、イスラムの修道僧なみに短気な女が生まれてくるはずもなかろう。

あの女版イスラム修道僧は〝セックスなんて雑用かそれ以下で、仕事上の取り引きも同然〟などとほのめかすことで難を逃れようとした。だが、そのような態度も長くは続くまい。いつの日か、抱いてくれと懇願させてやる。

仕事と遊びを一緒にするという才覚で、ここまで財を築いてきたのだ。いまは彼女のゲームにつき合うが、最終的には全部この手でつかんでみせる。謎《なぞ》の〝私物〟を手に入れ、殿下への復讐《ふくしゅう》を果たし、その気になったクリスタベルを抱くのだ。

「どうだった？」

アイヴァースリーの声で夢想から引き戻された。顔を上げると、近づいてくる弟たちの姿があった。ふたりが客間に入るのを待ち、扉を閉める。「手を貸すことにしました」

「そりゃいい」ドレイカーが声をあげた。

「だが、もうひとつ条件をつけます。すべて片づいたあと、殿下と内密に面会したい」

「なんでだ？」

「いくつか理由はありますが」

ドレイカーは、じっとこちらを凝視したあと、ため息をついた。「殿下が応じるかな」

「わたしにクリスタベルの手伝いをさせたければ、応じてもらわなくてはね」

「クリスタベル？」アイヴァースリーがきいた。

例の計画を話しておくほうがよさそうだ。遠からず、ふたりの耳にも入るだろう。「わたしの愛人にでもならないかぎり、まじめな未亡人がストークリーに招かれるはずがありません。だから愛人にします」

ドレイカーが背筋を伸ばした。「まさか、無理強いしたのではあるまいな」

「愛人のふりだけですが？　ただの芝居ですよ。あなたとレジーナも、つき合っているふりをしたでしょう？」

ドレイカーが反論した。「最初は芝居でも、長くは続かなかったんだぞ」

バーンは口元をゆるめた。「たしかに」

「レディ・ハヴァシャムを嫌っていたんじゃないのか？」ドレイカーが厳しく尋ねてきた。

バーンは想像をたくましくした。まろやかで柔らかい体が密着してくる感覚や、愛撫《あいぶ》に荒くなっていく息づかい。あの手ごわい女が、自分から進んで男に奉仕するようになるかと思うと……。「いずれ、男好きのする女になってくれますよ」

お堅いドレイカーが顔をしかめる一方、アイヴァースリーが噴きだした。

「何がおかしいのですか？」

「最初は芝居のつもりでいたドレイカーも、結局はレジーナと結婚したんだ」アイヴァースリーが嫌味たっぷりに答えた。「もう忘れたのか？」

ドレイカーまでが含み笑いを漏らし始めたので、バーンは言い返した。「ご心配なく。結婚する気などありませんから」二十二歳の若造だったころ、結婚を考えたこともあった。

だが、アンナ・ビンガムのおかげで熱が冷めた。

「女は男の気持ちを変えてしまうものだよ」アイヴァースリーが言った。

「そうは思えませんが」冷やかすように目配せを交わし、訳知り顔で視線を向けてくる弟たちが癪《しやく》にさわる。「それに、レディ・ハヴァシャムは目下の状況に満足しておいでのようですよ」

ドレイカーが眉を片方だけ上げた。「それも変わるかもしれんぞ」

「やれやれ、あなたも奥方に劣らず面倒な人ですね。結婚生活の喜びだとか、恋に落ちる話だとか、そんなことばかり並べたてて。レジーナの思いこみとは違い、愛だの恋だのにまったく関心のない独身男もいるのです」

アンナとのつき合いが悲惨な結果に終わったことで、骨身にしみた。愛とは無縁の人生もあるのだ。洗練された女が好みでも、結べるのは不倫の関係だけ。財産目当てならともかく、高い身分の女が自分と結婚してくれるはずなどない。そのような見せかけの結婚に耐えようとも思わない。

おまけに、何度も不倫を繰り返すうちに、結婚そのものも斜めに見るようになった。弟たちは幸せな結婚生活を送っているようだが。女はひとり残らず、財産や身分のために結婚するのだ。弟たちに爵位がなかったら、キャサリンもレジーナも、本当に結婚しただろうか。

その問いを突きつめていくことはない。自分と異母弟たちとの大きな違いを、嫌というほど思い知らされるからだ。ふたりとも、母親の夫から嫡子として遇された。自分の母にはできない芸当だった。だからこそ自分は、死ぬまで〝父なし子バーン〟でいるしかない。バーン男爵になれば別だが。たしかに、それは悪くない。殿下に自分を認知させ、魅力的なクリスタベルを本物の愛人にすることも取り引きに含まれるのであれば、なおよい。

「とにかく、話はついています」バーンは話題を変えるべく口を開いた。「クリスタベルをストークリーの招待客リストに載せてやり、種馬殿下から男爵位をもらいます」

「そうか」ドレイカーがうなずいた。

「引き受けてくれてよかった」アイヴァースリーが言葉を継いだ。「あんたにも、何かいいことがないとね。俺たちの同盟で楽しい気分になるばかりじゃなくて」

「心配無用。この取り引きで、ただ楽しむだけでなく、いい思いもさせていただきます」アイヴァースリーが怪訝《けげん》な顔をしたので、バーンは即座につけくわえた。「乾杯しましょう」ブランデーを注ぎ、グラスをかかげた。「貴くも不義なる絆《きずな》で結ばれた兄弟に」

三人はいつもの乾杯の文句を繰り返し、酒をあおった。バーンは二度目の乾杯用にドレイカーのグラスにブランデーを注ぎ直そうとしたが、首を横に振って断られた。アイヴァースリーに目を向けたところ、こちらはグラスをもてあそんでいる。酒を注ぎ足されないようにとの心積もりらしい。

「ふたりとも本当に焼きがまわりましたね」バーンは小さく吐き捨て、ふたたび自分のグラスに酒を満たしたあと、挑むようにかかげた。朗々と言い放つ。「われらが貴い種馬殿下に。あの男が地獄で朽ち果てんことを」

2

男は腹黒い悪魔です。甘く見てはなりません。

——作者不詳『ある愛人の回想録』

とんでもない取り引きをしてしまった！　ドレイカー子爵邸の晩餐《ばんさん》に集う面々を見まわし、クリスタベルは胸のうちでつぶやいた。たいへんな過ちを犯したかもしれない。ミスター・バーンの愛人のふりをする？　こんなに上品なレディや殿方が集まるパーティーで？　あんな提案をしたなんて、頭がおかしくなっていたに違いない。

とはいえ、愛人ならば本当に寝てみろと言われずにすんでよかった。万が一そんな事態になったら、どうしていいか見当もつかない。

クリスタベルはヒステリックな笑いを押し殺した。みだらがましい趣味の男性を、このわたしが満足させられるとでも思うの？　そんな技があったら、最愛の夫フィリップにも浮気されずにすんだのに。

いつものように胸の奥底が鈍く痛みだし、クリスタベルは悪態を抑えこんだ。いまさら、どうでもいい話でしょう？　その他もろもろの裏切り行為に比べれば、浮気など些細《ささい》なことだった。なのに、なぜ気に病んでしまうのだろう。

ミスター・バーンに口説かれたから。夫ともども埋めたままにしておくべきだった軽々しい感情を、ことごとく呼び覚まされたから。

けれども、本気で口説いてきたわけでもないのだろう。そんな性分というだけのこと。しかも、愛人のふりだけでいいと言ってくれたのは、何か別の理由があると見て間違いない。とにかく油断のならない策士なのだから。さきほどからまのあたりにしている姿も、かねてからの印象を少しも変えるものではなかった。暗黒の貴公子《サタン》としか言いようがない。知的で、記憶していた以上に垢抜《あかぬ》けており、アイルランド人らしく口がうまい。信用できない。好人物とは思えない。

それなのに、ひどく心惹《ひ》かれる。

無理もない。昔から男を見る目がないのだもの。こんな事態に陥ったのも、男を見る目がなかったからに尽きる。

「レディ・ハヴァシャム、ガランティーヌをいかが？」テーブルの端の席から、ドレイカー子爵夫人のレジーナが勧めてきた。「うちの料理番のガランティーヌは評判がいいのよ」

クリスタベルは困惑に何度もまばたきしながら、ブロンドの子爵夫人を見つめた。目の前に並ぶ料理のうち、どれがガランティーヌだろう。これだから社交の場に出るのは気が重い。マナーやフランス語の泥沼のなかで、いつも身動きが取れなくなる。なにしろ、将軍の娘でしかないのに、立派な侯爵夫人としての行動を期待されてしまうのだから。

「どうぞ、よろしければ」バーンが料理の皿を引きよせてくれた。

これは……何かのゼリーがけ？　「おいしそうね」心にもないことを言い、料理を少し取り分ける。意を決して口に運んでみたところ、食べられるものだとわかり、胸をなでおろした。ストークリー男爵邸にフランス人の料理番がいないことを祈ろう。こんなことでは食事の席を乗りきることすらできない。

そこでもミスター・バーンが助けてくれるかもしれないけれど。悪名高い社交クラブの経営者にしては、危険な社交の海を危なげなく泳いでいるようだから。いまだって、貴族と同席しながら、まったく引けを取っていない。

もっとも、摂政皇太子の実の息子だという噂《うわさ》もあった。ドレイカー子爵も殿下の落《お》とし胤《だね》らしいから、ふたりは異母兄弟ということになる。そのせいだろうか。なんのためらいもなく、殿下がふたりに加勢を頼んだのは。

それにしても。話し合いの結果が殿下の耳に入ったら、おそらく穏やかではいられまい。殿下はミスター・バーンに仲介を頼もうとしただけで、ことごとく計画に巻きこんで危ない橋を渡らせたかったわけではない。

でも、どうしようもなかった。ストークリー男爵は、殿下が法外な要求をのまなければわたしの家族の手紙を公にすると脅してきた。さらに殿下も、手紙を取り戻せなければ、わたしの父の立場がまずくなると、心苦しい様子で告げてきた。

「こちらも少しいかがですか、レディ・ハヴァシャム？」すぐ隣からバーンに問いかけられ、クリスタベルは飛びあがった。

彼が片手で苦もなく支えている重たげな大皿に意識を引き戻したクリスタベルは、見覚えのある料理に安堵《あんど》のため息をついた。「ええ、牡蠣《かき》は大好きよ」

そのとたん、バーンの瞳の奥が輝いたので、クリスタベルは黙りこんだ。「そうですか」彼は銀の給仕用スプーンで三つの牡蠣の身を殻からこそげとり、こちらの皿にのせてくれた。「石榴《ざくろ》やスパニッシュフライもお好きだとよろしいのですが」

「スパニッシュフライ？　なんですか？」そう問い返すと、ふたりのレディが頬を朱に染め、夫たちが眉間《みけん》にしわを寄せた。

「バーン、まじめな女性をからかうもんじゃない」ドレイカー子爵が厳しくとがめた。

「なんのことやら、さっぱりわからんといった顔をしているだろうが」

怒りがこみあげてくる。バーンの声に男らしい吐息がまじった理由はわからないとしても、ばかにされたままではいられない。「どうせ、ろくでもないものでしょう」クリスタベルはバーンを横目でにらんだ。「女性は皆、不届きな男性に惹かれるとでもお思いかしら」

　バーンがにやりと笑った。「そういう女性もいます」

「あなたがつき合うような軽い女性だけでしょう」息をのむ音がテーブルの向かいから聞こえてきたので、クリスタベルは子爵夫人に視線を走らせ、急いでつけくわえた。「もちろん、ここにいる人たちは別ですけれど」

「あら、気にしなくていいのよ」アイヴァースリー伯爵夫人キャサリンが笑い声をたてた。「バーンのお友達が軽い女性ばかりだということに異を唱える人なんていないもの」

「ほらね、ドレイカー」バーンが言った。「わたしからレディ・ハヴァシャムを守る必要などないでしょう。なかなか手ごわいレディだ」

「そうらしいわね」ドレイカー子爵夫人が口をはさんだ。「レディ・ハヴァシャムはあなたをライフルで撃ったのですって？」

　あまりの恥ずかしさに、クリスタベルはテーブルの下に沈んでしまいたくなった。父や仲間の軍人ならば、ミスター・バーンと出会ったときの話をおもしろがってくれるかもしれないが、ここにいる人たちはショックを受けるだろう。

　けれども不思議なことに、苦い顔で子爵をにらみつけたのはバーンだけだった。「レジーナに話したのですか」

　子爵は、にやにやしながら残りの雉《きじ》のローストを自分の皿に取った。「黙っていられるわけがなかろう。おまえが女に撃たれるなんて、そうそうあるもんじゃない」

「撃たれるようなことをしたからよね」子爵夫人が微笑しながら言い添えた。

クリスタベルは顔を上げた。「ええ、そうです」

「まったく、愚かなまねをしました」バーンが言い放った。「ご主人の手形が不渡りになったので、貸した金を回収しようとするなんて。わたしは何を考えていたのか」

その皮肉と嘘《うそ》に、クリスタベルは憤った。「つけでいいという話だったのに、そちらが約束を破ったのでしょう。フィリップは、そう言っていたわ」

「それはご主人の嘘です」

「そんな無節操なことをする人ではありません」クリスタベルはかたくなに言い張った。

「おや？　ここにおいでになった理由をお忘れですか？」賭博《とばく》で借金を作った夫が、支払いにあてるために妻の私物を盗んだから。

ミスター・バーンに理があるのは言うまでもない。夫に対する見方は、死別して以来、ことごとく覆った。「せっかく銃を向けたんだから、とどめを刺しておけばよかったわ」

クリスタベルは小さくこぼした。

「本当にバーンを撃ったのね？」アイヴァースリー伯爵夫人の目が好奇心にきらめいた。

「馬車と帽子に穴をあけてくださいましたよ」バーンが答えた。

「どうってことはないでしょう。撃たれたあとも涼しい顔で馬車を走らせてきたのだから。

撃たれるのは日常茶飯事らしいわね」

「そのとおりです」驚きの視線を向けると、バーンは厚かましくも目配せをしてきた。「無節操な紳士が何人もロンドンをうろついていると知ったら、さぞ驚かれるでしょう。しかしながら、こちらも負けませんよ。やりたいようにやらせてもらいます」

バーンのまなざしが唇まで下りてきたせつな、甘美なおののきが背筋を駆け抜けた。われながら情けない。反省のかけらもない悪魔に惹かれてしまうなんて。

ため息が漏れる。惹かれてしまうのも当然だろう。何人もの女性が彼のベッドに飛びこんでいったのも無理はない。あの容貌《ようぼう》ときたら。乱れた髪もナイトブルーの目も、いかにも寝室に似つかわしい。それに、この腕に抱かれれば天国へ連れていってやると言わんばかりの、ふてぶてしい笑みも。

クリスタベルは視線をバーンから引きはがした。天国？　まさか！　男が女を天国に連れていけるはずがない。天国を垣間見せるくらいが関の山だろう。

とはいえ、わけのわからないソテーだのフリカッセだのが一段落してデザートが運ばれてきたときも、バーンから意識を引き離すことはできなかった。

彼の人となりが理解できれば、手紙を取り戻すのも楽になるだろう。けれども、これまでの人生でまのあたりにしてきた無愛想な歩兵や礼儀正しい将校、気のきいた衛生兵とはまるで違う男性だった。夫の屋敷《ローズヴァイン》でも、男性の行動はわかりやすかったし、男性の役割も単純ではっきりしていた。ミスター・バーンが相手だと、ひどく落ち着かない。わたしはこれまでずっと、おこない正しく生きてきたのに。やぼったいし、なんでも率直にものを言ってしまう無粋な女だけれど、とにかくまじめに生きてきたのに……。

彼と一緒にいると、いけないことをしたくなってしまう。

しゃきっとなさい、クリスタベル。一度ならず二度までも魅力的な悪魔の虜《とりこ》になるほどうぶでもないでしょう。

ドレイカー子爵夫人が唇についたカスタードを優美にぬぐい、咳払《せきばら》いをした。「ねえ、レディ・ハヴァシャム。ロンドンにいらしてから、もう長いの？」

クリスタベルはプラムのコンポートをフォークで突き刺した。「ほんの数日です」殿下の呼び出しに応じ、政治的に微妙な手紙について話し合うには、数日あれば事足りた。夫が男爵に売ってしまった手紙。取り戻さなければ家族が地獄を見ることになる。

「それなら、わたしとキャサリンが流行の場所に連れていってあげる」子爵夫人が温かくほほえんだ。「前にロンドンにいらしたのはいつ？」

「何年も前です」唖然《あぜん》とした夫人の様子に、クリスタベルはつけくわえた。「幼いころ母が亡くなって、ずっと父の軍隊と旅をしていましたので。そのとき夫と出会ったのです」

「侯爵なのに軍隊にいたの？」アイヴァースリー伯爵夫人が意外そうに声をあげた。

「当時は、ただの次男坊の中尉でした。爵位と領地を受け継いだのは、結婚して六年目に夫の兄が急逝したときです。それで、ふたりで帰国しました」

「何年前の話？」ドレイカー子爵夫人がきいた。

「四年前です」

「冗談ばっかり！」子爵夫人が叫んだ。「十年前に結婚？　どう見ても二十五歳くらいなのに」

クリスタベルは心ならずも、おだてられて笑ってしまった。「結婚が早かったのは事実ですけれど、そこまで若くもありません。もうすぐ三十歳ですから」

「それにしてもお若い」バーンが口をはさんできた。ほんのわずかにまじったアイルランド特有の柔らかなアクセントが心地よく耳に響く。「しかし、ご主人ともどもロンドンに遊びに来なかったのですか？」

「いつも屋敷で留守番をしていました。仕事が山ほどあったもので」好きなように思わせておけばいい。フィリップと暮らした日々のことは——最後の数年間はほとんどフィリップのいない日々だったけれど——自分だけの胸にとどめておきたい。「もちろん、いまは夫の親類が爵位と領地を相続したので、わたしはもうローズヴァインの女主人ではありません。幸い、新しいハヴァシャム侯爵が移り住んできたのはつい最近のことで、わたしはそれまでローズヴァインに置いてもらえました。新しい侯爵が思いやりのある人でよかった。そのあとも、ロンドンの町屋敷に住んでいいと言ってくれたのです」

その点では、若い侯爵の申し出はありがたかった。それがなければロンドンで家を借りなくてはいけないところだった。夫の遺産はささやかすぎて、そんな余裕はない。

バーンが、探るような視線をよこしてきた。「まぎれもなく、ほんのいっときの思いやりですね。社交シーズンが始まれば、新しい侯爵は爵位に見合う花嫁探しを始めるはずだ。親類の未亡人と身のまわり品を、いつまでもかかえていたくないでしょう」

その考えに、クリスタベルはぞっとした。「そうね。父がフランスから戻るまで、どこかで小さい家でも借りることにします」

「ああ、ライアン将軍。まだナポレオン軍の残党狩りをしているとお見受けする」

うなずいたものの、しこりが喉の奥につかえた。父の居場所がわからない。それが問題だった。戦争が終わり、イギリス軍は敗残兵の追跡の真っ最中で、そう簡単に父と連絡を取ることもできない。「でも、帰国後はすぐに引退して、どこか田舎で暮らすでしょう。わたしもついていきます」

「あなたもロンドンより田舎のほうがお好み？」ドレイカー子爵夫人が尋ねてきた。

田舎なら貴婦人を演じなくてすむから。ロンドンにいれば、そういうわけにもいかない。

「ええ、田舎のほうが気楽ですから」クリスタベルは言葉を濁した。

アイヴァースリー伯爵夫人が頬をゆるめた。「わかるわ。こうしてお友達に招待されたのでなければ、わたしと旦那《だんな》さまも領地から出たりしないもの」

〝わたしと旦那さま〟苦痛に切り裂かれながらも、クリスタベルは笑みを作った。自分とフィリップも、かつては心をひとつにしていた。けれどもフィリップは除隊してから変わってしまった。あれこれと口実をこしらえてはロンドンに出かけるようになった。自分は同行しなくてもよいと言われて安堵するばかりで、夫が賭博と飲酒に明け暮れていることにも気づかずにいた。夫が愛人のところに出入りしていたことにも気づかなかった。

夫も結婚生活に満足していると思いこむなんて、愚かなわたし。

「しばらくロンドンに来なかったのなら、ウィークスのからくり装置博物館も見ていないでしょう?」ドレイカー子爵夫人が問いかけてきた。「わたしと夫は今週中に帰るから何日もロンドンにいられないけれど、明日みんなで――」

「問題外です」バーンが話に割りこんできた。「明日、レディ・ハヴァシャムはわたしと出かけることになっています。そうでしたね?」クリスタベルは目をみはった。「午前中に新しいドレスを注文するともおっしゃっていませんでしたか?」

そうだった。流行のドレス。愛人らしいドレス。「ええ、言いました」笑みを顔にはりつけ、子爵夫人に向き直る。「明日は忙しくて。ごめんなさい」

クリスタベルからバーンへと視線を移し、子爵夫人が目をすがめた。「謝らなくてもいいわ。でも、もし気が変わったら――」

「変わりません」バーンがはねつけた。

鋼の口調に、子爵夫人が顔をこわばらせた。鋭い視線を時計に走らせたあと、にっこりとバーンに笑いかける。「殿方は、そろそろポートワインと葉巻がほしくなってきたころじゃなくて？」うらやましいほど気品あふれる物腰で立ちあがった。「女は客間に避難しましょう。殿方には、勝手に楽しくやっていただければいいわ」

知り合いでもないレディふたりとなじめるかどうかわからず、クリスタベルがためらっていると、バーンが耳打ちしてきた。「ご心配なく。大丈夫ですよ。客間に銃を置いてきたのでしょう？」

クリスタベルはバーンをにらみつけてから、ふたりのレディとともに正餐室をあとにした。けれども、ふたりに続いて階段を上がっていくうちに、胃が荒れ狂いだした。優雅な子爵夫人や洗練された伯爵夫人と上品に会話をすると考えただけでも、不安で気分が悪くなってしまうのに、うまく手紙を取り戻すなんてできやしない。

ストークリー男爵邸では、もっとたいへんだろう。どういう女性が集まるか、容易に想像がつく。気品あふれる貴婦人ばかりに違いない。晩餐の席で二十人もの客を楽々ともてなしたあと、最新流行のドレスで着飾り、翌朝には寝室と続きになっているサロンに愛人を招き入れるようなレディ。

わたしの寝室には続きの間のサロンなどない。下手な刺繍《ししゅう》や旅行先で買った思い出の品が散乱する狭い化粧室をサロンと呼べるならともかく。近衛兵《このえへい》に劣らぬ腕前でライフルに弾をこめられるし、古いペティコートやリボン飾りから間に合わせの包帯を作って巻くこともできるし、トルコのハーレムについて下品な冗談も言えるけれど、上流の客をもてなす技など何ひとつ身につけていない。

けれども、愛人だったら、そういう技がなくてもいいのかもしれない。下品な冗談も大目に見てもらえそうな気がする……。クリスタベルは重々しく息を吐いた。厄介なのは、何が大目に見てもらえるか、わからないことだった。

おしゃれなドレイカー子爵夫人やアイヴァースリー伯爵夫人に似合いの優美な客間に足を踏み入れたとき、クリスタベルは、この場にふさわしい上品な言葉を心のなかで探した。

そんな暇もなかったが。三人とも腰を下ろすやいなや、子爵夫人が目を輝かせ、こちらを向いた。「レディ・ハヴァシャム、何がどうなっているのか説明してくださらなきゃだめよ。うちの旦那さまは妙に口が堅いのですもの」

「うちもそう」アイヴァースリー伯爵夫人が言葉を継いだ。「晩餐の前に、バーンとふたりきりで、なんの話をしていらしたの？」

「言えません」いきなり女性たちから質問攻めにされたせいで、ぶっきらぼうな口調になってしまった。「絶対秘密です」

「あなたとバーンにかかわることよね」ドレイカー子爵夫人がしつこく問いただしてきた。

「はい」クリスタベルは居ずまいを正し、背筋も伸ばして両手を膝の上で組んだ。気位の高いレディたちの態度は、たしかこんな感じだった。「お話しできるのはそれだけです」

「領地のことでバーンに助けてもらっているの？」アイヴァースリー伯爵夫人が、探りを入れてきた。「それとも、亡くなったご主人が彼に借りたお金のことで？」

どうしたものだろう。なんとか侯爵未亡人らしくしているのに、このふたりは少しも引きさがってくれない。おまけに、とても好奇心が強いらしい。何か話すまで解放してもらえないだろう。「夫は、死ぬ前にミスター・バーンへの借金を返済しました。わたしとミスター・バーンは、もっと微妙な……仕事がらみのつき合いなのです。それしか言えません。本当に、これ以上の話は勘弁してください」

「仕事？」ドレイカー子爵夫人が怪訝《けげん》そうな顔をした。「バーンの目つきからすると、あなたの裸を想像しているわよ。あなたを連れて出かけたり、媚薬《びやく》の話まで持ちだしたりしているのに、仕事ですって？」

「媚薬？」

「むしょうに抱かれたくなる薬」アイヴァースリー伯爵夫人が言い添えた。

クリスタベルは口ごもった。頬が熱くなる。

「ずっと親密な男女がすることばかりでしょう。ふつうの仕事上のつき合いじゃなくて」

子爵夫人が言いつのった。

クリスタベルは顔をしかめた。「それでも、わたしとミスター・バーンの関係については何も言えないんです」

かがみこんできたアイヴァースリー伯爵夫人に手を取られた。「ごめんなさい、自分でもわかっているのよ。こんなふうに問いつめるなんて、ちょっと……」

「詮索《せんさく》好き?」あからさまな言葉が口から出てしまい、クリスタベルは頭をかかえた。

伯爵夫人は笑うばかりだった。「そうね、詮索好きだわね。でも、心配しているだけなの。誤解しないで。バーンは家族ぐるみでつき合っている大事な友達よ。それはレジーナのところも一緒。バーンは友達だし、大好きなの。でも、まともに結婚するような人ではないわ」

子爵夫人がうなずいた。「本当よ。わたしもキャサリンも彼を結婚させようと、ずいぶんがんばったのだけれど」

「結婚そのものを見下しているみたい」伯爵夫人がため息まじりに言った。「それでも、彼に夢中になってしまう女性が後を絶たないのよ。バーンは不倫にしか興味がないと、はっきり口に出しているのに」

クリスタベルはアイヴァースリー伯爵夫人に握られていた手を引き戻した。「お気づかいありがとうございます。でも、わたしはミスター・バーン以上に結婚の意志がないようです。それに、彼のそばにいても舞いあがったりしませんから。一部の女性たちと違って、王室にゆかりの人だという噂を聞いても、べつに感心したりは――」

「感心だなんて、とんでもない」伯爵夫人が頭を振った。「バーンは殿下の落とし胤だけれど、高貴な血筋など知ったことかという感じで女性と遊びまわっているわ。いくら落とし胤でも、殿下には認知を公然と拒まれたし、お気の毒なお母さまのことまで悪い噂を流されたから、王室とのつながりを利用するのは、まず無理でしょうね」

「でも、いまは――」ドレイカー子爵夫人が口を開こうとした。

「本当のことだわ、レジーナ。そうでしょう？」伯爵夫人が言った。「殿下はあなた方と家族ぐるみで親しくしているかもしれないけれど、バーンとお母さまには、ひどい扱いをしたもの。八歳の子供に裏街道の仕事で生計を立てさせるなんて、絶対に間違っているわ」

「八歳！」想像したとたん、背筋が凍りついた。殿下が彼をそこまで手ひどく扱ったのなら、どうして自分には救いの手をさしのべてくれるのだろう。突き止めなくては。「八歳でどのような仕事につけたのですか？」

「いかさま師の使い走り。そこから賭博がらみの人生が始まったの。十歳になるころには呑《の》み屋《や》の手伝いをしていたわ。奇数と偶数、どちらの番号の馬が勝つか客に賭《か》けさせる店」

いかさま師や呑み屋の話なら、フィリップに聞いたことがある。いかさま師とは、賭博の世界で詐欺を働く人たちのことらしい。呑み屋とは、単純なルーレット賭博の競馬版だった。ルーレット賭博のほうは何年も前から当局が撲滅に乗りだしていたものの、競馬版が根絶やしにされることはなかった。賭《かけ》に乗りたい客がいれば、呑み屋は誰彼かまわず相手をする。その賭は、ひいき目に言ってもくだらないもので、悪く言えばうさんくさいものだった。呑み屋の胴元は無法者ばかりで、いかさまを疑う客と乱闘になることも珍しくない。

「ひどいわ。そんなに幼いころから呑み屋で働いていたのですか？」そのような境遇に十歳の男の子が追いこまれたと思うと心が痛む。「自分で経営したこともあるのかしら」開け放されていた戸口から声が飛びこんできた。「それは十二歳からです」伯爵夫人と子爵夫人に暗いまなざしを向けながら、バーンが客間に入ってきた。「あの火事のあとですが」

クリスタベルは息をのんだ。ミスター・バーンが火事で母親を亡くしたという話は聞いたことがあるけれど、そんなに幼かったなんて。

「バーンったら、盗み聞き？」ドレイカー子爵夫人が問いただした。

あざけるように、バーンの眉がぴくりと動いた。「いつものことでしょう。それはともかく、もう失礼しなくてはいけないので、ごあいさつに伺いました。〈ブルー・スワン〉で急用ができまして」立ちあがろうとした子爵夫人に、かぶりを振る。「どうぞ、そのままで。見送りも結構」バーンがクリスタベルのほうへ向き直った。「明日の午後二時にお迎えに上がります」

「そんなに遅く？」

「わたしは社交クラブを経営しているのですよ。お忘れですか？　わたしにとって、二時は朝一番です」かがみこんできたバーンに手を取られ、長い口づけをされたせいで、全身の肌がぞくぞくした。バーンが瞳を輝かせ、低い声で言った。「では、また明日。かわいいクリスタベル」

なんて人！　ついさっきまでは気の毒に感じていたのだけれど。ただの仕事上のつき合いではないと、ばれてしまったじゃないの……。ふたりのレディを意識しつつ、クリスタベルは、つとめて友好的にほほえんだ。「ごきげんよう、ミスター・バーン」

堅苦しい応答に一方の眉をつりあげたものの、彼は握っていた手を離し、扉のほうへ歩きだした。しかし、戸口で足を止め、抜け目のない視線をふたりのレディに投げかけた。「レディ・ハヴァシャムにわたしの悪事をあれこれ話さないでください。馬車の穴の修理は、もうたくさんです」クリスタベルに目配せをして、バーンは出ていった。

足音が階段を下りていくやいなや、子爵夫人がレディらしくない悪態をついた。「ろくでもないことをたくらんでいるようね、バーンは。また撃たれても文句は言えないわ」

「撃てません」クリスタベルは力なく言い、レティキュールを取った。「弾をこめてくるのを忘れたもので」

子爵夫人が呆然《ぼうぜん》と凝視してきた。「銃を持ってきているの？」

「もちろんです。ロンドンは安全な場所ではありませんから」

子爵夫人が噴きだした。「まったく、あなたは彼にお似合いよ」

「ぴったりね」伯爵夫人もうなずく。「率直で現実的で、彼に負けないくらい疑い深いわ」

「バーンに勝ち目はないわね。レディ・ハヴァシャムを出し抜くなんて不可能だもの」

「絶対に無理よ」伯爵夫人が子爵夫人のほうへ親しげに身を乗りだした。「ね、前から言っていたでしょう？　バーンには手綱を引いてくれる人が必要だって」

「そうね。頭がよくて、彼と歩調をそろえていける人」

「気づいてた？　バーンは、わざと軽薄な女性ばかり相手にしているのよ」アイヴァースリー伯爵夫人が指摘した。「手を切るときに楽だから」

「あの、ちょっとよろしい？」クリスタベルは割りこんだ。「話が見えないのですけれど」

ふたりのレディがまばたきをした。いきなり立ちあがって話しかけてきた書き物机でも見るような目つきだった。「わたしとミスター・バーンの関係は、おふたりが考えていらっしゃるようなものではなくて――」

「あのねえ、わたしたちにも頭はあるのよ」伯爵夫人がさえぎった。「あなたは仕事だけの関係と思っているようだけれど。バーンのほうは、どう見ても下心たっぷりで――」

「そうよ、レディ・ハヴァシャム」ドレイカー子爵夫人が親友を目で制しながら言葉を継いだ。「キャサリンはね、あなたに忠告しているの。自分の評判を大事にしなさいって。バーンとふたりきりで馬車に乗っているところを人に見られでもしたら、誤解を受けてしまうでしょう……その……なんと言ったらいいか、微妙な問題で……」

「愛人だと誤解されるということですか？」

身も蓋《ふた》もない物言いに、ふたりのレディは面食らったらしい。とはいえ、いまさら仕事上のつき合いだと言い張ったところで、誰が信じてくれるだろう。おまけに、噂話《うわさばなし》がふたりの耳に入るのも、そう先のことではない。

クリスタベルは何げないふうを装った。「それに、愛人と思われたからって、どうということもないでしょう。誤解されても全然かまいません」

子爵夫人が目をすがめた。「どうなるか自覚していらっしゃる？　ちゃんと自覚してもらいたくて言っているのよ」

伯爵夫人がつけくわえる。「それに、あなたは愛人になるような女性には――」

「見えませんか？」ふたりを納得させられなければ、ストークリー男爵を納得させることなど、とうてい無理だろう。「背も低いし地味だから、ミスター・バーンのような男性には向かないとおっしゃるのね」

「そんなことないわ」伯爵夫人が言った。「あなたは純粋すぎるのよ」

「それに、まともな女性だわ」子爵夫人が言い添えた。

「媚薬も知らなかったのに」伯爵夫人が図星をさす。

「その言葉は知りませんでした」認めないわけにはいかなかった。「でも、どういう薬か、わかっています。何年も軍人に囲まれて暮らしてきましたから。それに未亡人なので、なんのしがらみもありません」

これで話は終わると思っていた。間違いだった。

伯爵夫人が子爵夫人に話しかけた。「おもしろいのは、これまでバーンが一度も未亡人に手を出さなかったことよ。気がすんだら夫に返せる女しか好まないし」

「じゃあ、バーンは本気で惹かれているかもしれないってこと?」子爵夫人がきいた。

「明日、レディ・ハヴァシャムと出かけると言っていたわね。前代未聞だわ――」

「ちょっと失礼」クリスタベルは、いきなり立ちあがった。いまの言葉で思いだした。新しいドレスを注文しなくてはならないのに、どの店なら出費を抑えられるのか、見当もつかなかった。いかにもミスター・バーンの愛人らしい、しゃれたドレスをあつらえる必要があるのに。彼が帰ってしまわないうちにつかまえなくては。もう馬車の支度を命じる声が聞こえてくる。それに、非常識な議論を続けるレディたちのそばにいてもしかたがない。

「ミスター・バーンにききそびれたことがあって。すぐ戻ります」クリスタベルは客間から飛びだした。階段から見おろすと、ちょうどバーンが玄関扉から出ていこうとしていた。

「待って、ミスター・バーン」呼び止めながら階段を駆けおりる。

バーンが戸口で足を止めた。近づいていくと、彼は冷ややかに言った。「バーンと呼ぶ約束だったはずですが」

「親しい仲だと思わせたければ、ファーストネームで呼ぶほうがいいのではなくて？」

彼は口角をわずかに上げた。「わたしをギャヴィンと呼んだのは母だけですから」

悲しい、亡きお母さま。ミスター・バーンのような悪魔でも、天涯孤独かと思うと胸が痛む。

「わたしに何か用があったのではありませんか？」

「ああ、そうだった、忘れていたわ。どこの仕立て屋でドレスをあつらえればいいのかしら。見当もつかなくて。その……皆さんが注文するようなドレスの専門店というか……」

「愛人が着るようなドレス？」彼の瞳が光を放った。「ご心配なく。明日、仕立て屋を連れて伺います。そのあとで出かけましょう」

「高すぎる仕立て屋はだめよ」

何やら思うところのある顔で、バーンが見すえてきた。「わたしの見立てにはご満足いただけるはずです」片手を上げ、ハイネックの喪服の襟に指先をすべらせる。「それからもうひとつ。明日は黒を着ないように」

3

誰の愛人になるにせよ、相手の男からしぼりとれるだけのものをしぼりとらなくてはなりません。いつまで美貌《びぼう》を保てるかわからないのですから。

——作者不詳『ある愛人の回想録』

〝明日は黒を着ないように〟

そう言われても。ため息をこぼし、クリスタベルは衣類だんすをのぞきこんだ。レース飾りのついた黒の綿モスリン、黒い飾りのついた黒のディミティー、真珠のボタンのついた黒のファスティアン織り。乗馬服までもが黒一色。辛気くさい服ばかり。

「だから申しましたでしょ、奥方さま」ジブラルタル生まれの小間使い、ロサが言った。「一枚残らず黒に染めたんですから。奥方さまの言いつけで」

クリスタベルはベッドに倒れこんだ。「あなたがわたしの言いつけを聞くなんて。どんな考えごとをしていたのかしらね」

結婚当初から、ロサはずっとそばにいた。最初は雑用係で、やがて小間使いになった。年が近いため、使用人というより妹のような感覚だった。ものすごく頑固で、ともすると実に嫌味がましい妹。

「いつも聞いてるじゃありませんか」ロサは豊かな黒い巻き毛を振りたてながら口答えをした。「それこそ奥方さまが……ええと、英語でなんと言うんでしたっけ……そう、意固地！　奥方さまが意固地なときは。死ぬまで旦那《だんな》さまの喪に服すとおっしゃったのは奥方さまですよ」

クリスタベルは顔をしかめた。あれはまだ悲しみのどん底にいて、夫が陰で何をしていたか知りもしないときだった。またしても衝動にまかせて向こう見ずなことをしたせいで、いまになって苦労している。

「勝手に言ってなさい」クリスタベルはあおむけになり、天井を見つめた。「わたしが考えなしだったわ。一着ぐらい黒く染めずに残しておけばいいものを。それが気に入らないのでしょう？」

「わたくし、どうこう申しあげる立場にはございません」ロサが取り澄まして言った。

クリスタベルは鼻を鳴らした。「あら、急にしおらしくなって。どういう風の吹きまわし？　お医者さまを呼んだほうがいいかしら」

「そうですか、そんなにわたくしの意見が聞きたいなら、聞かせてさしあげます。相手がどれほどの男だろうと、ずっと喪に服しているのはもったいないですよ。人生あっという間なんですから」

クリスタベルは起きあがり、膝をかかえこんだ。「フィリップの喪に服すのは、なおさらもったいない。そう言いたいのよね」

ロサが態度を軟化させた。「だって、奥方さまにふさわしい旦那さまじゃありませんでしたもの。もっとましな殿方と結婚なさってもおかしくないのに。そのミスター・バーンとかいう人なら結構いいかも――」

クリスタベルは発作的に笑いだした。「まさか。まともに結婚するような人とは程遠いわ」

ロサが眉根を寄せた。「じゃあ、ベッドの相手として不足はないってことですか?」

クリスタベルは笑うのをやめた。急にバーンとつき合うようになった本当の理由はまだ明かしていない。ロサのように律儀な小間使いでも噂話《うわさばなし》に花を咲かせるのだから、真実は文字どおり仮面の下に隠しておかなくてはならない。だから、うしろ盾になってくれる人が見つかったとだけ告げてある。

けれども、ロサが苦い顔をしたのは、そのせいではなかった。断じて、そうではない。彼女にも火遊びの機会があるなら、どんどんやればいいというのがロサの持論だった。彼女がそれも含めて〝人生なんてあっという間〟の信条を持つようになったのは、軍人で浮気者の夫がフランスの娼館《しょうかん》で撃たれて以来のことだった。また、ロサはなかなか現実的な性格で、女が生きていくためには、やらなくてはいけないこともあると心得ていた。

だから、機嫌が悪いのは何か別の理由があるのだろう。「愛人になっても文句は言われないと思ったのに」

「わたくし、どうこう申しあげる立場には――」

「いいかげんにして。今度は何を怒っているの？」

「ミスター・バーンが悪い人じゃないという確信がほしいだけです。だって、誰とも結婚したがらない男なんて、たいがい……」

「たちが悪いに決まっているわね」クリスタベルはどうにか笑みを作った。「たちが悪くても見目がよければ、少しはまし？」

ロサが疑わしげな目を向けてきた。

「いずれにせよ、わたしも再婚する気はないから、どうだっていいわ」

バーンの愛人のまねごとなどすれば、上流の男性から結婚を申しこまれる可能性はなくなるだろう。それでもかまわない。本当に。父と一緒に旅をしながら軍人に囲まれて暮らす日々に戻るだけのこと。身分の高い男と結婚したところで、いいことなんか何もない。銃の腕前に感心してくれるような軍曹あたりと一緒にいるほうが楽しいだろう。

侯爵未亡人に言いよろうなどとは夢にも思わないような軍曹がいい。

クリスタベルは喉の奥のしこりをのみこんだ。子供が産めたら再婚も考えるかもしれない。けれども、妊娠できない体なのは疑いの余地もなかった。十年の結婚生活で、子供がひとりもできなかったのだから……。涙で目の奥が熱くなる。身分や財産に恵まれた男、あるいは将来を嘱望されている男が、跡継ぎも産めぬ女と結婚したがるわけがない。ならば、たちの悪いバーンと出かけるのに何を着ようが同じこと。クリスタベルは、ぐっと顔を上げた。何も変わりはしない。彼の機嫌を損ねたとしても、それならそれでいい。

クリスタベルは涙をぬぐい、ベッドから下りた。「もういいわ、けりをつけないと。どれを着たらいいかしら。見映えのしないドレスばかりだけれど」

「どれも変わりはありませんよ。みんな黒くて見映えが悪いんだから」ロサが意味深長な視線を向けてきた。「でも愛人になったし、ドレスは買ってもらえますよね」

「彼にそんな気はないでしょう。ドレスを見立ててくれるだけよ」ドレスを買うのにあまり借金せずにすむことを祈るしかない。

「ええ?」またロサが眉根を寄せてディミティーの喪服を下に下ろし、クリスタベルが袖《そで》を通すのを手伝った。「こっちが全部払うんですか?　そんな余裕もないのに――」

「お金のことは、まだ話し合っていないのよ」ロサを横目でにらむ。「それに、あなたは〝どうこう言う立場にはない〟のでしょう?」

ロサは何も答えず、喪服と合わせることの多い三角形のショールも手渡してこなかった。

ですから」

「胸くらいは見せなくちゃいけません。なんだかんだ言って、ミスター・バーンも男なんですから」

クリスタベルは嘆息した。バーンが男なのは言うまでもない。いくらか胸を見せれば、少しは辟易《へきえき》されずにすむだろうか。「そうね」化粧台の前に腰を下ろす。「髪も、もっと粋《いき》な感じにできない？」

「がんばってみます。でも、ほかの奥さま方みたいに、短く切ってカールさせたほうがいいと思いますよ」

言い返したいのを、ぐっとこらえた。ロサにとっては簡単なことだろうけれど。わたしのまっすぐな髪とは違い、ロサは自然な巻き毛なのだから。不器用なロサにカール用アイロンを持たせるつもりはない。ついでに言えば、はさみも厳禁。

バーンと仕立て屋の到着を告げられたとき、豊かでまとまりにくい髪は、そこそこ見苦しくない感じで頭の上に積みあがっていた。クリスタベルはロサと一緒に化粧室を出て、廊下を歩きだした。けれども、階段の上から客人に目をとめたロサは、クリスタベルを脇《わき》へ引っ張っていった。「去年、奥方さまが撃ったギャンブラーじゃありませんか」

あの事件を忘れてくれる人はいないのだろうか。「そのようね」

ロサはスペイン語で悪態をついた。「撃たれたからって、奥方さまを無理やり愛人にしようとするなんて。思ったとおりだわ。奥方さまは、好きこのんで愛人なんかになるような方じゃありませんもの。そういうことに関しては、ものすごく頭の固いイングランド人だし。それを無理やり……いいえ、そんなことさせません。いますぐ下りていって、あの悪党に言い聞かせてやります――」

「やめてちょうだい」クリスタベルはロサの腕をつかんだ。「無理やり愛人にさせられてなんかいないから。これまで、わたしが無理強いされたことなんてある?」

ロサが両方の眉を高々と上げたので、クリスタベルはつけくわえた。

「そうね、ときどきフィリップに無理強いされることもあったけれど、夫だもの。それとこれとは別だわ」クリスタベルは声をひそめた。「ミスター・バーンは……おもしろい人だと思うの。それだけよ。あなたも、かねがね言っていたでしょう。わたしの人生はつまらなすぎるから変化が必要だって」

「はい、でも、ギャンブラーなんかで変化をつけてはいけません!」

「彼は資産家よ。ギャンブラーじゃないわ。〈ブルー・スワン〉を経営しているだけよ」

これにはロサも考えこんだ。「ああ、聞いたことがあります。紳士向けの超一流のクラブだとか。経営者なら、きっとお金持ちでしょうね」踊り場の端に黒い目を凝らし、新たに興味をかきたてられた様子で品定めをしている。「思いだしたわ……〝麗しのバーン閣下〟とか呼ばれている人ですね。まあ……それなりに、いい男かしら。服も高そうだし」

ロサは苦い顔をした。「やっぱり、きれいなドレスを黒に染めないまま、一枚でも残しておけばよかったですね」

「そんなにきれいなドレスでもなかったわ」賭博《とばく》で有り金をはたいてしまう夫がいると、きれいなドレスなど、そうは買えない。「さあ、階下《した》に行きましょう」

「その綿モスリンだって、ピンクのままなら、まだましでしたのに」階段を下りるあいだもロサのおしゃべりは止まらない。「でも、だめですね。ああいう男は目が肥えているから」

名は体を表すというけれど。ここまで……ここまで麗しくなくてもいいのに。馬車を駆ってきたせいで鳶色《とびいろ》の髪が乱れているとはいえ、ほかのところは……絶妙だった。こげ茶色のカシミアで完璧《かんぺき》に仕立てられた乗馬用の上着が、胸と広い肩をみごとに引きたてている。たいていの上流紳士なら高くとがった襟の服を着て、幅広のネクタイ《クラバット》も凝った結び方にするところだけれど、そうでないところがまたいい。亜麻布のフリルに顎を埋没させてもいない。控えめな襟とシンプルな結び方のクラバットが、角ばった顎の男らしい線をきわだたせていた。

倍ほどの年齢で恰幅《かっぷく》のよい女の仕立て屋から、媚《こ》びるような笑みを向けられているのは、この距離からでも見てとれた。女なら誰でも、ああいう笑みを浮かべるだろう。雌鹿革《めじか》の膝丈ズボン《ブリーチズ》も、ひょっとすると肌に描かれただけのものかもしれない。ふくらはぎや腿の筋肉が透けて見えるかのようなのだ。ここまで筋肉の発達していない騎兵もいる。あきらかにバーンは、賭博場で座っているばかりではないらしい。

引きしまった体には、父親であるはずの殿下を思わせるところはひとつもない。しかし、こちらを見あげてきたバーンの目は殿下にそっくりだった。殿下と同じ、神秘的な青。

クリスタベルの喪服をとらえた両目が、不満そうに細められた。階段を下りてきたクリスタベルとロサに仕立て屋を紹介するまで辛抱してから、バーンは文句を言った。「まだ喪服にこだわっているのですか」

「わたしに似合っていますから」クリスタベルは嘘《うそ》をついた。

「そんなことはない」バーンが渋い声で言い添えた。「サテンやシルクのほうが似合います」

「サテンやシルクは高いんですよ」ロサが割って入った。

出しゃばりなロサに仕立て屋が顔をしかめたとき、クリスタベルはかみしめた歯のあいだから言った。「わたしの小間使いをお許しください。外国人で、はっきりものを言うのです」

バーンは唇をかすかに震わせ、心乱すような青い瞳でロサを見つめた。「どちらの生まれかな、お嬢さん?」

「ジブラルタルです」ロサは名誉の印でもかかげるように、その地名を口にした。

バーンが外国語らしき言葉を発すると、ロサが目をぱちくりさせた。クリスタベルはロサが仰天するところを見たのは初めてだった。

「スペイン語が話せるんですか?」ロサがきいた。

「ほんの少々」バーンの愛想のいい笑顔に、クリスタベルはロサともども魅了されてしまった。「外国語が少しでもわかれば、仕事の面で有利になる」

なお警戒しながらも、ロサがうなずいた。それでも、さらにスペイン語で話しかけられ、おずおずと笑みを浮かべた。彼女が短く返した言葉は、気のきいたものだったに違いない。バーンが噴きだしたのだから。たちまちロサまでが笑い声をたてた。

次いで、バーンが英語で言った。「ロサ、衣服の採寸ができるような場所にミセス・ワッツを案内しなさい。控えている仕立て屋の使用人たちに布地を運びこませます」

クリスタベルが止める間もなく、ロサが仕立て屋を連れて去っていった。

クリスタベルは厳しい顔でバーンに向き直った。「相談だけのつもりでしたのに」

「採寸もします。ミセス・ワッツには、いますぐ仕立てに取りかかってもらいたい。最優先でやってくれるでしょう」

「そんなお金の余裕はないわ!」

「そのことなら、こちらにはありますが。あなたがわたしの愛人だと世間に思わせるには、高価なドレスを何着も贈られたと噂されるのが、いちばん手っ取り早い」

プライドと現実のあいだで引き裂かれたように感じながら思い悩むあいだにも、仕立て屋の使用人が大挙して玄関広間になだれこみ、綿モスリンやサーセネット織物を居間へ運んでいった。「あなたって、こんなことばかりしていらっしゃるようね」クリスタベルは小さくこぼした。

バーンはそれを無言の承諾と受けとったらしい。「たまにです。幸い、わたしの愛人はドレス代くらい自分で払える女性ばかりでしたから」

クリスタベルははじかれたように顔を上げた。「あとで払うわ」

「わたしは男爵になるのですよ。支払いはそれで十分です」バーンが流し目を送ってきた。「そのうえ、自分で支払うとなれば、あなたは粗悪な混紡布ばかり買うはずだ。ディミティーやファスティアン織りを大量に買いこんだりして」

それしか買えないのだから。「実用的だし、田舎ですごすには向いているわ。ストークリー男爵の屋敷は田舎にあるのでしょう?」

「わたしの言うとおりになさい。あのパーティーでファスティアン織りなど着る人は誰もいません。あなたには紗《しゃ》やシルク、薄手の綿モスリンを着ていただきます」かがみこんできたバーンが声をひそめた。「ごく薄い綿モスリンを」

クリスタベルは急上昇する脈拍を意識から追いだした。「さっきロサに言ったスペイン語って、それ?」

「サテンやシルクを買う金があると言ったのです。あなたに不自由はさせないとも言いました」バーンは愉快そうに瞳をきらめかせた。「その言葉をたがえたら、わたしはロサに男の象徴を切りとられ、朝食として口に突っこまれるそうです」うめき声を漏らしたクリスタベルに、くつくつとバーンが笑った。「やれやれ、戦場で拾ってきた召使いですか？召使いを雇うときは、射撃や剣術の腕前を見て決めるとか？」

「おもしろい冗談だこと。ロサは軍人の夫に先立たれたの。それで強くなったのよ」

「主従ともども、というわけですか」薔薇色《ばらいろ》のサテンを山ほどかかえてきた男とぶつからぬよう、バーンはクリスタベルを抱きよせた。「あなた方を暗い小道で待ち伏せでもしようものなら、ひどい目に遭いそうだ。頭を撃ち抜かれてしまうでしょうね」

クリスタベルは鼻で笑った。「たまには女も、自分で自分を守らなくてはいけませんから」

「たまには男に守らせてもいいのですよ」

「その男から身を守らなきゃいけないのでなければね」

バーンが極上の笑みを見せた。「そういう場合に男をひざまずかせるには、銃で撃つよりもっとよい方法があります」

薄ら暗い冗談に心を奪われないよう、必死に自分を律する。「ずいぶん詳しいのね。女にひざまずいたことがおあり？」

「ベッドのなかでは、いつもひざまずいていますよ」ひとくせありげな視線でクリスタベルの肌をさらりとなでたあと、バーンが声を落としてささやいた。「あなたの前でひざまずく日が待ち遠しい」

膝立ちになったバーンに腿を押し開かれるという鮮烈な光景が頭に浮かび、クリスタベルはわれながらぎょっとした。「永遠に待つことになるわ」彼だけでなく、自分も納得させようと言い返す。

バーンは笑うばかりだった。なんて厚かましい男！　愛人のふりだけという約束を守る気はないのだろうか。それとも、手当たりしだいに女を口説かずにはいられないの？　わたしを口説いても無駄だけど。あんな冗談を言われたからって、ベッドのなかの彼を想像したりするものですか。紳士的なのだろうか、それとも荒々しいのだろうかと考えたりもしない。フィリップに抱かれたあとは、なんだかいつも物足りない感じがしたけれど、この人なら――。

わたしったら。夫に先立たれて間もないのに、こんなことを考えるなんて。

行ったり来たりしている使用人たちの邪魔にならぬよう、バーンは近くの正餐室《せいさんしつ》にクリスタベルを引き入れた。室内を見まわし、暖炉の上の肖像画に目をとめる。クリスタベルがローズヴァインから持ってきた肖像画だった。バーンは目をすがめた。「お父上ですか？」

「なぜわかったの？」

「軍服で」バーンが頬をゆるめた。「顔も似ている。力のある緑の目も、意志の強そうな顎も、あなたとそっくりです」

「ありがとう」うれしかった。父と似たところなどひとつもないと言われるのが常だから。父は長身でやせているし、白髪まじりの栗色《くりいろ》の髪も巻き毛だった。わたしの長い黒髪とは似ても似つかない。

「あなたの計画はご存じなのですか?」

クリスタベルは油断のない目を向けた。「知るわけがないでしょう。フランスで戦っているのに」

「手紙も書いていない?」

「書いたら邪魔になると思って」

「殿下の邪魔にもなる、と?」バーンが一方の眉を上げた。「〝私物〟が売却されたと知って、なぜ殿下はお父上に連絡しなかったのでしょう?」

その暇がなかったから。ストークリー男爵を止めなければ、一カ月で脅しを実行に移すだろう。父が手紙を受けとって帰国するまで一カ月以上かかる。

けれども、詮索《せんさく》好きなバーンにそんな話をすれば、また別の疑念を抱かれてしまう。クリスタベルは肩をすくめた。「わたしひとりで、片をつけるほうがいいの。殿下もそう考えていらっしゃるようだし。だって、その私物を売ったのは、わたしの夫だもの」

ね?」

バーンの視線が飛んできた。「お父上があなたの計画を知ったら、どう思うでしょう

見おろしてくる肖像画の父の厳しいまなざしを見ないようにしながら、クリスタベルは汗ばむ両手を握り合わせ、嘘をついた。「見当もつきません」

「〝私物〟のために娘の評判を犠牲にするなど許さないのでは?」

「うまくいけば、父の耳には入らないわ」とはいえ、いずれ父の耳に入るのは言うまでもなかった。父は絶対に許さない。わたしは父の〝小さな兵士ベルベル〟なのだから。男のせいで娘の評判が地に落ちるなど、断じて許さないだろう。

けれども、父が破滅しかけているのに、自分の評判を気にしてもしかたがない。〝吼《ほ》えるライアン〟が、王室史上最大のスキャンダルの原因だと新聞に書きたてられ、中傷されるところなど見たくない。

もっと悪くすると、殿下の指摘どおりになる。手紙を取り戻せなければ、父は反逆罪で縛り首にされるかもしれない。運を天にまかせるわけにはいかなかった。

父は手紙を残しておくべきではなかった。すべて破棄しろという命令も受けていたのだから。とはいえ、軍の参謀よろしく、父は自分と家族の身を守ろうと考えた。殿下のための過激な行動が、めぐりめぐって自分を苦しめるようになった場合にそなえて。

いま、その手紙のせいで娘が苦しんでいるわけだけれど。そして、娘の夫のせいで。フ

イリップは危険な人物だと、父から警告されていたのに。なぜフィリップと会うことも禁じてくれなかったのだろう。そうすれば、このような事態には陥っていないのに。ため息がこぼれる。たとえ会うことを禁じられても、駆け落ちをしていただろう。当時は、あれをするなこれをするなと口うるさい父に反発していた。何もかも、わたしを守るためだったのに、そんなこととは思いもせず。ただひたすら光を、空気を、自由を求めた。それをもたらしてくれるのはフィリップだと思っていた。フィリップは紳士的な将校で、経験の浅いわたしなどにとっては、ひとたまりもなかった。なんと愚かで、うぶな娘だったのだろう。

「ミスター・バーン、奥さま《マイ・レディ》」戸口から声が聞こえた。追憶から引き戻されたのをありがたく思いつつ、クリスタベルがバーンと一緒に正餐室から出ると、そこにミセス・ワッツが立っていた。「採寸の支度ができました」

小さな居間に入るやいなや、ミセス・ワッツは、小間使いの居場所などないという口実でロサを追い払った。けれども、ロサがぷりぷりと出ていったあと、内緒話でもするような口調で説明してきた。

「小間使いは邪魔になるだけです。ドレスのことは専門家にまかせるほうがいいとお思いになりませんこと？」

「たしかにそうね」専門家気取りの仕立て屋とは恐れ入る。しかしミセス・ワッツのデザイン帖《ちょう》を吟味する段になって、専門家とはバーンのことだとわかった。

バーンはデザイン帖をめくりながら、メモを取るミセス・ワッツの手も追いつかないほどの早口で注文を並べたてた。「最低でもシュミーズが五着と夜会服が七着いります。乗馬服は三着。散歩用の服は十一着で、共布の外套《がいとう》や上着も作って――」

「多すぎるわ」クリスタベルは声をあげた。

「田舎に一週間も滞在するのですよ」背中をなでおろしてきた手がヒップのすぐ上で止まった。バーンが言い添えた。「それに、しょっちゅう脱いだり着たりしていただきます」

ミセス・ワッツが遠慮がちに目を伏せるのと同時に、クリスタベルはバーンをにらんだ。彼は愛人の役割を堪能《たんのう》しすぎている。

バーンは手のひらをクリスタベルのウエストにあてたまま、注文を続けた。「新しいペティコートもいる。できればシルクで。あとは、ナイトガウンも何着か、最高級の亜麻布で。それから部屋着」

「ショール」クリスタベルも注文を追加した。

「ショールはいらない」バーンの視線が胸元に降ってきた。「女性は自分の……武器を披露するべきです」

押しとどめようとした努力もむなしく、かっと頬に血がのぼった。「それなら、何も着ないほうがよくない？」

バーンの目が輝いた。「いい考えですね。一週間、ふたりして部屋に閉じこもりましょう」

ああもう、こうなったら切り札を出すしかない……。クリスタベルは毅然《きぜん》と顔を上げた。

「ショールは必要だわ。風邪をひいてしまうもの」

「心配ご無用。わたしが温めてさしあげます」

「バーン——」クリスタベルは思わず声をとがらせた。

「しかたがありませんね」バーンがミセス・ワッツに顔を向けた。「ショールを一枚」

「三枚よ」

「一枚です」バーンがつっぱねた。「シルクで」クリスタベルが顔を曇らせると、バーンが言葉を継いだ。「それ以上ほしい分は自分で支払いをなさい」

そんな余裕などないのは、わかっているくせに。「では、手持ちのショールを使います」

「ウール、ですよね」

「まあ、そんなところかしら」

バーンがうなった。「いいでしょう、シルクのショールを三枚」悦に入っていると、釘《くぎ》を刺された。「せっかく魅力を発揮できるようなドレスをあつらえたのに、あなたをミイラのように包みこんでおくとは思わないでください」バーンは声をひそめ、耳打ちした。

「せっかく芝居を打っても、着ぶくれした愛人ではストークリーに疑われるのがおちです」

ぐうの音も出ない。バーンの言うとおりだった。「そうね、ショールは一枚で足りるわね」

それから一時間、気が遠くなるほどおびただしい布地やデザインや色をより分けていく作業が続いた。

その布にしても、いまだかつて見たことも触れたこともないくらい、すばらしいものがそろっている。これまでクリスタベルが着るものにあまりこだわらなかったのは、こんな高級服地とは無縁だったせいでもある。水のようになめらかな手ざわりのシルク。触れただけでも破れてしまいそうで不安になるほど薄く柔らかい綿モスリン。中尉の夫には、とても買えないものばかりだ。おまけに夫は領地だけでなく山のような負債も相続し、その額を毎年ふくらませていく始末だった。

バーンにとっては、なんということのない買い物らしいけれど。それとも彼の頭がおかしいのか。

頭がおかしいのであれば、とんでもなく派手な色ばかり選ぶのも納得がいく。輝かしい赤、鮮烈な青、華麗な緑。ひょっとしてバーンは、注目の的になりそうなドレスも平気で着こなす社交界の華ぞろいの愛人たちと、このわたしの区別がついていないのかしら？

彼女が渋っていると、バーンが声をかけてきた。「本当に、よくお似合いですよ」

「でも、ピンクやクリーム色のほうが流行ではなかったの？」フィリップの好みも、そういう色ばかりだった。

「これから社交界に出る小娘ならともかく、大人の女性向けではありません。だいいち、あなたには似合わない」

ミセス・ワッツがバーンに伺いを立てるべく、布地を次々とクリスタベルの顔のそばにかざした。鏡のなかの姿は、彼の言葉に間違いがないことを物語っていた。薔薇色のサテンならば頬が艶々《つやつや》と健康的に見えるし、ひいらぎ色のクレープ地なら瞳が輝いて見えるのは、自分でもわかった。ピンクを着ていたときは、なんだかいつも顔色が悪かったのに。

バーンの言うとおりだったのが、やたらと癪《しゃく》にさわる。「女物の服に詳しいのね」

にやりと笑う彼を見たとたん、体の奥底で何やら熱い火花が飛んだ。「自分の好みは心得ています」まなざしが唇へと下りてきた。「どういう女性が男をその気にさせるのかも含めて」

えも言われぬ戦慄《せんりつ》が全身をつらぬいた。なんていやらしい悪魔。どういう男が女をその気にさせるのかも心得ているのだろう。男の体そのもの、男の笑顔、贅沢《ぜいたく》な贈り物、有無を言わさぬ口調。どれもこれも女の胸を激しく高鳴らせ、抵抗しようにも水たまりのようにとろけさせてしまう。

わたしにはきかないけれど。絶対にきかない。男に言いよられ、お世辞を真に受けたあげく、愚かな結婚に走ってしまった過去があるのだから。良心よりも利益を重んじるような悪魔の口車に乗って、くだらない火遊びなどするものですか。それだって、バーンに少しでも良心があるとして、という前提での話だけれど。

注文が決まったところで、ミセス・ワッツが巻き尺を取りだした。「こちらへ、奥さま」導かれた部屋の隅は一段高い壇になっていた。以前この町屋敷に、よほど自己顕示欲の強い住人がいたのだろう。「ここにお立ちくださいまし。申しわけございませんが、服を脱いでいただけますか？　コルセットの採寸をいたしますので」

「ええ、かまわないわ」壇上から催促がましい視線を送ると、バーンは、いちばんいい安楽椅子に腰を下ろすことで返事に代えた。「バーン！　見ていないで出ていって」

「なぜ？」抜け目ない悪魔が不敵な笑みを浮かべた。「いまさら隠す仲でもなし」

バーンが楽しげに演じる愛人は、わざとらしい。自分でもわかっているくせに。「だから、もう見なくてもいいでしょう」クリスタベルは声をとがらせた。

「そうはいっても、すべて注文どおりか確認する必要がありますので」バーンは仕立て屋に目をやった。「こちらは気にせず進めなさい」

ミセス・ワッツは肉付きのよい頬を薔薇色に染めたものの、バーンに軽く頭を下げた。仕立て屋も使用人も、恭順と頭を下げていれば散財の恩恵にあずかれる。

いいわ、採寸の様子を見せてあげましょう。仕立て屋の前で言い争うわけにはいかない。それに、お金を払うのはバーンなのだから、彼には口出しをする権利もあるというものよ。

とはいえ、いくら散財しようと、わたしを買うことはできない。バーンもすぐに悟るだろう。

半裸の姿を見られてもかまわないという風情を装いつつ、クリスタベルは仕立て屋の手を借りてドレスを脱ぎながら、バーンを見おろした。コルセットとシュミーズだけの格好で壇上に立ちながらも、バーンの心得違いを証明してやろうと、今度ばかりはプライドに命じられるまま、好き放題にじろじろ見つめてくる視線をまっすぐに受け止めた。

顔を赤らめないようにするには、精いっぱいの努力を要した。こんな目で男性に見つめられたことなど一度もない。夫でさえ、ろくに見てくれなかったのに。女好きの軍人で、そそくさとベッドにもぐりこんできたかと思うと、事を終えるやいなや、さっさと自分のベッドに戻っていったのだから。

バーンなら、そういうあわただしさとは無縁のような気がする。ミセス・ワッツが採寸した数値をノートに書きこむあいだ、バーン自身もクリスタベルの体つきを目で測っていた。怪しい好奇の色もあらわな視線が胸のあたりをうろうろしたあと、細く引きしまったウエストと豊かな腰を堪能していた。隅々まで眺め尽くしてから、熱い視線が体をゆっくりとせりあがってきて、顔のところでぴたりと止まった。

その瞳の奥に、彼が隠そうともしない真実をクリスタベルは垣間見た。愛人のまねごとだけという約束はどこへやら、ためらいもなく女をベッドに連れこんでしまうだろう。

思いがけない戦慄が背筋を駆けおりてきて、クリスタベルは毒づいた。なんてずうずうしい男！　いいわ、そんなに見たければ見せてあげようじゃないの。クリスタベルは仕立て屋に向き直り、にこやかに笑いかけた。「わたしのお友達がふざけた態度ばかりとるせいで、あなたが気を悪くしていなければよいのだけれど。この人ったら、たまにとんでもない恥知らずになってしまうのよ。ドレスを全部選んだあとで気が変わって、支払いを踏み倒しても不思議ではないわね」

ミセス・ワッツは眉ひとつ動かさなかった。

それどころか、バーンも含み笑いを漏らすばかりだった。「ミセス・ワッツには、もう何度も世話になっているのですよ、奥さま。わたしが支払いを滞らせないことは、ミセス・ワッツも心得ています」

クリスタベルはバーンをにらみすえた。恥をかかせてやりたかったのに、ちっとも効果がない。

渋い顔のクリスタベルを歯牙《しが》にもかけず、バーンは仕立て屋に顔を向けた。「支払いといえば。すべて三日で仕立ててもらえるなら、多めに払ってもよいのだが」

したたかそうに目を光らせ、ミセス・ワッツがバーンを見やった。「ずいぶん割り増しになりますわ」

「いくらかかってもかまわない」

仕立て屋があからさまに相好を崩した。「さようですか」シュミーズの紐《ひも》をほどき、クリスタベルの胸がむきだしになりそうなくらいに下げた。「では奥さま、夜会服の胸のあきは、このくらいでよろしゅうございますか？」

「いや」クリスタベルが口を開くより先にバーンが答えた。

はずむボールを追いかける犬のように、ミセス・ワッツがバーンのほうへまわれ右をした。シュミーズを少し下ろす。「では、このくらいで？」

「もっと下」

クリスタベルが憤然としても、ミセス・ワッツはシュミーズをさらに一センチほど下ろした。「このくらい？」

「もっと下」

「こぼれでた胸を皿にのせましょうか」クリスタベルは文句を言った。

噴きだしかけた仕立て屋が咳払《せきばら》いでごまかしたとき、バーンが片方の眉を上げた。「それもなかなかそそりますが、人前ではドレスのなかに格納しておくほうがいい」

「人前でというところが肝心だわね」クリスタベルは切り返した。

ミセス・ワッツはバーンから目をそらしもせず、同じ高さでシュミーズをかかげている。

「いかがなさいます？　これでよろしゅうございますか？」

バーンの視線が仕立て屋から不機嫌なクリスタベルに移り、ふたたび仕立て屋へと戻った。「とりあえず、それで。できあがったときに調整しよう」

ミセス・ワッツがうなずき、採寸を終えた。「ほかに何かございませんか?」

「そうだな。ここ二、三日に着るものもほしい。喪に服す前に着ていた服のうち、簡単に手直しできるものがあれば――」

「ないわ」クリスタベルは口をはさんだ。「手持ちの服は全部黒に染めてしまったの」

「全部?」

クリスタベルは、きっと顔を上げた。「ええ」

「やれやれ。黒ばかり着ていらっしゃる理由がわかりましたよ」バーンが仕立て屋に向き直った。「喪服を少し……辛気くさくないものにできるだろうか。一着は明日の昼までに直してもらいたい」

「承知いたしました」

バーンが立ちあがり、扉のほうへ歩きだした。「小間使いを呼んで取りに行かせましょう」

バーンが扉を開けるのと同時に、ロサが文字どおり転がりこんできた。クリスタベルは天を仰いだ。噂話の種が拾えそうなときに、ロサがおとなしく引っこんでいるはずもない。

「すみません」ロサがまくしたてた。「ちょっと奥方さまにお伝えすることがあって――」

「いいから」バーンがロサを制した。「奥方さまの喪服のうち、いちばんきれいなものを持ってきなさい」

「でも、きれいなものなんてないですよ、セニョール」

「やれやれ」バーンが冷ややかに言った。「では、ミセス・ワッツを連れていきなさい。どれを手直しするか見てもらえばよろしい」

ロサとミセス・ワッツが出ていき、バーンが扉を閉めた。このときようやく、クリスタベルは、バーンとふたりきりでいることに思いあたった。おまけに、実にあられもない格好で。

バーンも似たようなことを考えているらしい。裸同然の姿を、ひどく無遠慮に眺めてくるのだから。

視線に胸がときめいてしまったのが悔しい。「お願いだから馬の様子でも見に行ってくださらない？　わたしひとりで大丈夫ですから。もう出ていって。邪魔しないで」

「放《ほう》っておくと、あなたは修道女のような格好のままでしょう。そうはいきません」

愛人のふりをするのだから身なりにも口を出す権利があると、さも当然のように決めてかかっている態度が腹立たしい。「言っておきますけれど。人前ならともかく、ふたりきりのときに馴《な》れ馴《な》れしいまねをさせるつもりはありませんから」クリスタベルは、はっきりをかけた。「それに、殿下への報告書には、あなたにひどいことをされたと詳しく書いておきます。あなたのお父さまがそれを読んだら――」

「いま、なんとおっしゃいました?」ふいに、バーンの口調が凍りついた。突然の嵐《あらし》のごとく、瞳の色がにわかに陰る。

遅まきながら思いだした。バーンが実の父親を憎むには、それ相応の理由があった。

「その……報告書に……」

「そこではなく。殿下のことを、わ、た、し、の父とおっしゃいましたね」すかさず壇に上がってきたバーンに逃げ道をふさがれてしまった。「レディ・ハヴァシャム、愛人のふりをするなら、わたしのことを少しは知っておくべきでしょうね。まず、殿下はわたしの父親ではありません」

クリスタベルは目をしばたたいた。「あら、てっきり――」

「たしかに種つけはしています。あの種馬が世間になんと申し開きをしようとね。しかし、種つけをするのと父親になるのとでは雲泥の差がある。わたしを育てた人間は、ひとりしかいません。親と言えるのは、ひとりだけです。皇太子邸《カールトン・ハウス》にいる痴《し》れ者は親でもなんでもない。したがって、あなたが何を報告しようと、わたしの知ったことではありません」

あとずさりで逃げようとしたものの、クリスタベルは壁ぎわまで追いつめられてしまった。のしかかるようにバーンが見おろしてきた。

「それからもうひとつ。脅されるのは好きではありません。脅しによって禁じられたことは、そのままやってさしあげますよ。それに、何もしていないのに馴れ馴れしいと言われても……」

バーンがふいに彼女の顎をつかみ、キスで唇をふさいだ。

荒々しく、威圧するようなキスだった。そして、とてつもなく執拗《しつよう》だった。憎らしいほど傲慢《ごうまん》に唇を押しつけてくる。それが自分の権利だとでも言うように。さらに大胆なキスをされそうになり、クリスタベルは唇をもぎ離した。

「何するの！」愚かしくも高鳴る胸と、嘆かわしくも震える体の芯《しん》を意識の外へ追いだす。燃えたぎるまなざしに触れられたところが、ことごとく焼けつくように熱い。「愛人役にキスをしているだけです」

「やめて」人目をはばかり、扉のほうへ視線を走らせる。「召使いに見られてしまうわ」

「結構。召使いという人種は名うての噂好きですから、最高の見世物を披露してやりましょう」ふたたびバーンが口づけをしてきた。

もっとも、今度はまんまと舌まで入れられてしまったが。いやらしく、強引に。止めなかった自分に腹が立つ。

あまつさえ、そのキスに心を奪われてしまうとは。ていねいで理性も吹き飛ばすようなキスと、がむしゃらで湿っぽい夫のキスを比較しないよう自分に言い聞かせたものの、その差を無視するのは難しかった。夫のキスは例外なく、性急な夫婦の営みへと続く短い前奏曲だった。バーンのキスはそれだけで完結するうえ、熱く胸にしみ入り、心を酔わせてしまう。生まれてからずっと待ち焦がれていたかのように、バーンは唇をむさぼってきた。目もくらみそうな感覚が押しよせてくる。

喉をなでおろされ、あきらめ半分に次の行為を待つ。夫の場合、胸をわしづかみにして乱暴にもみしだくのが常だったから。

けれどもバーンは、うなじを四本の指で包みこむなり、親指で喉を縦横に愛撫《あいぶ》してきた。そのしぐさは、唇のあいだに熱くすべりこんでくる舌の動きをまねたものだった。

ああ、なんということ。肺のなかの空気さえ、すべて奪われてしまった。膝の力が抜け、頭がぼうっとなっているのも、そのせいかもしれない。バーンは丹念に舌をさし入れ、探り、愛撫してくる。舌と唇で愛を交わしている。

唇を合わせているだけなのに。なんて不思議。

もう一方の手はウエストに添えてあるものの、ただ脇腹をなでるばかりだった。胸には触れず、脚のあいだをまさぐることもなければ、ヒップをつかんできたりもしない。夫なら、キスを始めて何秒もたたないうちにすることばかりだったのに。

そのうえ、バーンの妙に控えめなところに、わけもなく惹《ひ》かれてしまう。なんだか身の置きどころがなく、物足りない。これって、触れられることを期待しているの？　嫌だ、わたしったら。はしたない。

クリスタベルは唇を引き離した。息継ぎをしたくて……もしかすると、つかの間の安息がほしくてだろうか。舌が唇を割ってもぐりこんでくるたびに流れこむ熱から、逃れようとしたのだろうか。「もういいわ」声をしぼりだす。「言いたいことは、わかったから」

バーンの息が頬を熱くなぶる。「言いたいこと?」

そのまま耳を軽く歯ではさまれた。ああ、その衝撃といったら。クリスタベルは体がはじけてしまうかと思った。頭を働かせるのがやっとで、ろくに言い返すこともできない。

「脅されたら、あなたは……好き放題に……」

「ああ、そのことですか」バーンは歯にはさんだ耳たぶを軽く引いてから、半開きの唇を首筋に押しあてた。

「だからもう……やめていいわ。言いたいことは、わかったから」

「あなたの言いたいこともわかりましたよ。わたしに好き放題にされてもいいのでしょう」

的を射ているからといって、ふざけた物言いが許されるわけでもない。クリスタベルはのけぞった。「そうは言っていません」

「言うまでもない」ほくそえむ顔が精悍《せいかん》で、癪にさわる。ましてや、所有権でも主張するかのように、さっと脇腹からヒップまで手をすべらせてきたのだから。「いますぐベッドに連れこまれても抵抗しないと言ってもいいくらいだ」

ずうずうしく決めつけられて頭にきた。手を下へ伸ばし、バーンの急所をきつく握って警告する。「いやらしいアイルランド男。わたしも脅されるのは嫌いよ。愛人のふりをするだけという約束で話はついたはずでしょう。キスも何も許した覚えはないわ。またあんなことをしたら——」

「どうなさいます？　わたしを使いものにならなくする？」その声には皮肉しかこもっていない。

クリスタベルは面食らった。これまでの経験では、硬く太く重くなった証拠をつかまれれば、たいていの男は引きさがるものなのに。眼光鋭い面差しには、握りつぶされる恐怖など、みじんも浮かんでいない。

それどころか、バーンはさらに間合いをつめ……下腹部を手に押しつけてきた。「どうぞ。やれるものならやってみるがいい」鋼の光を瞳に宿し、すごみのきいた低い声でささやく。「どこまでやれるかな」

クリスタベルの口のなかが干あがった。どうしよう。

開け放しの扉から、ミセス・ワッツがにぎやかに入ってきた。「手直しできそうなドレスが二着ありました……まあ、あらま、あいすみません、出直してまいります」

「いいのよ、ここにいて」バーンが扉に背を向けていてよかったと思いつつ、クリスタベルは仕立て屋を呼び止めた。バーンの急所を解放し、手を引っこめようとしたものの、その前に手をつかまれてしまった。

きつい目でにらむと、バーンが耳打ちしてきた。「今度そこに触れるときは、もっと楽しく段取りを踏むほうがよろしい。わかりましたね？」そして、ようやくバーンの手が離れていった。

バーンが何食わぬ顔で仕立て屋とロサのほうを振り向いたとき、クリスタベルは何かものを投げつけないようにするのがやっとだった。楽しく段取りを踏むなどと思ったら大間違いよ。彼の如才なく愛想もよい外見の裏には、やはり危険な悪魔がひそんでいると、つくづくわかった。そんな悪魔とベッドをともにするものですか。

4

男に秘密を打ち明けてはいけないと、早くから悟っていました。ベッドをともにしているかぎり、男は律儀に秘密を守ってくれます。けれども、別れたら最後、節操なくしゃべりだすでしょう。

——作者不詳『ある愛人の回想録』

ことをもあろうに、この女兵士は男の急所を握りつぶすと脅してきた！　ギャヴィン・バーンは頭を振り、椅子にふたたび体を沈めた。視線の先ではミセス・ワッツが黒の喪服に手直し箇所の印をつけている。

クリスタベルはこちらを見ようともしない。まったく厄介な女だ。はすっぱな港の女にも劣らぬほど情熱的にキスを返してきたかと思うと、次の瞬間には炎のような癇癪《かんしゃく》を爆発させるのだから。

愛人を逆上させたことは多々あるが、男の急所をつかみ、握りつぶすと脅してきた女はひとりもいない。指折りの度胸のいい愛人でさえ、そこまで命知らずなまねはしなかった。

だが、クリスタベル大佐は違う。大違いだ。命知らずなまねばかりする。しかも、そのたびに男の欲望をひたすらかきたてる。いつまでもそんなことをされたら、こちらはじきにズボンの中身を高々とそびえたたせて歩きまわる羽目になってしまう。

気を抜くな。たかが女より、もっと大きな獲物が狙《ねら》えるのだ。どれほど美しい女だろうと関係ない。

「ミセス・ワッツ、ボディスもきつくしてもらいたい」バーンは自分自身に対するいらだちを、クリスタベルへの嫌がらせで発散することにした。「ぴったり体に合うように」

「なんとかいたしますが、かなり手間ですわ。縁取りがあるから、ただ布地をつまむわけにもいかなくて。縫い目が分厚くなってしまいます」

「ミスター・バーンの鉄面皮みたいに」クリスタベルがつぶやいた。

彼女がこちらの反応をうかがってくるのを見はからい、バーンは言い返した。「いまのところ、そこまで分厚いのはわたしの鉄面皮ではありませんよ、かわいい奥さま」

頬を真っ赤に染め、クリスタベルが目をそらした。それでいい。たまには気まずくなってもらおう。

なにしろ、下半身がたかぶって具合が悪いのだ。いつまでもキスの快感に酔いしれたりせず、クリスタベルの秘密を暴かなくてはいけない。

それにしても、本人に自覚はなさそうだが、実にキスのうまい女性だ。ほかの愛人たちのように、かまととぶったりしない。ふつうの女性は、うぶなふりをしたり、わざとらしく恥ずかしがったり、いかにも上品らしくふるまったりする。いずれも鼻につく態度ばかりで、うんざりしてしまう。普段は体裁ぶって取りつくろうにしても、ベッドをともにするときぐらいは素直になってもらいたい。

クリスタベルの口づけのように。素直だからこそ、洗練された愛人たちの口づけよりもなまめかしい。カラントとシナモン味の唇は、クリスマスプディングのように甘く温かくやさしかった。経験豊富な貴婦人の香水くさい唇とは、まるで違う。社交界のレディたちは、それぞれの望みに見合うだけのものしか与えようとしない。おまけに、その望みといえば、結婚生活の妨げにならない男や、快楽以外に何も期待しない男と戯れに愛を交わすことだけなのだ。

クリスタベルは戯れの愛などほしがらないし、望みのものをキスで買ったりもしない。それでもなお、あれほどやさしく、惜しみなくキスに応じてくれたという事実が、うっとりと心を酔わせる。さらに欲望をつのらせる。もっとほしい。早くほしい。

あの垢抜《あかぬ》けない髪をほどき、この手に巻きつけたくてたまらない。揺れる髪で胸や腹や下腹部をくすぐられたい。

「ミスター・バーン！」鋭い声が飛んだ。

意識を引き戻された。不覚。またぼんやりしてしまった。顔を上げると、ミセス・ワッツが印つけを終え、喪服を脱がせようとボタンをはずし始めていた。

そして、クリスタベルがこちらをにらんでいた。「よろしければ――」

「よろしいですとも」いま追いだされたりするものか。クリスタベルを動揺させれば、重要なことを口走ってくれるに違いない。「あなたのコルセット姿は見慣れていますから」

クリスタベルがミセス・ワッツの手を押さえた。「でも、やはり遠慮していただきたいわ」

「やはり見ていたいのですよ」そのまま続けるようミセス・ワッツに合図したあと、バーンはつけくわえた。「しかも、そのシュミーズと長いコルセットは実に上品で、きちんとしていますからね。鎧《よろい》を着ているようなものだ」

当然ながら、クリスタベルは疑わしげな顔をした。たとえ鎧でも、体の線を強調しているので実に色っぽい。ミセス・ワッツの手で喪服が脱がされたとたん、バーンのこめかみで血が騒いだ。

未亡人の分厚い喪服の下に、これほど豊満な体が隠れていたかと、あらためて驚かされた。バーンの好みは少々ふくよかな女性で、クリスタベルの体つきは、まさしく彼のために作られたような具合だった。豊かな胸と張りのあるヒップ、柔らかな下腹部は、海から上がってきたヴィーナスの絵を思わせる。小柄ではあっても、曲線美の点では申し分なかった。まろやかな肌を探り、とろけそうに豊かな体を隅々まで味わいたくて、いても立ってもいられない。

また不格好な喪服を着せなければいけないのが残念だ。身支度を整えたクリスタベル自身も、そう感じたらしい。バーンが最後にいくつかの指示をミセス・ワッツに出していると、夜会服になる予定の薔薇色《ばらいろ》のサテンをそっとなでるクリスタベルが目に入った。

バーンはミセス・ワッツのほうへ体をひねり、声をひそめた。「その薔薇色の夜会服を……明日の晩に間に合うよう仕上げるのに、いくらかかるだろうか」

仕立て屋はバーンの視線を追い、法外な代金を口にした。

「では頼む」べつにクリスタベルを喜ばせたくて仕立て屋を急《せ》かしているわけではないと、バーンは自分に言い聞かせた。これもクリスタベルを油断させる作戦なのだ。

「共布の外套《がいとう》もいりますわね。それから――」

「全部そろいで仕立てなさい。いくらかかっても結構」

ミセス・ワッツは心得顔でうなずき、あわただしく商売道具をまとめに行った。

せっせと片づけをする仕立て屋を尻目に、バーンはクリスタベルに近づいた。「ミセス・ワッツの仕事仲間の帽子屋と靴屋が、ボンネットや頭飾りや靴を作ってくれるでしょう。共布の装飾品も一緒に。レティキュールのほうは――」

「手持ちのもので十分よ。そんなに何もかも新調しなくてもいいわ」ため息を漏らしつつ、クリスタベルはサテンから顔をそむけた。巡礼者が誘惑に背を向けるように。

その姿が、バーンに幼少時の記憶をよみがえらせた。殿下のせいで金銭に余裕のなかった母が、豪華なドレスから視線を引き離すところを、バーンはむなしく見つめていた。当時の自分にも、母のドレスをあつらえてあげるほどの余裕はなかった。「しかし、何もかもほしいのでしょう？」

クリスタベルが澄んだ目で見あげてきた。「ほしくたって、どうにもならないわ。あなたにも、ずいぶん散財させてしまったし」

「それを判断するのは、わたしです」

クリスタベルの表情が硬くなった。「散財した分、わたしに何かさせる気でしょう？」

「はい。新しいドレスを着ていただきます」バーンは即答した。

「そういう意味じゃないのはわかっているはずよ。それに、ドレスをあつらえてもらう約束なんかしなかったわ」

バーンの眉間《みけん》にしわが寄る。クリスタベルはドレス代の代わりに抱かれる覚悟をしているようだが、冗談じゃない。それでは商売女が客の相手をするのと同じだ。クリスタベルも母も商売女などではない。「なりゆき上、愛人のふりをしていただくことへの罪滅ぼしとでもお考えください」

「罪滅ぼしのつもりでドレスをあつらえてくださったの？」

「いいえ。しかし、そう考えれば少しは気が楽になるのでは？」

「散財なんかしてくださらないほうが、よほど気が楽だわ。そんな大金、返せるあてもないのに。このままでは、お金を返す代わりに……あなたに……」

「抱かれる羽目になってしまう？」

クリスタベルが毅然《きぜん》と顔を上げた。「ええ」

「それとこれとは別です。ストークリーのパーティーに招待されようと思ったら、それなりの格好をしなくては。わたしにとっても悪い話ではない。男爵位が転がりこんでくるのだから」

うさんくさそうな目でクリスタベルが見あげてきた。

むしょうに腹が立つ。「こう考えてごらんなさい。ドレスをあつらえなかったとしても、どうせ身持ちの悪い女と酒と歌に散財していますよ。あなたのドレスをあつらえたからこそ、愚かな無駄づかいをせずにすむのです」ゆるみそうになる頬を引きしめた。「それに、まじめなご婦人がいてくれると、男は愚かなまねをせずにすみますからね」

「まじめなだけで、なんの役にも立たない女がここにいるわよ」きれいな眉が悲しげに曇った。「前にも殿方の愚行を止めようとしたけれど、みごとに失敗しました。もう二度とやりません」

おそらく夫のことだろうが。皮肉めいた物言いが、なぜこうも腹立たしいのか。皮肉屋という点では、自分も負けてはいないのに。

クリスタベルが、手近な椅子にかけてあったショールと、やけに大きなレティキュールを取りあげた。「出かけるのよね?」

バーンは不審なレティキュールを見すえた。「場合によりけりです」不意を突いてレティキュールをひったくり、なかをのぞきこむ。一方の眉をつりあげながら、バーンは銃を取りだした。「弾の入った銃を持ち歩くようなご婦人とは出かけられません」

「弾は入っていないわ」クリスタベルが言い返した。

「ならば、持っていてもしかたがないでしょう」バーンは銃を上着のポケットに押しこみ、クリスタベルに腕をさしだした。「では行きますか」

「ちょっと、わたしの銃よ!」

「戻ったらお返しします」

「あら、本当に出かけるの? 昨夜《ゆうべ》もそうおっしゃっていたけれど、こっそり仕立て屋を連れてくるための口実かと思ったわ」

「それもありましたが。アイヴァースリーとドレイカーには実情を伝えてありますが、奥方たちには話さないよう言い含めておきました。ですから、あなたのドレス代をわたしが支払ったと聞けば、当然、奥方たちは最悪の方向へ想像をたくましくするでしょう。あなたが晩餐《ばんさん》を楽しんでいらしたところに水をさすのも無粋かと思いまして」

クリスタベルが腕をからめてきた。一緒に廊下へ出ると、使用人が重苦しい黒のボンネットをクリスタベルに手渡した。「それなら、帰りぎわに手にキスをしたり、馴《な》れ馴《な》れしく呼んだりしないでいただきたかったわ」

たしかにそうだ。けれども、年端もいかぬころから裏街道を歩んでいたと、奥方たちの口からクリスタベルに告げられるのは、がまんならなかった。ここまできて、やっとの思いでひと財産を築いたものの、その出発点を水に流してくれる者は誰もいない。

殿下のせいだ。この代償は、なんとしてでも払わせてやる。

「まあ、気にすることはありませんよ」バーンはクリスタベルを外へ連れだし、石段を下りて馬車に向かった。「あのおふた方がストークリーの遊び仲間に加わるとは思えないから、鉢合わせする心配もなさそうですし」クリスタベルに流し目を送る。「今後、社交界に旋風を巻き起こしたいのであれば別ですが」

「まさか。ストークリー男爵から私物を取り戻すだけでもたいへんなのに。全部片づいたら田舎に引っこんで、二度とロンドンには出てこないわ」

バーンはクリスタベルに手を貸して馬車に座らせ、自分も隣に乗りこんだ。「そんなにロンドンがお嫌いですか」

「ロンドンは好きだけど。社交界は、得体が知れないもの」

「社交界の荒波に、みずから身を投じるのではありませんか。私物を取り戻すために」

「ほかに方法がないからよ」

バーンは馬を軽快に走らせた。「私物といえば、保管場所の見当はついていますか？

ストークリーの屋敷は、かなり広い」その返答によっては私物の正体にも見当がつく。

「わからないわ」クリスタベルが冷ややかに答えた。

「お父上はどこに保管していたのです？」

「鍵《かぎ》のかかる貴重品入れよ」

小さなものということになる。宝石だろうか。だが、なぜ宝石が殿下を悩ませるのか。

「では、ストークリーも貴重品入れか金庫にしまっているとは思いませんか」

「どうかしら。だとしたら、こじ開ける方法を考えなきゃいけないわね。金庫ごと持ちだしてもいいけれど。金庫はひとつしかないだろうし」クリスタベルは、いったん言葉を切った。「金庫の開け方なんてご存じ？」

「おまかせください。どんな金庫でも開けてみせます」クリスタベルのお気に召すような開け方ではないだろうが。「鍵のかかるところに保管していたのなら、そもそもご主人はどうやって取りだしたのでしょう。その存在を、どう知りえたかという問題もありますが」

黙りこんだクリスタベルの顔に屈辱が広がっていく。「わたしが教えてしまったのよ」こちらの視線に気づき、クリスタベルが昂然《こうぜん》と見返してきた。「父はフランスへ行く直前に、わたしに貴重品入れを預けたの。自分の身に何かあったときの処分方法まで指示して。

だから、わたしはそれを家に持ち帰っても、何が入っているかフィリップには言わずにいたわ。それで彼も、よけいに気になったのね。しつこくきいてきたわ。なぜ夫を信用しないのか、とか言って。父に信用されていなかったことで、いいかげん頭にきていたようだし」

打ちひしがれたような吐息がクリスタベルの唇から漏れた。

「そうやってフィリップが不機嫌になると、わたしも辛抱しきれなくなった。どんどんフィリップがよそよそしくなっていくんですもの。ちゃんと信用しているところを見せれば、なんとかなると思ったのだけど……」クリスタベルはかぶりを振った。「ばかよね」

「そんなことはありません」ハヴァシャムは間違いなく、自分の都合のために妻の愛情につけこむたぐいの男だった。

「やっぱり、ばかとしか思えないわ。もう全部わかってしまったし。隠しごとをするなと自分では言っておきながら、フィリップはロンドンに遊びに出かけて、こそこそと……」

クリスタベルが言いよどんだので、バーンは続きを促した。「ばかよね」

きれいな頬が朱に染まった。「ギャンブルをしたり……ほかのことをしたり」

ほかのこと。いくら考えても、ハヴァシャムがギャンブル以外の遊びに手を染めていた記憶はない。大酒飲みということか？　そういえば〈ブルー・スワン〉で、店のおごりのブランデーをがぶ飲みしていた。とはいえ、軍人に囲まれて育ったクリスタベルなら、酒飲みには慣れているはずだが。ハヴァシャムに愛人がいたとか？　そんな噂《うわさ》は聞いたことがない。

なんにせよ、しかつめらしい表情のクリスタベルが夫の不始末について話すとも思えなかった。まあいい、あとで聞きだしてやろう。それに、いまのところ、さして重要でもない話だ。「では、あなたが貴重品入れの鍵を渡してしまったのですね？」

「まさか。わたしだって、そこまで考えなしでもないわ」クリスタベルが眉をひそめた。「フィリップ付きの執事には錠前破りの心得があったの。その手の人間だったのよ」

バーンは笑いたくなるのをこらえた。「わたしと同じで？」

クリスタベルが顔をつんとそらしたとき、つばの広いボンネットが風で飛ばされかけた。「錠前破りなんかするのは悪い人だと相場が決まっているわ」

「たしかにそうですね」だが、ギャンブルの借金のために妻を裏切るというのも、それはそれでふざけた男だ。クリスタベルがギャンブラーを疑ってかかるのも無理はない。ハヴァシャムには別の形で代償を支払わせたほうがよかったような気もしてきた。「それで、ご主人は自分のしたことを打ち明けなかったのですか？」

長い直線道路で馬車の速度が上がり、クリスタベルはボンネットのリボンを握りしめた。「わたしは貴重品入れの中身が全部なくなっていることさえ知らなかったのよ。気づいたときには、もう手遅れ。殿下に呼びだされて話をしたあと、すぐに貴重品入れを確認しに行ったけれど、全部なくなっていた」

バーンはクリスタベルの失言に食らいついた。「全部？　いくつもあったのですか？」

「いいえ」クリスタベルがあわてたように言い直した。「ひとつだけよ」

「いま、全部とおっしゃいましたね」

瞳の奥の狼狽《ろうばい》は疑いようもなかった。「あなたの聞き違いよ」

「なるほど」聞き違いとは恐れ入る。二度も言ったのに。ということは、複数あるのか。宝石ひとそろい？　書類？　殿下がこだわりそうなものといえば書類かもしれない。だが、どういう書類だろうか。

「それで、これからどこへ行くの？」クリスタベルが明るく尋ねた。

バーンは含み笑いをこらえた。ここまでわざとらしく話をそらさずともよかろうに。とげとげしく突っかかってくる態度とは裏腹に、クリスタベルは根っから正直者らしい。秘密をかかえているのは苦しかろう。

だからこそ、いずれ時を見はからって秘密の重荷から解放してやらなくてはいけない。頭の弱い夫にもできたことなら、自分にもできるはずだ。さっさとベッドに連れこんでしまおう。クリスタベルはベッドのなかにいるのが似合う。寝室の悩ましい雰囲気に包まれて、いつまでも秘密をかかえていられる女性などいない。

「バーン？」悩ましい女性が急かしてきた。「どこへ行くの？」

できればベッドに。「ハイドパークのロットン通りに決まっているでしょう」バーンは手綱の先端でクリスタベルを軽く叩《たた》いた。「なぜです？　自分で手綱を取りたいとでも？」

クリスタベルが顔を輝かせた。「えっ、いいのかしら？」

冗談で言ったのだが。ロンドン・シティの鍵をもらったかのように喜んでいるところに水をさすことなどできはしない。「二輪馬車《キャブリオレ》を御したことがあるのですか？」

「四輪馬車《フェートン》なら。キャブリオレのほうが簡単でしょう？」

「フェートンを？　横転しませんでしたか？」

「まさか！」クリスタベルは、心外だという顔をした。「馬車を横転させたことなんて、一度もないんだから」

バーンは頬がゆるみそうになるのを抑えつつ、手綱を渡した。「では、今日が最初にならないようにしてください」

クリスタベルが大きく目を見開き、うれしそうに顔をほころばせた。こんな笑顔を見せられては、愛馬が危険な目に遭いかねないということさえ、どうでもよくなってしまう。

「大丈夫だと言っているでしょう」クリスタベルは早口に応じた。

クリスタベルは生まれながらの御者のごとくにキャブリオレを走らせ、みごとな手綱さばきを見せた。まったく同じ色合いの灰毛の馬たちが少し反抗したときも、たちどころにおとなしくさせた。

「馬車を走らせるのも楽しいけれど、やっぱり自分で馬に乗るほうがいいわね。領地ではどこへ行くにも自分で馬や馬車を走らせていたわ」

「さすがですね。お上手なわけだ。これほどみごとに馬車を走らせる女性は見たことがない。そういう点では、男でもほとんどいませんが」

クリスタベルが瞳をきらめかせ、彼を見た。「ベッドでの手管のほかに特技のある女もいるんですからね」

バーンは喉の奥で笑った。「では、あなたを御者として雇わなくてはいけませんね。街なかの移動が楽しくなりそうだ」

クリスタベルは、ふふんと胸を張り、笑い声をあげた。クリスタベル大佐が女性らしくくすくす笑ったりするわけがない。腹の底からの快活な笑いで、バーンの胸の奥深くに共鳴した。ボンネットが風に飛ばされて道に落ちたときでさえ、クリスタベルは、なお高らかに笑うばかりだった。天気は上々、自分の運命を自分で握るという極上の喜びに、きれいな頬が紅潮している。

おのれの過去を振り返るに、これほど単純なことで喜べたのは、いつの話だったか。おそらく、ほんの子供のころが最後だろう。母が殿下に生活費を出してもらおうと、あらゆる手を尽くしたときよりも前。母子ふたりで引っ越しを繰り返すたびに下宿屋の質が劣悪になっていく、そんな日々よりも前。

あの火事で寒空のもとに放《ほう》りだされ、十二歳で天涯孤独の身となったときよりも前。暗い記憶を振り払い、バーンはクリスタベルの背に腕をまわした。「そういえば、あなたの執事は眼帯をしていましたね。何か事故でも？」

「流れ弾に頬骨を砕かれて、片目を失ったの」

「あなたが撃ったのではないでしょうね」

「違うわ！　戦の最中だったの。でも傷を負って軍にいられなくなったから、うちで雇うことにしたのよ」

「あなたとご主人で決めたのですか？　それとも、あなたの独断で？」

クリスタベルは肩をすくめた。「夫の連隊にいた人だもの。路頭に迷わせるのも不憫《ふびん》で」

「見捨てる人もいます」

クリスタベルが唇を真一文字に引きしめた。「軍人への感謝の気持ちが足りないんだわ。国を守るため、たいへんな犠牲を払ってくれているのに」

バーンは感慨も新たにクリスタベルを見つめた。「では、召使いを戦場で拾ってくるというのは本当だったのですね」

「ほんの数人だけよ。五人だったかしら。いいえ、六人。いつも料理番を勘定に入れ忘れるのよね。海軍に入るよりもずっと前は、シェフをやっていた人なの」

「家じゅう軍人ばかりではないですか。あの日わたしを撃ってきたのが、あなたひとりでよかったと思うべきでしょうね」

クリスタベルが口元に微笑を浮かべた。「召使いにも銃を配っておけばよかった」

「いかにも、あなたらしい」妙な話だが、それでもクリスタベルへの欲望がいささかも損なわれることはなかった。冷たく上品な女ばかり愛人にしてきたので、ことのほか清々《すがすが》しく痛快に感じられる。

バーンは眉根を寄せた。作戦上、これはまずいのではなかろうか。気まぐれに愛人の好みを変えたと仲間うちで噂されるかもしれない。その変化には何か裏があると、誰もが――ストークリーも――疑いの念を抱くかもしれない。

事を進める前に、探りを入れておいたほうがよさそうだ。今日は何曜日だ？　火曜日。実に都合がいい。クリスタベルが何に飛びこもうとしているのか、きちんと教えてやるうえでも、うってつけだ。

「計画変更です」バーンはクリスタベルに告げた。「手綱をよこしなさい」

クリスタベルは少々つまらなそうな顔をしながらも、言われたとおりにした。「なぜ？どこに行くの？」

バーンは馬車を方向転換させ、チープサイド地区へと向かった。「愛人らしい行動をじかに学べる場所です」

「ちょっと待って、契約では――」

「そういうことではなく。わたしを信用なさい。あなたを口説く気になったら、そう言いますから。いまはカード・パーティーに行くだけです」

クリスタベルが怪訝《けげん》な表情を浮かべた。「それがどうして愛人らしい行動を学ぶことになるの？」

「じきにわかります」

5

伯爵の愛人だったころ、わたしは数多くの不道徳な行為をまのあたりにしてきました。けれども、秘密のカード・パーティーほど恥知らずなものはありませんでした。

——作者不詳『ある愛人の回想録』

クリスタベルはバーンを絞め殺したくなっていた。どんなに尋ねても、頑として行き先を言おうとしないのだから。

それに、あのせりふ。〝あなたを口説く気になったら、そう言います〟？　よくもまあ！　そっちが〝その気〟になったら、わたしがベッドに飛びこんでいくとでも？　いかにも麗しのバーン閣下らしい。むしろ、背徳の貴公子だろうか。スカートをはいた者と見るや、口説かずにはいられない貴公子。

馬車の御し方さえ不届き千万。何度も体が触れ合うよう、わざと乱暴に走らせているのだから。最初は単に、馬車の扱いが下手なだけかと思ったが、すぐに気がついた。元気な馬たちが主《あるじ》の指示にきちんと従う様子から、わざと乱暴に馬車を走らせているのが見てとれた。バーンから離れて座ろうとしても、急カーブで揺り戻されてしまう。そのたびに触れ合う腿の張りつめた筋肉や、たくましい腕の絶妙な手綱さばきに心を奪われてしまうのだった。

馬車がチープサイド地区に入り、なんの変哲もない町屋敷の裏の路地で止まるころには、全身の血が音をたてて流れていた。バーンのことなど気にするまいと心に決めたにもかかわらず、彼に触れていなければ物足りないという、妙な気分にさせられてしまった。もちろん、それも思惑どおりなのだろう。女の好奇心をあおり、抱いてちょうだいと懇願させるため……抱かれてもいいという心境にさせるため。いいえ、どんな小細工を仕掛けてこようとも、その手には乗らないんだから。絶対に。

バーンの手を借りて馬車から降りると、クリスタベルは慎重に路地の様子をうかがった。カード・パーティーの会場というより、密会の場所のように見える。鉄格子付きの小さな扉の向こうには、高い塀に囲まれた庭園があった。街なかにしては意外なほど緑が多い。バーンが鍵《かぎ》を取りだして扉を解錠したとき、ここも彼の屋敷ではないかという疑いが、さらに深まった。ふたり並んで庭園の小道を進み、裏口から厨房《ちゆうぼう》へ入ると、バーンの顔を見た召使いたちが大騒ぎを始めた。

「ムッシュー・バーン！　なんとうれしい驚き！」やせぎすで背が高く、シェフの帽子とこってりしたフランス語なまりを身につけた男が叫んだ。「お越しになるとお知らせくだされば、肉屋に子羊の脚を注文しておきましたのに!」

バーンが笑った。「晩餐《ばんさん》まで長居するつもりはないからね、ラメル。それに、こちらの屋敷の奥方さまもいい顔をしないでしょう」

鼻を鳴らし、シェフが声を落とした。「階上《うえ》でレディ・ジェンナーとくっついている貧民どもに、最高級の子羊の味などわかるものですか。貧民には牛肉《ル・ブフ》でも出しておけばいいのです」自分の才能を牛肉料理などに費やすのはもったいないとでも言わんばかりだ。

「しかし、ムッシューには子羊をお出ししないと。小たまねぎを添えて——」

「ムッシュー・ラメル!」厨房の戸口の向こうで女の金切り声が響いた。「十分以上も前に頼んだお茶は、どうなったの!」

入ってきた女性はバーンとクリスタベルを見て、いきなり立ち止まった。

「ここで何をしているの?」

「奥方さま」シェフがあわてて言った。「ムッシュー・バーンが裏口からおいでに——」

「ごきげんよう、エレナー」バーンが女性に声をかけた。

バーンとジェンナー伯爵夫人との熱い情事の噂《うわさ》は、クリスタベルでさえ耳にしていた。なるほど、これが、かの有名なホイスト好きの伯爵夫人。あちこちの賭博場《とばくじょう》で、顔色ひとつ変えず何千ポンドも勝ったり負けたりしていると評判のレディ・ジェンナー。いつもこんなに慎みなく胸の開いたドレスばかり着るのだろうか。シェフの口ぶりだと、客が来ているという話だったけれど。

どきりとするほど乱れたブロンドの巻き毛を肩のうしろへ払い、レディ・ジェンナーは険しい目をバーンに向けた。「今日はお相手できないわ。体調がすぐれないの」

「まあ、そうおっしゃらずに。火曜の午後、ここでカード・パーティーをなさっていることは存じておりますから」

レディ・ジェンナーが目をすがめた。「誰に聞いたの？」

バーンは一方の眉を上げた。

立派な胸の伯爵夫人が声をとがらせた。「いいこと？　どうやって秘密をかぎつけるのか知らないけれど、部外者はお断りよ。ホイストをしに来たのなら、お友達には帰ってもらってちょうだい」

「見に来ただけです」クリスタベルの背中のくぼみにバーンの手が触れた。「それに、こちらは部外者ではありません。ハヴァシャムの未亡人です」

レディ・ジェンナーが見下すような流し目をよこしてきた。「例の侯爵夫人？　ご主人の話だと、人前に出るのが怖くてロンドンにも来ようとしなかったっていう、あの？」

頭に血がのぼった。「なんですって？　何かを怖いと思ったことなんて一度も――」

「そうですね」バーンが途中でさえぎり、警告するようにクリスタベルの腰をつかんだ。

「まさしく、その侯爵夫人です。ごらんのとおり、夫君の説明は何から何まで正しいというわけでもなかったようだ」

「だからといって、レディ・ハヴァシャムが噂を流さないと断言できる?」

「口の堅さは、わたしが保証します」バーンがゆっくりと厨房を見まわした。「それでも追い返そうと言うのであれば、ご主人にお知らせしてもいいのですよ。あなたが相続なさった町屋敷をどのように使っているのか」

「意地悪ね、バーン」レディ・ジェンナーのふくれっ面はなかなか扇情的で、並みの女にまねのできるものではなかった。「いいわ、ただ見るだけなら――」

「それだけです。本物の勝負師のホイストをレディ・ハヴァシャムに見せたいと思ったとき、真っ先に心に浮かんだのが、あなた方だったのです」

その言葉に伯爵夫人の溜飲《りゅういん》も下がったらしい。「でしょうね。わたくしたちが最強だもの」

「だから来たのです」バーンの目が悪魔めいた輝きをたたえた。「ストークリーのパーティーにそなえ、勝負を見ておこうと思いまして」

「今年こそは、あなたとストークリーに勝ち逃げなんかさせないわよ。きりきり舞いさせてあげる」伯爵夫人がクリスタベルへ視線を移し、侮辱の一歩手前の厚かましさで、やぼったい黒の喪服を上から下まで眺めた。「レディ・ハヴァシャム、ストークリーの屋敷でホイストをするんだったら、ご主人よりもお強いとよろしいわねえ」

クリスタベルは好奇心に勝てなかった。「フィリップと勝負なさったことがあるの？」

伯爵夫人が耳ざわりな声で笑った。「当然よ。負けがこんで懐具合がさびしくなると、みんなあなたのご主人とゲームをしたわ。本当に弱かったもの、彼は」

また耳ざわりな笑い声を響かせながら伯爵夫人は踵《きびす》を返し、やり場のない怒りに震えるクリスタベルを尻目に、ついてこいと合図をした。クリスタベルは胸のうちで悪態をついた。いくら夫が弱かったとはいえ、そのことで未亡人を嘲笑《あざわら》うなんてひどすぎる。

ふいに、バーンがなだめるように腰をなでてきた。「エレナーのことは放《ほう》っておきなさい」クリスタベルを促し、伯爵夫人に続いて歩きだす。「カード遊び以外には取り柄のない性悪な雌猫です」

ぶしつけな物言いに、クリスタベルは息をのんだ。

「だから、わたくしを愛人にしたの？」前を歩いていたレディ・ジェンナーが、シルクのように甘い口調で問いかけてきた。かなり狭い階段を上がっていく。「性悪な雌猫を抱くのが楽しかったから？」

「だから、あなたは元愛人になったのですよ」バーンが言い返した。「あなたの爪とぎ棒になるより楽しいことは、いくらでもあります」

レディ・ジェンナーは階段を上がりきったところで待っていた。呆然《ぼうぜん》としているクリスタベルに目をとめた夫人は、その表情の意味を誤解したらしく、何やら含みのある微笑まじりに話しかけてきた。「バーンに聞いていなかったのかしら。ここに来ると愛人と鉢合わせするって」

クリスタベルは、こともなげな態度を取りつくろった。「元愛人でしょう?」

伯爵夫人が肩をすくめた。「バーンは愛人を取っかえ引っかえしているもの。それこそ何人も」意地悪そうに唇の端を上げる。「現にいまも、あとふたり来ているし」

クリスタベルもなんとかほほえんでみせた。「ちょうどよかった。彼の言うとおり退屈で頭の悪い女性ばかりなのかどうか、この目で確かめられますもの」

そのとたん、伯爵夫人の顔から笑みが消えた。いきなり背を向け、夫人は薄暗い廊下を歩きだした。

あとを追っていると、バーンが小声で話しかけてきた。「エレナーは強敵と出会ったようですね」

クリスタベルは油断なくバーンを見すえた。「だから、わたしを連れてきたの? 元愛人と顔を合わせても、へこんだりしないかどうか見たかったから?」

「それもありますが。ストークリーのパーティーの下見とお考えください。ただし、こちらのほうが過激です。ここの光景に耐えられれば、もう何があろうと大丈夫。ホイストと悪徳に興じる人たちをまのあたりにすることになりますから」バーンの手が背筋をさらりとなぞってきた。「ホイスト組に、わたしたちの関係を見せつける機会にもなります」

「何をするのですって?」

バーンが頬にキスを落とし、ささやいた。「愛人のふりをするのですよ、もちろん。わたしがあなたの立場なら、その達者な口は、つぐんでおきますね。よく見て、よく聞いて、慣れてください。動揺を顔に出さないように。あなたの反応は実にわかりやすい」

そんな注意を受けただけで足を踏み入れた先は、世にも恥知らずな場所だった。

三人がカードのテーブルを囲んでおり、伯爵夫人もすぐそばの長椅子に腰を下ろして仲間に加わった。かなり広い客間には、ほかに四人の姿がある。全部で八人いるうち、ほぼ全員が不道徳な行為にいそしんでいた。

赤ら顔で太ったブルネットの女が、大きく胸の開いた昼間用ドレスに身を包み、寝椅子の上で丸くなっていた。彼女に腿をなでられながら隣でカードを凝視している男の鼻先はとがり、髪は薄くなりつつあった。シャツだけの軽装で、とても目鼻立ちの整った若い紳士がジェンナー伯爵夫人と同じ長椅子に座り、彼女の背中に右腕をまわして乱れ髪に指をからめている。白髪の婦人の意識は、怖い顔で肩にもたれかかってくる男と手持ちのカードに二分されていた。男は軍服の上着の前をはだけた格好で、婦人の耳をねぶっている。

けれども、八人のなかで最も不届きなのは、赤毛で細身の女だった。あろうことか、ブランデーのグラスを傾けている肥満体の男の膝に座り、けらけらと笑い転げていたのだから。

「バーン！」肥満体の男がこちらに目をとめた。「珍しいな、きみがここに来るとは」男はクリスタベルをいやらしい目つきで見た。「そちらの美人は誰かね？」

クリスタベルが思わず身を硬くしたとき、戒めるようにバーンがウエストに手を押しあててきた。「レディ・ハヴァシャムですよ。わたしがとても親しくしている友人です」

つまり〝愛人〟ということだろう。女たちが訳知り顔で視線を交わし、男たちは肥満の紳士ともども、みだらがましい目つきで眺めてきたのだから。苦いものが喉にこみあげてきたものの、クリスタベルはなんとか笑顔を作ってみせた。

するとバーンがひとりひとりの紹介を始めた。名前が次々と耳に飛びこんできて、とても覚えきれない。トールボット、マーカム、ブラッドリー、ハンゲート、またトールボット……。

トールボットがふたり？　聞き違いだろう。

「椅子は、あとひとつしかないのよ」伯爵夫人がそっけなく言い、カードテーブルから少し離れたところにある重厚な胡桃材《くるみざい》の肘掛け椅子を示した。「ふたりで座れば？」

「そうしましょう」バーンが椅子をテーブルに引きよせた。さっさと腰を下ろし、あっけにとられているクリスタベルを膝の上に抱きこんだ。

クリスタベルは凍りついた。男の膝に座ったことなど一度もない。夫の膝にも座ったことはなかった。これ以上に馴《な》れ馴《な》れしい行為など想像できない。寝室ならではの行為は別だけれど……。あまりの衝撃に振り返ると、バーンが厚かましい笑みを浮かべてこちらを見つめていた。

バーンはわざとらしく肘掛けに腕をのせ、凍りついているクリスタベルの背中にまわした。もう一方の腕でウエストを抱きかかえる。からかうような視線は、抵抗できるものならやってみろと言わんばかりだった。

「レディ・ハヴァシャム。座り心地が悪いのなら、正餐室の椅子を召使いに持ってこさせるわ」伯爵夫人が何食わぬ顔で言った。

クリスタベルは無理やり肩の力を抜き、バーンの腕に背中をあずけた。「お気づかいなく」かろうじて声を出す。「ここで結構ですから」

「まことに結構」バーンが低い声で言い添え、その言葉の意味をすっかり変えてしまった。

広げた手のひらを下腹部に押しあてられ、かっと頭に血がのぼる。バーンの頭がすぐ近くにあるせいで、シェービングオイルの芳香が鼻をくすぐり、火傷《やけど》するほど熱い息が頬をかすめてきた。よくもまあ図に乗って、いかがわしく腕をまわしてきたりできるものね。

まわりの反応をそっとうかがってみたものの、バーンの膝に腰かけたクリスタベルを見とがめたり、いぶかしく思ったりしている様子は少しもなかった。もっとも、ジェンナー伯爵夫人は例外らしい。敵意に満ちた視線が飛んでくる……ような気がした。数秒後、伯爵夫人は集中した顔つきで手元のカードに目を凝らしていた。

ほかの女たちは嫉妬《しっと》のかけらさえ見せなかった。そのうちふたりはバーンの元愛人だというのに！　誰だろう。赤い髪の人？　とんでもなく慎みのないドレスのブルネット？

誰でもいい。気になるわけでもないし。本当に、ちっとも気にしていない。手紙を取り戻すことしか頭にないのだから。手紙を取り戻すために恥知らずな女のふりをしろと言うなら、いいわ、やってみせようじゃないの。

だからといって、好きこのんでやるとはかぎらないけれど。

「あなたもホイストをなさるのですか、レディ・ハヴァシャム？」鼻のとがったミスター・トールボットが尋ねてきた。

「ストークリーのパーティーでは、わたしと組みます」バーンが代わりに答えた。

クリスタベルは怪訝《けげん》に思い、視線で問いかけたが無視された。昨日の時点では、バーンと組もうとしたら断られたのに。どういう心境の変化だろう。

バーンの返事に、伯爵夫人が目をみはった。「いつものようにストークリーと組むのではなかったの？」

「今年は違います」

伯爵夫人が敵意も新たに、クリスタベルをにらんだ。「亡くなったご主人より、ホイストがお強いとよろしいのだけど。バーンは負けるのが嫌いだから」

ミスター・トールボットがテーブルにカードを放りだした。「ストークリーに招待されなければ始まらないよ。気の置けない集まりに新入りを連れていくなんて、ストークリーがどう思うか。想像はつくだろう？」

「レディ・ハヴァシャムが行かないのであれば、わたしも行きません」バーンが物憂げに言った。「それに、わたしの連れなのだからストークリーも信用するはずです」

ミスター・トールボットが肩をすくめた。「パートナーを解消したのなら、きみには目もくれなくなるんじゃないか？」

「宣戦布告すれば食いついてきますよ。自分が誰のせいで袖《そで》にされたのか気になって、レディ・ハヴァシャムを招待するでしょう」

クリスタベルは冷や汗をかいていた。ホイストが強いなんて嘘《うそ》をつかなければよかった。

ミスター・トールボットが言い返した。「どのみち、あの男が招待状を全部出したあと、招待客を増やすわけがない。僕たちの分は先週届いた。そうだったね、奥さま？」

彼の腿に手をかけているブルネットではなく、赤毛の女が答えた。「ええ、わたしたちがロンドンにいたときにね」

〝わたしたち〟？

肥満体の紳士の膝に腰かけたまま、赤毛の女は長いまつげをばさばさと揺らしながらバーンを見つめた。「あなたは例外にしてもらえるんじゃない？　あなたが来なかったら、おもしろくないもの」

「バーンに色目を使っても無駄よ」伯爵夫人が当てつけがましく言った。「わからない？　愛人は足りているみたいよ。ひとりの女に義理立てなんかしない男だけれど、そばにいるときぐらいは全神経を傾けてくれるわ」伯爵夫人はミスター・トールボットに冷ややかな一瞥《いちべつ》を与えた。「そちらのご主人と違って」

クリスタベルは、あんぐりと口を開けた。

「ふたりは夫婦なのですよ」バーンが耳打ちしてきた。「そして、それぞれに愛人がいる。いいかげんに動揺を引っこめなさい」

ここまで公然と不倫に走るなんて。よくのみこむことさえできず、クリスタベルはバーンのほうを振り向いた。けれども、それは失敗だった。憤りの表情を見てとったバーンが、すかさず隠蔽《いんぺい》工作に乗りだしたのだから。

唇を奪われた。ほかにも人が大勢いる部屋で、ゆっくりと時間をかけ、さも当然といった顔で口づけをされた。激しくむさぼってくる唇に、意のままに反応させられてしまう。こんなにも馴れ馴れしい行為を人前でするなんて嫌でたまらないはずなのに、体が勝手に愛人の役を演じてしまう。

やっとの思いで目を閉じて唇を開き、熱く突き進んできた舌を迎え入れる。恥知らずなおこないを披露しているのだから悪寒でも感じればいいものの、意外にも悪い気がしないとばかりに意識がヒップの下に向かう。何やら硬いものが、さっきからずっと――。

「あら嫌だ、バーンったら」伯爵夫人がいらだたしげに言った。「あなた、ホイストを見に来たの？　それとも愛人といちゃつきに来たの？」

その場凌《しの》ぎとはいえ、クリスタベルはバーンから唇を引きはがして、ほっとひと息ついた。大きな手がずうずうしく下腹部をなでてきたけれど、まなざしで釘《くぎ》を刺されたので声も出せない。「両方です」バーンが伯爵夫人に視線を移した。「楽しくやっているのは、わたしたちだけではないでしょう？　わたしの勘違いでなければ、マーカム中尉の手はテーブルの下であなたの腿をなでている。たぶん、あなたの腿だと思うのですが」

クリスタベルは息をのみそうになり、あわてて舌をかみしめた。

中尉が手を引きだそうとしたものの、伯爵夫人に止められた。夫人は中尉の手を押さえながらバーンに言った。「わたくしとマーカムが何をしようと、気にかけてもいないくせに。過去の女に執着して時間を無駄にするような男じゃないでしょう、あなたは。そのくらい、わたくしにもわかるわ」

「わかっていらっしゃらないようですね」バーンが面倒くさそうに反論した。「現在《いま》の女に執着して時間を無駄にすることもありません」

伯爵夫人が顔をしかめ、男たちが爆笑するなか、クリスタベルは必死に笑顔を作り続けた。バーンの膝から飛びおりて、さっさと出ていってしまいたい。しかし、そうするわけにもいかない。バーンの本性を痛いくらいに思い知らされながら、じっと座っているほかなかった。

よくもまあ、みんなそろって恥ずかしいまねができたものね。ああ、バーンはキスが上手かもしれない。けれど、わたしにも、ほかの誰にも、やさしい気持ちなんか持っていない。こんな人の口説き文句に心を動かされたりしようものなら、ほかの女と同じ扱いを受けることだろう。バーンに捨てられ、人前で侮辱し合う玩具《おもちゃ》になり果ててしまう。

きっと彼にも、昔は良心があったに違いない。けれども、幼くして裏街道で働く必要に迫られたせいで、良心など無残に打ち砕かれてしまったのだろう。目の前にいるのは、かの有名なバーンで、どう見ても道徳心や良心などといった代物は持ち合わせていないらしい。そうでなければ、こんなところで気楽にしていられるはずがない。

それにしても、身分の高い人たちが、こんなにもあっけらかんと不倫をしているなんて思ってもみなかった。破廉恥な光景を目にすると聞かされてはいたけれど、口紅を塗りたくっているレディとか、たまに下品なことを言う紳士ぐらいしか想像していなかった。バーンが警告してきたのも無理はない。

とはいえ、父から預けられた手紙を取り戻すには愛人の役を演じるほかない。どんなに気が進まなくても、愛人らしく行動しなければならないのだ。

けだるい微笑を顔にはりつけ、肩の力を抜いてバーンの胸に寄りかかる。そのとたん、ひゅっと息をのむ音が背後から聞こえてきたので、かなり溜飲が下がった。愛人らしくするなんて無理だと思われていたのだろうけれど、やればできるところを見せてやるわ。

肥満体の紳士の好色な視線を、なまめかしい笑みで受け流す。ミスター・トールボットの視線を感じたときは、腰にまわされていたバーンの手に、わざと自分の手を重ねた。愛人の胸をなでるミセス・トールボットの姿を思いだし、同じようにバーンの手をなでた。

バーンの熱いまなざしと、ふたたびヒップの下から硬く突きあげてくるものを感じた。やはり、背徳の貴公子としか言いようがない。

そのとき、バーンの唇が耳に触れた。「たいへんお上手ですよ。その調子でどうぞ。このわたしでさえ、あなたが自堕落な女だと信じてしまいそうだ」バーンの手が胸の下にすべりこんできた。「では、そろそろホイストにも目を向けることとしますか。わたしと組むのでしょう？　トールボットに注目していらっしゃい。あの男が、いちばん強い。それから、エレナーと組んでいるハンゲート侯爵夫人。彼女も強い」

それからというもの、バーンは冷静そのものの態度を崩すことなく、熱いささやきで複雑なゲームの説明を続けた。クリスタベルは、耳を傾けるよう自分に言い聞かせた。ヒップを突きあげてくるものは硬いままで、周囲で繰り広げられている不届きな行為もおさまる気配はなかったけれど。

しばらくすると、バーンを興奮させているのが自分だけでなく、ホイストの勝負そのものでもあることに気がついた。バーンにとっては、女もホイストも、ともに攻略しがいのある対象なのだろう。もっとも、ホイストは攻略できても、このわたしを攻略することはできない。絶対に。

白髪頭のハンゲート侯爵夫人が繰りだしてきた難しい一手についてバーンから説明を受けていると、ジェンナー伯爵夫人が声を荒らげた。「そこで内緒話なんかされると、いらいらするのよね。たまには、いちゃつくのをやめられない？」

「作戦会議をしていただけですよ。作戦はホイストで勝つための鍵ですから」

「ホイストで勝つ鍵は強い手札だと思うけど？」伯爵夫人が言い返してきた。「まあいいわ、どちらが正しいか、いずれわかるでしょう。こっちの勝負もそろそろ一段落するから、新しいお友達もご一緒にいかが？　さぞお強いんでしょうね。ずっと見学してきたあなたたちが、どんな手でくるか、ぜひ見せてもらいたいものだわ」

クリスタベルは内心、あわてふためいた。ああ、どうしよう。いまは無理、ここでは無理。この二年間、遊びのゲームさえやっていないのに。

しかし、言いわけを考える間もなく、警告めいたしぐさでバーンの手がウエストを強く押さえてきた。バーンが答えた。「いいでしょう」

どうしたらいいの？　たいへんなことになってしまったわ。

6

ほかの女性すべてを敵視するような女に注意しなさい。こういう女は、行く先々で不幸をまき散らすのが生きがいなのだから。

――作者不詳『ある愛人の回想録』

クリスタベルを膝から下ろすのは惜しいが、そろそろホイストの腕前を見きわめておくべきだろう。強いと言い張っていたのは嘘《うそ》に違いない。クリスタベルがルールを思いだせるよう、なるべくていねいに作戦を説明しておいたが、まったくの初心者では意味がない。だとしたら、彼女をパートナーにするという口実は使いにくくなるが……かえって好都合かもしれない。長年のパートナーを乗り換えたとなればストークリーは怒るだろうが、それは鮫《さめ》をおびきよせるため海に血を滴らせるようなものだ。クリスタベルと組んだことを後悔させるためだけに、ストークリーは彼女を招待するだろう。

危険なのは重々承知しているが、しかたがない。なんといっても、もくろみどおりに事を運ぶためには、クリスタベルには愛人だけでなくパートナー役も務めてもらう必要があるのだ。ストークリーの屋敷に足を踏み入れたあとは、たとえ一瞬たりともクリスタベルから目を離すわけにはいかない。さもなければ、クリスタベルはホイストの熱戦が繰り広げられている最中に私物を取り戻し、こちらで横取りする間もなく逃げ去ってしまうだろう。

とはいえ、まずは招待されなければ話にもならない。そのためには、クリスタベルには奔放な侯爵未亡人の役を慎重に演じ続けてもらうしかないのだ。持って生まれた気高い倫理観をほんのわずかでも垣間見せたら怪しまれ、招待を受けるのも難しくなる。

とりあえずホイストの輪に引きずりこめば、まわりの不届きな光景からクリスタベルの注意をそらしておける。そして今夜かぎり、このストークリーの仲間たちには二度と接触させないことにしよう。ふしだらな行為をまのあたりにしても顔色ひとつ変えなくなるまで、徹底的に心の準備をさせるのが先決だ。

「ちょっと、バーン」レディ・ジェンナーが声をあげた。「やるの？　やらないの？」

バーンは手札を見おろし、もう少しくらい幸先《さいさき》がよければいいのにと心から思った。切り札となるマークのカードも弱いものばかりで、絵札も一枚しかない。クリスタベルには、この回を乗りきってもらわなくてはいけない。乗りきってくれるといいが。

クリスタベルは意外にも健闘した。彼女の手札も、こちらに劣らぬほど貧弱だったが。

ふたりは最初の回を落としたものの、ひどい負け方ではなかった。

バーンはクリスタベルを励ますように笑いながらカードを取りあげ、全員に配った。

「次はよいカードが来るよう祈りましょう。実力を見せつけてやりなさい」

クリスタベルが顔をほころばせたとき、こんなにも温かくほほえむ愛人はいなかったとバーンはつくづく感じた。計算高い作り笑いを浮かべる女はいた。妖艶《ようえん》に笑える女もいた。しかし、クリスタベルが本当に笑うと、内面のすべてが表情に出る。その笑みを見たとたん、どういうわけか劣情がおさまっていくのだった。クリスタベルが取り戻そうとしている私物を自分の都合のいいように利用すれば、間違いなく彼女の幸せを壊してしまうだろう。そう思うと、なぜだか気が滅入《めい》ってくる。

バーンは眉間《みけん》にしわを刻んで手札を取った。われながら、どうかしている。普段の状況と、まったく変わりはないはずなのに。いつも他人からどう思われようと意に介さず、やりたいようにやってきたではないか。もう笑顔などに絆《ほだ》されたりするものか。

バーンはゲームに意識を引き戻した。手札は前回と同じくらい悪かった。自分で配っていなければ、いかさまを疑ったかもしれない。もっとも、長年ギャンブルにかかわってきたせいで、運も不運も水物だという悟りは開いている。聡《さと》い人間なら、気まぐれな運とは無関係に勝てるものだ。

「ブランデーはどうだ、バーン？」マーカムが自分のグラスにブランデーを注《つ》いだ。

「いまは結構です」バーンはつっぱねた。カードのテーブルでは決して飲まないのだ。クリスタベルがへまをして、トールボットに鼻で笑われた。トールボットはクリスタベルの背後に立ち、ワインを飲みながら彼女の手札を見おろしていた。太りぎみのブルネットは愛人が参加していないゲームに飽きたらしく、窓辺にたたずみ、だいぶ暗くなってきた町並みを眺めている。

だが、トールボットは愛人のことなど、まるで気にかけていなかった。クリスタベルのドレスの胸元をのぞきこもうと躍起になっていたのだ。「悪魔のホイストにしておけばよかったなあ。あっという間にレディ・ハヴァシャムをシュミーズ一枚にしてやれたのに」

バーンは身をこわばらせ、元愛人をにらみつけた。「あなたが例の話を吹聴《ふいちょう》せずにはいられないことぐらい、心得ておくべきでした」

レディ・ジェンナーが肩をすくめた。「どうしてもトールボットに言いたくなったのよ。わたくしとあなたとで生意気ないかさまカップルの一張羅をはぎとった話は大受けするかと思ったら、つい。あの子たち、よほど腕に自信があったようだわね。わたくしたちの全財産を巻きあげられると思うなんて。あんなにろくでもない勝負を挑んでやったのにねえ。でも、負けこんで身ぐるみはがれても、たいして文句は言ってこなかったでしょう？　あの子たちをそれぞれベッドでかわいがってあげたんだから」

バーンはクリスタベルに鋭い警告の目を向けたが、無用な心配だった。クリスタベルは用心深く無表情を保っていた。引き結んだ唇に嫌悪が見えたような気はするが。

「悪魔のホイスト？」マーカムがきいた。

トールボットが喉の奥で笑った。「エレナーとバーンが考案したゲームだよ」

「秘密のゲームを考案したのです」バーンはそっけなく言った。

「あらバーン、いつからそんな秘密主義になったの？」レディ・ジェンナーが問いかけてきた。「品行方正なハヴァシャム侯爵未亡人に改造されたとか？」

驚いたことに、クリスタベルが口を開いた。「このわたしが、そんなことをするはずがないでしょう。おもしろくもなんともない殿方になってしまうじゃありませんか」

バーンは微笑をかみ殺した。クリスタベルも、なかなか芸達者だ。

「どうぞ続けてくださいな、ミスター・トールボット」偽りの愛人が、そつなく言い添えた。「悪魔のホイストのルールを説明していただける？」

「喜んで」トールボットの目が光り、クリスタベルのボディスを凝視した。「衣類や装飾品を賭金《かけきん》の代わりにするのです。服でも装飾品でも、なんでもいい。上着でもドレスでも、宝石でも時計でもかまわない。ただし、男の財布や女性のレティキュールは別ですよ。そのほか、手持ちの品もだめ。たとえば武器とか。とにかく、相手チームに奪われたポイントの分だけ、ふたりとも身につけているものを脱いでいくのがルールです」

「ふん、ばかばかしい」ハンゲート侯爵夫人が口をはさんだ。「ずいぶん不公平だこと。

時計がストッキングと同じ扱いだなんて、ありえませんよ」

「肝心なのは、そこじゃない」トールボットがいらだたしげに反論した。「要は、一方のチームがふたりとも丸裸になればいいのです。一方が裸になればゲームは終わる」

クリスタベルは発作的に喉を上下させたものの、視線は手札から離さなかった。「あなた方はそのゲームを……しょっちゅうなさっているの？」

レディ・ジェンナーが笑い声をたてた。「トールボットが期待するほどしょっちゅうでもないわ」

「耳を貸しちゃいけません、レディ・ハヴァシャム」ハンゲート侯爵夫人が手札の順番を入れ替えながら言った。「そんなゲーム、聞いたこともない。ぞっとするわ。ほかにも人がいるところで服を脱ぐなんて。ミスター・トールボットとレディ・ジェンナーは、あなたを驚かせようとしているだけですよ。人を驚かすのが趣味なんだから」

「それなら、バーンとは気が合いそうですわね」クリスタベルが応じた。

「あら、バーンは誤解されやすいけれど、趣味は悪くありませんよ」侯爵夫人が含みのある視線をバーンに向けた。「男の子は、やんちゃをするものだし」

バーンは笑いそうになるのをこらえた。ハンゲート侯爵夫人は唯一、友人の頭数に入っている元愛人だった。ロンドン最大の偽善者ではあるにしても。ふたりの関係は常軌を逸していた。ハンゲート侯爵夫人の趣味は、バーンから見ても、このうえなく異常なものだった。それでも彼女との会話は、あいかわらず退屈しない。彼女が披露するゴシップの出どころは、バーンのそれをはるかに凌駕《りょうが》しているのだから。

レディ・ジェンナーがふたたび口をはさんだ。「男の子といえば、何週間か前、ばったり会ったわよ。悪魔のホイストで大負けした、いかさま師の坊やに。あの翌日、彼女に振られたんですって。かわいいリディアは、どこかの仕立て屋で働くとか言って出ていったそうよ。坊やの愛人をしながら人をだまして暮らすのが、つくづく嫌になったのかしらね。いかさまの手伝いは今後いっさいしないと言い捨てていったらしいの。バーン、知らなかったでしょう?」

バーンはクリスタベルの視線を痛いほど感じながらも、自分の手札に意識を集中させた。

「なぜわたしが知らなくてはならないのです?」

「若くてかわいいリディアに、かなりご執心だったじゃない」

十八歳そこそこの小娘に〝ご執心〟も何もないものだ。ましてや、いかさま師の恋人の腕に抱かれる代わりに見ず知らずの男の寝室に裸で放《ほう》りこまれ、怯《おび》えきった様子で見あげてきた小娘に、いったい何をしろというのか。押し倒す? 冗談じゃない。

「何を言いだすかと思えば。あんな娘、ひと晩の遊び相手にしかなりません。あれ以来、すっかり忘れていたくらいなのに」なけなしの強いカードを出し、レディ・ジェンナーのキングを奪う。「くだらない嫌味を言ったりせず、勝負に集中なさい」

「そのとおりですよ」その回のゲームでバーンとクリスタベルが奇跡的に勝ちをおさめたあと、侯爵夫人が冷たく言った。「エレナー、もっと気を引きしめてかからないと、ストークリーの朝食にされてしまいますよ」

バーンとクリスタベルにとっては運の尽きと言うべきか、すぐさまレディ・ジェンナーがゲームに細心の注意を払いだした。さきほどの回ではバーンたちにつきがあったものの、彼の技量と運をもってしても連勝するのは不可能だった。クリスタベルの腕前もたいしたことはなく、レディ・ジェンナーや侯爵夫人のような名手を打ち負かすには至らない。クリスタベルの注意をそらし、足を引っ張るものは、ほかにも数多くあった。トールボットは彼女のボディスのなかを上からのぞきこみ、マーカムは下品な冗談を飛ばし、トールボットの妻は夫の目の前で愛人とキスをしているのだから。

まさしく、ひわいな小説か何かから抜けでたような光景で、クリスタベルの記憶にも永遠に残ってしまうのだろう。彼女が台札とは違うマークのカードを出したことは一度や二度ではきかず、同種のカードがないのかと何度もバーンに尋ねられる始末だった。切り札の出し方も、お粗末としか言いようがない。

あいにく、負けがこんでくるほど、調子も悪くなる一方だった。案の定、お堅いクリスタベルは負けっぷりも悪く、気の強い性格そのままに感情まかせのゲーム運びをしていた。バーンとクリスタベルは次の回でも負けた。レディ・ジェンナーが小気味よさげに唇の端をつりあげ、ゆったりと椅子に背中をあずけた。「ねえバーン、レディ・ハヴァシャムのベッドの手管がホイストの腕前よりも上だといいわね。さんざん負け続けたら、レディ・ハヴァシャムになぐさめてもらうしかないもの。ストークリーのパーティーに呼んでもらえても、これじゃあね」

血相を変えたクリスタベルが口を開くより先に、ハンゲート侯爵夫人が言い返した。「ばかを言うんじゃありませんよ、エレナー」棘《とげ》のある声だった。「パーティーであなたを油断させようと、下手なふりをしていることくらい見え見えでしょう。バーンが欲に負けて理性を失うような男じゃないのは、あなたもよくご存じのはずですよ。バーンのお墨付きなら、レディ・ハヴァシャムの腕前は本物ってことね」

レディ・ジェンナーの表情が曇り、バーンは笑いをこらえた。ここはハンゲート侯爵夫人にまかせ、エレナーの鎧《よろい》に穴をあけてもらおう。自分でやるより、よほど鮮やかな手並みだ。

「ばれてしまいましたね、クリスタベル」よどみない口調で言い添える。「次の回では本気でやるしかなさそうだ」

クリスタベルは一瞬だけ目をみはったものの、すかさず侯爵夫人の誤解に乗じた。「いままでだって、本気を出していましたのよ」腹に一物あるかのごとき微笑を浮かべ、レディ・ジェンナーを文字どおり凍りつかせる。「どうしてレディ・ハンゲートがわたしを買いかぶるのか、想像もつきません」

「では、もう一番やるだけよ」レディ・ジェンナーが吐き捨て、カードをまとめて手に持った。「本気とやらを見てみたいわ」

「いいでしょう」クリスタベルが受けて立った。

ハンゲート侯爵夫人があれだけ都合のよい幻影をこしらえてくれたのに、クリスタベルのプライドのせいでぶち壊しにするのはもったいない。バーンは時計を取りだし、わざとらしく目をやった。「すみません、エレナー。そろそろ失礼します。あと一、二時間で店に出なければいけないので、その前にレディ・ハヴァシャムを送り届けたい」

レディ・ジェンナーは眉をひそめたが、バーンの習慣をよく覚えているせいか、口実をすんなりと受け入れた。彼が女を抱くのは、もっぱら別れぎわ、店に出る直前なのだ。レディ・ジェンナーを送り届けたことも何度もある。女の屋敷で夫が愛人と食事をしていたならば、そのままベッドに直行した。

「しょうがないわね」レディ・ジェンナーが頬をふくらませた。「じゃあ、また来週の火曜日にでも」

「そのうちに」バーンは当たりさわりのない返事をした。立ちあがってテーブルをまわり、クリスタベルに歩みよった。「行きましょうか、奥さま」

クリスタベルも、素直にうなずく程度の分別は持ち合わせていた。「そうね」椅子から腰を上げ、バーンの腕に腕をからめる。「お世話になりました、レディ・ジェンナー。とても楽しい午後でした」

扉に向かって歩いていると、レディ・ジェンナーが声をかけてきた。「こちらもレディ・ハヴァシャムにお礼を言わなくてはね。亡くなられたご主人のことで、ちょっと疑問に思っていたのだけど、謎《なぞ》が解けたわ」

バーンは胸のうちで悪態をついた。あと少しで無事に片づくところだったのに。クリスタベルを促して出ていこうとしたものの、彼女は立ち止まり、振り返ってしまった。闘争心をむきだしにした敵と向き合う。「疑問？　なんですの？」

バーンの頭のなかで警鐘が鳴り響いた。喪服のクリスタベルを、エレナーが侮蔑《ぶべつ》もあらわに上から下までじろじろと眺めおろしているとなれば、ろくなことにならない。

「なぜハヴァシャム侯爵がいつも妻を置いてロンドンに来ていたのか、ようやくわかったわ。もっと……」エレナーは口をつぐみ、肩にかかる長いブロンドの髪を片手で払いのけた。「刺激的な交際相手がほしかったのね」

女狐《めぎつね》め、くだらない意趣返しか。ハンゲート侯爵夫人のおかげでカード遊びに不慣れなのをごまかせたとはいえ、その過程でエレナーの反感を買ってしまった。

バーンはクリスタベルを扉のほうへ引っ張っていこうとしたが、腕を振りほどかれた。

クリスタベルは、ほくそえむレディ・ジェンナーにつかつかと近づいていった。

両手を腰にあて、レディ・ジェンナーを見おろす。「あなたとの交際がそんなに楽しくて刺激的なら、どうしてバーンはわたしに乗り換えたのかしら」

レディ・ジェンナーの薄笑いが唐突に消え失《う》せた。「おかしなことを言わないで。彼はまだ……」こちらへ流し目を送ってくる。「まさか、こんな女をからかって遊んでいるんじゃないでしょうね、バーン。まだ、わたくしとの仲が続いて——」

バーンは一方の眉をつりあげた。「わたしがひとりの女に義理立てなどしないと言ったのは、あなたですよ」ぐずぐずしていると、またエレナーに癇癪《かんしゃく》をぶつけられてしまう。バーンはクリスタベルに向き直った。「さあ、行きますよ、かわいい奥さま。刺激がほしくて、もう辛抱できません」

まくしたてるレディ・ジェンナーを尻目に、ふたりは客間から引きあげた。

だが、狭い廊下に出たとたん、クリスタベルは戦に急行する将校のような足取りで階段へと突き進んでいった。

バーンは階段の手前で追いついた。「クリスタベル——」

「わたしにホイストの特訓をして」その声は引きつっていた。

もとよりそのつもりだと言いかけたが、バーンはクリスタベルのいまの心境を考え、思い直した。「仰せのとおりに」

クリスタベルは喪服の裾《すそ》をからげ、足早に階段を下りた。「手ほどきをしてちょうだい。

あの……あの魔女を八つ裂きにしてやりたいの。派手に打ち負かしてやりたい。あなたやご立派なお友達に、あの女が二度と顔向けできなくなるくらいに」あふれてきた涙を、クリスタベルは乱暴にぬぐった。「大恥をかかせてやりたい！　わたし……わたし……」

「お望みのまま、なんでも手ほどきをしますよ」バーンはクリスタベルの腰のくびれに手をあて、厨房《ちゅうぼう》へと導いた。「ここを出たらすぐに」

そのひと言で、クリスタベルも、話し合うには時も場所も悪いと悟ったらしい。一緒に厨房の召使いたちのそばをすり抜けるあいだも、馬番が馬車をまわしてくるあいだも、ずっと口を閉ざしていた。

だが、バーンが手綱を取り、馬車が夜道を走りだすと、クリスタベルは背もたれにどさりと体をあずけて叫んだ。「大嫌い！　あんな……あんなに不愉快で意地悪な女なんて。フィリップの愛人だったと白状したも同然じゃないの！」

「エレナーがご主人と一瞬でも関係を持ったとは思えません」バーンはやんわりと言った。「あなたを怒らせようとしただけですよ」

「そう思う？　本当に？」彼女のすがるような口調に、バーンは思わず歯ぎしりした。本当に浮気をしたかどうかはともかく、ハヴァシャムは妻に心配してもらうほどの男ではなかった。

べつに、クリスタベルが亡き夫のことで何を感じていようと、どうだっていいのだが。

気にしてなどいない。ちっとも。「エレナーがホイストの下手な男に抱かれるなんて、想像できますか？　ご主人が救いようもないほど弱かったのは、あなたもご存じのはずだ」

「だけど、あのマーカム中尉だって――」

「エレナーに悪ふざけをしていないときは、わたしと同じくらいの腕前ですよ」

前方の道を見すえ、クリスタベルはしばらく下唇をかんでいた。それから、せつなげに吐息をこぼした。「フィリップの不倫相手がレディ・ジェンナーでなければ、誰だったの？」

なるほど、ハヴァシャムが〝ほかのこと〟でロンドンに来ていたというのは、それか。クリスタベルは不倫を疑ったのか。「ご主人が誰かと関係していた証拠でも？」

「知らないふりなんかやめてちょうだい」

「ご主人に女がいたとしても、わたしは見ていません」

「きっと隠れて会っていたんだわ」

「では、なぜあなたがご存じなのです？　夫が妻に告げるたぐいの話ではないのに」

「聞いたの……ほかの人から」

「誰から？」

「誰でもいいでしょう。とにかく、女がいたのはわかっているのよ」

「ご主人が亡くなる前に知らされたのですか？」

クリスタベルが首を横に振った。「いいえ、あとから」

「それでは真実かどうかわかりませんね。ご主人を問いつめることもできない以上、ただの伝聞なのだから。嘘という可能性もある」

「嘘をつく理由なんてないでしょう」

「人がどのような理由で嘘をつくか知ったら、さぞ驚くでしょうね」

クリスタベルが嘆息した。「今日みたいな集まりを見たら、もう驚くことなんてないわ」

穢《けが》れを知らなすぎるにも、程がある。既婚者で外国旅行の経験もあるうえ、夫にも幻滅させられたばかりなのに。世界には暗闇《くらやみ》もあるということが皆目わからないのか。

クリスタベルは見ていないのだ。いかさま賭博《とばく》で金が払えず、はらわたをえぐりだされた男だの、腹をすかせた子供もほったらかしで酒びたりになっている女だの……。

らちもない。なぜ、こんなことばかり思いだしてしまうのか。忘却のかなたに追いやったはずなのに。「ストークリーの仲間はろくなことをしないと言っておいたはずですが」

「そうね」クリスタベルは、夜空に浮かんだばかりの半月を見あげた。「それに比べて、わたしは言うべきことも言っていなかった」

バーンはクリスタベルの町屋敷に馬車を向けた。「なんのことです？」

「ちゃんと伝えておけばよかった……上手でも……なんでもないって……」クリスタベルが膝の上で両手をきつく握り合わせた。「ホイストが得意だなんて嘘よ」

「そうですか」軽く受け流す。「気づきませんでした」

騒々しく玉石敷きの路面を踏む蹄《ひづめ》の音のなかでも、クリスタベルが鼻を鳴らしたのは、はっきりと聞こえた。「あれより下手にやろうと思っても、できるものじゃないわ」

「しかし、健闘したではありませんか。ハンゲート侯爵夫人も、ああ言っていたでしょう?」

クリスタベルが苦笑ぎみに唇をゆがめた。「わざと下手にやったとかいう話? あの人が本気でそう思っているなんて、とても信じられない。あなたのお友達は、ひねくれた人ばかりだもの」

「たしかに」ハンゲート侯爵夫人の真意について、クリスタベルの疑いを晴らしてやるつもりはない。自分でも、ちゃんと心得ているとは言いきれないのだから。

長い沈黙が続いた。しばらくして、クリスタベルが低くつぶやいた。「だいいち……ギャンブルをするお金もないのに。たぶん気づいていらっしゃるだろうけれど……」

「ご主人の遺産は、ほとんどなかった?」

「ええ。ストークリー男爵から受けとったお金で、夫はあなたに借金を返したようだけれど。ほかにも借金がたくさんあって……」その声はしだいに小さくなり、ため息に変わった。

バーンは歯をくいしばった。非常識な夫のギャンブルのせいで、残されたクリスタベルが苦労させられていると思うと胸が痛む。「あなたと組むのは、わたしが言いだしたことなのだから、賭金もこちらで持ちますよ」

クリスタベルが射抜くように見すえてきた。「大負けしたらどうするの。あなたみたいに強くないのに。やっぱり、ホイストで組むのはやめたほうがよくない？　愛人のふりをするだけでもいいと――」

「それではストークリーのパーティーに招かれる保証はありません。ホイストで組むからこそ、招待も受けられるというものです。だから念には念を入れて、パートナーと愛人、両方の役を演じるのがいちばんだ」馬車を町屋敷の前に止め、バーンは飛び降りた。「それに、エレナーを八つ裂きにしてやりたかったのでは？」

馬車から降りるのに手を貸そうとすると、クリスタベルの瞳の奥に火花が散った。「ええ」

「それなら、なんとしてでも、あなたをホイストの達人にしなくてはいけませんね」バーンはクリスタベルに腕をさしだした。「今夜から特訓です」

クリスタベルが目をみはった。「でも……お店に出なくてはいけないのでしょう？」

「一、二時間なら大丈夫。それだけあれば特訓できます」

「ここで？」クリスタベルが不安げな声を漏らした。

「道端で特訓などしません」バーンは切り捨てるように言った。「客間がいいでしょう。

もちろん、今日は長い一日で疲れたとおっしゃるなら、やめても結構ですよ。エレナーたちのように夜更けまでホイストをする気力もないのであれば――」

「いいえ、平気よ。やれるわ」石段の上の玄関扉が開き、バーンはクリスタベルに促されて邸内へ足を踏み入れた。使用人の男がクリスタベルの外套《がいとう》とボンネットを受けとった。

「ちょっと失礼。夫が前に使っていた書斎からカードを持ってくるわね」

「どうぞ」バーンはうなずき、外套と帽子を使用人に手渡した。

バーンは頬がゆるみそうになるのをこらえ、客間へと向かった。なるほど、夫のことでエレナーに陰険な嫌味を言われたのは、クリスタベルにとって痛恨の極みだったらしい。負けず嫌いな性格で、まことに都合がいい。

何がなんでもクリスタベルを手に入れてやる。秘密も、ひとつ残らず暴いてやる。

7

ホイストのように罪のない遊びでも、情事の前ぶれとなることがあります。

――作者不詳『ある愛人の回想録』

クリスタベルはカードを手に戻ってきたものの、客間の扉の前で立ちすくんだ。やはり、こんな時刻にバーンを屋敷に通すべきではなかったかもしれない。さっき膝に座ったとき、あきらかに彼は欲情していた。欲望のおもむくまま行動に出てきたらどうするの？

もう帰ってもらおう。気が変わったと言おう。

けれども、客間ではバーンが早くもゲーム用テーブルを壁から引きだし、手前に椅子も並べていた。どうしよう。たしかに、念には念を入れたほうがいいというのは一理ある。パートナーを組むなら腕を磨かなくてはならない。パーティーまで、もう時間もない……。

「カードはありましたか？」昼間、半裸のわたしを目にした狭い客間でふたりきりになったのに、バーンは気にかけているそぶりも見せない。

よからぬことをするつもりなら、ゲーム用テーブルにつくはずもない。今夜ここに泊まっていくわけでもないし……〈ブルー・スワン〉に急がなくてはいけないのだから。

「ええ」クリスタベルはカードをテーブルに置いた。落ち着かぬ気分のまま立ち尽くす。

「何か召しあがる？　ワインかブランデーでも」

「いいえ。あなたも飲まずにいてください」

クリスタベルは目をしばたたいた。「どうして？」

バーンがカードを切りまぜ、さしだしてきた。カードを二分割して上下を入れ替えるのは、クリスタベルの役目だった。「ひとつ奥義を伝授しましょう。皆が酔っているときに自分だけしらふでいれば、半分は勝ったも同然です。たとえ手札が悪かろうと、何度も総取りをかけられますよ。スコット将軍から伝授された奥義です。ホイストの最中に飲まないという、ただそれだけのことで、彼は二十万ポンドも勝った」

「そう……」クリスタベルは席についた。勝負にこだわり酒を控えるほどの男なら、ふざけたまねをすることもないだろう。クリスタベルはカードの上下を入れ替え、バーンに戻した。バーンがカードをふたつの山に配り始めた。「四人いないのに、どうするの？」

「二人制ホイストをします。戦略は変わってくるが、効果的な切り札の出し方が身につくでしょう。今日のあなたの弱点は、そこでしたからね」

「わかったわ」バーンがホイストに集中しているので、なんだかつまらない……クリスタベルは、おかしな気分を叩《たた》きつぶした。べつに、口説かれたいなんて思っているわけじゃないんだから。ちっとも。

「とりあえず、得点を勘定せずに何回かやってみましょう。そのつど、どのカードを出せばよかったか、お教えします。ルールがつかめたら本物の賭《かけ》に切り換えればいい」

クリスタベルはうなずいた。十三枚ずつカードを配り終えたバーンが、かたわらに残りを置き、いちばん上をめくった。

「では、二人制ホイストのルールですが……」

それから一時間、バーンはカードだけに意識を向け、ひたすら勝ち続けた。クリスタベルはすぐにルールをのみこんだものの、どうすればバーンを倒せるのか見当もつかなかった。今度こそ勝てたと思うたびに、思いもよらないカードを出されてしまう。ほぼすべてのカードの動きを読まれているとか、こちらの手札を透視されているのでなければ説明がつかない。空恐ろしいくらいだった。

悔しい。レディ・ジェンナーに負けただけでも癪《しゃく》にさわるのに。バーンに負けるのは本当に腹立たしい。ここでは、まわりに気を取られたと言いわけすることもできない。バーンは冗談も突っこんだ質問も許さず、ただ淡々と間違いを指摘してくる。

クリスタベルは四回も負けてしまい、バーンの超然とした面の皮をはぎとりたくなっていた。五回目の勝負が始まったときは、穴があくほど手札を見すえたのちに、自信満々でスペードのエースを出した。

「最初にエースを出してはいけないと言ったでしょう」バーンがたしなめてきた。

クリスタベルは、きっと顔を上げた。「キングもあるときは例外だったはずよ」

「強い切り札はお持ちですか？」

いけない、そっちの原則を忘れていた。「いいえ」

スペードのエースは、切り札となるマークのうち最も弱い二で奪われてしまった。「ホイストでは切り札の扱いがすべてです。こちらの手元に何枚の切り札が残っているか、言ってごらんなさい」

「二枚」クリスタベルはろくに考えもせず、つっけんどんに答えた。

バーンが嫌味たらしく片方の眉をつりあげた。「いらいらしていますね」

「当然でしょう。また負けたんだから」

「負けても感情的になってはいけません」

「どうして？」クリスタベルは喧嘩腰《けんかごし》に言い返した。

「感情的になると判断力が鈍り、うかつなことをやってしまうからです。十ポンドの賭だろうと一万ポンドの賭だろうと、感情に流されてはいけない。負けがこんでいるときは、勝っているときよりも、なおさら用心を重ねるべきです。いつも先を読みながら、うまくカードを切っていきなさい。カード以外のものに気を取られてはいけない」

バーンがここまで理にかなったことばかり言うなんて。クリスタベルは意外に思った。

「本でもお書きになったらいかが？　『ミスター・バーンのカードの手ほどき』とか。酒は飲むべからず、感情的になるべからず……楽しむべからず」

「楽しいカード遊びなどしていたら、いまのわたしはありません」バーンが手札の順番を入れ替えた。「ストークリーの仲間も誰ひとり、楽しいカード遊びなどしない。ホイストのときは真剣そのものです。あなたも真剣にやるように。なにしろ、レディ・ジェンナーに勝負を挑むのですからね」

ぴしりと叱《しか》られ、クリスタベルは小声で応じた。「わかりました」

「荒れた気分を静めるには深呼吸が効きますよ。試してごらんなさい」

くだらないと思いつつも深呼吸を繰り返すと、はからずも心の奥底でくすぶっていた憤りがおさまった。

「それでいい。さあ、集中して。場に出たカードと、わたしが山札から取ったカードのことだけ考えるのです」

「そうするわ」クリスタベルは勝負に意識を戻した。

「わたしの手元に残っている切り札は何枚ですか？」

ためらいながらも答える。「五枚？」

「惜しい。六枚です」バーンが残り八枚の手札を持ちあげ、そのうち一枚を出した。切り札ではない。「三枚は前半で山札から取りました。一枚を早々に切り、残る二枚は――」

「もう結構よ」バーンに受けた注意と場に出たカードを思い返しながら、クリスタベルはあらためて自分の手札に目を凝らした。「全部のカードを覚えるなんて、どうやったらできるの？」

「勝つには、それしかありません」

「あなたは学校でも数学が得意だったのでしょうね」クリスタベルは低くつぶやいた。

バーンは手札から目をそらさない。「学校に行ったことなど一度もない」

ひどく苦々しい声音が胸に突き刺さってきた。「一度も？　お母さまと殿下のおつき合いがあったころは――」

「殿下からの年金が切れる前にも行っていません」

「年金？」

バーンが体を硬くした。「てっきりレジーナとキャサリンから聞いたものとばかり……」

バーンは口ごもった。「聞いていないようですね。忘れてください」

「話して。気になるわ。わたしが聞いた話だと、お母さまは別々に、殿下とは――」

「殿下のみならず、誰彼かまわず相手にしていた？」声が鋭い。

「いいえ、そうじゃなくて」バーンの超然とした物腰は、もはや影をひそめている。「その……しばらく殿下とおつき合いをしていただけで、愛人でもなんでもなかったのでしょう？」

「それは向こうの勝手な言い分です。無関係ということにすれば、母への仕打ちを正当化しやすくなりますから。ただの尻軽の女優、そういうことにすればいい。ばかな尻軽女なら、遊びで手を出してもかまわないし、後腐れなく捨ててしまえる。少なくともわたしは、愛人を路頭に迷わせたりしませんよ」

クリスタベルはカードを一枚切った。「人妻ばかり相手にしているからでしょう」冷ややかに言い放つ。

「たしかに。既婚婦人なら面倒を見てくれる夫もいるし、たとえわたしの子供を身ごもったとしても、夫の子供だと言いつくろうはずだ。それでもとにかく、わたしは自分の私生児やら何やらを見捨てたり、貧困に苦しませたりするようなまねなど絶対に……」バーンは小さく悪態をつき、一枚のカードを放《ほう》った。「そちらの番です」

クリスタベルはカードを出さなかった。「殿下からの年金って？　説明してくださる？」

「いいでしょう」ぎらつく目が見あげてきた。「そんなに知りたければ〝気さくなジョージ殿下〟の本性を教えてあげます。あの男は母に年金を出す見返りとして、わたしが落《お》とし胤《だね》ではないと公表するよう迫った。母は同意しました。だまされやすいにも、程がある。王族の一員として認知させるより、金銭的な援助のほうが子供のためになると信じてしまうとは」バーンは吐き捨てるように笑った。「そんな援助が長続きするはずもない。あの男は、ミセス・フィッツハーバートと非合法ながらも結婚しようと考えた。そのとき、愛人の厄介払いを求められたのです」

「ミセス・フィッツハーバートにしてみれば当然のことだわ」クリスタベルは敢然と言った。幼いころ一度会ったきりだけれど、ミセス・フィッツハーバートの記憶は心のなかに深く焼きついている。誰よりも気高く立派な女性だった。

「彼女を責めているのではない。悪いのは、あの男のほうです。愛人を厄介払いするにしても、貧しいまま捨て置くことはないのに。あの男は、わたしが落とし胤ではないと母に公言させ、その話が広まるのを見はからい、年金を打ちきった」かすかにバーンの口元が震えた。「そのあとは、ただの水かけ論です。母が何を言おうと、ひどい反論が返ってくるばかり。いつしか、誰もが向こうの言い分を信じこんでしまった。母が何人も客を取っていたから、それでわたしができたのだ、と。母が舞台を降ろされ、女優を続けられなくなったのに、あの男は見向きもしなかった。ひとでなしめ」

クリスタベルは絶句した。バーンがわずか八歳にして、いかさま師の使い走りをする羽目になったのも無理はない。

よりによってバーンの力を借りるようにと殿下が指示してきたのは、こういう経緯があったせいなのか。殿下は昔の仕打ちを悔いているのかもしれない。せめてもの罪滅ぼしに、バーンが苦もなく男爵位を得られるようにしたのだろうか？

とはいえ、ストークリーとの仲介しか頼んではいけないと殿下が釘《くぎ》を刺してきたのも、こういう経緯があったからこそだろう。手紙を取り戻すうえで、必要以上にバーンに深入りするのは危険だから。危険きわまりない男だから。

不安が押しよせてきた。いまや、すっかりバーンに深入りしている。愛人のふりだけでなく、パートナーを組むとまで言ってしまった！　そうするしかなかったのだけれど……。たいへんな過ちを犯したかもしれない。手紙の内容をバーンに知られたら一巻の終わり。なんのためらいもなく殿下の攻撃材料に使われてしまうだろう。その結果、殿下が王座につけなくなろうと、おかまいなしに。わたしと父にとっても身の破滅になる。

やはり、手紙の内容は絶対に知られてはならない。

バーンが言葉を継いだ。「だからわたしは学校へ行っていません。そんな余裕はなかった。世間で言うところの独学です。読み書きだけは母に習い、あとは自分で身につけた」わずかに唇の端が上がる。「幸いにして、女優の母から人まねの才能を受け継いでいたものので。ずいぶん役に立ちました」

なるほど。慇懃《いんぎん》で堅苦しい言葉づかいは、そのせいだったのね。上流社会を必死に観察しながら、正しい話し方とマナーと立ち居ふるまいを学ぶしかなかった。だから、もともと上流家庭に生まれついた人たちより、はるかに上品なのね。

同情されるくらいなら死んだほうがまし、というバーンの性格は心得ていたので、クリスタベルは胸の痛みを隠して軽口を叩いた。「学校に行かずにすんでよかったと思わなくちゃ。わたしは勉強が嫌いだったもの。とくに数学が苦手で」

「数学を習っていらっしゃったことのほうが、むしろ驚きですね」バーンが手札ごしに見つめてきた。「女性にしては珍しくないですか？」

クリスタベルは肩をすくめた。「父は男の子をほしがっていたのよ。男の子が生まれる前に母が死んだので、わたしが父の期待を担うことになった。射撃や乗馬や狩りの技術を叩きこまれて……方程式の解き方まで覚えさせられた。おかげで、女らしいことは何ひとつできないの」

「皆無というわけでもありません」バーンが微笑した。「キスがお上手だから」

らちもなく浮かれてしまう。「そう？」

バーンが喉の奥で笑った。「カードを切りなさい。ぼんやりしないで」

クリスタベルは切り札を温存し、別のマークの弱いカードを捨てた。この回は負けてしまうけれども、次かその次くらいに勝てればいい。

「切り札は使えるときに使っておくべきでしたね」バーンが低い声でささやいてきた。切り札を使う機会もくれないままゲームを進め、最後まで勝ち続けた。

バーンがカードを集めだすと、クリスタベルは椅子の上で身をよじった。「もう一度やらせて。今度こそ負けないわ」

「負けないでください」バーンはカードを切りまぜた。「次は本物の勝負をしますから。ちゃんと賭《か》もして。現実に失うものがなければ、あなたは努力をしませんからね」

クリスタベルは眉根を寄せた。「何を賭けるの？　お金もないのに」

「金ではありません」

じっと注視していると、バーンが目を細めた。どんな女の心もとろけさせてしまうようなまなざしだった。クリスタベルの心も例外ではない。脈が速くなる。「では何を賭けるの？」

バーンは立ちあがって戸口へ向かうと、扉を閉めて鍵《かぎ》をかけた。クリスタベルの背に緊張が走った。「身ぐるみはがれる危険を」バーンはクリスタベルの背後に立ち、肩ごしに手を伸ばしてカードを置いた。それから耳に唇を押しあて、熱いささやきでつけくわえた。「悪魔のホイストをするのです」どうしようもなく胸が高鳴る。瞳に光を宿したバーンが椅子に腰かけた。「あなたのやる気を引きだすうえで、これ以上の方法は思いつきません」

「やらないわよ……絶対やらない」

「なぜ？　負けるのが怖いから？」

「当たり前でしょう！　あなたは海千山千のギャンブラーで、こっちは習いたてなのよ。絶対に負けるわ」

バーンが向かいから手を伸ばしてきてカードを取り、ゆっくりと丹念に切りまぜた。

「勝ち負けに絶対などありません。カードを覚えることに集中すれば、あなたにも勝ち目はある。集中しなければ裸を見られてしまうと思えば、気合も入るでしょう」

〝裸〟その言葉を耳にしたとたん、あろうことか全身が妖《あや》しく震えた。昼間、ドレスの採寸をしたときも醜態をさらしてしまったのに。下着姿をじろじろ見られて、頭の弱い小娘のように頬を赤らめたのだから。このうえ裸になるよう強要されて、胸やおなか、そしてその下まで……。

「嫌よ」クリスタベルは、きっぱりとはねつけた。「わたしを堕落させるつもりね？」

遊び慣れた男ならではの笑みがバーンの口元に浮かんだ。「そうして宵を締めくくることができれば最高なのですが、わたしに抱かれるつもりなど、さらさらないのでしょう？どちらが裸になろうと、あなたの気持ちが変わるとは思えません」

クリスタベルはバーンを疑いの目で見た。「あのねえ、わたしだって、ばかじゃないのよ」

「存じています。しかし、おっしゃったではありませんか。わたしには、ちっとも惹《ひ》かれないと。何やら心境の変化でもありましたか。どちらかが裸になれば、あなたの高潔な心構えも揺らいでしまうとでもお考えですか」

「まさか」けれども、この客間でバーンが裸で座っているところを想像してしまった。その姿が頭から離れない。もしも勝てたら――たぶん無理だろうけれど――横暴なバーンに仕返しをしてやれる。昼間、コルセットとシュミーズだけの姿を披露させられたお返しよ。「もとより、そちらが有利ですよ。ご婦人は、われわれ男性より多くのものを身につけていますからね。それに、あなたが負けても、そっと二階に上がればいいだけのこと。わたしのほうは、素っ裸に外套《がいとう》と帽子だけの格好で、無蓋《むがい》の馬車を駆って帰らなくてはいけないのだから」

情けない姿が脳裏に浮かび、いっそう心が揺れた。「まあ、おもしろそうではあるけれど」

「もっと有利になるよう、さらに条件をつけてさしあげましょう」バーンは玉石敷きの道路を走る馬車のように盛大な音をたてながらカードを切りまぜ続けた。「開始前、わたしは服を四枚脱いでおきます。最初から大差がついているというわけだ。身ぐるみはがれるのも、あっという間でしょう。あなたは、そつなくカードを切っていくだけでいい」

「いかさまをするくせに」クリスタベルはくいさがった。

「とんでもない」バーンが一方の眉をいらだたしげに上げる。「あなたが策も手管もなしにぶつかってきてくださるなら、いかさまなどしなくても勝てますし」

彼に負けず嫌いを見抜かれているのもいまいましい。とはいえ、集中すれば本当に勝てるのだろうか。「悪魔のホイストなんかしたくないと言ったら？」

「もちろん、やるかどうかは、あなたしだいです」バーンが前かがみになり、切りまぜたカードをさしだしてきた。「ただし、ものは考えようですよ。あなたが脱げば脱ぐほど、こちらは気もそぞろになる。あなたの勝利も夢ではない」愛想のよい笑顔で挑発してくる。「わたしに勝ちたいのでしょう?」

クリスタベルは、どうしようかとよくよく考えてみた。ずぶの素人ではないという証明もできぬまま、特訓を終えたくはなかった。けれども、ふしだらな賭に乗るなんて、正気の沙汰《さた》ではない。ふしだらなバーンたちと賭をした結果、夫がどんな目に遭ったか忘れたの?

とはいえ、バーンを打ち負かすことができれば、なお痛快だろう。彼の服を全部かかえ、意気揚々と客間を出ていけたりして。外套と帽子だけでロンドンの通りに出ていくバーンを見送るとか。なんてすてき。

「カードの上下を入れ替えなさい、クリスタベル」バーンが低い声で告げてきた。

勝つのは自分だと思いこんでいるのね。上等じゃないの! 目にもの見せてやるわ。

クリスタベルはカードを二分割し、上下を入れ替えてバーンに返した。「最初に四枚脱いでくださる約束よ。さあ、脱いでちょうだい」

「かしこまりました」バーンが立ちあがり、テーブルをまわってきた。上着の内側に手を入れ、銃を取りだす。「たしかこれは、あなたのものでしたね」

クリスタベルは嬉々《きき》として銃を取った。「負けたときに脱げるものが、ひとつ増えたわ」

「武器はだめですよ。お忘れですか？」

「ああ、そうだったわね」クリスタベルは銃を手近な椅子に置いた。

バーンは時計をはずして彼女に手渡したあと、上着と胴着を脱いだ。クリスタベルは、それを銃のある椅子の背にかけた。けれども、バーンがシャツのボタンをはずし始めると、不安が胸にこみあげてきた。「クラバットをはずすのが先ではないの？」

「脱ぐ順番は自由。それがルールです」

「ああ、そう」彼の裸を見てどんな気分になるかなんて、考えてもみなかった。クラバットを巻いたままシャツの襟を引き抜こうとしているバーンから、なんとか目をそむける。

「ほかには？　ふざけたゲームを始める前に、頭に入れておくべきルールはある？」

「衣類や装飾品は、なんでも賭に使えます。たとえば、わたしの時計や、あなたのイヤリングも」バーンが薄笑いを浮かべた。「身につけていればの話ですが」

いまさら悔やんでも遅い。次に会うときは絶対にアクセサリーをつけよう。

バーンがカフスをはずした。「通常のホイストのルールと同じで、手札が十三枚だから勝負も十三回です。勝った回数の多いほうが最終的な勝者となり、その回数から六を引いた数が得点となります」シャツの裾《すそ》をズボンから引きだしながら、バーンは悪魔めいた視線をよこしてきた。「得点と同じ数だけ、勝者は敗者の衣類を奪う」

そしていきなり、シャツを頭から脱いだ。クリスタベルは呆然《ぼうぜん》と見とれたりしないよう自分に言い聞かせたが、とても無理だった。クラバットで少し隠れているとはいえ、たくましい胸や立派に筋肉のついた腕は十分うかがえる。シルクのように柔らかく煙る赤褐色の胸毛が平らな胸板を這《は》い、へその下にも細く続いてズボンのなかへと消えている。みごとに盛りあがったズボンのなかへ。

赤面しながら視線を顔まで引きあげたところ、にやりと笑うバーンと目が合ってしまった。「もっと見たければ、勝ってズボンと下着を奪うことですね」

「わたし……べつに……」クリスタベルは口ごもった。「わ、わたし、そんなつもりじゃ……」

「ないでしょうね、もちろん」いかにも満足げに言うと、バーンはクリスタベルの膝にシャツをのせた。「これで四点。残りも奪えるよう、健闘を祈ります」

かっとなったクリスタベルは彼のシャツをつかみ、さきほどの椅子の上に放り投げようとした。そのとき、バーンの香りが鼻をくすぐった。甘いオイルと、においたつような男の香りが入りまじっている。男性ならではの香りを最後にかいだのは、いつだったか。悠久の昔のような気もする。

唇から小さなあえぎ声が漏れてしまった。亜麻布のシャツを鼻に押しあてて大きく息を吸ったりしないようにするのが精いっぱいだった。そんなまねをすれば、傲慢《ごうまん》な悪魔はますます図に乗るだろう。それだけは避けたい。クリスタベルはシャツを椅子に放り投げ、鋭く言い放った。「カードを配ってください」

うれしいことに、初回は勝てた。一点しか取れなかったけれど。バーンはうろたえもせずにルビーのクラバット・ピンをはずすと、カードをまとめていたクリスタベルの目の前に置いた。

クリスタベルは落ち着かない気分で、ピンをほかの衣類と一緒にまとめた。「これを手放して大丈夫？　ずいぶん高そうだけれど」カードを切りまぜ、バーンのほうへ押しやる。

バーンは含み笑いをしながらカードの上下を入れ替え、戻してきた。「ご心配なく。支払い能力を超えるような危険は冒しません」

「それも、あなた流のギャンブル理論？」クリスタベルは次の勝負に向けて手札を配った。

「いかにも。借金までしてカード遊びをするのは愚か者だけです」

賭けたのが服だけで本当によかった。なぜなら、今度は自分が敗者となったのだから。

クリスタベルは圧倒的な大差で敗れた。十三回勝負のうち一勝しかできなかった。痛恨の極み。

テーブルの向かいでカードをまとめていたバーンが、こちらを見て目を光らせた。「十二引く六で、勝ち点は六。つまり、六枚脱いでいただくということで――」

「わかっているわ」なるべく屈辱を感じずにすむには、何を脱げばいいのだろう。

名案が浮かんだ。ゆるむ頬を隠し、クリスタベルはヘアピンを抜いてテーブルに置いた。

また別のピンを抜こうと手を上げたとき、バーンが椅子に座ったまま背筋を伸ばし、不機嫌な声をあげた。「それは使えませんよ」

「使えるわ。衣類か装飾品とおっしゃったでしょう？　あなただってクラバット・ピンを出したじゃない。どこが違うの？」

険しい目で彼女を見すえ、バーンが乱暴に手首を返してカードを切りまぜた。「あと二十本はありそうですね」

「あと二十本はあるわね」クリスタベルはおうむ返しに言い、ほくそえみながら二本目のピンを抜いた。

あいにく、重い髪をまとめておくためには、すべてのヘアピンが必要だった。四本目のヘアピンを抜いたとき、髪がほつれてくるのを感じた。五本目で髪は完全に崩れ、抜け落ちたヘアピンが床に散らばった。それ以上ヘアピンが落ちてこないよう、クリスタベルはあわてて髪を押さえた。

半分ほど流れ落ちた髪を見るなり、バーンのまなざしが燃えたぎり始めた。「髪を押さえながらゲームを続けるのは無理ですよ」

恐る恐る手を離すと、またヘアピンが二本、床に落ちた。「これは最後の六点目と、次に負ける分ってことでいいわね」

低くかすれた声が返ってきた。「そういうわけにはいきません。落ちた分は無効です。

自然に体から離れてしまったものは、身につけているとは言えませんから。そうしないと、靴底から落ちた砂粒まで勘定に入れていいことになってしまう」

「でも――」

「きわめて当然の理屈です」

悔しいけれど、彼の言うとおりだった。「屁理屈《へりくつ》だわ」口のなかでののしり、残りわずかになったヘアピンを一本抜いてテーブルに放りだした。

このときを境に、真剣な闘いの火蓋《ひぶた》が切って落とされた。クリスタベルは習ったとおり怒りを抑え、バーンが出すカードのすべてに集中しようとつとめた。努力のかいがあり、十二枚目のカードを切るころには、こちらが七勝していた。

「どうよ!」自信たっぷりに放った最後の手札で八勝目をもぎとる。「思い知るがいいわ、ずる賢い悪党!」肩をそびやかした拍子に残りのピンが全部落ちてしまったけれど、ちっとも気にならない。どのみち、もうピンはいらないし。ピンがなくても勝てる。

なのに、バーンは負けて悔しがるふうでもない。ストッキングだけになった足でテーブルをまわってくると、脱いだブーツを手渡してきた。クリスタベルは勝ち誇った顔で笑い、ブーツをシャツの上にのせた。それから振り向くと、バーンがズボンのボタンをはずしているところだった。すぐ目の前で。

クリスタベルの口のなかが干あがる。バーンがズボンを脱ぐと、短いメリヤスの下着もあらわになった。すっかり質量を増した下半身が布地を押しあげている。ああ、なんてこと。

とても目が離せそうにない。本当に……立派だった。腰を柔らかく包みこむメリヤスが、細部の造形まで、あますところなく浮かびあがらせている。それこそ、そっと持ちあげたときの重みさえ感じられる。

「まだゲームを続けますか、かわいい奥さま？」ハスキーな低い声でバーンが問いかけてきた。「それとも、もっと楽しい遊びに切り換えますか？」

ごくりと喉を上下させたクリスタベルは、やっとの思いでバーンと視線を合わせた。彼のまごうことなき欲望をあまりにも生々しく歴然と浮かべた面持ちに、こちらの息づかいまで速くなってしまう。

いったい、わたしはどうしたというの？　こんなゲームをするなんて、頭がおかしくなったとしか思えない。それとも、彼の誘惑に屈しないほうが変なのかしら。バーンに抱かれるのは天にも昇る気分だという話の真偽を、いまこそ確かめる機会なのに。とりわけ、愛人たちは皆そう考えているらしい。彼に抱かれたくてたまらないようだし。

とはいえ、誘いに乗るのは危険すぎる。夫に抱かれたときの感じも、極上と言うには程遠いものだったけれど、それでも妻の目をくらませるには事足りた。愚かな妻は、まんまと言いくるめられたあげく、一触即発の事態を招きかねない家族の秘密まで奪われてしまったのだから。バーンに抱かれて天にも昇る気分など味わった日には、自分でも何をしでかすか想像もつかない。天国の鍵まで与えてしまうだろう。

男に裏切られて失意の底に突き落とされるのは一度でたくさん。二度もあんな目に遭うつもりはない。「ゲームを続けましょう」

バーンは瞳を熱く燃えあがらせたものの、ただうなずいた。「奥さまの仰せのとおりに」

そして、ズボンをクリスタベルの膝にのせ、自分の席に戻っていった。クリスタベルは、思わずバーンのうしろ姿を目で追いかけた。切れあがったヒップや、驚くほど筋肉質の腿、それから――。

クリスタベルは目をしばたたいた。「いつもナイフを脛《すね》にくくりつけているの？」普段はブーツに隠れて見えなかった。

「はい」バーンが椅子に腰を下ろした。「銃を持ち歩くより楽だし、安全です」軽く手を振ってカードをさし示し、言い添える。「あなたが配る番ですよ」

クリスタベルはカードをまとめて切りまぜ、バーンが上下の入れ替えをできるよう手渡した。「でも、どうして――」

「始終クラブに出入りしているし、大金を持ち歩くこともある。ごろつきに儲《もう》けを奪われていたら、いまのわたしはありません」バーンがカードの上下を入れ替え、戻してきた。

「晩餐会《ばんさんかい》に銃を持ってくるほうが、よほど疑問の余地があると思いますがね」

クリスタベルはカードを配った。「おっしゃるとおり、ロンドンは危険だもの」

「弾の入った銃を持ち歩くのも危険です」

「そうでもないわ。銃が必要になるときもあるし」

バーンはカードに目もくれず、鋭いまなざしで彼女を見つめた。「いつ、そんなことがありました？　銃を持ち歩く女性などいない。考えてみれば、男の急所を握りつぶして使い物にならなくさせようとする女性もいませんね。何かあったのですか？」

クリスタベルは、こともなげなふうを装いながら手札を取った。「一度、ジブラルタルの裏通りで危ない目に遭ったの」

「ひとりで裏通りに行くとは、どういう了見ですか」厳しい言葉は、にわかに引きつった姿勢をそのまま反映している。

「言ったら、ばかにされそうだわ」

「教えてください」

「わたしは十七歳で、未熟で無鉄砲だった。父がいないときにどうしても出かけたいなら、使用人と一緒に行くか兵舎の将校に同行してもらえと、口を酸っぱくして言われていたのに。どちらにしても父に報告がいってしまうし……いつもそうだったから……」手のなかでカードを広げたものの、まるで目に入らない。「立派な剣が売りに出ていたの。父の誕生日に贈れば喜んでもらえそうだったし、びっくりさせたくて。ひとりで店に行って、すぐ戻ればいいと思ったの。通りを二、三本行くだけだし。剣を買って、誰にも気づかれないうちに戻れると思ったのだけど。そうしたら……」

「そうしたら?」バーンが促した。

「裏通りを行けば近道で、ほんの数分でたどり着けるはずだったわ」よみがえってきた記憶に、クリスタベルは顔をしかめた。「邪魔さえ入らなければね。あと少しで表通りに出るというところで、だらしない身なりの土地の男たちに行く手をふさがれたの。三人いて……わたしのことが気に入ったみたい」

バーンが低い声で毒づいた。

「わたしがイングランド人だと気づいていれば、あの三人も、報復を恐れて近づいてこなかったかもしれない。でも、わたしの髪は黒いし、裏通りは薄暗かったから。いい獲物だと思われたのでしょうね。三人とも、見るからに不良で——」

バーンが青ざめた。「まさか、乱暴されたとか——」

「いいえ、そこまでは。危ないところだったけれど。ひとりに羽交い絞めにされ、もうひとりに口をふさがれ、もうひとりにスカートをめくられそうになったわ。口をふさいでいた手になかなかかったら、どうなっていたことやら。手が引っこんだ瞬間、わたしは死人でも起こせそうな大声で絶叫したわ」クリスタベルは、ほんの少しだけ口元をゆるめた。

「ちょうど近くを歩いていたイングランド将校が騒ぎを聞きつけ、助けに来てくれた。剣を抜いて男たちを追い払ってくれたのよ」

バーンが、ひたと見すえてきた。「ハヴァシャム」

クリスタベルは首を縦に振った。「それが馴《な》れそめ」ため息をひとつこぼす。「あのときの彼を見せてあげたかったわ。とても凛々《りり》しくて、赤い軍服も颯爽《さっそう》としていた。わたしを家まで送ってくれたし。連絡を受けた父が飛んできて、彼の勇気と機転を褒めちぎったの。でも、すぐ……」クリスタベルは、あわてて口を閉ざし、もごもごと悪態をついた。

「なんです？」

「なんでもないわ」急いで言葉を継ぐ。「一年おつき合いして、結婚したの。それだけよ」

バーンが手札を取った。「男の急所を握りつぶすのは、彼に教わったのですか？」

「いいえ。あの騒ぎのあと、父が教えてくれたの。恋人が守ってくれるとはいえ、絶対になりゆきまかせにはできないと感じたのね」

「お父上のご指導は、たいしたものです」バーンが皮肉っぽく言った。

クリスタベルは鼻を鳴らし、手札の順番を入れ替えた。「あなたにも昼間やったけれど、あれは、ただ……」

「わたしを立腹させようとしただけ？　だが、あなたが何をしようと、いろいろなところが立ってしまうのですよ」えも言われぬほど官能的な彼の声に、全身がそそられてしまう。

なんて男。こうやって、よけいなことを思いださせるのだから。半裸のバーンが目の前で座って……ばかりもいないことを、わざわざ思いださせるとは。わたしを抱きたいのだと思い知らせるとは。

「始めましょう」クリスタベルはそっけなく告げた。

からかうように小さく笑いながら、バーンは言われたとおりにゲームを始めた。

しばらく無言のままゲームを続けていると、ふたたびバーンが口を開いた。「ハヴァシャムの急所も攻撃なさったのですか？」

「まさか」クリスタベルはカードを切った。「夫なのに」

「最初は違ったでしょう。婚約に一年は長すぎる。よからぬところに触れられたりしませんでしたか？」

クリスタベルは目をむいた。「意外に思うかもしれないけれど、世間ではふつう――どう見ても、世間一般の世界とあなたの世界は違うわね――紳士がレディにそういうことをすると、眉をひそめられてしまうものなのよ。出会ったころの夫は、ちゃんとした紳士だったわ。一年間、まじめなおつき合いをしてくれたんだから」

カードごしにバーンの視線が飛びこんでくる。彼の顔にたちまち熱い炎が上がった。

「わたしなら、あなたを相手に一年も辛抱していられません」彼の視線が唇まで下りてきたのを感じる。「一カ月も辛抱できればいいほうだ」

頬が熱く火照るのを自覚しながら、クリスタベルは手札に意識を戻した。ずっと考えなしにカードを切っていたことに、いまさらながら気づく。「もうやめて。お世辞なんかで油断させる魂胆ね」

「効果ありですか?」

クリスタベルはバーンをにらんだ。

バーンが笑った。「わたしだって、そこまで腹黒くはありませんよ。女性を賛美するのが習い性になっているだけです。ましてや美人が一緒なのだから」

「ばかにしないで。あなたの愛人をこの目で見ているのよ。比べる気にもならないわ」

「ご自分の魅力を過小評価しているようですね」バーンが断言した。「魅力も感じていないのに、ここまで躍起になってホイストをすると思いますか。たかだか裸を見るだけのことで。どの女も、そういう苦労に見合うわけではありません」

「でも、かなりの女が見合うのよね?」

バーンが喉の奥で笑った。「いかにも」

それからしばらく、惨憺《さんたん》たる勝負が続いた。手札の悪さのせいにしたけれど、実のところ、半裸のバーンにも気を散らされていたのだった。裸に動揺して気もそぞろになると言ったのは、彼のほうなのに。バーンがカードを切るたびに筋肉が引きしまるとか、そういう目に見えるものだけでなく、見えないものにも動揺させられた。テーブルの下では、まだ立派な状態を保っているのだろうか。本能のおもむくまま行動するつもりだろうか。そうなったらどうしよう。

なお悪いことに、こちらが服を脱いでいっても、バーンは気にする様子もない。むしろ、よけいに気合が入るようだった。次々と勝ち続け、得点を重ねていく。まずは三点。ハンカチと、くるぶしまでのブーツ、ガーターベルトが奪われ、次のゲームではストッキングとペティコートを取られた。

ペティコートを何枚もはいておかなかったことが悔やまれてならない。ロサの言うことなど聞かず、ショールをかけてくればよかった。なんでもいい……安物の鉄の指輪でも十分なのに。

裸同然のバーンを無視してカードに集中しようとつとめたが、それでも三点を奪われた。

こちらを満足げに眺めつつ、バーンがカードをまとめた。「さて、悩ましいところですね。喪服とコルセットとシュミーズを脱ぎますか？　それとも喪服とコルセットと下着？　わたし個人の考えとしては、さっさと全裸になっていただくほうが楽かと――」

「全裸になるのはそっちよ」クリスタベルは憤然と言い返した。立ちあがり、スカートのなかに手を入れて下着を脱ぐと、テーブルの上に放った。「一日じゅう、わたしの胸ばかり見ようとして。本当に、なんて腹立たしい男」

「そう言ってきた女性は、あなたが最初ではありません」

「最後の女でもないでしょうね。あなたのハーレムの様子からすると」

バーンの口角の一方がつりあがる。「わたしのハーレムに、なんだかずいぶん興味津々のようですね。仲間入りしたいわけでもなさそうだが。かわいらしいやきもちですか」

「ひとりの女に義理立てなどしない男にやきもち？　冗談じゃないわ」

とはいえ本音を言えば、たしかに愛人の存在がうとましかった。バーンに惹かれているから――どういうわけかまるでわからないけれど――キスをされたり、お世辞を言われたりしたのが自分ひとりではなくほかにも大勢いたと思うと、ひどく癪にさわる……。

「早くしなさい」バーンの声で現実に引き戻された。「服を脱ぐのでしょう？　昼間、すでに下着姿を見ているのだから、いまさら取りつくろったところで無意味ですよ」

昼間とは事情が違うのに。いまはふたりきり、灯火《ともしび》が柔らかく揺れる客間にいて、夜の重い帳《とばり》に自制心もゆるみきっているのに。

昼間と同じ目でふたたび見つめられたら、あとで後悔するようなことをしそうだから。

クリスタベルはその思いを振り払った。「この野蛮人」腰に両手をあててバーンをにらみつける。「ちょっと、ぼんやり座っていないで。ひとりでは服もコルセットも脱げないんだから。手伝ってちょうだい」

8

カードでも恋でも、ずるいことをするのが男です。

――作者不詳『ある愛人の回想録』

手伝いに来い？　正気で言っているのか？　この手で喪服を引き裂いてしまいそうなのに。生まれてこの方、これほど心が燃えたことはない。自制心など、紙のように薄くなっている。

それは自分だけでもなさそうだ。速い息づかいと朱に染まった頬から察するに、おそらくはクリスタベルの心も燃えている。当人にしてみれば心外らしいが。なんとも癪《しやく》にさわる。ここまで邪険にされる理由がわからない。亡き夫のせいで男嫌いになったのか、それとも毛嫌いされているのは自分だけなのか。いずれにせよ、クリスタベルを手に入れてやろうという気持ちに変わりはないが。

バーンは立ちあがってテーブルをまわった。下着に注がれる視線を感じ、含み笑いを抑えこむ。喪服を脱がせ始めると、ありえないくらいに硬くこわばった下半身が、さらに熱をおびていく。このひとときを堪能《たんのう》し、クリスタベルのエキゾチックな香りを心ゆくまで楽しみながら、バーンはゆっくりと服を脱がせていった。女らしいことなど何ひとつできないと言っていたが、なかなかどうして、えらく悩ましい香水を手に入れているではないか。

しかつめらしく取りつくろった外見の裏では、ほかにも存外、悩ましいものを隠し持っているのかもしれない。体毛をヘナで赤く染めているとか、へそに宝石を埋めこんでいるとか。何があろうと驚いたりするものか。ひとつ残らず秘密を解き明かしてやる。

喪服を半分ほど脱がせたとき、誰かが客間の扉を開けようとした。たかぶる欲望が瞬時に砕け散った。なにしろ、邪魔者が扉を叩《たた》き、気づかわしげに声をかけてきたのだから。

「奥方さま？　いらっしゃいますか？　夜が更けてきましたよ。いかがいたしましょう……」ぼそぼそとスペイン語で悪態をついている。「もしかして、お邪魔でした？」

クリスタベルが体をこわばらせ、バーンは歯ぎしりをした。おせっかいな小間使い。ふたりでいるのを承知のうえで、わざとらしく尋ねてくるとは。よけいなことはしないとか、せめてそのくらいの気働きがあってもいいだろうに。

やはり、女主人を守ろうとしているのか。下手をすると、どさくさにまぎれてクリスタベルに逃げられてしまう。

クリスタベルが扉に向かおうとしたので、バーンは腰にすばやく腕をまわし、厳しく言った。「だめです」

「何が？」クリスタベルがしらじらしく問いかけた。

「ロサを通す必要はありません」きっとロサは、女主人が客を追い返したがっていると思い、そのきっかけを作ろうと邪魔をしに来たのだろう。「下がるよう告げなさい」

「そのつもりよ」クリスタベルが逃れようともがいた。「放してくれたら、すぐ言うから」

「ロサを下がらせるのが先です」バーンは頭ごなしに命じた。

「どうして？」おずおずとした口調は、彼女自身が欲望と闘っているからに違いない。

悩まずにすむようにしてやろう。「ごらんのとおり、まだ勝負がついていないからです」

彼女がきまじめな性格なのが好都合だ。「このゲームも賭《かけ》の内容も納得のうえで始めたはず。負けそうだからといって約束を破るのは卑怯《ひきょう》ですよ」

「わたしが負けを認めたら？」

「シュミーズを脱ぎ、裸になってからロサを通しなさい。その覚悟がありますか？　まだ勝てるかもしれないのに」

クリスタベルが嘆息した。どうやら折れたらしい。

「奥方さま？」ロサが声を張りあげ、乱暴に音をたてながらドアノブをまわしている。

「いいのよ、ロサ！」クリスタベルが応じた。「ミスター・バーンとカードをしているの。

いつ終わるか見当もつかないから、先にやすんでいなさい」

「かしこまりました、奥方さま」ロサの返事があった。

バーンは張りつめた息を吐いた。これでしばらくは大丈夫。そう思った矢先――。

「放して」クリスタベルが訴えた。「ゲームは終わっていないのでしょう?」

バーンは即座にクリスタベルを解放した。時間は山ほどある。じっくりと防御を打ち砕いてやればいい。「まだ喪服とコルセットが残っています」

「わかっているわ」クリスタベルは喪服を脱いだものの、コルセットの紐《ひも》をほどくには手助けが必要だった。バーンはクリスタベルの背中に触れるか触れないかのところで感覚をあおりたてながら、少しずつ紐をほどいていった。

クリスタベルが身をくねらせてコルセットを脱ぎ、こちらへ向き直った。その頬が薔薇《ばら》色《いろ》に染まっているのを見て、バーンは有頂天になった。

「ほら」クリスタベルは負けん気の強そうな態度で、両手にかかえた喪服とコルセットを押しつけてきた。「有効に使ってちょうだいね」

バーンは辛気くさい黒の喪服を見おろし、すぐさま心を決めた。暖炉に歩みより、喪服を放《ほう》りこむと、たちまち輝かしい炎が燃えあがった。

「なんてことを!」クリスタベルが抗議の声をあげた。

駆けよって喪服を取り戻そうとしたが、バーンはその腕をつかみ、引き止めた。「もう、わたしのものですからね。ああいう見苦しい服は、二度と見ずにすむよう願いたい。おっと、忘れるところでした……」コルセットも暖炉に放りこむ。

「ものすごく上等なコルセットだったのに！」

「今夜はもう必要ありません」バーンはクリスタベルに顔を向け、そのまま体をこわばらせた。

衣類を投じられて燃えさかる炎が、クリスタベルのシュミーズを赤々と照らしていた。胸の突起までが——ほのかに色濃く、ぷっくりとした先端までが——薄手のコットンごしに、まともに透けて見える。もとより、肌に密着した布地は重たげな胸の形をあらわにし、まろやかな曲線を描く下腹部さえ浮かびあがらせていた。腿のあいだには漆黒の三角形が影を落としている。「やはり必要ないでしょう」声がかすれた。

自分に向けられる視線をたどったクリスタベルは、その終着点に気づき、あきれたように目をむいた。小声で憎まれ口を叩きながら踵《きびす》を返し、足早にテーブルのほうへ戻っていく。大急ぎで椅子に座る直前、ほんの一瞬だが、彼女の真っ白なヒップがシュミーズの向こうに透けて見えた。もっとも、男の欲望をあおりたてるには、その一瞬で十分だった。気ぜわしくテーブルを指先で叩いているクリスタベルを尻目に、バーンは悠然と席に戻った。

「早くして、バーン」負けじ魂に火がついたのか、表情が暗い。「そっちが配る番よ。大負けする覚悟はいい？」

大負け？　ありえない。クリスタベルの裸を拝まずに帰れるものか。何がなんでも、ものにするのだ。

それにしても、なんと美しい女だろう。怒った顔が、とくにいい……。バーンは椅子に腰を下ろし、クリスタベルから視線をはずすことなくカードを切りまぜた。これほどの女がいようとは！　流れ落ちる髪、宝石のごとき緑の瞳。薄手のシュミーズごしに、ぼんやり透けて見える甘やかな肌。いますぐ襲いかからないようにするので精いっぱいだ。

いや、落ち着け。いずれ機会は訪れる。

自分自身に言い聞かせつつ、カードをクリスタベルに渡す。クリスタベルは、絶対に負けないという決意もあらわに上下を入れ替えた。バーンは喉を鳴らして笑いながらカードを配った。彼女は本気で勝ちを信じているのか？　あと一点で、待ちに待った姿にさせてやれるというのに。

だが、その一点が、なかなか取れない。ここにおよんでクリスタベルはようやく集中し、知性を発揮しながら、たくみにカードを切っている。かなりの知性の持ち主だということは、以前から察せられたのだが。そのうえ、運も彼女に味方した。いざ勝負を終えてみると、今晩で最多の四点をもぎとっていたのだから。

勝ち誇ったようにほくそえみ、クリスタベルが椅子に背をあずけた。「ガーターとストッキングね。こっちにちょうだい。クラバットと何かもう一枚でもいいわ」

「いや……」バーンは腰を浮かせ、下着のボタンに手をかけた。「ストッキングは脱ぎたくありません」声を落とし、からかうようにささやく。「足が冷えてしまう」

クリスタベルの冷たい笑みが影をひそめた。だが同時に、反抗的な光が緑の瞳の奥に燃えあがった。テーブルの反対側から身を乗りだしつつ、クリスタベルが不満げな声をあげた。「ねえ、さっさと脱いでいただけないかしら」

わざとらしく自分と同じ言葉で急《せ》かしてくるクリスタベルに、ますますその気にさせられた。けれども、唐突に名案が浮かんだ。「わたしが勝ったら、あなたにストッキングを脱がせていただこうかな」

「勝てば脱がなくても――」そのとたん、どういう意味か悟ったらしい。「今夜あなたが裸になるのは負けたときだけよ。ひとりで下着を脱いでもらうわ」

「さて、どうでしょう」頬がゆるむのを抑えることもかなわず、バーンはガーターとストッキングを取り、テーブルごしにクリスタベルのほうへ投げた。「そちらが配る番です」

配られた手札は最悪だった。バーンはまじまじとクリスタベルを見つめた。いかさまを仕掛けられたか？　無作為に配るだけで、ここまでひどい手札になるはずがない。

だが、一心不乱にカードをにらむ彼女の表情から察するに、向こうの手札も、たいしてよくなかったらしい。ということは、強いカードはすべて山札にあるのか。面倒な。

前半の十三回は死闘だった。ふたりとも、強いカードをめぐって毎回必死に戦った。もう一瞬たりとも気を抜くことなどできない。クリスタベルの腕が上がったことを喜ぶべきか、それとも、いまこそ勝たなければならないのにといまいましく思うべきか、判然としない。

これほど神経を使う勝負もない。よほど心を強く持たなければ、乱れ髪や透けるシュミーズに気を取られてしまう。クリスタベルがカードを取ろうと前かがみになるたびに、胸の先端がはっきりと透けて見えるのに。しかも、強いカードが来ると、クリスタベルは顔を輝かせるのだ。こればかりは目をそらすことなどできない。カードを奪うたびに、うれしそうに喉を鳴らす音も耳につく。かすかな音が、ひどくなまめかしいという自覚はあるのだろうか。豊かな胸を吸いあげたり、深々と体をつないだりしても、あんなふうに嬌声《きょうせい》をあげてくれるかと思うと——。

「ぐずぐずしないで、バーン」クリスタベルの声が突き刺さってきた。

バーンはテーブル上に意識を引き戻した。「なんです？」

クリスタベルがほくそえんでいる。「勝負あったわね。潔く負けを認めたら？ 最後のカードを切りなさい。どのみち、わたしの勝ちだけれど」

ぎょっとして、バーンはクリスタベルのカードを凝視した。なんたることか。ベッドでの様子を楽しく夢想するうちに、後半の十三回のほとんどで負けを喫していた。最後に一勝したとしても、三点も奪われてしまう。身につけているのはクラバットと下着だけ。脛《すね》にナイフを仕込んであるが、これは使えない。

バーンはクリスタベルを見すえた。負けた。こんな素人に負けた！　とても信じられない。〝麗しのバーン閣下〟が女に気を取られて大負けしたなどと噂《うわさ》が広まれば、二度とクラブに顔を出せない。

冗談じゃない。最初に四点くれてやったのが失敗だった。あれさえなければ、シュミーズを奪う機会もあったのに。

いや、それで落ちこんでいるわけではない。自分で自分の鉄則を破ってしまったからだ。成功の果実を木からもぎとるまでは、決して味わってはいけないというのが鉄則なのに。もはや成功の果実は……クリスタベルは、絶対に味わえない。

断じて無理だ。

切り札を出して最後に一矢を報いたものの、クリスタベルを得意の絶頂から引きずりおろすことはできなかった。ふんぞり返っている彼女の顔は、勝利の喜びで魅力的に輝き、なおさら熱い欲望をかきたてる。「脱ぎなさい、バーン」バーンがクラバットに手を伸ばすと、ふたたび声があがった。「待って！　そこで脱がないで」

バーンは一方の眉を上げた。

いかにも愉快そうに含み笑いをしながら、クリスタベルは昼間にドレスの採寸をした壇上に人さし指を向けた。「あそこ。あの上で脱いでちょうだい」

昼間、彼女がしぶしぶと服を脱いだように。バーンは笑いをこらえて立ちあがった。まったく、わかりやすい女だ。「目には目を、ということですか」

にやりと唇の端をつりあげたのが唯一の返事だった。

バーンは考えをめぐらせながら壇に近づいた。クリスタベルの思惑はお見通しだ。少し離れたところで服を脱がせれば安全に観賞できると思っているのだろう。こちらが服を脱ぎ終えたら、妙な雰囲気になる前に、さっさと客間から飛びだそうというのか。

しかし、まだとっておきの切り札がある。

「芝居がかった演出の才能があるようですね」バーンは壇に上がり、クリスタベルに体を向けた。「それとも、いま思いついたとか?」

「わたしの勝ちよ」クリスタベルがぱちりと指を鳴らした。「早く脱いで」

バーンは笑みを隠し、クラバットをほどいてかかげた。「取りにいらっしゃい」

「そこに置いて」クリスタベルはこともなげに言った。「あとで拾うから」

「お好きなように」バーンはクラバットを床に落とした。聡《さと》い女だ。何をするべきか正確に心得ている。だが、それはこちらも同じだ。

バーンが身をかがめてナイフを取りだすと、クリスタベルが問いただした。「何をしているの？」

「三点ですから、クラバットとナイフと鞘《さや》でよろしいですね？　さあ、どうぞ」

クリスタベルの笑顔がこわばった。「ナイフはだめよ。わかっているくせに。衣服や装飾品には入らないもの」

「わたしにとっては同じことです。毎日のように身につけていますから」

「武器よ！　武器はだめだと自分で言ったじゃない」

「これを武器として使ったことなど一度もありません」バーンは鞘のベルトをはずし、ナイフを抜いた。さあ、どうする？　いつもの癇癪を起こしてごらん。

「そんなの関係ないわ！　ふざけないで！」

バーンは無言のままナイフを鞘から抜き、クラバットの上に置いた。

はじかれたようにクリスタベルが立ちあがった。「ずるいわ！　ちゃんと脱いで！」

鞘をクラバットの上に置いてから、バーンは体を起こした。「お断りします」

クリスタベルが魚のように何度も口を開けた。「なんですって？　だめよ！　ルールなのに！」

バーンは肩をすくめてみせた。「ルールの解釈は人それぞれです」壇から下り、癪にさわるほど嫌味な口調で言い添える。「さあ、座ってカードを配りなさい。いい子だから」

クリスタベルが血相を変えた。「絶対に嫌よ！　正々堂々と勝負して、わたしが勝ったんだから。いますぐ下着を脱いで！」

バーンはテーブルに歩みより、クリスタベルに手が届くところまで近づいてから、ささやいた。「脱がせてみるがいい」

9

抱かれる気がなければ、その晩ずっと男の不機嫌に悩まされることになろうとも、顔を合わせた直後にそう伝えるべきです。

――作者不詳『ある愛人の回想録』

なんて男！　ロサを下がらせ、勝負にこだわったのは、バーンのほうなのに。「ちゃんと脱いで」

「脱がせてみるがいい」クリスタベルは言いつのった。

クリスタベルは激高した。「脱がせて」もう一度、ひどく冷ややかにバーンが答えた。

ああもう、これだから男は！　女をだまして、それですむと思っているの？

悪態をつきながらバーンにつめより、下着の紐《ひも》をつかむ。「脱がせてやろうじゃないの」いちばん上のボタンをはずすと、両手で触れていた部分の布が厚みを増した。このとき、ようやく理性が働き始めた。それでも、あわてて引き戻そうとした手をバーンにつかまれ、ボタンのはずれかかった下着に押しあてられてしまう。こわばっているところに。このうえない硬さで剣呑《けんのん》に立ちあがっているところに。

「どうぞ」喉にからむ声でバーンが言った。「戦利品を奪いたいのでしょう?」

バーンをにらみつけたが、すぐに後悔した。彼の表情に荒々しい欲望を垣間見たとたん、たちどころに唇を奪われてしまったから。

種馬に追いつめられた牝馬《ひんば》さながらに身の危険を感じたときには、もう手遅れだった。どうしようもない憤りに駆られたあげく、つけこまれてしまったなんて。唇のあいだからもぐりこんできた舌に快感を呼び覚まされ、理性も吹き飛んでしまう。抵抗しなければいけない理由も……忘れて……。

バーンにつかまれた両手が下着のなかに引きこまれていく。そしてそのまま、立派で重たげな下腹部に密着した。恐怖のみならず、本当にそこに触れているのだという興奮のうねりのなかで、喉の奥が引きつった。こんなところに触れるなんて。

ああ、気が変になってしまったのだろうか。指が勝手に動き、なでさするように……。

「たいへん結構」バーンが唇を重ねたまま、ささやいた。「それでいい……」

またしても彼は唇をむさぼった。昼間は自分を抑えていたようだけれど、もはやなんの気兼ねもないらしい。薄い布ごしに胸を手で包みこんできたうえ、やおら一方の肩からシユミーズをずりおろし、むきだしの柔肌を温かく大きな手のひらで愛撫《あいぶ》し始めたのだから。

胸の頂を指先でつままれた瞬間、めくるめくような衝撃が下半身まで駆けおりていった。クリスタベルはバーンから唇を引き離し、震える声で懇願した。「お願い……」〝やめて〟なのか〝もっと〟なのか、自分でもわからない。そのとき、いきなり背後のカード用テーブルにかかえあげられ、バーンの腰に伸ばしていた手が宙を泳いだ。体の重みに華奢《きやしや》なテーブルが揺れ、クリスタベルはバーンの両腕にしがみついた。「ちょっと、何をするの？」

シュミーズを引きおろされて片方の胸があらわになったのが、唯一の答えだった。張りのある胸が半眼のまなざしにさらされている。「何をすると思います？」バーンが頭を下げ、とがった先端を唇に含んだ。きつく吸いあげる感触。

クリスタベルはテーブルから落ちそうになった。「ああ、だめよ……」かぼそい声をあげながらも、バーンの頭をつかんで引きよせてしまう。

調子に乗ったバーンが、さらに快感をあおりたてた。胸の頂を歯と舌でついばまれ、ろくに息もできない。ため息やあえぎ声までが漏れてしまう。夫に愛撫されても、これほど感じたことは一度もなかったのに。わたしったら、どこまで恥知らずな女なのだろう。見るからに不道徳な悪党を相手に、こんなことしか考えられないなんて。

「嫌……」かすれた声をしぼりだす。「バーン……最低だわ……ひとでなし……」

「そうなるよう心がけています」吐息でささやくと、バーンは手をシュミーズにすべりこませてきた。もう一方の胸の先端を探りあて、親指と人さし指のあいだで転がす動きは、理性など焼き尽くしてやると言わんばかりのものだった。「いいのでしょう？」

「ええ……あっ……いいわ……」不届きな両手が離れたのは、シュミーズを腰まで引きおろそうとしただけのことで。クリスタベルは、ふたたび触れられるより早く、その手をつかまえた。「待って……裸になるのは、わたしじゃないわ。あなただけよ。あなた……卑《ひ》怯者《きょうもの》……」息を切らしてなじる。

闇夜《やみよ》の森にひそむ残忍な狐《きつね》のように、バーンの瞳がきらめいた。「負けを認めないかぎりご満足いただけないようですね」バーンが下着を脱ぎ、蹴《け》飛《と》ばした。「このとおり、完敗です。生まれたままの姿になりましたよ」

さらけだされた下腹部に、目が釘《くぎ》づけになった。口のなかが干あがっていく。信じられない。これまで目にした裸の男性はひとりだけで、しかもバーンとは大違いだった。夫のそこは、ほっそりと長かった。抱かれるのに苦労した覚えもない。

バーンが相手だと苦労しそうな気もする。ずうずうしい悪党の本性まるだしで突きあげてくるだろう。硬く、大きく、そして重く。とても手に負えない。持ち主そっくり。

その持ち主はシュミーズを徐々にずらしている最中で――。

「やめて！」クリスタベルはバーンの両手をつかみ、あらがった。「だめ――」

その言葉は長く情熱的なキスに封じられた。体の芯《しん》まで達するようなキスに、たちまち心を奪われてしまう。夫はあまりキスをしてくれず、たくみな愛撫もなかった。夫にとってのセックスは、一刻も早く解消すべき根源的な衝動だった。夫が勝手に果てたあと、ひとり体を持てあましたことも珍しくなかった。

愛撫で体がうずくところまでは夫と同じだけれど、バーンはさらに、そのうずきを満足させようとしている。愛撫を待ち望んでいる胸や、先端にさえも触れてくる。腿のあいだにすべりこんできた手が、期待に震える中心を探りあて……。

「バーン！」いたずらな指でこすられ、思わず叫び声をあげた。そしてバーンの手をつかむ。「だめ、そんな――」

「お静かに。かわいい頭で、よけいなことを考えすぎです」またもや敏感なところをなでられ、恥も忘れてテーブルの上で身をよじらせた。

必死に理性をつなぎとめる。「ああやって……前にも女をものにしたのね？」

「とんでもない」侵入してくる指に、クリスタベルはあえいだ。「ごらんになったでしょう、わたしの愛人たちを。そそのかされなければ不道徳な遊びもできない女に見えましたか？」

「いいえ、でも――」

「まったく、手のかかる人ですね、あなたは。やることが全部あべこべですよ」

片手で胸の頂をはじかれ、もう一方の手で体の奥をかきまわされている。止めどなく押しよせてくる快感の激流に息もつけない。

かすれて喉にからむ声で、バーンが言葉を継いだ。「できのよい頭を駆使してホイストをしなければいけないときに、ひどく感情的になってしまう。素直に愛されなくてはいけないときに、よけいなことばかり考える」

何も考えてはならじと降りそそぐキスに、頬と眉とこめかみが熱い。霧に取り巻かれてしまわぬよう、なんとか抵抗する。

「ほら、また」バーンが小声で制した。「あなたは考えこむと眉根を寄せるから、わかります」

「考えないと……用心しないと……身の破滅だもの」

バーンは低く含み笑いをした。「大げさな。こんなことで破滅するとお思いですか?」

もう一本の指がもぐりこんできた感覚に、クリスタベルはテーブルの上で体を浮かせ、驚愕《きょうがく》の声をあげた。それとも……なまめかしい悦《よろこ》びの声だろうか。はしたない。

「考えるのは、あとになさい」バーンが言い添えた。「いまは感じるだけでいい」

とはいえ、この状況で快感に身をまかせれば、別の……もっと危険な状況で……どんなことをされるか……。

再度ちりばめられた極上のキスに、抵抗など跡形もなく打ち砕かれ、クリスタベルはバーンの両肩をつかんだ。なにしろ、体の内側と外側を同時にこすられているのだから。胸の……突端や……脚のあいだで脈打つ一点まで……。じんわりとうずくような物足りない感覚は以前にもあったけれど、指先でさすられると、ひどく敏感になってしまう。ふくらんでいく一方の強烈な欲望に下半身をのみこまれ、いつしか体が前のほうへせりだし、ついにはバーンの手に腰を押しつけながら、彼の肩に指をくいこませていた。もっと違う何かを求めて……。

やるせないほどふくれあがっていく欲望に、クリスタベルは顔をそむけてキスを引きはがした。「ああ、バーン……お願い……ああ、もう……」

「こうしてほしいのでしょう？」ささやく声とともに、指の動きが激しくなった。とろりと重い息が頬にあたる。「こうですか？」

「お願い……もっと……」ふいに、これまで感じたこともない激烈な快感の嵐《あらし》が襲ってきた。「バーン、だめ！」奔流に意識を揺さぶられ、声にならない声で叫んだ。「バーン……ああ、こんな……バーン……」

「ここにいます」手の動きがゆるやかになり、悩ましい愛撫と化した。やさしくなだめるような愉悦の波に洗われ、思わず体が震える。

激流が去り、沸き返っていた感覚が甘く満ち足りた恍惚《こうこつ》へと転じるころ、バーンが頬を寄せ、ふたたび語りかけてきた。

「ここにいますよ、かわいい人」

しばらくのあいだ、息をするのが精いっぱいだった。かろうじて頭を働かせる。なんなの、いま何をされたの……。

「また考えている」バーンがささやき、耳たぶを舌でくすぐってきた。

「べつに……何も……いまのは？　なんだったの？」

脚のあいだをなでる手は止めず、バーンが背筋を伸ばして目をみはった。「わからないのですか？」

「当たり前でしょう！」

バーンが唇を引きしめた。「ふつうは、ご主人から教わっているはずのことですが。だがあのご主人では、しょうがないかもしれませんね」

とがめるような物言いが耳に痛い。クリスタベルは思わず亡き夫をかばった。「あなたのように不道徳な人ではなかったもの。まじめで――」

「自分の妻を喜ばせることは不道徳でもなんでもない」そう言う彼の突き刺さる視線のせいで、クリスタベルは落ち着かなかった。「妻に快感を与えない夫など、かばう値打ちなどありません。いまのが不快だったならともかく」

クリスタベルは赤面した。「たぶんフィリップは……知らなかったのよ……どうすればいいか……」

「ならば、知る努力をすればいいだけのこと」バーンの両手が腿をさすっている。「嘘《うそ》ではありません。男たるもの、愛人に……妻に快感を与えなくてはいけないのです。もっとも、そうしない夫も多いが」

「そうね」クリスタベルはぼんやりと言った。いまなら納得できる。よくわかった。これこそ大勢の夫人たちがバーンの愛人になりたがる理由なのだろう。酔いしれるような快感がほしいから。夫たちは、この悦びを妻に与えようとしないか、与えることができないから。

バーンが身をかがめ、頬にキスを落とした。頬と、それから喉にも。「やっとわかりましたよ。なぜあなたが抱かれることをためらったのか。快感も知らずにいたのですね」

「そういうわけじゃないわ」クリスタベルは蚊の鳴くような声で答えた。

「では、なんです?」あいかわらず猛烈な勢いで脈打っている首筋を、バーンの舌先がリズミカルに叩《たた》いた。

ベッドをともにすれば、自分を見失ってしまいそうだから。

それを口に出すわけにはいかない。つけこまれてしまう。

まだ首と髪にキスをしながら、バーンが寄り添ってきた。彼の情熱の源が頭をもたげ、脚のあいだをなでる。そのとたん、彼女の全身が麻痺《まひ》した。いけない、つけこまれる隙《すき》を作ってしまった。こっちは悦びを与えてもらったけれど、バーン自身は達していない。きっと、ベッドに行きたがるだろう。そうさせないためには……。

ほとんど捨て鉢になりながら、クリスタベルは互いの体のあいだに手をさし入れ、熱いこわばりを包みこんだ。

バーンが低く声を漏らした。「ああ、たまらない」

試しに手を上下させてみると、なおも実感のこもったうめき声が返ってきた。亡き夫がこうしているところを見てしまったことがある。見られているとも知らず、夫はひとりで快感をむさぼり、のぼりつめた。彼にできたのだから、わたしだって……。

「もう結構」バーンがうなり、愛撫の手をつかんで止めた。「ちゃんと抱かせてください」

「だけど、わたしもやってみたいの。あなたがやったみたいに」もっともらしい口実を大急ぎで探した。「夫には、させてもらえなかったから」かぼそい声で言いわけをする。本当のことではあるが、口に出して言うのは屈辱だった。とはいえ、この客間で、ふしだらな愛人のように抱かれるくらいなら……。「お願い」重ねて頼みこむ。「触らせて」

しばしの間を置いて、両手が自由になった。「そこまでおっしゃるなら」その手のなかに、硬い切っ先がすべりこんできた。「朝まで時間はたっぷりある」

「クラブに行くのではなかったの？」

「何かあれば呼びに来るでしょう」バーンが声をしぼりだした。「運がよければ来ません」

なんの前ぶれもなく頭を下げてきたバーンに胸を吸いあげられた。くすぶる燃えさしに焚《た》きつけを投げこんだかのようだった。またもや全身の血が熱い奔流となり、満たされぬうずきが脚のあいだで芽吹いた。ああ、だめ、だめ、また欲望をかきたてられたら……。

　うまくやれていることを祈りつつ、クリスタベルは手の動きを速めた。バーンの反応に意を強くする。バーンは苦しげな声を発して胸から唇をもぎ離すと、その手のなかに腰を打ちつけ始めた。嘘みたい、こんなに硬いのに皮膚はなめらか。まるで、艶《つや》のあるベルベットに包まれた鋼鉄のように。

「ああ……最高だ……そう、そう……」バーンがうなった。

　男性がどう感じるか、生まれて初めて理解できた気がする。この快感を与えているのが自分だと思うと、われながらうっとりしてしまう。男性を喜ばせる才能がまったく欠けているわけでもないらしい。

　上下に動かしている手に力をこめる。「こうしてほしいの？」悪くない反応に自分でも浮かれながら、さきほど耳元でささやかれた言葉をそのまま返した。「こう？」

　バーンは余裕のない声で悪態をつき、首筋を引きつらせながらのけぞった。「わかっているくせに……そうだ……男をからかう気か……生意気な……」クリスタベルの体ごしに手を伸ばし、テーブルに放《ほう》ったままだった下着をつかみとると、張りつめた下腹部を包む白い両手に巻きつけた。「ああ……だめだ……くそっ！」鋭い声を放った数秒後、バターミルクのように温かくどろりとしたものが、亜麻布にくるまれた手のなかにほとばしった。

　バーンの紅潮した顔と荒い息づかいに気づいたクリスタベルは、いわく言いがたい思いに圧倒された。みずからを厳格に律しているバーンも、ひとりの男だった。結局、それほど厳格というわけでもなかったのかもしれない。胸の奥には本物の感情さえ秘めて……。

何を考えているの、わたしったら！　バーンは欲望をもてあそんでいるだけ。それ以上のことを彼みたいな男に期待してどうするの。当の本人が言葉と態度ではっきりと示したとおり、遊びでしか女を抱くことができない男よ。体以外のことで女に関心を抱くような人じゃないのに。

がくりと頭を落としたバーンが、薄く目を開けた。「これはまた……」苦しげに肩を上下させつつ、息を整えている。「快感を一度も体験したことのなかった女性にしては……なかなか才能がある」

率直な褒め言葉に浮かれたりしないよう、クリスタベルはバーンから目をそむけて、うつむいた。「そう？」

バーンは下着でクリスタベルの手をふき、そのまま脇《わき》へ放った。「ええ、とても」かがんで頬に唇を押しあてながら、声をひそめてささやく。「そろそろ寝室に移りましょう、かわいい奥さま。そうすれば、もっとくつろげます」

クリスタベルは頭をかかえた。これでも満足してもらえないの？　「それは……ちょっと……」はぐらかして言う。「疲れたわ。あなたもクラブに行かないといけないし――」

「その必要はないと言いましたよ」バーンが彼女の腰を抱き、耳をねぶった。「疲れたのなら、しばらく並んで眠るのもいい」からかうような響きが声音にまじっている。「朝に愛を交わすのも、おつなものです」

「だめ、だめよ」クリスタベルは顔を伏せたまま身を引いた。バーンをまともに見られない。「わたし……とにかくだめ」

バーンの指がウエストにからみつく。「だめ？」耳を疑うとでも言いたげな口調だ。「抱かれたくない、そういうことですか？」

クリスタベルはうなずいた。

顎に手をかけられ、やむなく顔を上げると、バーンと視線が合った。いまや彼の瞳は、冬の嵐にも劣らぬアイス・グレーの陰りを帯びていた。「わたしに抱かれるつもりなど最初からなかったということですか？　だからこそ、手だけですませたのでしょう」

「え……なんですって？」

「手だけで商売をする女でもあるまいし」バーンが鋭い声を放った。「男をその気にさせたあげく、満足させずにベッドから放りだしてしまうとは」

「そんなことないわ！」クリスタベルは言い返した。「ちゃんと満足させたはずよ！」

バーンの口元が引きつった。「まあ、そのようですね。いちおう。だがあれは、わたしが求めていたような満足ではない」

クリスタベルはため息をこぼした。「バーン、わかってちょうだい――」

「その必要はありません。何をそんなに恐れているのですか。快感におぼれてしまうこと? 下劣なわたしたちに負けないくらい、あなた自身も本当は不道徳だったと気づいてしまうことですか?」

バーンに抱かれて一夜をすごしたら、自分がどうなってしまうかわからない。けれども、それを明かすわけにはいかなかった。とはいえ、真実の一端ならば告げることはできる。理解してもらえればの話だけれど。

「わたしは、あなたの愛人たちとは違うのよ」クリスタベルは細い声で訴えた。「中途半端なつき合いをするつもりはないわ。ベッドをともにした翌日に、別の女性と仲良くしているあなたを陽気に眺めてなんかいられない。そういう性分じゃないもの」胸が隠れるようシュミーズを引きあげ、袖《そで》を通した。「あなただって、ひとりの女に義理立てするような性分ではないのでしょう?」

つかの間、バーンは無言のまま、じっと彼女を見すえていた。ようやく口を開いたものの、答えにもならない答えが返ってきた。「なるほど、結婚なさりたいのですか?」いまわしい言葉か何かのように吐き捨てる。

クリスタベルはかぶりを振った。「いいえ、もう二度と自分の未来を男まかせにはしない。男なんて結局――」

「女を裏切る？」

クリスタベルはうなずいた。

見覚えのある打算的な輝きがバーンの瞳に浮かんだ。「だからこそ、結婚するより愛人でいたほうがいいということになるのですがね」バーンの両手が、ゆっくりと愛撫するように……誘いかけるように……腿をなでてくる。悪魔に誘惑されるのは、こんな感じだろうか。「悲惨な泥仕合に陥る恐れもなく、享楽のときをすごせます。結婚すると悲惨な目に遭うことも珍しくありませんから。愛人のままでいれば、相手に飽きたときは――」

「そっちが飽きても、わたしが飽きていなかったらどうするの？　たとえ結婚しなくても、悲惨な目に遭ったりするでしょう。レディ・キャロライン・ラムの例もあるし。彼女のせいで、愛人のバイロンだけでなく、ラム家の人たちまでが悲惨な目に遭ったわ」

バーンが一方の眉をつりあげた。「あなたも晩餐会《ばんさんかい》でナイフを振りあげ、〝捨てられたら自殺する〟などと騒ぐのですか？　想像もつきませんね」

「わたしはあなたを撃ったのよ。お忘れかしら？　あなたに執着するようになって、ほかの愛人たちと同じように扱われたら、何をしでかすかわからないわよ。言ったでしょう、後腐れなく男性のベッドに出入りするのは、わたしの性分じゃないもの」

バーンの指が腿にくいこむ。「では、死ぬまで男を近づけないつもりですか？　結婚もせず、愛人も持たず、老いていくお父上だけを相手に暮らすとでも？」

クリスタベルは喉を上下させた。バーンらしいと言えばそれまでだけれど、彼は最も重要なことを忘れている。子供ができないこと。子供が産めない体では、再婚できる望みは皆無に等しい。たいていの男は、跡継ぎを産んでくれそうな女を所望するのだから。

クリスタベルは力なく息を吐いた。バーンの両手を腿から押しやり、テーブルを下りる。

「そこまでは考えていなかったわ」

「無理もありません」動くものかとばかりにバーンがテーブルについた両手にはさまれ、クリスタベルは逃げることもできなかった。バーンが首をかしげ、耳元に唇を寄せた。ひそやかに、そそるように語りかける。「今夜まで女の悦びを知らなかったのだから。しかし、知ってしまった以上――」

「いっそう慎重にならないといけないわね」のけぞりながらも、クリスタベルはかろうじて笑顔を作った。「それに、嫉妬《しっと》深い愛人なんて、嫌でしょう？　いままでどこにいたのかと問いただしてきたり、かまってもらえないと文句を言ったり、ほかの女を抱かないでと泣きついてきたりするような女は嫌いでしょう？　わたしはきっと、そういう女になるわ。自分の夫でさえギャンブルとお酒に走らせてしまったのだから。ひょっとすると、ほかのものにも走らせたかもしれない」声に苦痛がまじらないようつとめたけれど、うまくいかなかった。「想像がつくわ。わたしなんかと一緒にいたら、あなたみたいな遊び人がどんな行動に出るか。わたしを殺したくなるでしょうね」

バーンの顔が憤りに燃えた。「愚かなご主人が何をしていたにせよ、自分を責める必要はありません。冗談じゃない。ひと目見た瞬間から、あの男の正体は透けて見えました。ばかで考えなしの男ですよ。ギャンブル熱に浮かされたあげく、それ以外のすべてを忘れてしまうような愚か者です。あなたのせいではない」

その言葉は、肉を切り開いて銃弾を摘出しようとする外科医のメスのようだった。「そうかしら。わたしが家で夫を満足させていれば――」

「身勝手で愚かなご主人に求められて、応じなかったことでもあるのですか？」

「いいえ、でも――」

「ご主人の食事には気を使っていた？」

「もちろんよ」

「どこで何をしていたのかなどと問いただし、ご主人を閉口させたりしませんでしたか？」

「最初は何もきかなかったわ。正直に言うと、侯爵夫人として社交界に出なくていいから気楽だなんて思っていたの。何をどうすればいいのか、見当もつかなかったし」

「ご主人は、社交界でのマナーの指南役を探してくれましたか？　あなたが気おくれせず社交界に出られるように、教師をつけてくれましたか？　あなたが楽にご主人と同伴できるよう、精いっぱいの努力をしてくれたのですか？」

バーンの押しつけがましい物言いに心が波立つ。「そういうわけでは。でも――」

「やはり、身勝手で考えなしの愚か者です。ひとつお伺いしますが、出会ったころから、ご主人はギャンブルに明け暮れていませんでしたか？」

クリスタベルは、きっと顔を上げた。「たしなむ程度よ」

「たしなむ程度だと、なぜわかるのです？　外で落ち合う約束をすっぽかしたあと、頭が痛かったとかなんとか、くだらない弁解を並べたてるようなことはなかったですか？　いつも、夜の気晴らしにカード遊びをしようなどと言いだすような男だったのでは？　軍の給金が、どういうわけか忽然《こつぜん》と消えていたなんてことがしょっちゅう――」

「やめて！」バーンの腕を脇へ押しのけた。とても聞いていられない。父にまでギャンブル癖を疑われた夫についての指摘は、何もかも的を射ていた。ようやくバーンの腕から抜けだすと、クリスタベルは向き直って言った。「よくもまあ、フィリップのことを身勝手だの考えなしだのと言えたものね。あなたこそ毎日のように違う女を抱いて、なんの思いやりもなく――」

「わたしが抱くのは、思いやりなど歯牙《しが》にもかけない女ばかりですよ。こちらとて、女たちの思いやりなど、ほしくもありませんが」バーンが目を光らせ、つめよってきた。「一糸まとわぬ姿でいることにも頓着《とんちゃく》していないらしい。「わたしと女たちが求めるものは一緒です。快感、それだけだ」

「本当に？　じゃあ、今日の夕方、レディ・ジェンナーに意地悪を言われたのはどういうわけかしら。あやうく目玉までくりぬかれるところだったわ」

バーンが体をこわばらせた。「それはただ、彼女のプライドを傷つけたからでしょう」

「たぶんね。そうだとしても……あなたの愛人が快感しか求めないとしても、わたしは違うから。やっと話が戻ったわね。とにかく、あなた好みの愛人にはなれません。この点に関しては間違いないわ。自分の性格は、自分がいちばんよくわかっているもの」

バーンの唇から小さな悪態が漏れた。「そうですか。では、悪魔のホイストは、もうやめておきましょう」

「あなたも、わたしをものにしようなんて考えは捨てたほうがいいわ」

バーンが片方の眉を上げた。「もとより、そういう性分ではありませんよ、奥さま」

頬が熱くなるのを感じながらクリスタベルは身をかがめ、バーンが床に落としたままになっていた下着を拾いあげた。「では、お引きとりいただくほうがいいわね。さあ、これをはいて」

何もかも凍りつかせてしまいそうな一瞥《いちべつ》を彼女に向けたきり、バーンは下着も受けとらずに脇をすり抜け、扉へ向かった。「お返しいただかなくても結構。あなたが正々堂々と勝ちとった戦利品ですから」

「待って。誰にも気づかれないよう外套《がいとう》を持ってこさせるから、それだけでも着て帰って」

いらだたしげにバーンが見すえてきた。「こうなった以上、あなたの評判にひどい疵《きず》がつくのは、どのみち避けられません。あなたにしてみれば、なんでもないことのようだし。何人かの召使いに噂話《うわさばなし》を流されたところで平気なのでは？　わたしが裸で出ていったと噂になろうと、痛くもかゆくもないでしょう」

「そんな……とにかく、平気じゃないわ」

バーンは頬を硬直させ、ドアノブに手をかけた。一瞬ためらったあと、また悪態をつき、扉を細く開いて外へ呼びかけた。「そこの下男！　わたしの外套を持ってきなさい」

廊下で誰かが命令に従い、騒々しく足音を響かせた。ややあって、バーンは手を扉の隙間から突きだして外套を取ると、力まかせに扉を閉めた。

「下男が脚を引きずっていましたが。やはり元軍人ですか？」棘《とげ》のある声を発しながら外套を着こみ、乱暴にボタンをとめていく。

「ええ、片足を失ったの」

「なるほど」バーンが笑い声をたてた。「驚くべき女性だ」そう言って半眼のまなざしを彼女に向けた。「あなたのような人は見たことがありません。ご存じでしたか？」バーンがふたたびドアノブに手をかけた。「ではまた、明日の朝に」

「なんですって？」クリスタベルは当惑して尋ねた。

「お忘れのようですが、ミセス・ワッツが仮縫いに来ます。彼女が帰ったら、またホイストの特訓です。言っておきますが、まともなホイストですからね」バーンは〝まともな〟の部分を皮肉っぽく口にした。「それから、明日の晩は芝居見物です。劇場で公然と一緒にいるところを見せつけましょう。愛人だと思わせるには、なかなかよい手だと思いませんか？　嫌なら別の手を考えますが」

「いいえ、それで結構よ」なんだか腹立たしい。自分の気持ちを率直に伝えただけなのに。ここまで大人げない態度を返さなくてもいいのに。「お芝居は好きだもの」

「そうでしょうとも」にべもなくバーンが言った。「芝居は、あなたの得意技だ」

とはいえ、その口調には、かすかに冗談めいた響きがまざっていた。むきになって言いすぎたという自覚があるのだろうか。

クリスタベルは、いつの間にか止めていた息を吐きだした。「では、もう変なことはしないわね？」

「それは約束しかねます」バーンの熱い瞳にじっと見つめられ、クリスタベルの膝の力が抜ける。「しかし、わたしは女性を無理やり抱くような人間ではありません。女性が自分から抱かれに来るまで待っていられます」バーンの唇に悪魔のような微笑が浮かんだ。「その日は、かならず訪れる」

そんなふうに人を食ったようなことを言い、バーンは出ていった。

このときようやく、クリスタベルは大きく息を吐いた。けれども、馬車の音が遠くへ消えてからも緊張は解けなかった。やるせない喪失感が襲ってくる。どうにも落ち着かない。クリスタベルは客間のあちこちに散らばるストッキングやガーターを、ひとつひとつ拾ってまわった。自分のものともバーンのものとも判別できず、椅子の上にまとめて置いた。召使いたちに見られずに二階へ持っていけるといいのだけれど。

バーンの胴着を拾いあげると、彼の香りがふたたび鼻をかすめた。甘く濃厚な、いわく言いがたい具合に入りまじった男性的な香り。刺繍《ししゅう》入りの胴着を胸に抱きしめると、涙が目の奥を刺した。おなじみの感覚。脱ぎ捨てられた男物の服を拾って歩くのは、これが初めてではない。フィリップが侯爵となり、気のきく従者を雇うまでは、長い夜遊びから帰ってきた夫の服を拾い歩くのは、ほかでもない自分だったのだから。けれども、フィリップの服にはブランデーのにおいがしみついていた。それにひきかえ、バーンの服は、彼自身の香りがする。さっき誘いに応じていたら……。

いいえ、拒んで正解だったのよ。バーンも男なのだから口説きもするだろうし、自分も内心、ベッドをともにしたいという気持ちがあった。素直に従っていれば、さぞ恍惚となったことだろう。それでも最後は、きっと後悔する。

ため息をつきながら、クリスタベルは椅子に身を沈めた。ああ、それなのになぜ、ひどい過ちを犯してしまったような気分なのだろう。

外套だけを身につけて馬車を走らせるうちに、バーンは、さしだされた下着を受けとっておけばよかったと思い始めていた。初秋のロンドンの夜は、嫌になるほど寒く湿っぽい。霧が外套の裾《すそ》から忍びこんできて、骨の髄まで冷える。寒空のもとに飛びだす羽目になったのがいまいましい。いまごろ、暖かく居心地のよいベッドに横たわっていたかもしれないのに。ゆっくり、少しずつ体をつないで……。

「まったく、ばかばかしい」またもや硬くこわばってきた下腹部に、バーンはうなり声を漏らした。あの女は疫病神だ。

懐中時計に手を伸ばしかけ、クリスタベルに渡してしまったことを思いだした。まあ、それほど遅い時刻ではないはずだ。高級娼館《しょうかん》に行って欲望を満たしてもいい。娼婦を買うことはめったにないが、それが必要なときもある。

それなのに、いまはどうにも食指が動かず、気まぐれな下腹部の騒ぎも静まってしまった。どうしたことか。何もかも尋常ではない。あんな女は初めてだ。向こうもその気になっていたようだし、こちらを奮いたたせもしたのに、いざというときに拒むとは。

調子が狂う。クリスタベルを抱けなかったせいで、ほかの女に魅力を感じない。だが、すぐ平常に戻るだろう。いずれは本懐を遂げるつもりだし、そのときは、待ってよかったと思えるだけの一夜となるはずだ。愚かなハヴァシャムとは違い、楽しみに待てるだけの度量もある。あまり長いあいだ待たされるのもごめんだが。

今夜は少なくともひとつ、いいことがあった。この作戦は成功すると確信できた。本人の言葉どおり、クリスタベルはほかの女とは違う。つまり、ひとたび彼女をものにすれば――いずれは、ものにするつもりだが――例の〝私物〟も含めて、ほしいものをすべて奪うのも容易になる。

もちろん、ほかの危険もつきまとう。まず考えられるのは、クリスタベルを身ごもらせてしまう危険だ。これまでは、愛人に子供ができても夫に押しつけるつもりだった。妊娠させないよう、ちゃんと手段は講じていたが。それでもやはり、子供ができなくてよかったと思う。自分の子供が別の男に育てられていると聞かされれば、気が気でなくなってしまうだろうから。

しかし、何かの拍子にクリスタベルを妊娠させた場合、赤ん坊を押しつけられる夫はいない。だから、なおさら用心しなくては。互いに予防措置を取ることにしよう。海綿で避妊させればいい。父のいない子を世に送りだしたくないのはクリスタベルも同じだろう。

別の危険もある。クリスタベルは、まさに本人が言ったとおりの愛人になるかもしれない。嫉妬心も独占欲も強いうえ、口やかましく、何をしでかすかわからない愛人……。ふと心に浮かんできた光景に、バーンはくすりと笑ってしまった。自分に色目を使ってきた女たちが、ことごとくクリスタベルのライフルの的になるところを想像したのだった。

ゆるんだ頬を自覚したとたん、楽しい気分は唐突に失《う》せた。毎晩のようにクリスタベルのもとを訪れては、待ち遠しかったと言われたいか？　まさか。プライドのある遊び人が、そんなことでどうする。自分の言葉を少しも聞き漏らさぬよう耳を傾けてほしいとか、うっとりと感慨をこめたまなざしで見つめてもらいたいなどと……。

バーンは小声で毒づいた。育ちのよい女たちと浮き名を流していれば、こんなことも考えてしまうものだ。相手を喜ばせるには自分まで意識を集中しなければいけないという気分にさせられてしまう。

いまの生活は、まさしく自分の好みに合っている。クリスタベルを手に入れたいから愛人にするが、それ以上は期待しないほうがいいと教えこむことにしよう。不屈のハヴァシャム未亡人といえども、いずれは、この世界の流儀を受け入れてくれるだろう。

だが、それで彼女の瞳の輝きや熱い心が消え失せてしまったら？

バーンは悪態をつき、手綱をひと振りして馬の速度を上げた。こんなことを考えていたから、アンナ・ビンガムに骨抜きにされたのだ。危険で愚かしい感傷には、もう二度と屈したりしない。絶対に。

数分後、一等地メイフェアの自邸に着いた。馬車が止まらないうちから馬番が小走りに出迎え、まだ中年と呼ぶには年若い執事が窓辺に姿を見せた。こうして夜半に働かせるため、ここでの給金は高い。ふつうとは生活時間が異なるということで、夜中に使用人を起こすのにも気兼ねするようなことはしたくないからだ。この屋敷では皆、昼夜が完全に逆転した暮らしを送っている。

それどころか、バーンにとって、いまはまだ早い時間帯なのだ。衣類がなくては話にならないから、クリスタベルの町屋敷を出てもクラブに直行せず、自邸に戻ってきたのだった。バーンは手綱を引いて馬番に持たせ、馬車から降りたが、素足で小石を踏んでしまい大声をあげた。

執事のジェンキンズが出てきた。「旦那《だんな》さま、手をお貸しいたしましょうか」

「大丈夫だ」バーンは慎重に玄関前の石段まで歩き、足の裏の小石を振り落とした。

主《あるじ》がブーツもストッキングもはいていないことについて、執事は何も言わなかった。気のきく男なのだ。しかし、バーンが石段をのぼりだすと、いつも上で待っているはずの執事が足早に下りてきた。「早急にお伝えせねばと存じまして。バースから使者が参りました。邸内で旦那さまのお帰りを待っております。さきほど店のほうにも使いを出したのですが。旦那さまがおいでになったら即刻こちらへ戻っていただくようにと」

バース。バーンは身を硬くした。「ご苦労だった、ジェンキンズ」

残る二段を一歩で上がった。バースからの呼び出しは不穏なものでしかない。石段を上がりきったところで、バースからの使者が無言のまま、封印された手紙をよこしてきた。バーンはうなった。封印された手紙も、やはり不穏なものでしかない。

引きちぎるように手紙を開き、すばやく目を通す。緊張は解けたものの、やるべきことは変わらない。「ジェンキンズ、使いの者が店から戻りしだい、貸し馬車屋に行かせなさい。旅行用の馬車を手配させるように。一時間後に出立する。出かける前に何通か手紙を書くから、紙とペンを持ってきなさい」

執事がうなずいた。「ただちに取りはからいます」

明日の夜はクリスタベルと劇場へ行くつもりだったが、延期するほかない。クリスタベルには埋め合わせをせねばなるまい。バースで装飾品でも買い求めることにしよう。バースに長居する必要もなさそうだ。手紙を読むかぎり、最悪の事態でもない。いますぐ出かけて、明日は医師に会い、なんの問題もないことを確かめる。明日の晩はバースに泊まり、あさってにロンドンへ戻ってこよう。

ストークリーのパーティーを控えているが、ホイストの特訓が一日か二日ばかり減るだけのことだ。そのくらいなら大丈夫だろう。クリスタベルに少し気をもませるにも都合がよさそうだ。こちらの力添えの意欲が薄れてきたと思わせれば、〝私物〟の正体を打ち明ける気になってくれるかもしれない。

バーンは目をすがめた。そういえば、以前クリスタベルが暮らしていたローズヴァインは、ロンドンとバースを結んだ線から少ししか離れていない。帰りに寄ってみようか。口の軽い村人に小銭でも握らせれば、クリスタベルたちの情報を聞きだせるはずだ。貴重品入れの錠前破りをした執事についても、噂くらいは聞けるだろう。領主の屋敷では、代替わりのあとも、経験豊富な使用人が引き続き召しかかえられることも珍しくはない。案外、件《くだん》の執事も、まだローズヴァインに住んでいるかもしれない。

一点賭《いってんが》けの危険を分散する意味でも、そろそろ別の角度から攻めてみよう。クリスタベルの思惑がどうあれ、なんとしても真実を突き止めてみせる。絶対に。

10

絶対に裏切らない相手がほしければ、コッカースパニエル犬でも買い求めなさい。そんなことを男に求めても無駄です。

――作者不詳『ある愛人の回想録』

恥知らずな夢を立て続けに見てしまった激しい一夜が明け、ひとりきりのベッドでクリスタベルは目覚めた。どの夢にも憎たらしいバーンが現れ、ひそやかな愛撫《あいぶ》と熱い口づけを繰り返した。

こんなていたらくで、これからどうするの。ストークリー男爵邸で一週間もすごす予定なのに。わたしとバーン以外の全員が、いちゃついてばかりいるでしょうに。バーンのことだから、場の雰囲気に乗じて好き放題にキスをしたり触れたりしてくるだろう。あらゆる機会を逃さず、あおりたててくるに違いない。

寝返りを打って横を向き、胸に抱きしめていた枕《まくら》を小さく丸めこむ。敏感すぎる胸がうずいて……。

わたしったら！　いったい何をしているのだろう。バーンに秘密の薬でも盛られて、こんなに自分の体を意識するようになったの？　自分で自分に触れたいだなんて、そういうはしたない考えを抱いたことなど、いままで一度もなかったのに。昨夜《ゆうべ》は、よりによってブランケットの下にまで手を入れ、何度もなでてしまった。

それだけでなく、気持ちがいいとさえ思ってしまった。まともな女なら、ぞっとしてもよさそうなものなのに。自分には、ほかの女性と違うところがあると薄々感づいていたけれど、はしたない女だとは思ってもみなかった。バーンが現れるまでは。

ため息をつき、燃える頬を枕に押しつけた。なりゆきにまかせるほうがいいのだろうか。肝心なのは手紙を取り戻すことなのだから。バーンの誘いを蹴《け》ってばかりいなければ、手紙も取り戻しやすくなるだろうか？

クリスタベルは頭をかかえた。ああ、いまさら。もう隙《すき》だらけにされているのに。次におかしなまねをされたら、父と殿下のことまで打ち明けてしまうかもしれない。二十二年前の運命の日に起きたことまで……。

ぞっとして体が震えた。麗しの悪魔のキスや愛撫にどれほど胸をときめかされようとも、よろめいてはいけない。危険すぎる。厳格なルールを決めよう。絶対に必要な場合をのぞき、体の接触は厳禁。ホイストの特訓は客間の扉を開けたままでやること。変なことをするなんて、もってのほか。たとえ――。

軽く扉を叩《たた》く音に続き、朝食のトレーをかかえたロサが入ってきた。「おはようございます！」元気なあいさつとともにトレーを置き、カーテンを開けに向かう。「ゆっくりおやすみでしたから、ご気分もよろしいでしょう」

クリスタベルはあわてて上体を起こした。「ゆっくりって……いま何時？」

「そろそろお昼です」

「たいへん」クリスタベルはつぶやき、ブランケットを脇《わき》へどけた。「あの人が来てしまうわ！　ミセス・ワッツも連れて。支度しなくちゃ」

悶々《もんもん》と夜をすごしたことなど、バーンに想像させるわけにはいかない。いやらしい彼のことだから、寝すごした理由を正確に悟ってしまうだろう。なぜ……誰のせいで、とんでもない夢を見たのか、見抜いてしまうに違いない。

ロサが口を開いた。「ミスター・バーンなら、今朝早くに手紙が届きましたよ」

コーヒーと、バター付きスコーンの皿がのったトレーに目をやる。コーヒーなしでは生きていけない。バター付きスコーンなしでも生きてはいけるはずだけれど、試してみたことはない。そして、カップと皿のあいだに、封印された手紙が立てかけてあった。

なぜバーンは手紙をよこしてきたのだろう。もうすぐ来るはずなのに。

手紙は前置きもなしに本題に入っていた。

〈最愛なるクリスタベル
残念ながら、今夜は劇場に同行できなくなりました。急な用事でバースへ行かなくてはなりません。いつ戻れるか不明ですが、戻りしだい伺います。この手紙と一緒にホイストの本を送りますので、わたしが戻るまでのあいだに読んでおいてください。忍耐力の訓練もしておくように。

真心をこめて　バーン〉

クリスタベルは呆然《ぼうぜん》と手紙を見おろしていたが、やおら小さく握りつぶした。なんて傲《ごう》慢《まん》で自分勝手な男！　ホイストの特訓をしてくれる約束なのに、ふらふらとバースに出かけてしまった！

ホイストの特訓。「ロサ、これと一緒に本が届かなかった？」

「ああ、そういえば。まだ階下《した》の召使いのところにあるのでしょう」ロサは薄笑いを浮かべ、昨夜から椅子に放《ほう》られたままの衣類をまとめてかかえた。「それで、手紙にはなんと？」

「急用でバースに行くんですって」クリスタベルは手紙を投げ捨てた。「いつ戻るかは不明」

「すぐですよ。何かと心残りもあるだろうし」どう見ても男物の下着を、ロサが楽しげにつまみあげた。「次にお見えになるときのために、洗っておきましょうか」

かっと頬が熱くなる。「いいから焼き捨てなさい」クリスタベルはベッドから飛びおり、部屋のなかを行ったり来たりした。「昨夜、ホイストの勝負で奪った戦利品よ」

「あのギャンブラーに勝ったんですか？」

「ええ、大勝ちしたわ」

にやにやとロサが口元をゆるめた。

「何がおかしいの？」クリスタベルは声をとがらせた。

「いえ、べつに」やたらとていねいに胴着をたたみながら、ロサが答えた。「ただ……奥方さまが勝てるなんて変だなと思って。ミスター・バーンは何かに気を取られていたとか？」

たしかに気を取られていた。どうやって服を脱がせ、ものにしようかという下心でいっぱいだった。けれども、思いどおりにならなかったので、バースに出かけてしまった。男爵邸のパーティーまで二週間もないのに。

ベッドの誘いを断ったから？　冗談じゃない。拒絶されたぐらいで短気を起こし、ロンドンを飛びだしてしまうほど激しい欲望に駆られていたの？

なんだかバーンらしくない。いつも冷静沈着な人なのに。

「身支度をなさいますか?」ロサが問いかけてきた。

「ええ、もちろん」バーンが何をしていようと、計画を中断するわけにはいかない。したがって、仕立て屋とも顔を合わせなくてはならない。

ロサの手を借りて辛気くさい午前用の喪服に袖《そで》を通しながらも、いなくなったバーンのことを漫然と考えてしまう。バースで、どんな用事があるのだろう。あちらでもクラブを経営しているという話は聞いていない。ギャンブルがらみでなければ……。

顔から血の気が引いていく。女がらみだったら? 愛人をバースに囲っているのかもしれない。わたしはバーンの誘いを蹴ったけれど、大喜びで欲望を満足させてくれる愛人が、あちらにいるとしたら?

ロサにボタンを全部とめてもらうあいだも、いらだちがつのった。本当に、バースに愛人がいたら……。

どうしよう。バーンを引き止めるすべなどない。ほかの女とつき合うなとも言えないし。〝ひとりの女に義理立てなんかしない〟などとレディ・ジェンナーに言われたときも、バーンは否定しなかった。わたしだけを気にかけてくれるはずがない。キスや愛撫をしたからって、なんの意味があるの?

ひどい人! だから触れられたくなかったのに。ばかみたいに傷つくと、わかっていたのに。

いいえ、傷ついたわけじゃない。軽く見られて悔しいのと、身勝手な行動が腹立たしいだけ。こんなときに、よくもまあバースなんかに行けたものね。忍耐力の訓練ですって？　帰ってきたら絶対に文句を言ってやる。あの厚かましい男！　約束を破ったのはそっちなのに、忍耐力を鍛えろですって？

扉をノックする音に、物思いから引き戻された。「奥方さま」格下の小間使いが声をかけてきた。「仕立て屋が到着しました」

「すぐに行くと伝えて」クリスタベルは声を張りあげた。

ロサに促されて椅子に腰かけ、そこそこ見苦しくない髪に仕上がるのを待つ。もつれた髪に大急ぎでブラシをかけられ、気が晴れるどころではなかったけれど、バーンのことでいらだつ気分を静めようとつとめた。少なくとも今日は、欲望もあらわな視線を気にせず、落ち着いて仕立て屋と話ができるだろう。全身をなでまわしたいとか、口づけをしたいなどと、あからさまに訴えかける視線もなく……。

腰が砕けそうになり、悪態をつく。悔しい。バーンの笑顔ひとつで卒倒するような、ばかな小娘みたいになってしまって。フィリップのときは、こんなこと一度もなかったのに。

「できましたよ、奥方さま。仕立て屋と話をするだけだし、このくらいでいいですか？」

「そうね。あなたは顔を出さないほうがいいわ。ミセス・ワッツは小間使いのいないところで仕事をしたいようだから」ロサに文句を言われないうちに立ちあがり、そそくさと寝室を出た。

今日はミセス・ワッツだけでなく、お針子も来ていた。茶色の巻き毛もにぎやかな若い美人のお針子は、クリスタベルが客間に入っていくなり深々と膝を折って一礼した。貴婦人に対する正式なあいさつではあるけれど、このように頭を下げられると、どぎまぎしてしまう。侯爵未亡人の自覚など、まるでないのだから。将軍の娘のまま、何も変わっていない気さえする。父を失望させた跳ねっ返りの娘。お辞儀なんて受ける資格もない。

「奥さま」ミセス・ワッツが尋ねる。「今夜までのご注文のドレスを持ってまいりました。ミスター・バーンはご都合が悪くてロンドンにいらっしゃらないそうですが、仕立てのほうは、まだお急ぎでしょうか？」

喪服の仕立て直しのこと？　今日までにという約束ではなかったと思うけれど。まあ、バーンがいないのだから、どうでもいい。「いいえ、今夜は着ないから」

「急げとおっしゃるなら、すぐに仕立てますわ。ご試着いただいて、補正寸法を見てから店に戻って仕上げます。こうしてリディアも連れてまいりましたのでね。いちばん仕事の速いお針子です」

リディア？　どこかで聞いた名前だけれど……。「本当に結構よ。今夜は出かけるつもりはないから」

「さようでございますか」うやうやしくミセス・ワッツが言った。「では、仮縫いだけということで。どきなさい、リディア。奥さまに夜会服をお見せするんだから」

夜会服？

リディアが脇へどくと、背後の長椅子に広げてあったものが視界に飛びこんできた。世にも美しい薔薇色《ばらいろ》のサテンで仕上げられた、みごとなドレスだった。

クリスタベルは息をのんだ。

ミセス・ワッツが体をこわばらせた。「お気に召しませんでしたでしょうか？」

「ええ……いいえ、そんなことないわ……きれい。本当にきれいね」

ミセス・ワッツは、ほっと息を吐いた。「ではミスター・バーンにも、ご満足いただけますでしょう。どうしても今夜までに仕上げるようにとのことでしたから」

劇場へ着ていけるように。そのために注文してくれたドレスだった。

はしなくも心が乱れた。わたしが薔薇色のサテンに目を奪われていたという、ただそれだけのことで、バーンは法外な支払いをものともせず、仕立てを急がせてくれたのだろう。

涙がこみあげてきた。わたしに避けられていたのに、こんなことまでしてくれて……。

「ご試着なさいますか？」ミセス・ワッツが問いかけた。

「そうね」うれしい気持ちを隠そうともせず、クリスタベルはうなずいた。

ドレスを試着し、ミセス・ワッツが向けてくれた鏡をのぞきこんだとたん、あんぐりと口を開けてしまった。誰、これ……こちらを見つめ返してくる美女は誰？

これまで、着るものに気を使ったことなどなければ、自分を……美しく見せてくれるドレスとも無縁だったのに。薔薇色が頬に艶《つや》を添え、絶妙な仕立てのスカートが腰まわりをすっきり見せる一方、胸元をきれいに強調している。体の向きを変えると、ヒップのまわりでサテンがふわりと広がり、しなやかにまつわりついて女性らしい曲線を浮きあがらせた。

クリスタベルの頬も薔薇色に染まった。おととい、ドレイカー子爵夫人やアイヴァースリー伯爵夫人が着ていたドレスと露出度は変わらないのに、何も身につけていないようで気恥ずかしい。それでもバーンの言葉どおり、何かが〝女の武器〟を引きたたせている。

「飾りが少なくてさびしいと思われます？」ずっと黙りこんでいたせいでミセス・ワッツに誤解させたらしい。「一日お待ちいただければ、裾《すそ》まわりにサテンの薔薇をおつけいたしますが」

「いいえ、このままで大丈夫よ」クリスタベルはかすれ声で制した。「すばらしいドレスだもの」それに、よく似合っている。どういうわけか、バーンには予測できていたらしい。

「共布のレティキュールと、かわいい小さな帽子も一緒に――」ミセス・ワッツが周囲を見まわした。「いけない、馬車に置きっ放しだわ」眉間《みけん》にしわを寄せる。「それとも、まだ店に――」

「取ってきましょうか？」リディアがきいた。

「いいえ、店から持って出たかどうかも覚えていないの。自分で見に行くわ。馬車になかったら、店に使いをやりましょう」

ミセス・ワッツがあわただしく出ていき、客間にはクリスタベルとお針子のリディアだけが残された。リディアが遠慮がちに近づいてきた。「よくお似合いですわ。ミスター・バーンのお心にもかなうでしょう」

心にかなう？　ただのお針子にしては、妙に上品な物言いだった。「彼を知っているの？」

娘が顔を赤らめた。「はい。わたし、ミスター・バーンの口利きで店に入ったんです」

クリスタベルは目をしばたたいた。そして、はっと思いだした。〝かわいいリディアは、どこかの仕立て屋で働くとか言って出ていったそうよ〟……じゃあ、この子が例のリディアなの？　バーンがものにしたという若い美人？

「ああ、そうだったわね」皮肉たっぷりに言う。レディ・ジェンナーには腹も立たなかったのに、この娘が元愛人かと思うと、なんだかひどく悔しい。

きつい口調に怯《おび》えたらしく、リディアの瞳が曇った。

「あの……その……もしかして、ご存じなんですか？　わたしがミスター・バーンと知り合ったときのこと……」

「ホイストの勝負をしたのよね」クリスタベルは冷ややかに言い放った。

リディアはひどく取り乱した。「ああ、わたしを首にさせないでくださいまし！　なんでもしますから、ミセス・ワッツにだけは言わないでください。ジムと一緒に、いかさまカードをしていたなんて。お願いです、このとおりですから、治安判事に突きださないで――」

「まさか！　なぜわたしがそんなことをすると思うの？」

リディアが不安げに見つめてきた。「だって、ミスター・バーンとおつき合いをなさっているのでしょう？」

クリスタベルの頬に血がのぼった。「それとこれと何か関係があるの？」

「前の愛人なら……レディ・ジェンナーなら……ただの腹いせに、わたしを首にさせるに決まってますもの」

「でしょうね」クリスタベルはつぶやいた。「だけど、わたしはそこまで意地悪じゃないわ。ちょっと混乱してはいるけれど。あなたの過去は、もうミセス・ワッツに知られているのではないの？　だって、バーンの口利きで雇われたのなら――」

「バースの小作人の娘だと紹介してくださったんです。あちらにも、お屋敷や土地をお持ちで、わたしもそこの出身だというふうに――」

クリスタベルは目をみはった。「バースに？　屋敷？」

「どうしよう、言ってしまったわ！　お友達だし、ご存じだとばかり！」目に涙を浮かべ、リディアはエプロンをもみしだいた。「誰にも言わないようにって、わたしもミセス・ワッツも口止めされていたのに、ついうっかり――」

「安心なさい。わたしも黙っているから」そう請け合ったものの、内心は大混乱をきたしていた。バーンは本当に、まじめな用事でバースに行ったらしい。けれども、ロンドン以外にも屋敷があるとは誰が想像できよう。いろいろと噂《うわさ》は耳にしたけれど、バースの土地屋敷についての噂は、ひとつもない。「おつき合いを始めて、まだ日が浅いのよ」しかも、あきらかにあの男は私生活をすべて秘密にしている。「あなたはバースの屋敷に行ったことがあるのね?」

「いいえ、めっそうもない」

「だって、あなたは……ほら、バーンと……」

リディアが大きく目を見開いた。「いえ、そんな、べつに何も……その、変なことなんかしてなくて。とても親切にしていただきましたけど、べつに何もされなかったし。あの晩だって……ジムに置いてきぼりにされて、ミスター・バーンの部屋に行ったときも、本当に何もなかったんです」

こめかみがずきずきと脈を打ちだした。「お友達のジムと組んで、いやらしいホイストをしたのでしょう?　バーンとレディ・ジェンナーを相手に」

リディアが真っ赤になった。「はい。そうしたら、あの陰険な女が――」あわてて口を閉ざす。「すみません、ご無礼を申しました」

「いいのよ。たしかに陰険だもの」

「わたしのジムに色目を使って、ベッドに誘ったんです」リディアが息巻いた。「それで、わたしのほうはミスター・バーンのところに置いてきぼり」口調がやわらいだ。「でも、あの方は紳士で、わたしに指一本たりとも触れませんでした。こっちは……その……何も着ていなかったのに。ひと目で、わたしの境遇を見抜いてしまわれました。わたし……」リディアは毅然《きぜん》と顔を上げた。「そんなに育ちが悪いわけでもないんです。父が、それなりの農場を持っていて。わたしがジムと駆け落ちしたせいで、父には本当につらい思いをさせてしまったけれど。あのときは、ジムと結婚できると信じていたんです。でも、一度寝てからはだんだん様子がおかしくなって、そのうち……」

リディアの声が弱々しく消えていき、悲痛なため息が残った。

「とにかく、ミスター・バーンが言ってくださったんです。その気があるなら、ちゃんとした仕事を世話するって。それで、いまの店に入れていただきました」

「そうだったの」いろいろなものが見えてきた。バーンは血も涙もない悪党みたいな物言いをするけれど、ひねくれた心の奥には、いいところもあるらしい。

ミセス・ワッツが大あわてで戻ってきて〝かわいい小さな帽子〟を頭にのせてからも、クリスタベルは心ここにあらずだった。

あの食わせ者。〝あんな娘、ひと晩の遊び相手にしかなりません〟ですって？　ふん、なによ、嘘《うそ》ばっかり。世界一の放蕩《ほうとう》者みたいなことを言っておきながら、かわいいリディアや……わたしを無理やり押し倒そうともしないで。

しかも、バースに屋敷と土地まで持っている。お屋敷よ、まったく！　この次は〝教会に足しげく通っている〟なんて話を聞かされたりして。

そのとき、冷静な心の声が語りかけてきた。〝気をつけなさい。調子がいいのは初めのうちだけよ。ちょっとばかり感心させられたからって、男に隙を見せてはだめ。すぐに失望する羽目になるわ。バーンには秘密がいくつもある。それだけでも用心しなくてはいけないのに。力を貸してくれるのは男爵位という見返りがあってのこと。それを忘れないで〟

忘れるものですか。額面どおりの血も涙もない悪魔でもなさそうだけれど。

仮縫いが終わり、新しいドレスの仕上がりについて屈託なくしゃべり続けるミセス・ワッツやリディアを送りだすため、クリスタベルも外へ出た。ミセス・ワッツが馬車に乗りこむのを見届け、石段を上がろうとしたとき、駆け戻ってきたリディアに呼び止められた。「ありがとうございます、内緒にしてくださって」リディアが声をひそめて言った。「ミスター・バーンもお幸せですね。奥さまのような方が……お友達で」

「そうだといいけれど」馬車に乗るリディアを見送ったあと、クリスタベルは邸内に戻って近くの使用人に目を向けた。「ミスター・バーンから本が届いていない？」

「はい、奥方さま。お預かりしております」

本を手渡してきた使用人に、クリスタベルはきいた。「カードもいるわ。昨夜のカードはどこへやったかしら」

「書斎に。すぐお持ちします」そうして、使用人は脚を引きずりながらカードを取ってきた。「ひとり遊び《ペイシエンス》でもなさるんで？」

クリスタベルは、しばらく放心状態に陥ったあと、うなり声を漏らした。〝忍耐力《ペイシエンス》の訓練もしておくように〟……そうだった。ホイストとは違うけれど、ペイシエンスもカード・ゲームの一種には違いない。バーンも少しは考えてくれているらしい。

こうなったら、いいところを見せなくては。バーンが戻ってきたら、ストークリー男爵のパーティーに出しても恥ずかしくないと思わせなくては。

11

使用人を雇うときは、きわめて口が堅く筋骨たくましい者ばかり選びました。相手の男を遠ざけたくても、盾になってくれるのが使用人ひとりしかいない、そんな場合も多いからです。

——作者不詳『ある愛人の回想録』

バーンのいない二日目の夜を迎えるころには、クリスタベルはやきもきし始めていた。届けられた本を読み、夢にまでカードが出てくるほどペイシェンスの練習もした。ミセス・ワッツが大急ぎで仕上げた新しいドレスにも袖《そで》を通してみた。

それなのに、まだバーンは帰ってこない。今週はずっとバースにいるつもりなの？　わたしに手を貸すのが面倒になったの？

そうやって鬱々《うつうつ》としている最中に、一通の手紙が届いた。きっとバーンからだろうと思いながら勢いこんで開封したとたん、度肝を抜かれた。金文字で記された招待状だった。ストークリー男爵邸でおこなわれるパーティーへの招待状。

脈拍が上がる。バーンがやってくれた！　招待状がきた。信じられない！

彼女ははじかれたように立ちあがった。どうしよう、あと一週間と半分でパーティーなのに、ホイストは少ししか上達していない。もう、いらいらしながら待っているわけにはいかなくなった。とにかくバーンをつかまえよう。招待状が届いたことだけでもバースの屋敷に知らせなくては。

使用人に馬車の支度を命じたものの、バーンを見つける手がかりは何もない。バースの屋敷どころか、ロンドンの町屋敷の場所さえ知らないのに。

ドレイカー子爵なら知っているだろうか。ああ、待って、いまの時期は領地にいると夫人が言っていなかった？　アイヴァースリー伯爵夫妻の居所もわからない。こちらも領地に戻っているかもしれないし。

バーンのことをよく知る人がいて、必要な情報を教えてもらえそうな場所の心当たりが一箇所だけある。運よく御者が〈ブルー・スワン〉の正確な場所を知っていたらしく、馬車は迷うことなく目的地に着いた。

とはいえ、馬車を降りても足が前に進まない。セント・ジェームズ通りに面した建物には煌々《こうこう》と明かりがつき、威圧感が漂っている。まぎれもない男性の笑い声が夜の帳《とばり》に漏れ聞こえてきた。妙にいかめしいノッカー付きの重厚なイングリッシュオーク材の扉も〝女は立ち入るべからず！〟と叫んでいるかのようだ。

真新しいシルクのショールをかき抱いたとき、付き添いの使用人が脚を引きずりながら近づいてきた。「奥方さま、誰か呼んできましょうか」

「いいのよ」勇気をかき集める。「ここで待っていなさい。守衛と話してくるから」

それは造作もないことだった。石段を上がるとすぐ、自分で扉をノックするまでもなく、堅苦しく気難しそうな老齢の守衛が近寄ってきた。一点のしみもない青のお仕着せを身につけている。「恐縮ですが、当方は紳士専用のクラブでございます。どなたかとご面会でしたら、外でお会いいただけるよう伝えてまいりますが」

「こちらの経営者のミスター・バーンに会いたいの」守衛が厳しい表情を変えないので、クリスタベルは嘘《うそ》をついた。「今夜、会う約束をしていたのに、すっぽかされたのよ。なんの連絡もないし。あなたなら居場所を知っているのではなくて？」

守衛が不安げな顔をした。「どちらさまがお見えになったと伝えましょうか」

バーンはここにいるの？　いつロンドンに戻ったの？　かっと頭に血がのぼり、クリスタベルは声を荒らげた。「愛人が来たと伝えなさい」自分の評判など少しも気にかけないレディなら、このくらいのことは言うだろう。「名前は教えたくありません」できるかぎり高飛車に告げる。「でも、彼の特別な友達よ」

その態度に守衛は気圧《けお》されたらしい。緑の水玉模様のある新しい綿モスリンのドレスを検分し、背後の馬車にも目を向けた。帽子とパラソルはドレスと同じ布で仕立てられている。軽快な町乗り用の馬車は、亡き夫から相続したものだった。たちまち、守衛の堅苦しい表情が崩れ、狼狽《ろうばい》があらわになった。「レディ・ハヴァシャムでいらっしゃいますか？」守衛が小声で問いかけてきた。

クリスタベルは目をしばたたき、うなずいた。

「たいへん失礼いたしました。どうやら間違いがございましたようで。主《あるじ》は奥で仮眠をとっております。バースから戻りました折りには、午後七時に起こすようにと言いつかったのですが。のちほど、そちらへ伺うからと。おそらく時刻を聞き違えたのでしょう。そちらからお見えになるという話ではございませんでしたので、てっきり――」

「いいのよ」あっけにとられた顔を見せぬよう、クリスタベルは急《せ》きこんで言った。

「まことに申しわけございません。手前の勘違いのせいで、ご足労をおかけいたしました。ただいま主を起こしてまいりますので――」

「いいえ、だめよ」すばやく考えをめぐらせる。噂《うわさ》のクラブをのぞくなら、いましかないだろう。それに、謎《なぞ》に満ちたバーンのことを詳しく知るにも都合がいい。「寝かせておいてあげなさい。わたしを奥に案内してくれるだけで結構よ。起きるまで待っているから」クリスタベルは、さも高慢ちきそうに片方の眉を上げてみせた。「そこも紳士専用というなら別だけれど」

しばらく思案したあと、守衛が口を開いた。「主は、ときどき奥でご婦人と歓談することもございます。お通ししても別段かまいませんでしょう」そして声をひそめる。「まことに恐縮でございますが、主が目覚めました折りに、手前の過ちについて、ひと言なりともお口添えいただければ……その、お約束をたがえさせるつもりは皆目なかったと――」

「わたしの気まぐれで約束より早く来たと言っておくわ。彼を起こさないよう、わたしが頼んだことにするから」実際そのとおりなのだけれど。「だいいち、何時に来たか知らせる必要もないもの」

　年老いた守衛の顔に安堵《あんど》の色が浮かんだ。「ありがとうございます。かたじけのうございます。主には計り知れぬほどの世話を受けてまいりましたので、役立たずと思われたくないのです」

　涙ぐましい嘆願に心が痛み、罪のない小さな嘘をついてしまったことさえ悔やまれる。

「そんなふうに思われるわけがないでしょう。見るからに有能そうだし」

「恐れ入ります」守衛が誇らしげに背筋を伸ばした。「若い使用人のなかには、この仕事は年寄りには無理だと申す者もおりますが。経験豊富な人間の価値を心得ている主に仕えられて、手前は幸せ者にございます」

　頬がゆるみそうになるのを、クリスタベルはなんとかこらえた。「信頼されているのよ。当然でしょう。経験豊富な人は頼りがいがあるもの」うちの使用人のことでバーンにからかわれたけれど、欠点のある人間を雇いたがるのは、わたしだけでもないらしい。

守衛が顔をしかめた。「おお、手前としたことが。お客さまをお待たせしているというのに、愚かな年寄りのようにしゃべり続けるとは」控えめにうなずき、建物の一角を指さした。「人目につかぬよう、お入りになりたいでしょう。馬車で裏口までおいでください。緑の扉を叩《たた》いてくだされば、手前がお通しいたします」

クリスタベルは馬車に戻り、新しい共布のレティキュールから硬貨を取りだした。いくつもレティキュールを仕立ててもらったけれど、どれも小さくて銃が入らない。間違いなくバーンの差し金だろう。

馬車で裏口にまわると、さきほどの守衛が扉を開けてくれた。硬貨を渡すと、守衛は軽く頭を下げ、小さく感謝の言葉を述べて受けとった。奥の通路に案内される前に盗み見たクラブは、古代ギリシア風の円柱や、息をのむほど重厚な絨毯《じゅうたん》、贅沢《ぜいたく》な水晶のシャンデリアで飾られ、そこかしこの台座の上にはブロンズの胸像もあった。いかさま師に囲まれて育った男のクラブにしては、ずいぶん貴族的な雰囲気が漂っている。こんなクラブを造りあげるには、とても苦労したに違いない。

奥の間まで来たところで、守衛が低い声で話しかけてきた。「手前の口から申しあげるのもなんですが、奥さまは、その……主の〝特別なご友人〟にはもったいないお方です」

「そう？　そうかしら」クリスタベルは寝椅子のほうに視線を走らせた。当のバーンがシャツ姿で横になっている。胴着の前をはだけ、上着もクラバットも背もたれに引っかけてある。眠り続けるバーンは、どういうわけか、なんの罪も邪気もないように見えた。「見かけどおりの人なんて誰もいないってことかしらね」クリスタベルは無意識のうちに守衛の手を取り、すばやく握りしめた。「ありがとう。お世話になったわ」

守衛は顔を赤らめ、口ごもりながら立ち去った。

クリスタベルは寝椅子に歩みより、バーンをのぞきこんだ。やつれた口元の線と土気色の顔から疲労が見てとれる。男爵邸でのパーティーの対策もせずに遊び歩いていると思ったら……無理を押して出発し、大急ぎで戻ってきてくれたらしい。バースでの緊急事態をずっと気にかけ、何もかも自分ひとりでさばきながら。お疲れさまとしか言いようがない。

ひげの浮いた頬に手を伸ばしかけたものの、このまま寝かせておこうと思い直した。起こすのは部屋を調べてからにしよう。なんでも秘密にするバーンのことだから、目を覚ませばすぐ、わたしを追いだしにかかるだろう。

机に近づくと、開いたままの帳簿が目にとまった。夫が留守のあいだ何度も財産管理人の監督をしたので、簿記も少しはわかる。だから、バーンの帳簿を何ページか飛ばし読みして驚いた。実にきちんとした帳簿だった。いかにも几帳面《きちょうめん》な文字は、手紙と同じ筆跡から、バーン自身が書いたものだと判別できる。学校に行かなかったのに、ちゃんと簿記の仕組みを理解し、仕事にも役立てているらしい。独学だと言っていたけれど。すごい。

続いて、机の上に整然とまとめてある書類を調べた。船積み貨物の請求書、許可関係先への手紙、きちんと切り抜かれた新聞記事……ところどころ人名に細かく下線を引いたゴシップ記事。どうやって秘密をかぎつけるのかとレディ・ジェンナーがバーンに問いただしていたのを思いだし、クリスタベルはごくりとつばをのんだ。

さっと視線を走らせ、まだバーンが眠っているのを確認してから、椅子に腰かけて切り抜きに目を通す。数えきれないほどの量だった。地方紙やロンドンの三流紙のほか、積み荷の明細書まで。いずれも何かしら書きこみがあった。線、名前、日付……しかも、分類別にピンでとめてある。そのうち何枚かは理解できた。賭博《とばく》がらみの法律に関する切り抜きはわかりやすい。けれども、残りはちんぷんかんぷんだった。

次に、椅子のうしろに転がっていたかばんに目をとめる。あわただしく帰ってきて、そのまま放《ほう》り投げてあったらしい。胸がざわつく。絶えず目の隅で寝椅子をとらえつつ、かばんを取りあげて慎重に開いた。

膝にのせたかばんが閉じないように支え、なかの書類をめくっていった。その大半はバースの土地屋敷に関係する書類だろうか。本当に土地屋敷を所有しているなんて、いまだに信じがたいのだけれど……。そのとき、なんの変哲もない書類のあいだに、折りたたまれた筆記用紙がはさまっているのを見つけた。何かしら?

そっと開いてみる。一見しただけでは、なんだかわからない。覚え書きが並んでいるだけのようにも見える。ふと、〝イルズリー〟の文字が目にとまった。ローズヴァインの屋敷はイルズリーから三キロほどしか離れていない。また、バースに行く途中に立ちよったとしても、そう遠まわりにはならない。

恐怖が背筋を這《は》いあがってきた。急いで文面に目を通したものの、ろくに意味がつかめない。どうやら、誰にもわからない暗号で書いたものらしい。ひとつ解読したところで心臓が止まった。読みとれた日付は、父と一緒にイングランドを離れ、ジブラルタルに出発した日のものだった。なかば平静を失い、ほかにも解読できないかと目を凝らしたけれど、重大な内容だと判別できたところはなかった。

いずれにせよ、ただごとではない。この日付を書き記したからには、あちこちで尋ねてまわったのだろう。いまは見当がつかなくても、きっと最後は答えにたどり着く。父の手紙が見つかったら一巻の終わり。

わたしの過去を探る目的など、ひとつしかない。〝私物〟の正体を突き止めたいのだろう。そのあげく、私利私欲のため使うに決まっている。あの悪党のことだから。

いまさら驚きはしない。けれども、ここまであからさまに探りを入れられると、なおさら手紙を取り戻しにくくなる。バーンの助けが必要なのに、信用できない。一歩間違えれば、ひどく危険な状況に陥ってしまう。

寝椅子から聞こえてきた物音に、クリスタベルはぎょっとした。あわてて紙をかばんに押しこみ、もとの場所に戻す。振り返ると、バーンが眠りから覚めやらぬ目でこちらを見あげていた。

「クリスタベル？」

耳の奥が轟々《ごうごう》と脈打っている。紙を盗み見たのがばれてしまったのかしら？　だとしたら、バーンはどうするだろう。彼という狐《きつね》の尻尾《しっぽ》をつかんだとはいえ、気をつけていなければ、頭をめぐらせた狐に手をかまれてしまう。

「おはよう、バーン」クリスタベルは作り笑いを唇にはりつけた。

バーンが上体を起こし、両手で顔をこすった。飛んできた視線が足元のかばんに移る。かばんが閉まっているのを見て、バーンは長く息を吐いた。「ここでいったい何を？」

「あなたを探しに来たに決まっているでしょう」

バーンの唇の端が徐々につりあがった。「さびしかった？」

クリスタベルは思いきり顔をしかめてみせた。「全然。ホイストの特訓をする約束もすっぽかして出かけたくせに」

ふたたび寝椅子に体をあずけ、バーンがしげしげと彼女を眺めた。「それでも、身ぎれいななりで出迎えに来てくださったようで。立って見せていただけませんか？」

立ちあがってバーンの目の前でゆっくり一回転すると、ふいに両手が汗でべとついた。ハンゲート侯爵夫人のように洗練されているか、ミセス・トールボットのように妖艶《ようえん》なレディならよかったのに。ただの将軍の娘が、きれいなドレスを着ているだけではなくて。

嫌だ、わたしったら。バーンの目を気にするなんて。わたしに心惹《ひ》かれたふりなんかしてくれるわけがないし、たとえ口説いてきたとしても、秘密を暴こうという下心があってのことなのに。バーンの目を気にして浮かれた気分になるなんて、とんでもない。

それでも心が乱れてしまう。バーンのせいで。悔しいけれど、もうバーンが気になってしかたがない。その思いは急速につのっていく一方だった。快楽だけを追い求めたローマ人の血を引く尻軽女のように、罪悪感もなしに悦《よろこ》びを与えたり受け入れたりできるならなんの問題もないのに。やはりわたしは、骨の髄まで平凡な女でしかないのだ。男性には快楽以上のものを求めたい。バーンには笑われてしまうだろうけれど。慎みも愛国心も、貞節も名誉も、何もかも笑い飛ばす人だから。

それでも、体をなでおろしてくる熱い視線には嘲笑《ちょうしょう》のかけらもなく、その顔には心からの称賛らしきものが見えた。「こちらへいらっしゃい」喉にからむ声でバーンが呼びかけてきた。

あれだけ用心していたのに、クリスタベルの体をおののきがつらぬいた。「遠慮しておくわ」

「いらっしゃい」視線をはずそうともせず、バーンは不自然にふくらんだポケットに手を入れた。「お見せするものがあります」

クリスタベルは好奇心に駆られ、そろそろと寝椅子に近づいた。すると、いきなりウエストに腕がまわり、バーンの膝に座らされてしまった。

「バーン！」もがいて逃れようとしながら叫ぶ。「何か見せるなんて嘘ね！」

「嘘ではありませんよ。さびしかったと素直におっしゃい。そうすれば見せてあげます」

キスで唇をふさがれ、体がとろけた。こんなことではいけない、愚かしいうえ危険すぎる……わかっているのに、とろけてしまう。さびしいのは本当だった。こんなふうに見境なく快感をあおられたくて、たまらなかった。確実に何かが待ちかまえている暗黒の闇夜《やみよ》のなかへ、まっしぐらに馬を駆っていくように。

しばらく流されるまま快感をむさぼった。舌をからめると、バーンの喉からうめき声が漏れ、クリスタベルの耳をくすぐる。ゆっくりと官能的な唇での愛撫《あいぶ》が心地よい。深く押し入ってくる舌先の動きに、触れられていないところまでうずいてしまう。

そのときバーンの手が新しいドレスのなかにもぐりこみ、あっけなく胸を包むと同時に、半開きの唇が喉をすべりおりた。熱情に体がむしばまれていく。「だめよ」クリスタベルはバーンの手をドレスから引きだした。「こんなことをしに来たんじゃないのに」

くぐもった物音がバーンの喉からあふれだし、一瞬、抵抗しても無理強いされるのではないかと不安を覚えた。けれども次の瞬間、バーンの手がゆるみ、からめた指も柔らかくなった。バーンは顔を上げ、くすぶる瞳で彼女を見つめた。この瞳に射すくめられると、いつも、はしたなく体の芯《しん》が燃えてしまう。「そうですか」

正直、心の底では、こうされることを望んでいたのだろう。とはいえ、理性を保っていたければ、欲望に身をまかせるわけにはいかない。「そうよ」体をよじるようにしてバーンの膝から下りた。招待状がきたと伝えなくてはいけないけれど、まずは情報を集めたい。バーンが何をもくろみ、どこまでかぎつけたのか確かめよう。「あなたのクラブを見に来たのよ、もちろん」

ため息をひとつこぼし、バーンがふたたび寝椅子に寄りかかった。「それから、わたしの机を物色しに来たのですよね、もちろん。何かおもしろいものがありましたか？」

無関心なふうを装い、クリスタベルは机に歩みよった。「わけのわからない切り抜きが何枚もあっただけ」いちばん上の束を取りあげる。「こんな切り抜きばっかり。あちこちに下線が引いてあるわね。船が入港する日付とか、ナツメグの価格とか。それから、社交欄の記事……ミス・トリークルが社交界に出たとかなんとか」クリスタベルは横目でバーンを見た。「いまは愛人を新聞で探していらっしゃるの？　いくらなんでも、あなたには若すぎやしない？」

バーンが喉を鳴らして笑った。「ジョゼフ・トリークルという貿易商の娘です。最近まで、そこそこの収入しか上げていなかった貿易商ですが。トリークルの船の積み荷はナツメグで、品薄のため、まもなく価格が高騰します。もう秋ですからね。秋にはナツメグの需要が増えるので、高値がつくはずだ」

バーンは腰を上げ、机に近づいてきた。

「娘は四カ月前に社交界に出たものの、まだ結婚の申しこみはない。花婿候補を引きよせるだけの財産はあるが、しがない平民の父親が表に出るわけにはいきません。くるはずの縁談もこなくなってしまう」バーンは頬をゆるめた。「だから、わたしのクラブの会員になるよう勧めたのです。おそらく承諾するでしょう。ここの会員や、その家族、友人は、結婚相手として申し分のない紳士ぞろいです。巨額の持参金付きの花嫁を、喉から手が出るほど必要としている紳士もいます」

ずいぶん手のこんだことをするのね、食わせ者。「では、ミスター・トリークルはここの会員になって、稼いだばかりの財産をギャンブルで失うのね。そのほとんどが、あなたの懐に入るのでしょう?」

バーンが肩をすくめた。「全財産をすってしまうほど愚かだとはかぎりませんよ。分別さえあれば、ここの会費を払って折々に楽しく遊び、無料の食事や酒を堪能《たんのう》し、不憫《ふびん》な娘の花婿探しもできます」バーンの瞳がきらめいた。「トリークルに分別などないほうが、わたしにとっては好都合だが、なにぶん本人しだいですから」

クリスタベルはバーンをにらんだ。笑うべきか激怒するべきか、どちらともつかない。

「世にもあざとい人ね、あなたって」

バーンは机にもたれて腕組みをした。「特権階級に生まれなかった者がのしあがるには、あざとくなければいけません」

「心が痛まない？」

バーンが愉快そうに顔をゆがめた。「かわいい人ですね。何もご存じないと見える。特権階級に生まれなかった人間は心など持ち合わせていませんよ。良心も道徳もなく、ほとんど獣と変わらない。もっとも、獣も同然だと思いこませているのは、われらが尊き政府のほうですが」

「自分では、そうは思っていないのでしょう？　わたしだって、そうとは思えない。誰にでも心はあるわ」

愉快そうな表情が消えた。「そのように甘いことを言っていたら食い物にされるだけです。抜け目のない人間なら、ひとりで生きていける年齢になれば心など捨ててしまうものです」

「たしかに、あなたは抜け目のない人だけれど」重い悲しみがクリスタベルの胸にのしかかってきた。そうやってバーンは母親の死と自分の苦境に折り合いをつけてきたのだろうか。だとしたら、殿下を憎むのも無理はない。心を捨てて幸せに生きられる人などいない。

バーンは机から離れ、クリスタベルの手から切り抜きを取り戻すと、ほかの書類の上に放った。「わたしの悪行について、ほかにご質問は？」

「あるわ。なぜ話してくれなかったの？　バースの土地と屋敷のこと」

たちまち、バーンの面差しに警戒の色がよぎった。「なんのことです？」

「リディアに聞いたわ」

バーンが悪態をつき、うろうろと歩き始めた。「いかさまをやるような小娘は、これだから信用できない」

「リディアを責めないで。わたしも知っているものとばかり思いこんでいたのよ。初耳だと言ったら、絶対に内緒にするよう約束させられたわ」うろたえるバーンの様子に胸のすく思いを味わいながら、あとを追う。「ほかにも、おもしろい話がたくさん聞けたけれど。あの子への態度からすると、あなたもたまには思いやりの心を持ち合わせているようね」

「笑止」バーンは吐き捨てるように言い、乱れきった髪をかきあげた。「いかさま師たちに足を洗わせるよう、いつも心がけているだけです。いかさまをされると、合法的なギャンブルで収入を得ている者としては商売上がったりですからね」

「あら、でも、リディアの恋人のジムには〝転職〟の手助けをしなかったじゃない」

「あれは救いようがなかったので。いずれ、どこかの短気な紳士に始末されることでしょう。場末の賭博場で愚かな頭を撃ち抜かれて」

「たぶんね」クリスタベルはうなずいた。「話がそれたわ。わたしの質問に答えてもくれないで。バースに土地と屋敷があること、なぜ話してくださらなかったの？」

「話す必要がなかったからです」バーンは肩をすくめた。「秘密にしているわけでもないが」

「そう？　ドレイカー子爵夫妻やアイヴァースリー伯爵夫妻はご存じなの？」

バーンの顔がこわばった。「いいえ」

「秘密でもないのに大親友が知らないなんて。なぜ？」クリスタベルは目を大きく見開いた。「まさか、ひょっとしてギャンブルで手に入れたの？」

「そんなことは……」バーンは歯をくいしばった。「ふつうに購入しただけですよ。友人たちに知らせたら見物に押しかけてくるでしょう。ロンドンでは他人の言いなりになる毎日だから、つかの間の平安を得られるような場所がほしいのです。あなたも詮索《せんさく》好きですね。ご納得いただけましたか？」

「納得したわ」バーンの説明は理にかなっていた。まだ何かあるような気はするけれど。

「質問は以上ですか。何もなければ、あなたの屋敷でホイストの特訓をしましょう。ストークリーのパーティーに招かれた場合にそなえて」

「ああ、そうだった！　昼間、ストークリー男爵から招待状が届いたのよ」

バーンが目をすがめた。「もう？」

「ええ」クリスタベルはレティキュールから招待状を取りだし、バーンに手渡した。

バーンが難しい顔で招待状を見すえた。「妙ですね」

「何が？」

バーンは考えこむような顔つきになり、招待状の角で机をこつこつと叩いた。「ストークリーにしては安直すぎる。あなたがエレナーの屋敷でホイストをしたという話を聞きおよんですぐ、不届きな賭博パーティーに招きたくなった？　何か裏がありそうですね。あなたの目的に気づいたのかもしれない」

不安がこみあげてくる。「じゃあ、なぜ招待してきたのかしら」

バーンの眉間《みけん》にしわが刻まれた。「カードにかぎらず、ありとあらゆるゲームに目がないのです。あなたを……わたしたちを……いたぶりたいのでしょう。あなたの目の前に〝私物〟をちらつかせて楽しもうという魂胆です。もっとも……」

「もっとも、何？」

「あなたと面識があるなら別ですが」

「会った覚えはないけれど。なぜ？」

「あなたを口説くつもりで招待したというなら、あの男らしいので」

クリスタベルは軽く受け流した。「冗談ばっかり」

「とんでもない」バーンは招待状の縁で、大きく開いた胸元の上半分のふくらみをなぞった。「これだけの美女ですから。大勢の男に所望されますよ。ましてや、このような格好をなさっていれば垂涎《すいぜん》の的です」恨めしげな笑みを浮かべる。「その証拠に、わたしも常々ベッドにお誘いしているでしょう？」

いいかげん、はっきり申し渡すべきだろう。さもないと、秘密をめぐって際限なく言いよられてしまう。「そうやって口説こうとするのも、ひとえにあの私物のためなのよね」

瞳の奥に驚愕《きょうがく》の色が浮かんだものの、バーンは即座に取りつくろった。「まあ、取り戻す手伝いをすれば男爵位が転がりこんでくるわけですから」

やはり、ただ抱きたいだけではなく、別の下心があった。それを否定されなかったせいで、クリスタベルはひどく気持ちが沈んだ。「自分で横取りして、おいしいところを全部いただこうと思っているくせに。認めたらどうなの？　都合よく利用できそうだと思ったのでしょう。そうでなければイルズリーで探りを入れたりしないもの」

バーンが顔をしかめた。「物色したのは机だけではなさそうですね」

「こそこそかぎまわるのは、あなただけじゃないってこと」

「かぎまわるとは心外な。何を取り戻そうとしているのか、なぜそれが重要なのか、知らないことには手助けのしようがありませんから」

クリスタベルはバーンをにらみつけた。「手助けをするふりなんか、しなくてもいいわ。そんなつもりがないことぐらい、わたしにだってわかるもの」

背を向けて歩きだそうとしたとき、バーンに腕をつかまれ、ぐいと引きよせられた。

「手紙の内容は？」

「て、手紙？」うろたえて言葉につまり、視線までもが宙を泳いだ。「なんのこと？」

「ご主人の元執事は、ちょっとブランデーが入っただけで、やたらと饒舌《じょうぜつ》になりますね。自分はハヴァシャム侯爵家に顔がきくとかなんとか、得々としてしゃべっていましたよ。なにしろ、侯爵のために夫人の貴重品入れから手紙を取りだしたときには、謝礼に金の指輪をもらったそうです」

思わず息をのむ。バーンはどこまで知っているのだろう。全部？

いいえ、知っているなら尋ねてきたりしないはず。「手紙の内容は教えられないわ」クリスタベルはやっとの思いで言った。

「信用がないですね」きつい調子でバーンが言い返した。

「あなたには心がないのでしょう？ そんな人を信用するなんて愚の骨頂だわ」

バーンは苦笑した。「たしかに。それでも、わたしの助けを必要としている」背をかがめ、唇を彼女の耳に押しあてる。「おまけに、心ない人間を味方につけておけば、きっといいことがありますよ。こそこそかぎまわることにかけては、あなたより一枚も二枚も上ですから。どのような内容の手紙で、ストークリーがどう使うつもりなのか。それを殿下とあなたが止めようとしているのはなぜか。教えてくだされば、手紙を盗みだす以外の方法でストークリーの裏をかいてさしあげます」

クリスタベルは身をよじって逃げた。「教えるつもりはないから、もうきかないで。内容を聞きだそうと甘い言葉で丸めこんだり、小細工を仕掛けたり、口説いたりするのもお断りよ。手紙を取り戻す手伝いさえしてくれればいいの。男爵になれるんだから、それでいいでしょう」

バーンは口を閉ざしたまま、いつものように取り澄ました顔でこちらを見すえてくるばかりだった。実に腹立たしい。

「どうしてもわたしをベッドに連れこもうとするなら、ホイストの特訓は別の人に頼むわ。あなたと一緒にいたら、妙なまねをされるんじゃないかと気を張ってばかりで、ちっとも集中できないもの」

「なるべく手は出さないようにします」物憂げに、バーンが重い口を開いた。「それでも、ストークリーの屋敷に入りこむには、やはりわたしが必要ですよ」

クリスタベルは、きっと顔を上げた。「そんなことないわ。招待状をもらったもの」

ぎらつく瞳が彼女を射抜く。「護衛も連れず、ひとりで乗りこんでいくつもりですか？　見ものですね。ほんの何日かでもストークリーの遊び仲間とつき合えば、わたしの突撃をかわしているほうが楽だったと思うようになるでしょう。あなたのもくろみをわたしから聞かされてもなお、ストークリーが招待を撤回しなければの話ですが」

クリスタベルは歯がみをした。逃げ道を全部ふさがれてしまった。何もかも計算ずくなのだろう。「しょうがないわね。ストークリー男爵の屋敷では、あなたの愛人のふりをするわ。でも、手紙はひとりで捜すから」

「ご自由に」

よく言うわね。自由にさせるつもりなんてないくせに。バーンから目を離さないようにしよう。そして、バーンよりも先に手紙を見つけなくては。

バーンは胴着のボタンをとめながら寝椅子に戻った。けれども、上着を取りあげると同時に動きを止めた。「忘れるところでした。贈り物があるのです」上着のポケットから細長い箱を出すと、振り返ってさしだした。「言ったでしょう？　お見せするものが本当にあったのですよ」

「どうして贈り物なんかくださるの？」クリスタベルは用心深く問いかけた。

「あなたを放って出かけてしまいましたから。お詫《わ》びの印です」バーンが箱をかかげた。

「さあ、どうぞ」

クリスタベルは箱を受けとった。ばかみたいに胸が小躍りしている。贈り物なら何度も夫にもらったけれど、こんな気分になったことは一度もない。ごくりとつばをのんで箱を開けたクリスタベルは、当惑しつつ目を凝らした。「扇？　わたしに？」

「ただの扇ではありませんよ、かわいい奥さま」バーンが扇を取りあげた。両方の親骨に銀細工で複雑な模様が描かれている。バーンは扇を広げる代わりに、銀細工の小さな突起を押した。かちりと音がしたかと思うと、一方の親骨から鋼の刃が飛びだしてきた。

クリスタベルは絶句した。

バーンが突起を動かす。この突起で刃を固定する仕組みになっているらしい。バーンは仕込み扇の柄をこちらへ向け、手渡してきた。「これで銃を持ち歩かずにすみます」

クリスタベルは感心しながら扇を受けとった。刃に目を凝らし、突起を操作してみる。バーンに教わりながら何度か練習を繰り返した。それから、見た目はふつうなのかどうか気になり、扇を開いてみた。ふつうの扇に見える。「バースで見つけてきたの？」精巧な仕込み扇にすっかり心を奪われ、クリスタベルは尋ねた。

バーンがくつくつと笑った。「いいえ。ずいぶん前に手に入れたものです。物珍しかったので。外国の品を専門に扱う店で見つけまして。この意匠からするとシャムの品でしょうか。こんな扇を持ち歩きたがるようなご婦人といえば、あなたしか思いつきませんでした」バーンは一方の眉を高々と上げた。「銃の代わりに、これを持ち歩くようになさい」

「そうするわ。ありがとう」われ知らず上機嫌になっていたクリスタベルは、刃をおさめて扇を閉じた。「本当に珍しいわね」

「ストークリーの屋敷にも忘れずに持っていくように。それから、ストークリーのことだ、わたしたちが組む理由についても怪しんでいるでしょう。できるかぎり疑いをそらすようにしなくては」バーンが肘をさしだしてきた。「いらっしゃい、奥さま。そろそろホイストの腕を上げていただきますよ」

12

男性の気を引くには、すげなくするのがいちばんです。

――作者不詳『ある愛人の回想録』

ウィルトシャーにあるストークリーの屋敷まで雨のなか馬に乗っていくのと、自分とクリスタベルの乗る馬車にロサも乗せていくのとでは、どちらが苦しいだろう。もちろん、クリスタベルが男とふたりきりで馬車に乗るわけにはいかない。社交界での評判に、永久に消えない疵《きず》がついてしまう。自分とつき合うだけでも体裁が悪いのに。まともな将来のためには、残りわずかになってしまった体面をなんとか守らなくてはいけない。

それでも、これほど近くにいるのに触れられないのはもどかしい。辛抱の日々は一週間にもなり、自制の糸も切れんばかりに張りつめている。おまけに、クリスタベルが出してきた条件も癪《しゃく》にさわる。パーティーにそなえて特訓を続ける気があるなら、触れてはだめ、キスもだめ。おかしなことは全部だめ。

何もかも常軌を逸している。こちらを見つめる彼女の目は、抱かれたがっている目だ。そのうえ、自分も同じ気持ちなのだ。これほど女を抱きたいと思ったことなど記憶にない。それなのに、彼女は腕一本分の距離をあけることにこだわっている。

だがストークリーの屋敷に着いてしまえば、愛人らしく見せるという口実で、触り放題だ。おまけに、ストークリーが普段と同じ行動を取るならば、自分とクリスタベルに続き部屋をあてがってくれるだろう。ロサは、ほかの小間使いたちと使用人の部屋で眠ることになる。

扉一枚しか隔てるもののない続き部屋を自分と一緒に使うと知ったら、クリスタベルはどうするか。早く反応が見たくてたまらない。昼のあいだ何日か愛人役を演じていれば、夜の愛人にもなってくれそうな気がする。なかなか奔放で好奇心も強い彼女だから、そう長いことベッドの誘いを蹴《け》り続けてもいられまい。

「いま何時？」馬車の向かいの座席からクリスタベルが尋ねた。

バーンは懐中時計を取りだした。「六時。嫌な雨ですね。晩餐《ばんさん》の前には着いていたかったのに」

「晩餐は何時からですか？」ロサがきいた。

「七時。例年どおりであれば」

「ちゃんとしたお召し物で、お出ましにならなきゃいけないんですよね？」

「もちろん」

ロサがスペイン語で小さく毒づいた。

「同感だが、晩餐を逃すと適当なものしか食べられなくなる。ストークリーが使用人を遠ざけてしまうから。カードテーブルのまわりで給仕されるのはわずらわしいと言って」

クリスタベルが下唇をかんだ。「わたし、大丈夫かしら」

何が大丈夫なのかと問うまでもない。「ご心配なく。ストークリーの仲間とも、ほぼ互角に戦えます」

それは本当だった。一週間の猛特訓で、かなり強くなっている。自分の使用人のなかでも、とくにホイストが得意で信頼の置ける二人に相手をさせたのだが。二人を負かすまで、さして時間はかからなかった。クリスタベルはのみこみが早い。

なるほど、頭のいい女性だ。そういう部分も実に心惹《ひ》かれる。ほかの愛人たちは、もっと多くの贈り物だの金だの、いっさいがっさいをしぼりとるのに頭を使っていたものだが。そんな女とは違い、クリスタベルはホイストの上達のために頭を使った。殊勝なことだ。その点は褒めてやろう。

「パーティーはどんな感じなの？　ずっとホイストをするだけ？」

「毎晩三時ごろまでホイストをします。だから起きるのは昼ごろ。のんびり食事をとったあとは、狩りや読書など好きなことをして、七時の晩餐まで思い思いにすごす。それからホイストを開始。真夜中をまわったころに小休止をとって、遅い夜食。そしてまたホイスト。これを何日か続けます。決勝は週のなかばまで始まりません」

「決勝？」

「週の前半は弱肉強食の世界です。強いチームが儲《もう》ける一方、弱いチームは食い物にされ、持ち金も底をつき、勝負を続けられなくなる。弱いチームが離脱していくと、戦いは熾烈《しれつ》になります。言うなれば生き残り戦ですね」

クリスタベルが目を大きく見開いた。ストークリーのささやかなパーティーがこういう趣向だとは知らなかったらしい。

「その時点での残りチームは八組ほどです。そこから先は、金を賭《か》けての勝負はしません。毎回、参加費を払わなくてはいけないのですが。四チームが百点を獲得したら、下位の組は排除されます。この四チームがふた手に分かれ、勝負を続ける。そして勝利をおさめたチーム同士が戦い、集まった参加費が優勝賞金となります。最終的に、賞金の総額は、およそ数万ポンドになりますね」

クリスタベルが青くなった。「きくのも怖いけれど、毎回の参加費はいくらなの？」

「週の前半と同じです。一ゲームごとに五ポンド。一ラバー、すなわち五ゲームで二十五ポンドです」

ロサがクリスタベルの隣で息をのんだ。「無理ですよ、奥方さま、そんな大金——」

「ロサ、奥方さまの負けは、こちらでかぶる」

クリスタベルが口を開いた。「早めに退散したほうがよさそうね。それなら大負けすることもないでしょう。資金が底をついたと言ってもいいし。そのあとは……ほかのことでもしているわ」

手紙を捜すとか。ロサの前で言葉を濁したのは、小間使いにも告げていないということか。おもしろい。

バーンは釘《くぎ》を刺した。「あまり早く離脱すると、パートナーのわたしも早々に負けるということだから、当然ストークリーの疑惑を招きます。賞金を山分けするのは優勝チームで、この三年間、すなわち毎年恒例のパーティーが始まって以来ずっと、わたしとストークリーの連勝でした。なぜストークリーが自邸でパーティーを開くとお思いですか？」

「レディ・ジェンナーに言われていたのは、そういうこと？　あなたたちが勝ち逃げするとか」声に動揺がにじんでいる。「たいへん、負けたらどうしよう。もし――」

「心配は無用です。あなたと組もうと決めたときは、今年の優勝は逃す覚悟でいましたが。わずかな期間で上達なさったので、案外いけるかもしれません」にやりと笑ってみせた。

「ふたりで慣例を打ち破りましょう。そうなれば、ご主人の残した負債を整理してもあまりあるほどの金が転がりこんできますよ。言うまでもなく、わたしの……手助けに対する謝礼を支払っていただいても、お釣りが出るほどの金額です」

クリスタベルは、ほっとしたように背もたれに寄りかかり、小さくほほえんだ。「そうなれば、何もかも片がつくのだけれど。とりあえず、ほかのことをする暇があればいいわ」

「暇なら、たくさんあります」あるはずだ。

イルズリーでの聞きこみで判明したのは、クリスタベルが何通かの手紙を取り返そうとしていることだけだった。二十二年前の日付のある手紙だ。その後ロンドンで複数の情報筋を当たり、その日にライアン将軍が娘を連れてジブラルタルへ発《た》ったという事実まで突き止めた。同行したのは、やはりジブラルタルに配属された将校とその妻、幼い息子、わずか数名の使用人だけだった。

ライアン将軍は当時まだ中尉で、ジブラルタルへの配属が決まったのも、いささか唐突な感がある。手紙はそれに関するものだろう。ジブラルタルへの配属に関係がある。ライアン将軍とジョージ殿下が、ともにからむスキャンダルと関係しているはずだ。それが表沙汰《おもてざた》にならぬよう、ライアン将軍は国外へ出た。だが、なんだろう？　スキャンダルがあったとすれば、身内の醜聞に違いない。

とはいえ、心当たりを全部つつきまわり、軍関係も含めて探ってみたが、殿下と〝吼《ほ》えるライアン〟との関係をうかがわせる情報は何ひとつ出てこない。ライアンが将軍へと昇進するまでは割合に早かったものの、称賛に値する手柄も立てておらず、実力で出世したと言われても不思議ではない。実際、戦功もあったから、あと何カ月かで帰国するときには英雄として迎えられるだろう。

それでもやはり、ライアン将軍は大きな秘密をかかえている。それを守るためなら、娘までもが手段を選ばぬほどの秘密なのだ。気になってしかたがない。

ストークリーを問いつめれば白状するだろうか。いや、たぶん話さない。殿下が手紙を買いとろうとしても拒否したほどだ。誰の申し出も、きっと拒否する。手紙を利用したいという思惑があるからに違いない。だが、どのように？　なんの理由で？

「あの、あそこですか？」馬車が幹線道路から砂利道に入ったとき、ロサが声をあげた。

バーンは外を見た。雨が降っているのに、意外と早く着いたものだ。「そうだ」

クリスタベルが窓ごしに目を凝らした。「雨のせいかしら。それとも、本当に青い建物なの？」

「ストークリーには頭のおかしな先祖がいましてね。由緒ある石組みに漆喰《しっくい》をかぶせ、すさまじい色に塗ることを思いついたのです。ストークリーは直したがっているが、やたら大きな屋敷だから、ひと財産と永遠の時間を必要とするでしょう」バーンは薄く笑った。

「そのうえ、ずっと屋敷にいなくてはいけません。バースだのヨークだの、めぼしい賭博《とばく》場のある土地を遊び歩くことも、ままならなくなってしまう」

「由緒正しい家柄なのに賭博で身を持ち崩した人が、ここにもいるのね」クリスタベルの口調は、嘆かわしいと言わんばかりだった。

「パーティーのあいだ、高名なご先祖たちは墓をひっくり返したくもなるでしょうが。ストークリーはギャンブルで財産を増やしてきたのです。だからこそ、盛大なパーティーに大勢の客を招く余裕もある」

「何人も集まるの？」

「四十人は来ますね」

「そんなに大勢のお客を泊める部屋があるんですか？」ロサが驚きの声を発した。

バーンは笑みをこらえた。「いいあんばいに部屋はたくさんある。そうでなければ、奥方たちが夫とベッドをともにしなくてはいけないからね。まったく興ざめだ」

「バーン！」クリスタベルが頬を染めて叫んだ。

「事実ですから。あなたも心構えをしておいてください、かわいい奥さま。誰かを探すにしても、ベッドはのぞかないほうがいい。ベッドを訪ねる約束があるなら別ですが。よその部屋から遊びに来た人が、よろしくやっていたりしますから。気まずいだけですよ」

「ご忠告ありがとう」クリスタベルが険しい調子で言った。「あなたの不意を突かないよう気をつけるわ」

「どうぞお気づかいなく」バーンは声をひそめた。「あなたの不意打ちなら、いつでも大歓迎です。昼でも夜でも遊びにおいでください」

「冗談じゃないわ」クリスタベルが口のなかでつぶやき、ロサのほうへ顔をそむけた。

けれどもロサは作り笑いを浮かべていた。続くバーンの言葉に、いっそう破顔する。

「ロサの不意打ちも大歓迎だからね」

クリスタベルが天を仰いだ。「入る前に覚えておくべき不道徳なことは、ほかにもある？」

「いいえ、いまのところは」バーンは、しゃれた昼間用のドレスをすばやい一瞥《いちべつ》でなでおろした。クリスタベルが選んだのは小枝模様の綿モスリンのドレスで、雨に濡《ぬ》れれば、ほとんど透けてしまうだろう。ストークリーの馬番が傘を手に駆けよってこなければどうなるか？　いや、期待するだけ無駄だ。「何かあれば、のちほど喜んでお教えします」

顔をしかめたクリスタベルに、バーンは喉の奥で笑った。

屋敷の前に馬車が止まると、馬番たちが駆けよってきた。残念ながら傘を手にしている。それでも幸運の女神がほほえんでくれた。強い風のせいで横殴りに近い雨となり、結局、ずぶ濡れになった。

ぐっしょり濡れて水まで滴らせつつ、広々とした玄関広間に足を踏み入れると、ストークリー本人が待ち受けていた。いつもどおりの粋《いき》な装いで、上等な仕立ての青いシルクの夜会服が蝋燭《ろうそく》の明かりに映え、早々に白くなった髪も金髪のように見える。

「バーン！」ストークリーが大声をあげ、両手を広げて近づいてきた。「晩餐に間に合わないかと思ったぞ」

「わたしもです」バーンは握手をし、クリスタベルに顔を向けた。濡れそぼったドレスが豊満な体に手袋のごとく張りついている。おもむろに上昇した脈拍を意識の外へ追いやり、バーンはつけくわえた。「紹介しましょう――」

「いや、お美しいレディ・ハヴァシャムとは、前にも会ったことがある」

バーンの血が凍る。クリスタベルは面識がないと言っていたのに。嘘《うそ》だったのか？　なぜ？

しかし、ストークリーに手を取られたとき、クリスタベルの顔には困惑が浮かんでいた。どうやら彼女も同じように驚いているらしい。「ごめんなさい、記憶にないのですが……」口ごもった瞬間、大きく目をみはる。「フィリップが亡くなる前、ローズヴァインの屋敷にいらしたわね？　思いだしました。一度しかお会いしていないけれど。フィリップに何かきくことがあって、書斎に行ったときだわ。いらしたでしょう？」クリスタベルの顔が曇った。「でも、紹介されなかったものだから。てっきり……その……」

「債権者か何かだとお思いになったのですね。無理もない」ストークリーが目を細めた。「いや、ご主人とは……ちょっとした仕事上のつき合いがありまして」

食えない男だ。どこまで知られているのか探ろうという腹か。クリスタベルがうまくしらを切ってくれるといいが。

クリスタベルの笑顔が崩れないところを見ると、どうやら大丈夫だろう。「まあ、フィリップったら。あなたにまでお金を借りようとしていたのね？　嫌だわ、お友達みんなにお金を無心したのじゃないかしら。ごめんなさいね、夫に代わって――」

「謝っていただかなくても結構ですよ」ストークリーが横目でバーンを見た。「それに、ご主人に金を融通したのは僕だけでもないようだ」

遠まわしな物言いが癪にさわる。いろいろとうしろ指をさされるようなことはしてきたが、夫の借金のかたに妻を無理やりベッドに引きずりこんだことなど一度もない。

だが、辛辣《しんらつ》な言葉で言い返す間もなかった。クリスタベルがすばやく腕をからめてきたうえ、恋い焦がれているとしか言いようのない笑みを投げてよこしたのだ。「ええ、おかげさまで。そうでなければ、バーンとは出会えませんでしたもの。それに、バーンはとってもやさしいのよ」

「やさしい？」ストークリーがいっそう用心深い顔つきになった。「きみにしては、えらく斬新《ざんしん》だな、バーン」

バーンはクリスタベルの手に自分の手を重ねた。「遅くなりますよ、ストークリー。荷物を部屋に運ぶよう手配していただけませんか。晩餐の前に着替えなくては」

「そうだな」ストークリーが使用人を手招きした。「ミスター・バーンの荷物をいつもの部屋へ。レディ・ハヴァシャムの荷物は青の間へ」

バーンは眉根を寄せた。「わたしの記憶が確かならば、青の間は、いつもの続き部屋とは別棟でしょう。それどころか、主寝室の真向かいですね。毎年、あなたの愛人が泊まっていたはずですが」

「何週間か前に別れたんだよ。レディ・ハヴァシャムを招待するのが遅かったから、もう部屋がなくてね。青の間に泊まっていただくことにした」

「わたしのパートナーを横取りするつもりではないでしょうね」バーンは厳しい口調で問いただした。

「まさか」ストークリーの表情からは何も読みとれない。「そうだ、今週のゲームのルールも変えたんだ。晩餐の席で発表するつもりでいたが、きみにはいま教えてもいいだろう」ストークリーが黒い目をクリスタベルにすえた。「決勝が始まるまで、ホイストのパートナーは五ゲームごとに無作為で決める。そういうルールさ」

バーンのこめかみで血潮が轟々《ごうごう》と鳴った。「それはまた、どうして?」

ストークリーが肩をすくめた。「知ってのとおり、クラブではそれが主流だ。パートナー同士が手を組んで、不正な行為をしないようにね」

クリスタベルの指が腕にくいこんできたものの、バーンはわざと楽しげに応じた。「不正行為をされるご予定でも?　これまでは一度もなかったが」

「だからといって、今回もないと断言できるかい?　それに、全員が敵を観察する機会も得られる。さらに、決勝に上がるときには、開始前よりも……客観的にパートナーを選べるんだ」ありありと欲望をにじませた目つきで、ストークリーはクリスタベルの透けたドレスを眺めた。「そのうえ、ゲームが一段とおもしろくなる」

「ゲームに興を添えるのは賞金だと思っていたのですが」バーンは声をしぼりだした。

「それも変更したのではないでしょうね」

「いや。だが、ほかにもいくつか細かい点を変えた。晩餐の席で話すよ」ストークリーは近くの時計に視線を走らせた。「いますぐ部屋に行かないと晩餐に遅れるぞ。いつもの部屋だ、ひとりで行けるな？」そつのない笑みを浮かべ、ストークリーはクリスタベルに腕をさしだした。「レディ・ハヴァシャムは、僕がご案内しますよ」

　クリスタベルが気重げにストークリーと腕を組み、ロサを従えて階段をのぼっていったとき、バーンの心はひどく騒いだ。クリスタベルをストークリーから引きはがし、馬車に放《ほう》りこんでロンドンに連れ帰ってしまいたい衝動に襲われた。あとを追って階段を駆けあがらぬよう、自分を抑えるのが精いっぱいだった。

　われながら、どうしたのだろう。ここで何が待ち受けているか、自分もクリスタベルも承知のうえだったはずなのに。たしかに、思いもよらないことではあった。ストークリーがクリスタベルを見知っていようとは。それゆえ招待してきたとは。クリスタベルを気に入ったからだろうと、一週間前に冗談まじりで考えていたが、まさか本当だったとは。

実に腹立たしい。クリスタベルを見るストークリーの目が気に入らない。体にまつわりつくドレスを見る目が気に入らない。並はずれて魅力的な曲線があらわになっている。ましてやクリスタベルは、あの男から何メートルも離れていないところで眠るのだ。まったくもって気に入らない。

青の間に泊めるのは、どの女でもいいはずだ。現に、見境なく女を泊めることも多かった。たいていの女からすると、ストークリーに関して、総白髪と黒い目の取り合わせが魅力的だと思うらしい。

これまでは、連れの女をストークリーに味見されても、まるで気にならなかった。だが、クリスタベルまでが同じように軽く見られているかと思うと不愉快だ。

なぜ不愉快なのか。おそらく、自分で抱いていないからだろう。それ以外に、どんな理由があるというのか?

解決策はひとつしかない。一刻も早く抱いてしまうことだ。ストークリーが不届きなゲームを仕掛けてくるあいだ、何もせず傍観しているつもりはない。

それに、抱いてしまえばこっちのもの。ずっと彼女を引きつけておく自信はある。

13

いきなり現れた昔の男に悩まされることもしょっちゅうでした。

――作者不詳『ある愛人の回想録』

ストークリー男爵に連れられて階段を上がっていくあいだ、クリスタベルはろくに息もできずにいた。ずっと前に夫の書斎にいた白髪の男が男爵その人だとは、夢にも思わなかった。扉ごしに漏れ聞こえてきた夫の言葉が、いまも耳に残っている。〝田舎暮らしのほうが好きな女なんだ。俺《おれ》としても、あいつは屋敷に置いておきたい〟

男が何やら答えていたが、聞きとれなかった。あとで夫に男の素性を尋ねたときも、たいした客ではないと言われた。だから金貸しか何かだと思ったのに。

あの日、夫は男爵に手紙を売ったのだろう。悔しい。

「レディ・ハヴァシャム、青の間にご満足いただけるとよろしいのですが」バーンに声が届かないほど遠ざかるやいなや、ストークリー男爵が話しかけてきた。「屋敷のいちばん奥ですが、かまいませんか？」

「どこでも結構ですわ」どう答えてよいか迷い、クリスタベルは小声で返事をした。

「驚きましたよ。あなたとバーンが、その……友達だなんて。亡くなられたご主人の話では、あの男を撃ったそうじゃありませんか」

クリスタベルはうなり声を漏らした。「夫がそんな話を？」

「ええ、ご主人が教えてくれました。お金がなくて暮らしにも事欠くようになった原因を説明してくださるあいだに」

「お金がなくなったのは夫のギャンブルのせいです。バーンが借金の取りたてに来たときは、わたしも頭に血がのぼって、考えなしに行動してしまいましたけど。悪いのは夫のほうで、バーンではないと、あとから思い直したのです」

少なくともその点については、バーンに非はなかった。夫は勝手に破滅へと突き進んだのだから。

「それでも、ご主人に聞いた話だと、あなたは人づき合いを好まなかったそうですね。とりわけ、バーンのような人間とのつき合いは毛嫌いしていた」

クリスタベルはなんとか笑い声をあげた。「夫が、そう思いたかっただけでしょう」

「あなたを自分のそばに置いておきたかっただけかもしれませんね」ストークリー男爵に手を握られ、指までさすられた。「いまなら、ご主人の気持ちを理解できますよ」

皮肉を返したかったが、かろうじてのみこむ。この国のギャンブラーは、そろいもそろって好色な悪魔ばかりなのだろうか。

それに、バーンに口説かれると全身が熱くなるのに、なぜ男爵が相手だと噴きだしたくなってしまうの？

とはいえ、男爵の機嫌を取っておいても損はない。「いまなら、わたしにも理解できますわ。なぜ夫が、あなたを紹介してくれなかったのか」クリスタベルは何食わぬ顔で微笑してみせた。「あなたって本当に口がお上手だから、わたしを……よからぬ遊びに誘うのではないかと心配したのね」

ストークリー男爵のいぶかしげな視線が飛んできた。「あの日、ご紹介いただけなかったのは、それだけが理由でしょうか」

手紙のことをにおわせているの？〝あなたが手紙を持っているのは、お見通しよ〟とでも言わせたいのかしら。

何も知らぬふりで目を大きく見開き、クリスタベルは答えた。「それしか考えられませんけど？」

男爵がクリスタベルの顔をのぞきこんだ。「まあ、そうですね」そして、開いた扉の前で立ち止まり、広い寝室に彼女を案内した。「ここですよ、マダム。僕はこれで失礼します。また晩餐《ばんさん》のときに話もできるでしょう」

ああ、残念。食事は断り、みんなが正餐室にいるあいだに男爵の部屋を調べようと思っていたのに。どうやら晩餐には出なければいけないらしい。男爵の期待にそむいて疑念を招くのは、得策ではないだろう。「ではまた、のちほど」

男爵が立ち去り、重厚なオーク材の扉をしっかりと閉めた部屋でロサとふたりきりになり、クリスタベルは息をついた。

「やれやれ、やっと一段落」小さくこぼしたとき、ロサの非難がましい目つきに気づいた。

「なんなの？」

「こちらの男爵といちゃつくなんて。どうなさるんです、ミスター・バーンのほうは？」

「いちゃついてなんかいないわ。気まずい雰囲気にならないようにしただけよ。だいいち、バーンが気にするはずもないし」それは事実だった。気の滅入《めい》る事実ではあったけれど。

ロサは鼻を鳴らしたものの、すでに部屋に運ばれていた荷物をほどき始めた。「今夜は、どのドレスになさいますか？」

「薔薇色《ばらいろ》のドレスにしましょう」先週ずっとホイストの特訓を受けていたので、バーンとの芝居見物は実現せず、薔薇色のドレスを着る機会もなかった。「急いだほうがいいわね」

クリスタベルは、ベッド脇《わき》にあった美しい装飾付きのウェッジウッド製ジャスパー時計に目を向けた。「あと二十五分しかないわ」

ロサが金切り声をあげ、あわてて衣類用トランクを開けた。深い藍色《あいいろ》のダマスク織りのカーテンやフランス風のベッドの天蓋《てんがい》にため息をついたり、巨大な大理石の暖炉の前に敷いてあるペルシア絨毯《じゅうたん》に見とれたりする暇などなかった。一分一秒も無駄にはできない。ロサに手伝わせながら、大急ぎで濡《ぬ》れた服を引きはがし、体をふき、乾いたシュミーズとコルセットとドレスを身につけた。みっともなく垂れさがった髪も、ロサが悪態をつきながら整えていく。あと少しで完成というところで、扉をノックする音がした。

「どうぞ！」クリスタベルは大声で応じた。

ロサが髪を仕上げるのと同時にバーンが入ってきた。「支度はできましたか？」

クリスタベルが立ちあがると、バーンは鋭く息を吸いこんだ。ドレスを上から下まで、ゆっくりと検分し、大きく開いた胸元をふたたび見すえた。「これはまた。そのドレスを仕立てさせるのではなかった」

クリスタベルはバーンの反応に気落ちしながらも、毅然《きぜん》と顔を上げた。「どうして？」

「それをお召しになったあなたは、美しすぎますから」バーンが体の両脇で、こぶしを握りしめた。「ストークリーも全身なめまわすように見るでしょう」

信じられない。あのバーンが嫉妬《しっと》めいたことを言うなんて。うれしさに、思わず口元がほころぶ。「本当にそう思う？」はにかむような声が出てしまい、自分でも驚いた。

バーンが視線を上げた。目と目が合う。「こう言えばわかりますか。ここはストークリーの寝室の真向かい。その理由は明白です」バーンは半眼になり、室内を見まわした。

「この屋敷でいちばんの部屋をあてがわれたのですよ。気づいていましたか？」

「そうなの？」クリスタベルは扇をつかむと、急いでバーンに寄り添った。「行きましょう」

部屋を出るとき、バーンがウエストに手をまわしてきた。誰にも渡さないとでも言わんばかりのしぐさで。「いいですか、あの男はろくなことをしません。親族用の棟に客を泊めたことなど、これまで一度もないのです」

「部屋が足りなくなったと言っていたでしょう？　それだけじゃないの？」

「この豪邸で？　ありえない」バーンが横目で彼女を見た。暗いまなざしだった。「ストークリーは何か言っていましたか？」

クリスタベルは男爵との会話をすべて語って聞かせた。

バーンが唇を真一文字に引き結んだ。「わたしたちにゲームを仕掛けているのか、あなたを気に入ったのか。いずれにしても面倒ですね。手紙を取り戻すのが難しくなる」

心が沈んでいく。嫉妬してもらえるはずがないと、わかっていたのに。バーンが気にかけているのは目当ての手紙だけ。

嫉妬してもらいたかったわけじゃない。それでも、やけにバーンのことが気になる。ほんの一瞬でも本気で心配してもらえないかと……。

わたしったら。こんなことを考えるなんて、ずいぶん危なっかしい。

階段を下りると、ほかの招待客が晩餐に集まっていた。あいさつを交わす声が、あちこちから聞こえる。見覚えのある客もいた。トールボット夫妻にレディ・ジェンナー。隣にいるのは夫君だろう。愛人のマーカム中尉も、すぐ近くで漆黒の髪の見知らぬ女と冗談を言い合っている。

女が笑いながら振り向いた。その横顔が見えた瞬間、バーンが体をこわばらせた。「アンナ?」信じられないという口調だった。

黒髪の美女はこちらを見るなり、髪のつけ根から粋《いき》なエメラルド色のドレスの胸元まで蒼白《そうはく》になった。ゆっくりと向き直る。「ギャヴィン?」

ひどく衝撃を受けたような顔をしている。それはバーンも同じだった。

クリスタベルの気分は重く沈んでいった。この美女も元愛人だろうか。けれども、妙に苦しげな声でバーンが元愛人に話しかけるなんて、いままで聞いたこともない。そのうえ、彼をギャヴィンと呼ぶ元愛人もいない。バーン自身、そう言っていたのに。

「なぜここに?」かすれた声でバーンが問いかけた。その指が鉄の鉤爪《かぎづめ》のようにクリスタベルのウエストにくいこんできた。

「ウォルターと一緒に招待されたからに決まっているでしょう」女は近くに立つ男の腕を引いた。「あなた、いらして。紹介したい人がいるの」

クリスタベルはまともに息もできなくなっていた。胸が締めつけられる。誰だか知らないけれど、バーンの態度からすると、ただの愛人ではない。けれども、このアンナとかいう人は、どうして彼を緊張させたり怒らせたりできるの？　ほかの女は誰ひとり——わたしも含めて——バーンの琴線に触れられないのに。

振り返った初老の男は、人ごみのなかで晩餐の開始を待つよりも、暖炉のそばで眠っていたいようだった。「うん？　なんだね？」

「ウォルター、古いお友達……家族ぐるみで親しくしていた人を紹介するわ。こちらはミスター・ギャヴィン・バーン。ミスター・バーン、夫のキングズリー子爵よ」

バーンは口元をぴくりと引きつらせ、紳士に会釈した。「キングズリー子爵。ずいぶん遠くからお出ましですね。たしかダブリンにお住まいだとか」

「ああ、ダブリンだ」子爵が柄付き眼鏡を持ちあげ、バーンをじろりと見た。「前に会ったことがあるかね」

「いいえ」バーンは子爵夫人を一瞥《いちべつ》し、皮肉たっぷりにつけくわえた。「しかし、ご高名は伺っております」

子爵夫人が赤面し、あわてて言った。「あなた、ミスター・バーンはロンドンで会員制クラブを経営なさっていてね、〈ブルー・スワン〉というの。お仕事柄、イングランドとアイルランドの名だたる紳士のことを、よくご存じなのよ」

「なるほど」子爵は見下すような視線をバーンに向けた。「いやはや、この手の輩《やから》まで招かれておるとは。だが、そういうものかもしれん。なんといっても、ギャンブルのパーティーだからな」

「はい」バーンはあきらかに落ち着きを取り戻していた。「ストークリーは人を驚かせるのが好きでしてね」キングズリー子爵の背後を仰いだ。「噂《うわさ》をすればなんとやら。主催者が来ましたよ」

近づいてきたストークリー男爵が、にこやかに夫妻のあいだにすべりこんだ。「やあ、バーン。キングズリー子爵や奥方とは紹介をすませたようだな」

「ええ」子爵夫人が探るような目でクリスタベルを見た。「でも、ミスター・バーンのお友達には紹介されていないわ」

ストークリー男爵が紹介の口上を述べるあいだ、クリスタベルはバーンの硬い表情を意識しないようつとめた。思わず息をのむほどの子爵夫人の美貌《びぼう》にも、優雅な物腰にも、洗練された受け答えにも気づかないふりをした。どこもかしこも自分とは違う。なろうとしても、なれるものではなかった。

それどころか、クリスタベルは笑い転げないようにするのが精いっぱいだった。彼女が侯爵未亡人だとわかったとたん、キングズリー子爵が年老いた道化に変貌し、お世辞を並べだしたのだから。お目にかかれて光栄だとかなんとか口走り、ドレスを褒めちぎってきた。クリスタベルは懸命に笑顔を作った。子爵夫人は苦々しい顔をしている。そして、バーンは無表情のまま、じっと立っていた。

ストークリー男爵の目には、ことごとく愉快な座興に見えたらしい。キングズリー子爵の肩を軽く叩《たた》いている。「いやあ、子爵こそ、ご立派でしょう？　去年、ヨークのカードパーティーで知り合ったんだがね。奥方が大のホイスト好きだから、僕のパーティーにも呼ばずにはいられなかった。新メンバーが加わると血が騒ぐな。そうだろう、バーン？」

新メンバーに、どれだけ血を流させるか。それが問題ですね」バーンが毒を吐いた。

「バーン、きみの冗談は痛い！」ストークリー男爵が大声で言い返した。「言っておくが、レディ・キングズリーは、なかなか手ごわいぞ。新メンバーとして腕の立つところを見せてくれるだろう」酷薄そうに唇の端でにやりと笑う。「ロンドンに来るまでの経緯も、実におもしろい」

ふいにバーンが体をこわばらせたのは、間違いようもなかった。「なるほど。では、夜半のなぐさみに聞かせていただくことにしましょうか」

「そうだな」ストークリー男爵が薄笑いを浮かべてうなずいた。

子爵夫人の顔から血の気が引いている。クリスタベルは絶叫したくなった。いったい……なんなの？　バーンとは、どういう関係？

そのときストークリー男爵がキングズリー子爵夫妻に背を向け、クリスタベルに腕をさしだした。「晩餐に行きましょうか、レディ・ハヴァシャム？」

クリスタベルは体を硬くしたが、断れなかった。ハヴァシャム侯爵未亡人である自分は招待客の女性のなかでは最も身分が高いから、主催者のエスコートで晩餐に向かうのが筋だった。

そうなると、バーンも身分の低い女性客をエスコートしなくてはならない。たとえば、キングズリー子爵夫人だとか。そうと決まったわけでもないのに、こみあげる嫉妬を抑えきれない。クリスタベルは男爵と腕を組んで歩きだしたものの、キングズリー子爵夫人の視線が絶えず追いかけてくるのを感じた。バーンの女性関係に気をもんでいるのが自分だけでないと知り、わずかながら溜飲《りゅういん》が下がった。

晩餐は実に豪華で、もちろんフランス料理がずらりと並んでいた。何がなんだか見きわめるまで何分もかかり、ばかなまねをしないよう気を使わなくてはならなかった。身分の低いトールボット夫妻でさえ、気の遠くなりそうな品数のフランス料理に平然としているのに。招待客の顔ぶれを考えれば当然のことながら、牡蠣《かき》だけでなく石榴《ざくろ》もあった。〝スパニッシュフライ〟とかいう謎《なぞ》の物体も、たくさんの料理のどこかにあるのだろう。

右隣の男性客は、会話のマナーも忘れて豪華料理を堪能《たんのう》するのに余念がない。ストークリー男爵も、向こう側の女性客の対応に忙殺されている。こちらには誰も話しかけてこないので、上品な会話を続ける苦労だけは免れた。

まわりの会話が恐ろしく上品というわけでもないけれど。大勢のレディがいるにもかかわらず、きわどい冗談が飛び交っていた。クリスタベルには、その半分しか理解できなかった。下品な冗談に眉をひそめる者は皆無で、キングズリー子爵でさえ文句を言わない。上品ぶるかと思ったのに。隣のジェンナー伯爵夫人にお世辞を並べるのに忙しいらしい。

それどころか、晩餐の席で嗅《か》ぎたばこをかんでいる軍人もいた。マナーの心配をしていた自分が、ばかばかしくなってくる。ストークリー男爵の仲間はマナー違反もいいところだ。

もちろん、キングズリー子爵夫人は例外だった。家鴨《あひる》のなかの白鳥さながらに、背筋をまっすぐに伸ばし、唇を引き結んでいる。少しずつ料理を口に運びながら、せつなそうなまなざしを何度となくバーンに向けていた。

クリスタベルは子爵夫人を張り倒したくなった。バーンが彼女の視線に気づいていないことだけが、せめてものなぐさめだった。気づかないふりをしている可能性もあるけれど。なにしろ、きわどい冗談に興じていない男性はバーンただひとりなのだから。

デザートの皿がまわってくるころ、ストークリー男爵がクリスタベルのほうへ身を乗りだしてきた。「なかなかおもしろいカップルになると思いませんか?」

クリスタベルは、誰のことやら見当もつかないというふうを装った。「どなたが?」

「バーンとレディ・キングズリーですよ」

クリスタベルは遠く離れたバーンに目を向けた。「なんだか不釣り合いな気もしますけれど」

「昔、バーンが彼女に結婚を申しこんだと言っても？」

クリスタベルは必死に動揺を隠し、自分に言い聞かせた。ストークリー男爵の言葉は信用できない。こんな恥知らずなパーティーにいる人なんて誰も信用できない。「バーンのことを、あまりご存じないようね」

「僕も驚きましたが、当のレディ・キングズリーに聞いたのですよ。その……ダブリンでしばらく一緒にいたことがありまして。ほら、ご婦人方はひどく苦しいとき、心のなかを打ち明けたくなるでしょう？　懺悔《ざんげ》をするみたいに」

だからといって、その告白が真実とはかぎらない。ひねくれ者で無責任なバーンが結婚の申しこみなんかするわけがない――もしバーンが先刻レディ・キングズリーを認めたときにあのような過剰な反応をしていなければ、そう笑い飛ばしていたところだ。

ふいにストークリー男爵がテーブルの向こうに目をやり、頬をゆるめた。その視線を追ってみると、バーンが珍しく激怒の色を顔に浮かべ、こちらをにらんでいた。

ストークリー男爵の話の内容を察したのだろうか。それとも、あれほどの敵意を男爵に向けるような何かがあったのか？

男爵から聞きだせることは聞いておこう。そう思い直し、クリスタベルは声をひそめて尋ねた。「バーンとレディ・キングズリーに何かあったのですか？　彼女が結婚の申しこみを断ったということ？」

「そうなんです」選《え》り抜きの噂話を打ち明ける喜びに、男爵が目を輝かせた。「レディ・キングズリーは裕福な商人の娘でしてね。彼女が社交界に出たのと同じころ、バーンも〈ブルー・スワン〉を立ちあげた。真剣に交際を申しこんで、彼女が顔を出しそうな舞踏会やら何やらにも招待されるまでになったのですが。向こうの親の猛反対を受けました」

「レディ・キングズリー自身の意思は？」

「バーンの生まれに問題がなければ承諾していたかもしれません。バーンは、その気になれば愛想よくできますし。だが庶子で、認知もされていないのではねえ。まあ、バーンのほうも、たぶん財産目当てだったから。それを見抜かれてしまったのでしょう」

バーンが財産目当てで結婚するとは思えない。良心の持ち合わせなどないと、本人は言い張っていたけれど。「レディ・キングズリーが、そう言ったんですの？」

「あまり多くは語らなかったが、おおよそ見当はつきます。きわどい駆け引きも楽しかったらしい。だからキングズリー子爵が現れて彼女に目をつけたとき、親が盛んに後押しをしましてね。結局は、彼女も常識的な道を選んだ。キングズリーと結婚したのです」

クリスタベルは冷笑をこらえた。常識的？　よく言うわね。常識があるなら自分の本心に従うはずなのに。あきらかに子爵夫人はバーンを憎からず思っていた。たぶん、いまも好きなのだろう。それでストークリー男爵に抱かれてしまったの？　男爵は、どことなくバーンと相通じるところがある。お粗末なまがい物ではあるけれど。

バーンはまだレディ・キングズリーを愛しているの？　いまでも？

鬱々《うつうつ》と思い悩むクリスタベルの目に、したり顔のストークリー男爵が映った。その瞬間、不愉快きわまりない推察が頭を直撃した。「そういうわけでレディ・キングズリーを招待なさったのね？　バーンへの嫌がらせのつもりで」

「あなたを招待したのと同じ理由ですよ。おふたりとも凄腕《すごうで》の勝負師ですから」侮るように男爵が口元をゆがめた。「まあ、あなたのほうは、バーンのパートナーに選ばれたという事実から、お強いと踏んでいるだけですが」

勝ちたいという意欲を引きだすには、これ以上ない言葉だった。「お察しのとおりですわ。賞金を狙《ねら》っておりますもの」

男爵が顔を寄せ、耳に唇を押しあててきた。「そちらの狙いがはずれても、代わりに主催者を狙ってみてください。いつでもかまいませんからね」

嫌悪に背筋がぞっとしたが、彼女が言い返すより早く、テーブルのかなたからバーンの不機嫌な声が飛んできた。「ストークリー、もったいをつけていないで、早くルールの変更点を説明してください」

ストークリー男爵はクリスタベルだけに笑いかけてから立ちあがった。一同の視線が集まる。「思いださせてくれて感謝するよ、バーン」

男爵はこともなげに口を開いた。パートナーが無作為に選ばれると発表したとたん、いっせいに不満の声があがったものの、そのまま平然とルール変更の説明を続ける。

「決勝が始まったら、負け組にはお引きとり願う」男爵の視線が、クリスタベルにねっとりとからむ。「もちろん、僕の判断で残っていただく場合もあるが」

クリスタベルは動揺が顔に出ないよう懸命にこらえた。決勝までに手紙を見つけられなかったらどうしよう。予選で負けてしまったら？

それに、男爵の言葉も引っかかる。男爵の〝判断で〟とは、具体的にはどういうこと？

招待客たちは猛烈な勢いで不平を並べている。もてなしを最後まで受けられるものと思いこんでいたらしい。

「ルール変更の理由は？」不平不満のあいだからバーンの声が浮かびあがった。この手の質問ができるのは、バーンくらいのものだろう。

ストークリー男爵が肩をすくめた。「決勝まで大勢の客に長居されたくないからね。いかさまの危険が多すぎる」

レディ・ジェンナーが鼻を鳴らした。「嘘《うそ》おっしゃい。バーンが相手を変えたからでしょう。節操なしのバーンのせいで、わたくしたちまで、とばっちりを食うのよ」

無節操な視線も、そうでないものも押しよせてきて、クリスタベルは思わず頬を染めた。

ストークリー男爵の態度が急変し、氷のように冷たくなった。「ルールを変更したのは、いつもバーンと僕が賞金を獲得していると、去年けちをつけられたからだ。自分や友達がいかさま呼ばわりされるのは許せないからね。このルールなら疑いの余地もない。だいいち、ここは僕の屋敷だ。僕がルールを決めて何が悪い？」

これには誰も反論できなかったが、席を立って深夜のホイストに向かう招待客は、やはり口々に不満を漏らした。

一週間におよぶパーティーのため、舞踏会の広間がホイスト用の部屋として設《しつら》えられていた。クリスタベルは自分のパートナーがハンゲート侯爵夫人だと知って安堵《あんど》した。ハンゲート侯爵夫人はあまりうれしそうでもなかった。「今夜こそ本気を出してくれるとよろしいのだけど」初老の侯爵夫人が口を開いた。

「ご期待に副《そ》えるよう、がんばります」ジェンナー伯爵邸での午後を思いだしながら、クリスタベルは答えた。

言われなくても、がんばるつもりだった。負けて追いだされるわけにはいかない。そのためにストークリー男爵に媚《こび》を売る羽目になろうとも。

ストークリーも彼の小細工も癪《しゃく》にさわる。五時間ホイストをしたあとも、バーンはまだストークリーの思惑をつかみきれずにいた。

ルールの変更はもとより、ストークリーがクリスタベルに色目を使っているのも腹立たしい。おまけにアンナまで連れてきた。よりによってアンナを招待するとは。二度と会いたくなかったのに。骨の折れる一週間を覚悟していたが、まさしく悪夢となりそうだ。

そのうえ、アンナとの過去もストークリーに知られているらしい。あの男が晩餐の席でクリスタベルに耳打ちしていたのは、そのことだったのか？　詮索《せんさく》好きな美しき未亡人から、アンナのことで質問攻めに遭うような事態だけは避けたい。ただでさえ秘密を知られすぎて居心地が悪いのに。

バーンは奪ったばかりのカードを集めながら、隣のテーブルを盗み見た。ストークリーがアンナと組み、エレナーとハンゲート侯爵夫人を相手に戦っている。アンナを招待した狙いは何か。パートナーを解消されたことを根に持って、アンナに叩きのめしてもらおうというのか。だとしても、そうはさせるものか。

バーンの視線に気づいたアンナが華やかな笑みを向けてきた。

彼は体をこわばらせた。視線をアンナから引き戻し、カードを切る。昔の自分であれば、ほんの少しでも彼女にほほえんでもらうためならコサック騎兵の一団とも戦ったに違いない。だが、十三年遅すぎた。

再会した当初は驚いたが、もはやアンナのせいで心が揺れることはないようだ。たとえ心が揺れても、そこには哀れみの感情しかない。ごまをするしか能のないキングズリー子爵との結婚生活は、これまで楽なものではなかったらしい。あいかわらず美しい女ではあるし、玉を転がすような笑い声は大半の男の心を溶かすだろうが、いまや耳ざわりな棘《とげ》がまじっている。ひと皮むけば涙をたたえているかのように。

こちらの申しこみを蹴《け》ってキングズリーを選んだ結果、どうなった？　爵位しか取り柄がないくせに威張り散らす夫と、退屈な結婚生活を送っている。あの男の財布を満たすにも、アンナの持参金が必要だった。それなのに、なぜアンナの不幸を笑えない？

いい女がもったいない、そう思うから。もったいないし、ともすれば厭《いと》わしくさえ思える。夫の無関心に悩む妻たちをまのあたりにするのも厭わしい。かつては希望にあふれていた乙女が冷たい心の尻軽な魔女へと変貌していくさまなど、見たくもない。彼女たちの行く末はふたつにひとつ。屋敷で朽ち果てるか、夫と同じように遊び歩くかのどちらかだ。ギャンブルにのめりこんだ夫の愚行のせいで、いい女が暴挙に走るところなど見たくもない。クリスタベルのように。

鉄に引きつけられる磁石のごとく、大広間の奥のクリスタベルを目で追ってしまう。今夜は、まだ一度も組んでいない。ずっと意識してはいたのだが。どこに座っているか。誰と戦っているか。何度も冗談を言われては笑い、くだらないお世辞にも相槌《あいづち》を打っているようだが。

大丈夫だろうか。勝っているのか？　負けているのか？　負けがこんで、うろたえてはいないか？

その可能性に思い至り、不安が万力のように胸を締めつけた。やはり連れてこなければよかった。世界が違う。ほかの連中と一緒にいるところを見れば一目瞭然《いちもくりようぜん》だ。乱交の池に何時間つかろうとも、まるで穢《けが》れることがない。絶対に穢されたくないというのが本音だが。

なぜ、そう感じるのか。クリスタベルが過ちへの危険な坂道をさっさとすべり落ちてくれれば、思いのまま抱いてしまえるのに。

だが、それで心が痛まないか……そう考えて、バーンは苦笑した。まさに同じ問いをクリスタベルに投げかけられたのではなかったか。発想が似てきたのか。らちもない。

バーンの視線に気づいたかのように、大広間の向こうからクリスタベルが見つめ返してきた。たちまち、胸を締めつける不安が耐えがたいほど強くなった。クリスタベルが微笑し、万事うまくいっていると察せられるまで、その不安はおさまらなかった。

「バーン」トールボットが声をかけてきた。「愛人に色目ばかり使ってないで、いいかげんにカードを切ってくれよ。あとで好きなだけ眺められるだろう?」

「その前にストークリーがいただいてしまうかもしれないぞ」目下のところトールボットと組んでいるマーカムが横槍《よこやり》を入れてきた。

バーンは悪態をのみ下し、カードを切った。「レディ・ハヴァシャムがわたしよりストークリーを選ぶという前提のようですが、その可能性はありません」

マーカムがにやりとした。「賞金を手に入れやすくなると思えば、また別さ――」

「それなら、ストークリーに頼る必要もない」トールボットがさえぎった。「さっき、彼女とレディ・キングズリーに当たってきたよ。こっちはレディ・ジェンナーと組んでいたが。まったくの互角でね。僕たちが勝てたのは、運よく強い札が来たからだ。それに、彼女がハンゲートと組んだときは圧勝だったようだし」

クリスタベルが順調にやっていると聞き、こみあげる喜びを抑えきれなくなった。思ったとおり、本気を出せば、ちゃんとやってくれる女性だ。

「それはそうと、レディ・ハヴァシャムとは、どこで知り合ったんだ?」ブラッドリー大佐が尋ねてきた。

「ご主人と面識がありまして」バーンはあいまいに答えた。

「どうしようもなく弱いやつだったな。まるで勝てなくて」トールボットが言った。「奥方と組めばよかったのに。そうすれば借金まみれにならずにすんだだろう」

「べっぴんの未亡人をベッドに引きずりこめたのは、そういうわけか」にやにやとマーカムが笑った。「旦那《だんな》の借金を帳消しにする代わりに、別の奉仕をしろって?」

その言いがかりをつけられたのは今夜で二度目だ。腹が立つ。「このわたしが女を抱くのに、そんな小細工がいるとお思いですか?」

「思わないが、いつもあんたが連れ歩くような女とは毛色が違うからな」マーカムが大広間の奥に目をやった。「まあ、ああいう胸の大きい女を連れ歩くのは、あらゆる男の夢だが」

マーカムがクリスタベルの胸を無遠慮に見ているかと思うと、耐えがたいほどの怒りがこみあげてくる。大声をあげずにいるのがやっとだった。

われながら、どうしたことだろう。以前は、こうしてマーカムやトールボットと愛人比べをしたこともあったのに。互いに愛人の胸や唇、ヒップの形を品定めするのが常だった。それなのに、連中の下劣な言葉でクリスタベルが穢されているような気がしてならず、黙れと叫びたくなってしまう。

いや、きっと欲求不満のせいだ。無理もない。抱けるときに抱いておけばよかった。言われるがまま手出しを控えていたせいで、このていたらくだ。

「どうやってベッドに連れこんだか、だいたい想像がつくな」トールボットが口をはさんだ。「自分と組めば賞金をもぎとってやるとかなんとか言ったんだろう。どこの未亡人だって落ちるさ」

ブラッドリーが鼻先で笑った。「それで落ちる女なら、たいしたことはないね。バーンと組んだところで、そう簡単に優勝できるものか。そのぐらい誰にでもわかるぞ」

「たしかに」トールボットがうなずいた。「だが、優勝は無理でも、彼女なら絶対に決勝戦まで残る。賭《か》けてもいい」

隣のテーブルで聞き耳を立てていたストークリーが身を乗りだしてきた。「本当に賭けようか。それとも、いつもの軽い冗談か？」

トールボットは目をしばたたき、何も答えず手札に視線を落とした。

「トールボットが乗らないのであれば、わたしが乗りましょう」バーンは挑発するように唇の端を上げた。「レディ・ハヴァシャムが決勝戦まで残るほうに千ポンド」

その会話は、まわりのテーブルの注目まで集めていた。誰もが勝負の手を止め、耳を澄ましてストークリーの反応を待った。

ストークリーはしばらく値踏みするような目でバーンを見すえていたが、やおら大広間の奥に声をかけた。「レディ・ハヴァシャム！」

クリスタベルがはじかれたように顔を上げた。

「バーンは、あなたが決勝戦まで残るほうに千ポンド賭けるそうです。どう思いますか？僕も賭《かけ》に乗るべきでしょうか？」

クリスタベルは早々に衝撃から立ち直り、いささか判別しがたい表情を顔にはりつけた。たいした女だ。「わたしの口から、どうしろとは申せませんけれど」クリスタベルが言い返した。「賭に負けてバーンに千ポンド払う余裕があるなら、乗ったらいかが？」

いっせいに笑い声が起こった。何千ポンド失おうと、ストークリーには痛くもかゆくもないからだ。

大広間の奥から、クリスタベルがバーンをまっすぐに見つめた。「バーンが勝ちます。絶対に」

バーンの体を流れる血が熱く煮えたぎった。これは負けるわけにはいかない。賭のためだけでなく。「では乗りますか、ストークリー？」

しばし黙りこんでいたストークリーが口を開いた。「望むところだ。レディ・ハヴァシャムの期待を裏切ることになるが、きみが絶対に勝つとはかぎらないぞ」

「いかにも」クリスタベルから視線を引きはがしたバーンは、こちらを思案げに見すえているストークリーに気づいた。「ここ一番というときだけです」

そのとき、唐突に銅鑼《どら》が鳴った。皆、はっとしつつ、これが最後の勝負になると肝に銘じた。ストークリー邸のパーティーでは、いつも午前三時に召使いが銅鑼を鳴らすことになっている。これが鳴ったあとは、もう五番勝負《ラバー》を始めてはいけないのだ。毎晩、全員が勝負する回数を同じ程度にそろえるには、この方法しかない。さもなければ、一日じゅうホイストを続けてしまう者が続出するだろう。

バーンは手札に意識を戻した。まだ半分も残っている。これを片づけたあと、一回か二回のゲームで、このラバーは終了だ。血が騒ぐ。一時間もすればクリスタベルを抱けるのだ。

バーンはブラッドリーとともに、このゲームを制した。顔を上げたとき、席を立つクリスタベルが見えた。もう終わったのか？

クリスタベルは仲間と少し言葉を交わしてから近づいてきた。こちらのテーブルでは、トールボットがカードを切りまぜている。

「首尾はいかがでしたか、かわいい奥さま？」バーンはクリスタベルにきいた。

クリスタベルが肩をすくめた。「勝ち越しよ」

「それは結構。ストークリーとの賭にも幸先《さいさき》がよろしい」

一瞬だけ視線が合う。「もう疲れたから、やすむわ」

「ここにいて幸運の女神になってください」バーンは軽口を叩いた。

クリスタベルが冷ややかに笑った。「幸運の女神がいなくても勝てるでしょうに。もうやすみます。どうぞ存分に戦ってちょうだい」わざとらしいあくびを残し、クリスタベルは出ていってしまった。

そのときようやく、バーンは気づいた。なぜクリスタベルがエスコートも待たずにそそくさと引きあげたのか。ストークリーがホイスト用テーブルにへばりついているあいだに、ひとりで屋敷を捜索するつもりなのだ。

ちょっと待て。危機感というものがないのか。誰もが起きているときに家捜しをするなど、軽率にも程がある。ストークリーに見つかったら最後だ。

とはいえ、勝負の途中で席を立ち、クリスタベルを追うわけにもいかない。間違いなく疑われてしまう。それでもやはり、気が気でない。トールボットがカードを配り終えたあと、バーンは集中するよう自分に言い聞かせなくてはならなかった。

ゲームが中盤にさしかかったころ、隣のテーブルの四人が席を立った。ストークリーのテーブルだ。

バーンは懸念を抑えこんだ。心配するな、ストークリーはいつも、最後の客が引きあげるまで大広間にいるのだ。その習慣を崩すと考える理由はない。

ストークリーのテーブルにいた客のうち、ふたりが寝室に引きあげた。アンナはすぐそばまでやってきたが、ずっと無視していると、おやすみなさいと言って立ち去った。ストークリーは主催者らしく気配りをしながら大広間をひとまわりしたあと、こちらのテーブルに戻ってきて言い放った。

「僕もそろそろやすむことにするよ。レディ・ハヴァシャムが話し相手をほしがっているといけないから、様子を見に行ってみようかな」

あからさまな宣戦布告に、まわりの客が身構えた。バーン自身は、ストークリーの牽制《けんせい》など気にならなかった。クリスタベルがぼろを出さずにいてくれるか、それだけが心配だ。

「どうぞ」懸念を押し隠しながら、バーンはカードを切った。「言っておきますが、あの女は、寝入ったあとは死体も同然ですよ。扉を叩いても聞こえないでしょう」

「どうかな」ストークリーが一同にあいさつをした。「おやすみ、諸君」

その姿が見えなくなると、怒りが胸に渦を巻いた。よけいな疑惑を招かぬよう、こっちは勝負がつくまで大広間から出られないのに、あのろくでなしはクリスタベルに手を出すつもりなのだ。

バーンは眉根を寄せた。そういう問題ではない……懸念すべきは、クリスタベルがぼろを出す危険のほうだ。うかつなところをストークリーに見られたら、手紙を取り戻せなくなる。まずは、その危険を排除しなくてはいけないのに。

ストークリーがクリスタベルに目をつけたからといって、それがどうした。たしかに彼は二枚目だし、よからぬところに手を入れたりするかも――。

いいかげんにしろ。われながら、どうかしている。いつからクリスタベルのことばかり頭に浮かぶようになったのか。やることは山ほどあるのに。

そうだ、よけいなことは考えるな。さっさと勝ってクリスタベルを探しに行こう。やみくもに家捜しなどするなと、冷静に理性的に言い聞かせるのだ。

それでストークリーとぶつかることになろうとも、知ったことか。

14

自分をめぐる男同士の争いほど、気分のよいものはありません。

――作者不詳『ある愛人の回想録』

書斎を調べるあいだ扉に鍵《かぎ》をかけておきたいところだけれど、男爵に来られるとまずい。鍵などかけていたら疑惑を招いてしまう。

用心しなくては。男爵のほうも用心しているようだから。調べ始めて二十分もたつのに、まだ何も見つからない。机の引き出しには鍵もかかっていなかった。やはり、めぼしいものは何もない。

ささやかな書架も調べてみようか、どこかに隠し戸棚があるかもしれないし……そう考え、クリスタベルは振り返った。しかし、書架を隅から隅まで調べ終えたとき、絶望的な気分に襲われた。男爵邸がここまで広いとは思っていなかった。手紙のように小さなものを隠す場所がどれだけあるかなんて、考えてもみなかった。手紙程度のものなら、どこにでも隠せる。たった一週間で見つかるわけがない。

ふいに廊下から足音が聞こえた。クリスタベルは凍りついたものの、書架の本を一冊つかみ、読むふりをした。それと同時に扉が開き、男の声が響いた。「ああ、こちらでしたか。もうおやすみかと思っていたが。扉の下から明かりが見えたので、来てみたのです」ストークリー男爵。心臓が激しく脈打っていたものの、クリスタベルは何食わぬ顔で微笑しながら振り返った。「お邪魔しています。眠れないので本でもお借りしようかと思って」

書斎に足を踏み入れた男爵は、こともあろうに扉を閉めた。「いや、よく来てくれました。お互い、もっとわかり合うには都合がいい」

寒気が背筋を駆けおりた。「あら、男爵さまのことなら十分わかったように思いますけど」クリスタベルは軽く言い返した。「あなたのような人とふたりきりになると、女は何かと危ない目に遭いそうですわね」本を小脇《こわき》にかかえ、扉のほうへ歩きだす。「では失礼して――」

男爵が歯をむきだしにして笑い、立ちふさがった。「そう言わずに。うぶなふりなんか、しなくてもいい。あなたがここに来た本当の理由は、わかっているんだから」

悪寒に胃がむかついた。「本当の理由?」

男爵が近づいてきて本を奪い、机に放《ほう》った。「別のお楽しみを探しに来たんだろう?

バーンがホイストにかまけて相手をしてくれないから」いかにも遊び慣れたふうに、男爵が人さし指で彼女の頬をなでた。「だから僕を探しに来たんだね？　あいつに思い知らせてやればいい。いつまでも待たされてばかりの女じゃないって」

クリスタベルは目を細めた。ずいぶん気に入られたようだこと。本当にそうなら、軽く機嫌を取っておくのもいいだろう。何時間も家捜しをするより、よほど情報収集に役立つ。

「何も言わないところを見ると、どうやら図星だったのかな」男爵の目が光った。

クリスタベルはじらすような笑みを浮かべた。「わたしはバーンの連れですのに。なぜあなたに気持ちを移すとお思い？」

「目先を変えてみるのもいい、そんなところだろう？」男爵が頭を下げ、耳をねぶってきた。どういうわけか、よけいに気持ちが冷える。「案外、レディ・キングズリーが来たせいだったりしてね。僕が大広間を出たとき、まだバーンのそばにいたよ」

クリスタベルはかろうじて嫉妬《しっと》を抑えこんだ。男爵の言葉が真実だとしても、バーンがキングズリー子爵夫人に言いよられて鼻の下を伸ばしているということにはならない。

「最後にわたしのベッドに入ってくれるなら、バーンが大広間で誰と一緒にいようと気にしませんわ」

「幸い、バーンのほうも、あなたが僕の書斎で誰と一緒にいようと気にしない」男爵が耳元でささやいた。「何度も僕と愛人の貸し借りをしたことがある。あなたが僕とよろしくやっても、あいつは気にもかけないだろう」

悔しいけれど、そのとおりかもしれない。それでも男爵に腰を抱かれると、ぞっとした。唇を奪われた瞬間も、やはりぞっとした。探りを入れるため男の気を引くのと、不届きな行為を許すのとでは大違いだった。でも、拒んでどうにかなるものだろうか。ふたりきりなのに。男爵がその気になれば、なんでも思いのままにされてしまうのに。

顔をそむけようとしたけれど、しっかりつかまれていて動かせない。きつく閉じた唇のあいだから、舌がもぐりこんできた。両手で男爵の胸を押しのけようとしたとき、扉を叩《たた》く音がした。

「クリスタベル、そこにいるのですか?」バーンの声だった。

男爵が舌打ちまじりに上体を起こした。「鍵をかけておけばよかったな」

安堵《あんど》の思いに満たされながら、クリスタベルは声をあげた。「ええ、ここにいるわ」

バーンは入ってくるなり足を止めた。男爵に抱かれているクリスタベルを見て、半眼になった。

男爵は体を離そうともしない。「ほらな、バーン。レディ・ハヴァシャムは眠ってなんかいなかったぞ」

「そのようですね」そっけなくバーンが応じた。「クリスタベル、そろそろ引きあげませんか?」クリスタベルのほうへ腕をさしだす。

ここでようやく男爵が彼女を放した。クリスタベルはなんとか逃れられてよかったと胸をなでおろしながらバーンのもとへ急いだ。そのとき男爵が口を開いた。「バーン、賭《かけ》の内容を変更してもいいかな」

バーンが鋼のまなざしで男爵を見すえた。「どのように？」

欲望もあらわな男爵の視線に全身をなでおろされ、クリスタベルはバーンの腕にすがった。「きみが賭に勝ったら、僕は千ポンド払う。僕が勝ったら、最後の晩、レディ・ハヴァシャムには僕と寝てもらう」

「レディ・ハヴァシャムの同意がなければ、そのような変更はききませんよ」少々うんざりしたような口調でバーンが答えた。

「レディ・ハヴァシャム」男爵が彼女のほうに向き直った。「同意してくれますか？」

クリスタベルは呆然《ぼうぜん》とバーンを見つめた。わたしを賭の賞品にしてもいいの？　あなたにとって、わたしはそんなに意味のない存在なの？

怒りの炎が燃えあがった。「考えておきます」クリスタベルは衝動的に口走った。考えるつもりなど、さらさらないけれど。正直、ここまで薄情なバーンに怒りがおさまらない。

「明日、返事をください。そうしたら――」男爵が言いかけた。

「その必要はない」バーンがさえぎった。「わたしが同意しません」

バーンの瞳をよぎった殺気に、クリスタベルは凍りついた。

「だがレディ・ハヴァシャムは考えておくと言って――」

「なんと言おうと関係ない。わたしが賭《か》けたのは千ポンド、それだけです」

男爵が目をすがめた。「愛人を貸しだすより、千ポンド払うほうがいいのか」

バーンが肩をすくめた。「金ならあります」

ひどくうんざりしたような表情こそ戻ってきたものの、バーンがクリスタベルの手を握りしめる力は相当なものだった。男爵を絞め殺したくてたまらないらしい。

クリスタベルの心は舞いあがった。嫉妬しないと評判のバーンに何があったの？

男爵が嫌味たらしく言った。「そうか。じゃあ、よろしくやればいいさ。さぞかし具合がいいんだろうな、きみがそこまで執着するんだから」

バーンが語気鋭く言い返した。「あなたの知ったことではありません」クリスタベルのウエストにすばやく腕をまわし、文字どおり引きずるようにして書斎から出た。

細腰を抱いたまま猛然と歩いていく。いきなり逆上したバーンに、クリスタベルは目を疑った。これが嫉妬でなければ、いったいなんなの？

階段をのぼり始めたとき、バーンが声を荒らげた。「どういうつもりですか、あの女たらしを調子づかせるとは。わたしがあなたに賭けたからといって、決勝戦に残れる保証などありはしないのに。ストークリーに抱かれたいのですか？」

その声にまじっていたのは、まぎれもない嫉妬だった。クリスタベルは感きわまる思いで、ふわりとほほえんだ。「違うわ。予選落ちしたら、ここを出なくてはいけないでしょう？　男爵に媚《こび》を売っておけば、どんなに負けがこんでも最後まで居残れるもの」

バーンが怖い目でにらみすえた。「では、ごゆっくり。ストークリーと一緒にいればいい。ベッドのパートナーにでもなればよろしい」

「そうね、手紙も見つけやすくなるだろうし」クリスタベルは屈託なく答えた。「隅々まで存分に調べられるわ」

バーンは悪態をつき、クリスタベルを小部屋に引きずりこんで壁に押しつけた。両腕のあいだにクリスタベルをとらえ、喉の奥から声を響かせる。「わたしには抱かれたくないのにストークリーならいいのですか？　たかが手紙ごときで」

クリスタベルはバーンの瞳をまっすぐに見あげた。「たかが手紙が、あなたを男爵にしてくれるのよ。わたしがどういう手段を選ぼうと、あなたが気にすることでもないでしょう。念願の爵位が手に入るのに」

バーンの口元が引きつった。「もっとましな手段があります」

「そうかしら」クリスタベルは譲らなかった。バーンに本心を自覚してもらえるまで粘るつもりだった。「ストークリー男爵に色目を使えば、簡単に――」

「だめです」バーンがにべもなく言い捨てた。

クリスタベルは頬がゆるみそうになるのをこらえた。「少しくらいなら――」

「だめです」バーンがのしかかってきた。瞳の底に光をたたえている。「手紙のために軽々しいまねをするなど、わたしが許しません」

「いいじゃない。愛人に浮気をされても全然かまわないとおっしゃっていたのに。心配もしていないくせに。男爵に色目を使えば——」

「だめです」かたくなに繰り返すと、バーンは彼女に顔を近づけた。「絶対に許しません」

そして唇が重なった。彼女は自分のものだと言い聞かせるような口づけだった。初めての相手に口づけをするかのごとくに。いまキスできなければ世界が終わってしまう、そんな思いさえ伝わってきた。

クリスタベルはバーンの首に両腕をまわした。最後にキスをされ、もう二度としないと自分に言い聞かせたのは、もう一週間も前だった。

隠しきれぬ炎を宿した目で見つめられ、胸ときめかせたことが何度あったか。眠れずに悶々《もんもん》としながら、あのキスをせつなく夢見た夜が何度あったか。

バーンが唇を触れ合わせたまま、ひそやかにささやいた。「クリスタベル……あなたですよ、わたしをこんなふうにさせたのは」

そう言いたいのは、こちらも同じ。またもや唇を深く重ねてきただけでなく、バーンは両手を脇腹からヒップまで上下させ、なでたり探ったりしながら……。

誰かがそばを通りすぎざまに、ひわいな言葉をかけていった。バーンが唇を離した。

「来なさい」吐き捨てるように言い、手を引いて廊下を歩きだした。

憤然と歩くバーンに、クリスタベルは必死でついていった。「どこへ行くの？」

「わたしの部屋です」

クリスタベルは踏みとどまった。「ちょっと、バーン――」

「この際だから、ろくでもない手紙をどうやって取り戻すか、きちんと話し合いましょう」バーンが声をひそめた。「あなたの部屋では作戦会議もできない。ストークリーの部屋の真向かいですからね」

「ああ、そうね」それなら納得がいく。いくと思うのだけれど。あるいは、バーンの言葉が意味していることに、自分から飛びこもうとしているだけなのだろうか。

手を引かれるまま長い廊下や広間を抜け、立派な寝室に通された。黒光りする家具や年代物の真鍮《しんちゅう》の装飾品が、いかにも男性的な雰囲気を生みだしている。使用人の気配りも行き届いており、館《やかた》の主《あるじ》の厚遇ぶりが目に見える部屋だった。暖炉では火が赤々と燃え、そばの書き物机にはウイスキーのデカンターがあり、いくつもの花瓶に咲きごろの花があふれている。

とはいえ、険しい表情で扉を閉めたバーンの目には、何も映っていないらしい。「あなたとストークリーが書斎にいると知って、寿命が十年も縮みましたよ。書類をあさっているところに踏みこまれたのかと、気が気ではなかった」

クリスタベルは鼻先で笑った。「やあね、そこまで無謀に見える？　それらしい理由はつけたわよ。本を借りに行ったって。男爵も納得していたわ」

「そうでしょうか」バーンが彼女に身を寄せた。「では、なぜ賭の内容を変えろと言い張ったのですかね。ストークリーは、あなたをなぶるつもりで――」

「そのときは、こっちにも考えがあるわ」

「わたしがあげた仕込み扇で、いつでもストークリーの腹を割いてやるとか？」皮肉まじりの重い声で、バーンが切り返した。

「必要に迫られれば」

バーンは髪をかきあげた。「わざわざ必要に迫られないでください。いいですか、家捜しは安全なときだけになさい」

「それって、いつ？」

「全員が寝静まってから、使用人が仕事を始めるまで」

「朝の四時から五時まで？　ばか言わないで。そんな調子じゃ手紙を見つけられないわ」

「では、せめてわたしが一緒にいるときだけにしてください。不自然な場所にいても、わたしと一緒なら言いわけは立つ」

クリスタベルは目をすがめた。「狡猾《こうかつ》だこと。全部あなたの思う壺《つぼ》ね。自分がそばにいないときに手紙を見つけられたらまずいんでしょう。横取りできなくなってしまうから。

それで危険だとかなんとか、でたらめを――」

「でたらめなど言うものか！」バーンが目をぎらつかせ、つめよった。「ストークリーと一緒にいたとき、何かされませんでしたか？　触られたり、キスをされたり――」

「キスはされたけれど、それだけよ」

バーンが口元をこわばらせた。「今度ふたりきりになったら、さらに調子に乗るでしょうね。あなたが気のあるような含みを持たせたから」

図星をさされてしまった。クリスタベルは、きっと顔を上げた。「ふたりきりにならないようにするわ」

「真向かいの部屋で寝るのに？」バーンが大声を出した。「いつストークリーが忍びこんでくるか、わからないでしょう。昼も夜も、いつでも！」

「鍵をかけておくわ」

「この屋敷の主はストークリーですよ。どの部屋の鍵も持っている。お忘れですか？」

「だったら……扉に椅子でもかませておくか……」

「ここでやすみなさい。それしかない」バーンが命じた。「わたしと一緒に寝て、一緒に家捜しをして――」

「体だけの関係の女が誰と寝ようと、どうでもいいんじゃなかった？　嫉妬深い愛人みたいなことを言いだすのね」クリスタベルは穏やかに指摘した。「自覚してらっしゃる？」

バーンが硬直した。「ばかな」いらだちをつのらせ、ふたたび髪をかきあげた。「嫉妬したことなど一度もない」

「あら、じゃあ、わたしの勘違いね」クリスタベルはあっさりと流した。「そういうことにしておきましょう。では、部屋に帰らせていただくわ」

彼女は扉を開けたものの、バーンにぴしゃりと閉められてしまった。「どこにも行かせません。ここにいなさい。ここなら、わたしが目を光らせていられる」

「なぜ？　納得のいく説明をして。なぜ、ここにいなければいけないの？」

「ここにいてもらいたいからです」

「そんな理由――」

キスで反論を封じられ、力強い体で扉に釘《くぎ》づけにされた。けれど、もう抵抗はしない。いまは、もっとバーンを感じたい。

本人がなんと言おうと、バーンは嫉妬の炎を燃やし、わたしを独占したがっている。それはつまり、わたしを気にかけているということ。でも、単なる欲望以上の気持ちだと認めてくれるだろうか。

絶対に認めさせなくてはいけない。急に、そう思えてきた。冷たく計算高い女たらしの奥深くに、血の通った心が本当にあるのか、生身の人間が埋もれているのか、確かめよう。

彼女からなんの抵抗もないことにバーンは意を強くしたらしく、いっそう大胆に攻めたてた。顎から首筋へとキスが下りていくと同時に、バーンの手がドレスの結び目を探りあてた。「いい子だから、今夜は一緒にいてください」耳のくぼみを舌先でなぞられ、脈拍が急上昇する。「同じベッドで。辛抱は、もうたくさんだ」

ドレスのなかに手がすべりこんできたかと思うと、親指で胸の先端をなでられ、全身に震えが走った。もっと感じたい。クリスタベルは吐息をのみ下した。「わたしが男爵に抱かれているところを見て嫉妬したのでしょう？　認めなさい。認めたら一緒にいてあげる」

バーンが愛撫《あいぶ》の手を止め、言葉を返した。「非現実的なことは認められません」紐《ひも》がほどかれ、ドレスが肩から落ちるのを感じた。

「なぜ？　言うだけよ。何も変わりはないのに。ほら、嘘《うそ》でもいいから認めなさい」

「そのようにくだらない嘘など、つく気がしません」バーンが声をしぼりだした。しかしこちらを見ようともせずシュミーズを引きおろし、あらわになった胸に口づけをした。むさぼるように吸いあげられ、クリスタベルの欲望に火がついた。来て……わたしを抱いて。

「嘘は……つかなくてもいいわ」とぎれとぎれに声をしぼりだす。「そうね……嘘じゃないものね」

「好き勝手に想像していればよろしい」あっという間にひっくり返され、紐をほどかれたあげく、コルセットをはぎとられた。振り向いて見あげると、体じゅうが視線にさらされていた。飢え渇き、食らいついてくるような視線に。

「認めなさい、バーン」重ねて言う。「認めなさい――」

その言葉はキスで封じられた。シュミーズと下着を取り去るときの抵抗を封じようという意味もあったのだろう。不届きな手が胸から腹部にすべってきたかと思うと、するりと脚のあいだに……。

唇を引きはがし、クリスタベルはバーンの手をつかんで止めた。「言いなさい、嫉妬したって。簡単でしょう?」

薄明かりのなか、バーンの目は漆黒にも見えた。「毎晩、一緒にいると約束してくれたら言います。手紙を捜すのも、わたしと一緒のときだけにすると約束してくれたら」

「それは無理」

「無理でも約束していただきます」きしむような声だった。「絶対に」バーンは一糸まとわぬ彼女をいきなり抱きあげ、ベッドへ運んだ。

ベッドカバーの上に放り投げられたクリスタベルは、上着を脱ぎ捨てるバーンに目をみはりながら考えた。逃げられるうちに逃げてしまおうか。けれども、踏んぎりがつかない。今夜、もうひとりのバーンを垣間見てしまったから。怒りと嫉妬にとらわれて歯止めのきかなくなったバーン。

情熱にとらわれたバーン……。さっと服を脱いだ彼に、とびきり激しく生々しい視線で胸の先端をじっと見つめられ、痛いほどにうずいた。欲望の熱い美酒が怒濤《どとう》のごとく意識のなかに流れこんできても、彼女はあらがわなかった。じっと横たわったまま、一糸まとわぬバーンの体に目を奪われてしまう。みごとな筋肉が刻まれた裸体は、画家が熱を入れて描《か》きあげたかのようだった。引きしまった腿。軽く曲げた肘。

ベッドをともにしたらバーンを増長させてしまうのではないか……こちらの秘密を暴き、それにつけこむ力も与えてしまうのではないか……ここ数日、そんな不安を抱いてきたけれど。ひょっとすると、その力は双方に働くかもしれない。バーンにも本物の思いやりの心があるとしたら……彼の欲望を満足させれば、こちらの強みにもなるかもしれない。案外、こっちが優位に立てたりして。手紙を見つけて悪用するより、手を貸すほうが立派なおこないなのだと、わかってもらえるかもしれない。

その力は、もう自分にそなわっているかもしれない。「認めなさい。嫉妬したのでしょう？」クリスタベルはたたみかけるように言った。「わたしが男爵と一緒にいるところなんて、見たくもなかったのよね？」

「わたしから離れないと約束しなさい」バーンが居丈高に言い返した。全裸でベッドに上がってくるなり、胸を愛撫できるよう、脇腹を下にして横たわった。「約束してもらいます」

「嫉妬したと認めるのが先よ」クリスタベルも横向きになり、指先でバーンの腹をそっとなでおろし、重たげな切っ先へとすべらせていく。こわばった下腹部を手のひらで包みこみ、ささやいた。「認めるのよ」

だが、動かそうとした手をつかんで止められてしまった。「やめなさい。そういう遊びは二度としないように。いたずらにも程がある」

バーンに組み敷かれたあげく、両手首をまとめて頭上に押しつけられた。かがみこんできたバーンが胸を口に含み、吸いだした。両方の先端を交互に舌先で転がしながら、もう一方の手で腿のあいだを探り、うずく一点を攻める。シルクさながらに軽く戯れるような愛撫は、とても満足できるものではなかった。

「約束しなさい」胸から唇が離れたかと思うと、バーンのかすれた声が響いた。そのあいだにも欲望の熱い高みへとあおりたてられ、身をよじり、腰をくねらせて懇願してしまう。やさしすぎる愛撫が物足りず、バーンの手に腰を押しつける。

それでも、クリスタベルはなんとか声をしぼりだした。「認めて……認めたら……約束する……なんでも好きなことをしてあげるわ」

バーンが少しだけ上体を離した。唇が触れ合うほどの至近距離で悪態をつく。「ああ、もう。どこまで頑固なんですか。生意気な」

彼女が首を伸ばしてキスを求めると、うなり声とともに口づけをされた。とはいえ、もぐりこんできた舌の大胆な動きにも、高まりきった渇望は、ほんのわずかしか満たされない。腿のあいだに入ってきた膝に促され、脚を開いてバーンを迎える。

バーンはキスを続けながら腰を浮かせ、こわばった欲望の源をクリスタベルの下腹部にあてた。そのまま、柔らかなくぼみを前後になでる。温かな質量に、クリスタベルの体の芯《しん》は期待に震え、ずきずきと脈を打った。「約束しなさい」バーンが唇を重ねたまま、喉にからむような声で言った。「ほら、約束しなさい」

クリスタベルは自由になった手をふたりの体のあいだにさし入れ、張りつめた欲望のあかしをつかまえると、ゆったりと動かした。これならバーンも正気ではいられないだろう。

「やめなさい」きしむような声がバーンの唇から漏れた。

「認めるのよ」さきほどの繊細すぎる愛撫をまねて、ガラス細工のような壊れ物でも扱うかのごとき手つきでバーンの腿のあいだをなでる。「認めたらどう？　嫉妬したんでしょう？」

灼熱《しゃくねつ》のまなざしが降ってくるのと同時に、手を払いのけられそうになった。「認めません」今度こそ押しのけられないよう、クリスタベルは指先に力をこめた。

硬くとがった胸のふくらみの先端をバーンの胸にこすりつけ、のけぞるようにしながら耳元でささやいた。「認めるのよ」さっき受けたキスを思い起こし、舌でバーンの耳をねぶる。「ほら、認めなさい」

きわどい攻撃の仕上げに、まるで拷問のようにゆっくりと下腹部のこわばりをなでさすってみる。かすれた声でバーンがうなった。「ああ、認めればいいんでしょう、認めれば。もう勘弁してください」

クリスタベルは手を離した。それでも、彼女の脚のあいだに体を進めようとするバーンを制し、腰を引いた。いまの答えでは満足できない。「全部ちゃんと言って」

バーンが唇を引き結び、燃える目で見すえてきた。鋭い声。「わたしを置いてどこにも行かないと約束しなさい」

「約束するわ」そのくらいの譲歩はしてもいい。

バーンが満足げな表情を浮かべ、手を下に伸ばして指で狭間《はざま》を探ると、このうえなく男らしい体を深々と突きたてた。愉悦のうめき声がバーンの唇からあふれでた。「なんとも……狭くて……熱い。クリスタベル……いい気持ちだ」

「バーン、お願い」話せるうちに話しておかなくては。「言って……全部……」

バーンが身を引き、ふたたび硬いこわばりを激しくねじこんできた。「ああ、嫉妬した」声をしぼりだす。「いまも嫉妬している。大広間の……男ども全員に。いやらしい目つきであなたを見るし……あなたが歩くときもヒップばかり見て……」

「本当?」思いがけない言葉に、クリスタベルは小さくあえいだ。

「ストークリーも……」バーンのまなざしがクリスタベルの瞳に突き刺さる。「あんなやつに触れさせたくなかった」ふたたび激しくつらぬかれ、クリスタベルは声にならない声をあげた。「わたしだけです、あなたに触れていいのは。あなたにキスをしていいのは、わたしだけ……」吐息が耳をくすぐる。「こうして……あなたを抱いていいのは……」耳を軽くかまれ、熱い舌で癒《いや》された。「ほんの一瞬でも……ほかの男に……もてあそばれるかと思うと……」

「そんなことしないわ」クリスタベルはバーンの頬に口づけをしたまま、強く言った。「抱かれたいのは、あなただけ」バーンの首にしがみつき、力強く突きあげられるたび体の奥で閃光《せんこう》を放つ快感に、意識を向けた。「あなたしかいないの」

「クリスタベル」かすれた声で呼びかけたバーンが、半開きの唇でキスの雨を降らせた。頬に、顎に、そして喉に。「わたしだけだ、クリスタベル……」

キスと同時に荒々しく腰を突き動かされ、上から伸びてきた手で最も敏感な核心まで愛撫された。地獄の底まで堕《お》ちていく。闇《やみ》の天使……背徳の貴公子、その人とともに。心を持たない男がすべてを奪っていく。何度も、容赦なく、徹底的に。悪魔の焼き印を体じゅうに……ありとあらゆる神経や筋肉にまで押され、もはや自分が形をなしているかどうかさえ、はっきりしない。

奈落《ならく》の底に陥るとは、このことだろうか。灼熱の炎に顔が火照っているような気もする。あたかも空気中に地獄の業火のにおいさえ漂っているようだけれど、それすら薔薇《ばら》の芳香のように甘い。どうしたことだろう、どこへ連れていかれようとかまわないなんて。地獄の炎にあぶられても、悪魔に魂を奪われてもいい。バーンと一緒なら、どんな地獄にも堕ちよう。バーンのいない天国より、ずっとましだから。

「どこにも行くな」ささやく声は荒々しく喉にからんでいた。「クリスタベル……わたしのクリスタベル……ダーリン……わたしのものだ……わたしのものだ！」

魂を求める悪魔の熱狂的な叫びだった。けれども、バーンの解放を体の奥底で受け止め、全身が炎に包まれたとき、心のなかはひとつの言葉に占められていた。わたしのものよ、バーン。あなたも、わたしのものよ。

15

相手の過去の女性関係については、何も尋ねないのが賢明だと思うようになりました。返答によっては、嫌な思いをさせられることもあるからです。

——作者不詳『ある愛人の回想録』

あおむけに寝そべったまま、バーンはベッドの天蓋《てんがい》を見あげた。なまめかしくも柔らかな体の感触が伝わってくる。息をつくことも胸の高鳴りを静めることもできない。とはいえ、このていたらくは、数分前にのぼりつめたこととはなんの関係もなかった。

クリスタベルのせいだ。ろくでもないことを無理やり認めさせられたせいだ。嫉妬《しっと》したなどという屈辱的な言葉を何度も吐かされた。この口から、本当にあんな言葉が出たのか？　しかもあれは、クリスタベルをものにするための嘘《うそ》でもなかった。何もかも、心のままの真実だったのだ。腹が立ってしかたがない。クリスタベルのせいで！

何かと引き換えに体を開く愛人は多かった。それは宝石や贈り物だけでなく、どこかおもしろい場所に連れていくといった交換条件も含まれた。けれども、体を餌《えさ》に本心を言わせようとした女は初めてだ。いやらしい目で見るからという、ただそれだけの理由で、ほかの男を絞め殺したくなったのも、むろん初めてだ。

われながら、いったいどうしたのだろう。こんな醜態をさらすくらいなら、自分の胸を切り開いて心臓をくれてやるほうが、よほどましだ。どうぞ、奥さま。心臓を引きちぎるがいい。だがクリスタベル大佐のことだ、体だけでは満足しない。すべてを所望する。用心しないと、色恋にのぼせあがった愚か者にされてしまう。

寝返りを打ち、クリスタベルを見つめたとたん、腹立たしい気分はあっけなく消え失《う》せた。男を破滅させてやろうと手ぐすねを引いている狡猾《こうかつ》な妖婦《ようふ》には見えない。むしろ、かたわらで丸くなり、喉を鳴らす子猫のようだ。その表情は柔らかくて満足そうで、眠たげで至福に満ちている。

これはまずい。それこそ、この表情を見るためなら、どんなに屈辱的な言葉でも吐いてしまいそうだから。毎朝この表情を見ながら目覚めるところを想像してみろ。これから毎日、あの輝かしい笑みを向けられるのがどういう気分か、考えてみろ。

喉の奥で息がつまる。クリスタベルのせいで、このざまだ！　ここまで情けないことになっているとは絶対に知られてなるものか。さもなければ結婚する羽目になり、大勢の赤ん坊に囲まれて——。

「しまった！」バーンはベッドのなかで飛び起きた。「信じられない。使い忘れた！」

「何を？」クリスタベルが問いかけた。満ち足りた表情が、たちどころに消えた。

「いずれにしても手遅れです」バーンはふたたび枕《まくら》に背中をあずけ、クリスタベルを引きあげて自分の胸にもたれさせた。「避妊を忘れていました」これもまた、ほかの女とのつき合いでは起こりえなかったことだ。

クリスタベルが小さな声で言った。「ああ、それならたぶん大丈夫。どうせ妊娠できない体質みたいだから」

なぜか喉の奥が引きつった。「どういうことです？」

「結婚したのに一度も妊娠しなかったのよ。きっと子供が産めない体なんだわ」

「ご主人のせいではないと、なぜわかるのです？」

「子供ができないのは、かならず女に原因がある。お医者さまはみんな、そう言ったわ」

バーンは鼻を鳴らした。「ほかに言いようがありますか。夫の側に問題があるなどと言えば、子供を授けてもらえない妻は、夫を捨ててしまうかもしれないのに。冗談じゃない。とにかく、子供をもうけるには、ふたりの人間が必要なのだから、子供ができない原因も双方に等しくあるはずです。まったく論理的な話だ」

「ええ、あなたって見るからに論理的だものね」クリスタベルがそっけなく応じた。

「だから、今後は避妊をします。あなたも協力してください。運を天にまかせるつもりなどありません。今回だって、運まかせにした自分が信じられないくらいです」当てこするように唇をゆがめ、バーンはクリスタベルの乱れ髪を見おろした。「何日も女日照りだと、こういうことになる。論理的に物事を考えられなくなってしまう」

うさんくさそうな目でクリスタベルが彼をにらんだ。「ふうん、あなたがいつも論理的なのは、そういうわけだったのね。女なしで夜をすごしたことなど一度もないのでしょう」

そう決めつけられるのも、なんだか癪《しゃく》にさわる。「女なしで何週間もすごしたこともありますよ。寝室以外の生活もありますし」

「ここに集まった人たちの顔ぶれを見ると、そうとも思えないけれど。昔つき合ったことのある女性は何人いるのかしら。二人？　三人？　十人？」

「四人です」バーンはしぶしぶ白状した。

クリスタベルが目を伏せた。バーンの裸の胸に、指先で小さく円を描いている。「それに……レディ・キングズリーは？　〝アンナ〟って、どういう方なの？」

バーンは体をこわばらせた。「ストークリーに何を言われたんですか？　何か言われていたでしょう？」

「あなたは彼女との結婚を望んでいた、でも断られた」クリスタベルが声を落とした。「財産目当てで彼女に近づいたそうね」

「戯《ざ》れ言を。いつものことだが、ストークリーの口から出る言葉の半分は出まかせです。財産など、どうでもよかったのに」

「男爵の勘違いかもしれないわね。レディ・キングズリー本人から聞いたそうだけれど。それとも彼女自身が勘違いしていたのかしら。なにしろ、あなたはクラブを立ちあげたばかりで――」

「財産目当てだと言ったのが彼女なら、それは意図的についた嘘です」バーンは声をきしませた。「〈ブルー・スワン〉は規模が小さいわりに繁盛していました。それは彼女にもわかっていたはずだ。そのうえ、最初から求婚を断られたわけではない。結婚の約束はしていましたから。ふたりだけの秘密の約束ですが。スコットランドに駆け落ちする準備を進めていました。彼女も覚悟を決め、その気にもなっていた」記憶がよみがえり、バーンは奥歯をかみしめた。「そんなとき、尊大なキングズリー子爵が現れたのです。彼女は子爵の求婚を受けるよう親から命じられました。それが駆け落ち計画の顛末《てんまつ》です」

クリスタベルの手がやさしく肩に置かれるまで、自分の声にどれほどの苦悩がにじんでいるか、まるで気づいていなかった。「彼女を愛していたのね」

バーンはなんとか肩をすくめてみせた。「若気の至りというやつです。愛していると思いこんだ、それだけのことでしょう」

「彼女もあなたを愛していた。いまも愛しているわ。きっと悔やんでいるでしょうね。いくら親に説得されたからって、あなたよりキングズリー子爵を選ぶのではなかったと」

「もしもそうなら、愚かとしか言いようがない」

クリスタベルが顔を上げ、目をみはった。「なぜ？」

「この世は男のために作られています。女が幸福になるには、いい相手と結婚するしかありません。キングズリーと結婚すれば自動的に爵位が転がりこんできますが、わたしが相手では、そうもいかない。アイルランドの父《てて》なし子の妻、ミセス・バーンになるのが関の山です。アイルランド貴族の妻、キングズリー子爵夫人にはなれなかった」

「そんなの関係ないわ」クリスタベルが頑固に言い返した。「愛し合っていたのでしょう？　どんな条件よりも愛を選ぶべきなのよ、女は」

「愛を選んで失敗したのですよね、あなたは」打ちのめされたようなクリスタベルの表情に、バーンは失言を悔やみ、自分をののしった。「失礼。言葉が過ぎました」

「いいのよ。本当のことだもの」クリスタベルはバーンの腕から抜けだし、向こうへ寝返りを打った。「わたしは夫を愛していた。でも、夫はわたしの愛を踏みにじったのよ。たぶん、あなたの言うとおりなんだわ。お金とか地位みたいに、現実的なことを考えて相手を選ぶほうがいいのよね」声が弱まっていき、ささやくほどになった。「あとは、ベッドの手管とか」

この言葉を聞かされたのが昨日であれば、有頂天になっていただろう。しかしいままでは、とても大切なものをクリスタベルから奪ってしまったという意識しかない。名誉や美点、それに……愛を重んじる素朴な心を奪ってしまったのだ。

バーンは悪態をのみ下した。自分が奪ったわけではない。奪ったのは夫のほうだ。自分はただ、夫が示した教訓に輪をかけただけだ。

そう考えるのも憂鬱《ゆううつ》だが。

「バーン？」クリスタベルが問いかけた。

バーンは隣で横になり、クリスタベルを抱きよせた。「はい」

「これからどうなるの？」

「どうなる、とは？」そらとぼけて問い返す。

「わたしたち」

ろくに考えもせず、バーンはクリスタベルをきつく抱きしめた。「お互いに楽しめばいい」勢いこんで言う。「ベッドをともにして、ホイストをして、それから――」

「そうじゃなくて、そのあと。何もかも終わったら」

「何も変わりません。あなたはわたしの愛人として、ずっとベッドをともにする」

クリスタベルが、しばし黙りこんだ。「いつまで？」

つまらない質問をするな。なぜ女はいつも幕引きの心配をするのか。「互いに望むかぎり」

「でも――」

「もう十分です」バーンはクリスタベルの口を手でふさぎ、反論をさえぎった。「しばらくは流れにまかせておきなさい、よろしいですね？　かまわないでしょう？」

クリスタベルは涙に光る目をそらしたものの、うなずいた。

バーンはクリスタベルの口から手を離した。「結構」首を曲げてキスをする。それでもクリスタベルはキスを返してきた。

「いま何時？」

「さあ。四時半か五時かと。なぜです？」

「手紙を捜しに行かないと」声をひそめてクリスタベルが答えた。

ほんの一瞬、避妊具《フレンチ・レター》のことかと思った。クリスタベルの言葉が理解できたとたん、バーンの唇からうめき声が漏れた。

不覚。ここに来た目的を忘れてしまうとは。女に心を奪われると、こういうことになる。

バーンは時計に目をやった。「そろそろ朝の五時です。召使いが、あちこちひっくり返し始めますよ」

「大広間や正餐室《せいさんしつ》の掃除が終わるまで待ってもいいわ。そのあとでも、ほかの人たちが起きてこないうちに書斎や書庫を調べる暇はあるでしょう」

「そうですね」バーンはあいまいに答えた。本音を言うと、この豪邸を家捜しして手紙を見つけられるかどうかは疑わしい。ストークリーの鈍い頭に一撃を加えてみるほうがいいのではないか。いや、それは自分ひとりでやろう。やはり、手紙は自分だけで見つけだすのだ。長い目で見れば、クリスタベルにとっても悪い話ではない。殿下からしぼりとれるだけしぼりとったら、手紙を返せばいい。

とはいえ、手紙の内容を把握し、その価値を心得ておけば、ストークリーとは穏便に話し合うだけですむ。

バーンはクリスタベルの額に唇を押しあて、長い髪に顔をうずめた。「実際、手紙は何通あるのです？」耳への道筋をキスでたどり、舌先で耳たぶを愛撫《あいぶ》する。やがて、クリスタベルの吐息を胸に感じた。「お捜しの手紙は、どの程度かさばるものなのでしょうか」

「どうだったかしら……十通……二十……そんなにかさばるものではないわ」

豊かな胸を片手で包みこみ、先端が硬くとがるまで転がした。「束ねてあるのですか？　紐《ひも》かリボンか何かで」

「あ……ん……黄色いリボンだったと思うけれど」

バーンはクリスタベルの耳を甘がみした。「どなたから、お父上に宛《あ》てた手紙でしょうか。ご友人からの手紙？　殿下ですか？」

クリスタベルが体をこわばらせ、のけぞった。「わたしをぼうっとさせて、手紙の内容を聞きだす魂胆ね？」

聡明《そうめい》すぎる女も考えものだ。そのうえ、いまなお心を許してもいない。「ぼうっとしていただけるなら、うれしいかぎりですが。どのような手紙だろうと、わたしの知ったことではありませんし」

「嘘つき」クリスタベルが非難がましい目でバーンをにらむ。「勝手になさい。どのみち教えるつもりはないわ」

とりあえず、いまは無理か……。バーンはクリスタベルの上で体を浮かせ、唇だけで微笑した。「ぼうっとするつもりもない、ということでしょうか」

クリスタベルのなかで熱い火花が突然はじけたのは、見間違いようもなかった。「眠っておかないと」まるで説得力のない声だが。

バーンは首を傾け、クリスタベルの胸に顔をうずめた。先端を舌で転がしていると、やがてあえぎ声が聞こえてきた。

「眠るのは、あとでもいい」バーンはかすれた声で言ってから、つけくわえた。「すぐに戻ります」彼はベッドを離れ、〝フレンチ・レター〟を取りに行った。

だがベッドに戻ってみると、クリスタベルの目は閉じていた。ゆっくりとした規則正しい呼吸からすると、今宵《こよい》のお楽しみは終了ということらしい。バーンは未練がましく嘆息し、〝フレンチ・レター〟をベッド脇《わき》のテーブルに放《ほう》った。まあいい。朝はかならず訪れるのだ。そして次の夜も。その次の夜も。

〝いつまで？〟

バーンはその問いを頭から押しやった。だが、クリスタベルの隣で横になり、眠りについたあとも、同じ問いが去来し続けた。いつまで？

相手の男の元愛人に何を言われようと、信用してはいけません。清らかな心根で言っているわけがないのですから。

――作者不詳『ある愛人の回想録』

16

考えなしにバーンの本物の愛人になって三度目の朝、クリスタベルは青の間でドレッサーの前に座り、ロサが髪にブラシをかけるたびに顔をしかめていた。「痛い！」いささか手荒に髪を引っ張られ、思わず声をあげる。「わたしを殺す気？」

ロサが舌打ちした。「しかたないでしょう。お相手がお盛んだし」鏡のなかの女主人に、いささか嫌味たらしい視線を送る。「ひと晩じゅうですか？　だから、こんなに髪がもつれてしまうんですよ」

「ひと晩じゅうってことはないわ」たしかに、何度も体を重ねたけれど。髪がもつれるまで。そして、すっかり恍惚《こうこつ》となるまで。

ため息がこぼれた。バーンに抱かれるたび、彼の心も揺れているように思えてしまう。何時間も組み敷かれたまま誘《いざな》われていく快感の絶頂は、このうえなく官能的な夢さえ凌《しの》ぐものだった。ただの見せかけでなく、本気で大事にされたいと願うようになるまで、そう長くもかからなかった。

けれども、ホイストの勝負をしたり、ストークリー男爵の豪邸を調べてまわったりするとき、バーンは別人になる。恐ろしいまでに強く、計算高く、冷酷なギャンブラーと化してしまう。そんな彼をまのあたりにすると、いつも暗い気分になるのだった。

ロサが髪の束をつかみ、もつれた毛先に手早くブラシをかけた。「お相手がミスター・バーンでよかったですね。ばかな人たちじゃなくて。お盛んだし、ホイストも強いし。大金を稼いでくれるから贅沢《ぜいたく》もできますよ」

「そうやって大金を稼ぐのが、いいことなのかしら」

「マーカム中尉みたいに頭の悪い連中を負かすから？　あの男は軍人の名折れです。馬車も態度も最低。ミスター・バーンと一緒に全財産をむしりとってやったんだから、高笑いしてやればいいんですよ。馬車だってむしりとったし」

「そんな……」昨夜は珍しくバーンとパートナーを組んだ。そのときの勝負は、バーンの冷酷さを如実に示す例となった。「バーンったら、やりすぎよ。馬まで賭《か》けようなんて言わなければいいのに。あんなに痛めつけることはなかったわ」

「ふん、乗らなくてもいい賭《かけ》に乗ってくるほうが悪いんです。勝てると思いこんだんでしょうね」ロサは勝ち誇ったように目を細めた。「奥方さまとミスター・バーンが無敵だとわきまえていればよかったんです」

クリスタベルは鼻を鳴らした。「無敵だなんて。それにしても、バーンが馬にこだわった理由がわからないわ。中尉から〝乳のある馬に乗れてうらやましい〟とか言われたそうだけど。なぜ中尉も、そういう品のない物言いをしたのかしら?」

ロサが肩をすくめた。「なんでもいいでしょう。勝てばいいんですよ、勝てば」

「馬ぐらい残してあげてもよかったのに」クリスタベルは言いつのった。「負けがこんで、ストークリー男爵からも出ていくよう言われていたのだから。お金も馬も取られて、ロンドンに帰る足もないわ。どうするのかしら?」

「今朝、ソールズベリまで歩いていったそうですよ。それから時計を質に入れて、乗り合い馬車の切符を買ったとか」

「お気の毒に」マーカム中尉はジェンナー伯爵夫人に救いを求めることもできなかった。夫君の伯爵も来ているし、妻の浮気相手が馬車を融通してもらえるはずもない。ほかの客も、中尉を助けようとするそぶりは見せなかった。

こういう人たちなのよ、まわりにいるのは。背徳の貴公子バーンの仲間は。そういう自分も堕《お》ちるところまで堕ちたかと思うと、ときどき悲しくなる。なぜ堕ちたのか。何度か抱かれて輝かしい夜を味わったから？　結婚してくれるどころか、愛するのも無理だと言い張るような男に抱かれて？

愛されたいからではない。絶対に違う。あんな男に人生を賭けたりするものですか。みずから心ない男だと公言し、しつこいくらいに手紙の内容を聞きだそうとした男なのに。ぐらつかなかった自分を褒めてやりたい。いまとなっては、なんの意味もないけれど。

手紙も見つからないのだから。隠し金庫のなかだろうとバーンは考えているけれど、大広間や正餐室《せいさんしつ》はおろか書庫や書斎の隅々まで調べても、金庫ひとつ見つからなかった。時間だけが無為に過ぎていく。

でも今日は違うかもしれない。「まだ終わらないの？」クリスタベルはしびれを切らして催促した。

「もうちょっと。でも、なんで急ぐんです？　殿方はみんな射撃をしに出かけたんだから、ミスター・バーンもこちらには来ないでしょうに」

それはそうだけれど。ストークリー男爵が男性客の対応に追われているあいだに家捜しでもしたらどうかと、意外なことを言ってきたのはバーンのほうだった。どのみち何も見つからないと踏んでいるのか。それとも、見つけしだい知らせると思われるほど、わたしは彼からの信頼が厚いのか。

理由がどうあれ、この機会を逃す手はない。これからストークリー男爵の寝室を調べよう。隠し金庫があるなら、そこだろう。金庫が見つかったらバーンに開けてもらえばいい。ロサに最後のピンをさしてもらい、すぐさま立ちあがる。「ありがとう、ロサ」そう言いながら銀の扇をつかみ、部屋を出た。「しばらくしたら戻るわ」

バーンと熱い夜をすごしたあとはいつも、ほかの客が起きてこないうちに、こっそり青の間に戻っていたのだった。もっとも、なぜここまで外聞を気にするのか、自分でもわからない。そんなものを気にする者は、ここには誰もいないようなのに。

廊下に出たクリスタベルは左右に視線を走らせ、主寝室の扉に忍びよった。階下の召使いたちは早起きの客に朝食を出すのに手いっぱいだろう。朝食といっても、とうに正午をまわっているけれど。二階担当の小間使いたちは、使用人を連れてこなかった女性客の世話にかかりきりだろう。こちらの棟は男爵の身内専用で、朝の掃除もすんでいるから、たぶん誰かとでくわす危険もない。

それでも、予告もなしに男爵の寝室に入る口実を心のなかでこしらえてから、クリスタベルはドアノブに手を伸ばした。

扉は施錠されていた。

信じられない。ふたたび開けようとしたが、扉はびくともしなかった。

クリスタベルは目をすがめた。なぜ鍵《かぎ》をかけているのか。親族用の棟で、客は自分ひとりしかいないのに。男爵はほかの男性客と射撃に出かけたのではなかったの？　念のためノックをしてから声をかける。「ストークリー男爵さま、いらっしゃいますか？」

おせっかいなロサが背後の扉から顔をのぞかせ、眉をひそめた。「さっき、ほかの殿方と出かけていくところを見かけましたよ。だいいち、なんのご用なんです？」

クリスタベルはロサをにらみつけた。「ちょっとききたいことがあったのよ。そもそも、あなたには関係ないでしょう。ほら、ドレスの洗濯の具合を見に行くんじゃなかった？」

ぶつくさ言いながらロサが扉を閉めた。女主人がこの場を離れるまで、どうせ聞き耳を立てているだろうけれど。使用人が詮索《せんさく》好きだと、ひどくいらいらさせられることも珍しくない。扇の留め金をはずして刃を出し、扉の鍵穴をつつきまわしてみたけれど、なんの意味もない行為だった。

なぜストークリー男爵は寝室に鍵をかけるのか。何か隠しているからとしか考えられない。おまけに、隠すものといえば手紙しか考えられない。

バーンを連れてくるほかなさそうだった。バーンなら錠前破りができるはず。男爵が不在のときを見はからい、なんとか寝室に忍びこめるようにしてくれるだろう。

とはいえ、あてはずれに終わってしまう可能性がなきにしもあらずだから、ほかの場所も引き続き調べることにしよう。屋敷の一階に、ほとんど誰も使わない奥の間がある。そこなら簡単に調べられる。

クリスタベルは奥の間へと急いだ。しかし足を踏み入れたとたん、居並んだ女性たちがぎょっとしたように振り返った。そこではジェンナー伯爵夫人が薄い本を読み聞かせており、誰もが熱心に聞き入っていたのだった。

「あら、レディ・ハヴァシャム。ご一緒にどうぞ！」ミセス・トールボットが大声を出した。「おもしろいのよ、レディ・ジェンナーが買ってきた本。みんな興味津々なんだから」

クリスタベルが小さく口にしかけた辞退の言葉は、伯爵夫人にさえぎられた。「あなたも情報提供してくださいな。たまっていそうね、いろいろと」

「なんの情報ですか？」

ハンゲート侯爵夫人が口をはさんだ。「愛人の情報に決まっているでしょう。情報交換ですよ」伯爵夫人の手元の本を指さした。「どこかの酔狂な女が回想録を出したらしくてね。『社交界屈指の殿方たちとの情事の日々』とかいう本。だから、みんなで女の正体を突き止めているところなんですよ」

クリスタベルは詳しい話を聞きたくてたまらなくなった。

「あなたにも、まざっていただくわ」伯爵夫人が言葉を継いだ。「レディ・キングズリーは別として、ここにいるのは全員、バーンの元愛人なんだから。つき合っていた時期は別だけど。いまでもバーンが同じようなつき合い方をしているのか、教えてくれなきゃだめよ」

愚かな自分に心のなかで悪態をつきながら、クリスタベルは部屋に入り、扉を閉めた。

バーンにとって自分がただの愛人ではなく、もっと大事な存在なのだと思いこもうとしたなんて。ほかの愛人の話を聞けば、自分も彼女たちと何ひとつ変わらず、まったく同列だと思い知らせてもらえるだろう。いまこそ、そういう戒めが必要なのだから。

「ねえ、バーンのことも書いてあるんじゃない？」クリスタベルが扉のそばの椅子に腰を下ろしたとき、ミセス・トールボットがジェンナー伯爵夫人にきいた。「あとの章に出てきたりして」

ハンゲート侯爵夫人が反論した。「まさか。これを書いたのは、どう見ても高級娼婦《しょうふ》ですよ。バーンは夫のいる女としか関係を持たないでしょう」

「夫に先立たれた女とも、たまに関係を持ったりするけど」ちゃかした調子でキングズリー子爵夫人が言い添えた。

バーンとの関係を全部わたしに知られているという自覚はあるのだろうか。あるに違いない。ストークリー男爵は度が過ぎるほどの噂《うわさ》好きだし、揉《も》めごとを引き起こすのも熱心すぎるくらいだから、子爵夫人に黙っているはずがない。

伯爵夫人が言った。「全部読んだけれど、この回想録にバーンの話は出てこなかったわ」

「出さないよう、バーンが口止め料を払ったのかも」ミセス・トールボットがしつこくいさがった。「〈秘密を明かされたくなければ、それ相当の金子を支払われたし〉とかいう手紙を受けとった殿方が何人もいるそうよ」

ハンゲート侯爵夫人が声をたてて笑った。「バーンが脅迫状にお金を払う？　誰に情事を知られようが気にもしないでしょうよ。それどころか、自分の醜聞沙汰《ざた》をおもしろがるようなところもあるのに」

「そうよねえ」伯爵夫人がうなずいた。「ここぞとばかりに自分から宣伝してまわるのではないかしら。口から出る言葉は最高に温かく、心のなかは最高に冷たい人間だって」

「そこまで悪い男でもありませんよ」ハンゲート侯爵夫人がたしなめた。「それに、いくら心が冷たかろうと、あれだけベッドの手管にたけているのだから帳消しになります。それは認めないわけにはいかないでしょう」

女たちが、いっせいにため息をついた。

ミセス・トールボットがクリスタベルに向き直った。「あの人、あいかわらずあれをやるの？　あそこを指で――」

「ミセス・トールボット、まったく！」侯爵夫人が声を張りあげた。「お控えなさい、細かい話は」

「いいでしょう」ミセス・トールボットが平然と言い返した。「こういう細かい話は、ほかじゃできないんだから。それに、自分だって指でやってもらうのが大好きだったくせに」

女たちの話の内容を具体的に想像できるという、その事実にクリスタベルは愕然《がくぜん》とした。

あれは自分でも気に入ったから。つくづく情けなくなってくる。やっぱり、彼のハーレムにいる女のひとりでしかなかったのね。

別の女が横から入ってきた。「なんたって、いい男だもの。ベッドの手管を心得ているだけじゃないわ。わたしがつき合っていたとき……」

それから一時間、ことごとく恥知らずで実用的な議論が続いた。クリスタベルが一度も耳にしたことのない話ばかりだった。女たちの口から飛びだしてきた行為のなかには、想像を絶するようなものも含まれていた。そのうえ、ひどく心惹《ひ》かれる行為もあった。

クリスタベルは感心しつつ、真剣に耳を傾けた。男が女を喜ばせる方法が、こんなにあるとは。そして、その逆も。こういう技があれば、これが終わったあともバーンをつなぎ止めておけるかもしれない……。

クリスタベルは呻吟《しんぎん》した。バーンをつなぎ止めておく？　いいかげんにしなさい。どうして学習しないの、わたしったら。今後もバーンと関係を続けるなんて、ありえないことを考えたりして。父の今後を心配しなければいけないときに。

ジェンナー伯爵夫人が言った。「またバーンの話に戻るけれど。わたくし、あんな男に未練なんか全然ないわ。バーンはフレンチ・レターを使うことにこだわるでしょう？　ないほうが気持ちいいのに。それに、病気持ちの商売女みたいな扱いを受けるのも嫌。子供を作りたくなければ、ほかの男みたいに最後の最後で抜けばいいだけのことじゃなくて？」

クリスタベルは驚愕を押し隠した。バーンがそんなことをするなんて想像もできない。

「わたしはフレンチ・レターをつけてもらいたいわ」ミセス・トールボットが言い返した。

「厄介なことにならないもの。ね、レディ・ハヴァシャム、バーンはいまでも、やるときは絶対につける？」

頬が朱に染まった。「え……そんな……わたしの口からはとても……」

「ああら、真っ赤になっちゃって」ジェンナー伯爵夫人が陰険に尋ねた。「おしゃべりが露骨すぎて気にさわった？」

「いいえ、べつに」クリスタベルは嘘《うそ》をついた。

「でも、あんまり話に乗ってこないわね。そんなに恥ずかしいことをされているのかしら」

無難な受け答えをしよう。さほど下品でもない話があっただろうか。「ブランケットを取られていたりします。だから、いつも夜中に取り返さなくてはいけなくて」

女たちが怪訝《けげん》そうに顔を見合わせた。ハンゲート侯爵夫人が身を乗りだしてきた。「まさか、朝まで一緒に寝ているとか？」

「え？　そうですが。ふつうのことでしょう？」

「ふつうじゃないわ」ミセス・トールボットが割って入った。「バーンは誰とも一緒に眠ったりしないのよ。うとうとはするかもしれないけど、せいぜい一、二時間くらいだわ」ほかの女たちもうなずいたので、クリスタベルの胸は高鳴りだした。「では、皆さんはバーンと朝まで一緒にいたことはないんですの？」

「ないですよ。一度も」侯爵夫人が答えた。

ジェンナー伯爵夫人が、うるさそうに手を振った。「レディ・ハヴァシャムは未亡人だもの。それだけのことよ。待っている夫がいないから、バーンも朝まで一緒にいるんだわ」

「そうとは思えないわ」若い女が口を開いた。「うちはずっと夫と別居だし、使用人も口が堅いのに、いくら頼んでもバーンは一度も泊まっていってくれなかったわ」

それなのに、わたしとは朝まで一緒にいる。しかも毎晩……。耳の奥で血潮が轟々《ごうごう》と音をたてて流れた。やっぱり、大事にされているのかもしれない。

けれども次の瞬間、なんともやりきれない思いにとらわれた。バーンが朝まで一緒にいてくれるのは、ストークリー男爵に手出しをさせないため。それだけのことだった。

「バーンには、いらいらさせられっ放しでしたよ」侯爵夫人が言った。「わたしのことを〝かわいい人〟とか〝かわいい奥さま〟とか呼んでばかりで」

「アイルランドの血が流れているんだもの」ミセス・トールボットが応酬した。「アイルランド男は馴《な》れ馴《な》れしい呼び方が好きなのよ」

「駲れ駲れしいだけならともかく。小娘みたいな呼び方が気に入らないんですよ。こっちは大人の女なのに。かわいくもないし」

「そんなに気にするほどのことでも……」クリスタベルはおずおずと声を出した。「ダーリンと呼ばれるのも悪い気はしませんもの」

またしても女たちが顔を見合わせた。「ダーリンと呼ばれてるの？　バーンから？」信じられないと言わんばかりの口調で、ミセス・トールボットがつぶやいた。

全員の視線が集まる。クリスタベルは口ごもった。「ええ、まあ」

侯爵夫人が背もたれに倒れこみ、目をすがめた。「あらまあ、おもしろい話だこと」

「べつに」ジェンナー伯爵夫人が、そっけなく応じた。「わたくしだって、一度か二度はダーリンと呼ばれたことがあるはずよ。自分で覚えていないだけで」

「わたしはよく覚えているわ」若い女が口を出した。声に嫉妬《しっと》がにじんでいる。「ダーリンなんて、一度も言ってもらえなかった」

「わたしもよ」ミセス・トールボットも言った。

「どうやらバーンは、わたしたちに見せたのと違う一面をレディ・ハヴァシャムに見せているようだわね」ハンゲート侯爵夫人が言った。

「くだらない」ジェンナー伯爵夫人が吐き捨てた。「あの性格が変わるものですか。レディ・ハヴァシャムへの態度が違うとしても、それはただ、何か狙《ねら》いがあってのことでしょう」

クリスタベルは扇を手のなかで返した。伯爵夫人の言うとおりだと思う。わたしを〝ダーリン〟と呼ぶことがなんの得になるのか、見当もつかないけれど。

ハンゲート侯爵夫人が反論した。「でもねえ、バーンも年を取るんですよ。若い時分には遊びまわっていても、いずれはおこないを改めて、実りある種をまかなければいけないんです。バーンみたいな男でも、誰かを愛して結婚することもあるでしょう」

「バーンが？」ジェンナー伯爵夫人が軽蔑《けいべつ》もあらわにまぜっ返した。「身を固めたくなる？　ばかばかしい。愛情なんて持てない男よ。ましてや結婚なんて、ありえない」

「そうでもないわ」静かな声が割りこんできた。全員が驚いて振り向くと、キングズリー子爵夫人は赤くなりながらも言い添えた。「前に……その……わたしの知り合いだけど、バーンに愛を告白されて、結婚も申しこまれたそうよ」

「頭がおかしい女か、嘘つきかのどちらかね」伯爵夫人が切り捨てた。「いいこと？　あの男に、ひと言でも愛しているとか言った時点でおしまいなんだから。あと一回くらいは抱いてもらえるかもしれないけれど、次の日には別れを切りだされるわ、愛なんて口にしたら。本気で言ったんじゃなくても、バーンにしてみれば同じことよ。ただの冗談でも……」話しすぎたと思ったのか、伯爵夫人は言いよどんだ。それから、憤然と背筋を伸ばした。「バーンとの関係を終わらせたければ〝愛している〟と言えばいいの。そうすれば向こうから手を切ってくれるわ」

クリスタベルは喉がひりつくように苦しくなった。そんなにあっけなく捨てられてしまうの？

「そうよね」ミセス・トールボットが沈痛な面持ちで相槌《あいづち》を打った。「愛人のままでいたければ、それだけは言っちゃだめ」

クリスタベルがキングズリー子爵夫人に目をやると、その顔は蒼白《そうはく》になっていた。なんて身勝手な女。バーンがこんなふうになったのは誰のせいだと思うの？　爵位なんかのために、よくも彼の心を踏みにじってくれたわね。あなたの仕打ちのせいで、バーンは女に無頓着《むとんちゃく》になり、近寄らせようともしなくなった。愛や結婚を口にすることさえ厭《いと》うようになってしまった。

クリスタベルはため息をついた。子爵夫人ばかり責めるわけにはいかない。バーンを傷つけたのは彼女だけれど、彼がいまのようになった原因は、ほかにもある。不遇だった少年時代や、お母さまがジョージ殿下に捨てられたこと――。

「あの、どなたかご存じありません？　バーンのお母さまが亡くなった火事について」誰かが詳細を知っているかもしれないと、ふと思いついた。「火事の原因とか」

ミセス・トールボットが答えた。「石炭の火の不始末だって話よ。お友達から聞いたわ。バーンの母親が出ていた劇場の支配人なんだけど。いろいろ悪いことが重なったんですって。おんぼろの下宿屋だったそうだし、貧民街であういう火事はしょっちゅう起こるし」

「どうしてバーンは巻きこまれなかったんですの？」クリスタベルは重ねてきいた。

「巻きこまれたわよ。夜更けだったし、とっくに部屋で寝ていたらしいわ。母親が出先から戻ると、部屋が燃えていて。飛びこんでいってバーンを助けだしたんだけど、大火傷《おおやけど》を負って、病院で息を引きとったの」

「ミセス・バーンは焼け死んだ。そういうこと？」ジェンナー伯爵夫人が醜く笑った。

「子供の戯《ざ》れ歌の歌詞みたいね」

胸が悪くなる。ハンゲート侯爵夫人が声をとがらせた。「エレナー、おやめなさい！ 少しは死者を敬ったらどう？」

「なによ、お上品ぶって」伯爵夫人がにべもなく言った。「すごい偶然よねえ。そう思うでしょう？ 燃える《バーニング》ミセス・バーン……ふふん、道化芝居の題名にもなりそうね」

「失礼します」クリスタベルは口のなかでつぶやき、さっと席を立った。伯爵夫人の不愉快な冗談と思いやりのない態度には嫌気がさした。魔女に目玉をくりぬかれないうちに逃げなくては。

「どこに行くの？」伯爵夫人が問いただした。「殿方にまじって射撃でもするのかしら。お上手だそうね。でも鳥を撃つより人間を撃つほうが簡単でしょう？ 的が大きいもの」

クリスタベルは硬直した。ストークリー男爵が言いふらしたのね？ ひどすぎる……。

こわばった笑みを顔にはりつけ、クリスタベルは伯爵夫人に向き直った。「腕前をごらんになりたければ、いつでも披露いたしますわ。的はどちらでも結構です」

ミセス・トールボットが口を手で覆い、くすくす笑った。侯爵夫人は大笑いした。

一方のジェンナー伯爵夫人は目を三角にして立ちあがった。「じゃあ、さっそく。もちろん、人を撃つのはまずいけれど、鳥ならいいわね。わたくしも何度か撃ったことがあるわ。みんなで出かけましょうよ」本を放《ほう》り捨てる。「ここにいても退屈だし」

「殿方の機嫌を損ねるんじゃない？」ミセス・トールボットが引き止めようとした。

「ばかを言いなさんな」侯爵夫人が一蹴《いっしゅう》し、こっそりとクリスタベルに目配せを送った。「本当に射撃が好きなのはジェンナー伯爵くらいですよ。ほとんどの殿方は賭けるだけ。いつ、誰が、どの鶉《うずら》を撃つとか、暴発寸前のミスター・トールボットが前を押さえて茂みに駆けこむ回数は何回か、とかね。女が銃を撃っても、殿方の午後の楽しみになるくらいでしょう。かまうことはありませんよ」

かまわないどころか、実に都合がいい。女たちが外へ出れば、男たちはきっと屋外でのふしだらな楽しみに没頭するだろう。なにしろ、清々《すがすが》しい秋晴れの午後なのだから。草原での淫靡《いんび》ないたずらは、この人たちの退廃的な趣味に合うに違いない。そうなったらひそかにバーンと抜けだして、屋敷に忍びこんで男爵の寝室を調べることもできる。

「おもしろいことを思いついたわ」ジェンナー伯爵夫人が言葉を継いだ。「その扇を賭けない？　バーンにもらった扇よね。わたくしは百ポンド賭けるわ。先に鳥を三羽撃ち落としたほうが勝ち」

クリスタベルは扇を握りしめた。「バーンにもらった扇だと、どうしてわかるんですの？」

「バーンが贈りそうな品だもの。派手で安っぽくて、とっても悪趣味」

ろくに知りもしないくせに……。クリスタベルは言い返した。「派手で安っぽいと思うなら、なぜ賭までして取ろうとなさるのですか？」

「それなりに値は張るみたいだから。そうでなければ、どこへ行くにも肌身離さず持っていたりしないわよね」

やはり伯爵夫人は、単なる腹いせに恋敵の扇を横取りしたがるような女だった。

クリスタベルは自分に問いかけた。唯一の武器を失う恐れもあるのに、くだらない勝負をするつもり？

やってやろうじゃないの。いいかげん、この女の鼻っ柱を折ってやりたい。それに、百ポンドは使いでがある。バーンへの借金の負い目も軽くなるだろう。

「わかりました」クリスタベルは顔を上げて言い返した。「その勝負、受けます」

17

相手の意表を突き、揺さぶりをかけるのも悪くありません。

——作者不詳『ある愛人の回想録』

男爵邸の広大な庭園で、バーンは木にもたれ、なんとか仮眠をとろうと無駄な努力をしていた。能天気な紳士たちは、小道の先にあるオークの木にどの鶉《うずら》が最初にとまるかで賭《かけ》をしている。バーンは、くだらない賭を終わらせるためなら銃を乱射してもいいという気分になりかけていた。この国の連中が愚にもつかない賭に情熱を燃やすのは、いったいどういうわけだろう。カードのように、もっと手ごたえがあり、実際に計画性や熟練を要する賭のほうがおもしろいのだが。

ため息が出る。かつては〈ブルー・スワン〉で客が賭《か》ける様子を楽しく眺めていたのに。誰が赤い胴着を着てくるか、いちばん手前の馬車に最初に小便をするのはどの犬か、といった賭にも興じていた。だが最近では、いらだちがつのるようになった。何年もかけて必死に這《は》いあがり、上流社会で居心地のよい地位を築きあげたのは、なんのためだったのか。鶏の飛翔《ひしょう》習性に賭ける連中のかたわらで、ぼんやり立っているためか？　決算前に店の帳簿に向かっているほうがましだ。あるいはバースの屋敷で、東の畑に植える冬作物のことを管理人と話し合うほうがましだ。

そう思ったとたん、ぞっとした。異母弟たちの言うとおりかもしれない。やはり自分も、年を取ったということか。ほかにどんな理由があって、ストークリーのゲームがこれほど退屈に思えるようになったのか。どんな理由があって、昨夜《ゆうべ》マーカム中尉がクリスタベルの胸について些細《ささい》な冗談を口にしたというだけで、いささか乱暴に馬車を奪ったのか。

いや、年のせいではない。クリスタベルのせいだ。愛人にしたばかりの生意気な女のせいだ。彼女のせいで頭が混乱しているのは疑いの余地もない。ひどく欲望がつのり、そばにいないときでさえ、いつもクリスタベルのことを考えてしまう。抱いてしまえば欲望はおさまるか、少なくとも平常の状態に落ち着くはずだったのに。おさまるどころか激しくなる一方で、鋭い苦痛が絶えず襲ってくる。あの女のせいで。

ふと遠くを見やると、そんな思念に呼ばれてきたかのように丘を上がってくる女たちの姿があった。何やら思うところのあるような足取りだ。先頭に立つのはクリスタベルだった。戦場へ向かうジャンヌ・ダルクのごとく、なんとも勇ましげに闊歩《かっぽ》している。クリスタベルのほうが胸もあるし、髪も美しいが。

血が騒ぎだした。ふがいなくも、あの豊かな漆黒の髪に包まれ、あのヒップに手をあてて眠る習慣がついてしまった。目覚めるときは彼女を抱きよせ、体をつなぐときもずっと――。

くそ、丘をのぼってくる姿を見ただけで興奮してしまうとは。次はなんだ？ 目も当てられないほど感傷的な詩や無用な美辞麗句でも垂れ流すか？

「皆さん、ご注意ください」バーンは仲間に声をかけた。背後に迫りくる女たちに、まだ誰も気づいていない。「雌の群れが接近しています」

「なんだって？」ストークリーが振り向き、近づいてくる女たちに目をとめて笑った。

「なかなか興味深い面々だと思わないか、バーン。よりによって、あの顔ぶれとは」

バーンは鼻を鳴らし、木から離れた。ストークリーのユーモア感覚は許しがたい。失言が災いして叩《たた》きのめされる日も遠くないだろう。「何やら意気込んでいる様子ですが、それが興味深いということですか？ わたしがあなたの立場なら、不安になるところですよ。女が集まって話しだすと、ろくなことになりません。苦労しますね、主催者は」

「ふふん、群れを率いているのは、きみの愛人だぞ」男爵があっさり返してきた。「苦労するなら、そっちだろう」

バーンは顔をしかめた。そうかもしれない。ろくなことになるまい。一度は関係を持った女ばかりなのだから。「ごきげんよう、ご婦人方」女たちに呼びかける。「さびしくなりましたか？」

ハンゲート侯爵夫人が笑い声をあげた。「まさか、この女たらし。わたしたちも射撃をしに来たのですよ。エレナーがレディ・ハヴァシャムに腕比べを申しこんだものだから。賭までして」

冗談だと思ったのか、男たちが爆笑した。しかし、バーンは気を引きしめた。エレナーの夫は愚鈍な男で、妻をベッドで喜ばせることもできないが、射撃の腕は確かだ。結婚当初、愚かしくも妻に射撃を教えこんだのだった。事実としてわかっているのは、クリームを前にした猫と同じくらい、射撃となるとエレナーも目の色を変えるということだ。そしてクリスタベルは――。

「何を賭けたのですか？」丘を上がりきった女たちがエレナーとクリスタベルを取り巻いたとき、バーンはきいた。

冷ややかな面持ちのクリスタベルと目が合った。「レディ・ジェンナーが百ポンド。わたしは扇。先に三羽の鳥を撃ち落としたほうが勝ち」

これに対し、男たちは賭に便乗するばかりだった。使用人が追加の銃を取りに丘を駆けおりていく。バーンはクリスタベルに視線で問いかけたものの、その表情から唐突な賭の理由は読みとれなかった。屋敷内を捜索していたのではないのか？　手紙を見つけるところまでは期待しないが、捜索に没頭してくれれば、それでよかった。自分が男たちの射撃につき合うあいだ、厄介ごとに首を突っこまずにいてくれるだけで十分だったのに。

それなのに、元愛人たちと一緒にやってきて、射撃の腕比べをするという。いくら厄介ごとから遠ざかろうとしても、厄介ごとのほうがクリスタベルをつかまえてしまった。

「バーン、きみも賭けるか？」ストークリー男爵が声をかけてきた。

「無論です。レディ・ハヴァシャムに二十ポンド」

トールボットが手帳に金額を書きこんだ。いつ賭をすることになってもいいように、手帳を持ち歩いているのだった。

「僕もそうしよう」にやにやしながら男爵が言った。「五十メートル先から男の帽子を撃ち抜けるんだ、鶉を撃つくらい朝飯前だな」

男たちが笑いをかみ殺した。

「本当は心臓を狙《ねら》ったのかもしれないでしょう」エレナーが鼻息を荒くした。「わたくしなら、もっと下を狙うけれど」

「わたしの体を的にする話は勘弁願えませんか」バーンはうんざりした声音で言い返した。「不安になってきますよ。弾の入った銃が近くに何梃《ちょう》もあるのですから」

トールボットが軽口を叩いた。「杓子定規《しゃくしじょうぎ》に賭金を取りたてたりしなければ、誰からも撃たれやしないさ」

マーカムのことを言っているのだろうが、かまうものか。「杓子定規に賭金を取りたてなければ、商売上がったりですから。皆さんこそ〈ホワイツ〉の劣悪な料理と最悪な酒でがまんする羽目になりますよ」

トールボットが含み笑いを漏らした。「そりゃそうだが。では僕たちもハヴァシャム侯爵を見習って、きみが取りたてに来たら、家内に火打ち石銃で出迎えさせよう」

「あれはライフルでしたわ」クリスタベルが厳しい口調で言った。「それに、夫は最終的に借金を払いました。払うのが当然ですし」

バーンは一方の眉をつりあげた。だが、エレナーが鼻先で笑った。「あなたもご主人と一緒に、ときどきロンドンに来ればよかったのに。そうすればご主人があそこまで派手に散財することもなかったはずよ」

クリスタベルが血相を変えた。バーンはエレナーに言い返そうとしたが、男爵に先を越された。「ハヴァシャムは奥方をロンドンに連れてきたくなかったんだ。本人がそう言っていたよ。実に嫉妬《しっと》深い男でね。奥方が僕みたいな紳士に影響されてしまうのではないかと恐れていた。そこにいるバーンみたいな紳士とか」

「ご冗談ばっかり」クリスタベルが一蹴《いっしゅう》した。「夫がわたしをロンドンに連れていこうとしなかったのは、愛人と会うのに邪魔だったからでしょう」

男爵がいぶかしむような目をクリスタベルに向けた。「愛人？　彼に愛人などいませんでしたよ。いれば、誰かに何かしら言っていたはずです。とにかく、あなたに首ったけでしたからね。美人だの、頭がいいだのと奥方自慢ばかりして。とても僕たちには会わせられない、ふまじめな男どもに会わせるわけにはいかないって」

クリスタベルは雷に打たれたように見えた。バーンは眉根を寄せた。まったく、夫に愛人がいるなどという話を吹きこんだのは、どこのどいつだ。クリスタベルを傷つけること以外に、なんの目的があったのか。

戻ってきた使用人が、女たちの銃に弾をこめている。その様子を無言のまま見つめるクリスタベルの顔からは、何も読みとれない。

「おい、バーン」トールボットが陽気に呼びかけてきた。「レディ・ハヴァシャムが、やけに真剣に銃を見ているぞ。昨夜、怒らせたりしなかっただろうな。うっかりすると、レディ・ジェンナーの言うとおり心臓を狙ってくるかもしれない。もっと下とか」そう言いながら下品に腰を振っている。

バーンはクリスタベルを盗み見た。クリスタベルはトールボットに目をむいてみせただけだった。ロンドンでトールボットの言葉にあれほど衝撃を受けていたのと同じ女性とは、とても信じがたい。驚くほどの順応ぶりだ。感心せずにはいられない。

クリスタベルに目を奪われていたとき、ふと視線を感じて振り返れば、こちらをじっと見つめるアンナのまなざしがあった。バーンは冷ややかにうなずいてみせた。もしもアンナがクリスタベルの立場になり、やむをえない事情で愛人のふりをさせられるとしたら……。

想像もつかない。親に逆らう度胸すらなかった女だ。親の名誉を守ろうと身を挺《てい》する度胸などあるものか。こうして銃の腕比べを眺めているだけでも、ひどく不安げだ。なにしろ、無難な道ばかり歩んできた女なのだから。それどころか、枠からはみだすことなど一度もなく、贈り物やピクニックが大好きで、社交界に出たばかりの小娘のようにうわついている。あの当時も父親に甘やかされ、わがまま放題だった。

たとえ自分と結婚したとしても、一カ月もたたぬうちに破局を迎えていただろう。父親にも勘当されるはずだから、社交クラブを立ちあげたばかりで経営に必死の夫に、生活時間が遅いと文句ばかり並べていたに違いない。そして、女友達の羨望《せんぼう》の的になりそうな高級家具や豪邸や高価な馬車に散財し、夫を悩ませていたはずだ。

きっとアンナは本人も気づかないまま、こちらに都合よく行動してくれていたのだろう。もしもアンナと結婚していれば、十中八九、いまの自分はない。こちらも、彼女の幸せに不可欠な爵位や身分を与えてやれなかった。だが、クリスタベルならば……。

バーンは、ライフルの点検をしているクリスタベルに目を向けた。もしも、ずっと前に出会っていたら？　ジブラルタルで彼女を救いに駆けつけたのが自分だったら？

らちもない考えだ。いままで、誰かを救いに駆けつけたことなど一度もないのに。とはいえ、パーティーか何かで出会い、アンナのときと同じようにクリスタベルに結婚を申しこんでいたら？　たとえ家族に反対されようとも、クリスタベルは迷うことなくスコットランドに駆け落ちしてくれたのではあるまいか。クリスタベルは何事にも一生懸命に打ちこむという、なかなか喜ばしい気質の持ち主だ。物心ついたころから行動のすべてを律してきた自分からすると、実に清々《すがすが》しく感じられる。こういう気質の女ならば、きっと……。ばかばかしい。もう男に振りまわされるのはまっぴらだと断言していたではないか。こちらも妻の気まぐれに振りまわされるつもりなど、さらさらない。

クリスタベルとエレナーのまわりには、それぞれ人垣ができていた。トールボットがエレナーにライフルを何梃か渡した。クリスタベルはキングズリー子爵からライフルを受けとった。

男爵がルールを読みあげた。「獲物が追いたてられて飛びたったら、僕が三つ数える。それで射撃開始だ。トールボットはレディ・ジェンナーが撃ち落とした獲物の確認。キングズリー子爵はレディ・ハヴァシャムが撃ち落とした獲物の確認。どちらも三羽ずつ撃ち落とした場合は、あとから撃ったほうが負けで、その判定は僕がやる。これでいいかな？」

全員が首を縦に振った。男爵はクリスタベルとエレナーに準備はいいかと尋ね、追いたて役の男たちに草むらに分け入るよう命じた。

鳥が飛びたつと、ストークリーが声をあげた。「三つ数えたら開始。一、二、三――」

耳をつんざくほどの轟音《ごうおん》が響いた。クリスタベルとエレナーは、ライフルを撃っては放《ほう》り投げ、また別のライフルをつかんでは撃った。いずれも三発。煙が立ちこめるなかでもエレナーのほうがあとから撃ったのは見てとれた。それなのに、なぜエレナーは勝ち誇った顔でライフルを置いたのか。

「先に撃ち終えたのはレディ・ハヴァシャムだ」男爵が宣言した。「トールボット、キングズリー、得点は？」

「レディ・ジェンナーは三羽の鶉を落とした」トールボットが草むらのあちこちをさし示しながら声を張りあげた。

キングズリー子爵は心もとなげな表情だった。「レディ・ハヴァシャムは二羽の鶉を落とした」

「それと鶫《つぐみ》を一羽」クリスタベルが言い添えた。「これで三羽よ」

彼女が指さしたあたりの草むらを、たしかに犬たちがかぎまわっている。調べに行ったキングズリー子爵が声高らかに告げた。「いかにも鶫だ。一発でうまく仕留めた」

エレナーの顔つきが険しくなった。「鶫は点数に入らないわ」吐き捨てるように言う。

「鶉だけよ」

クリスタベルが言い返した。「お言葉ですけれど、最初に三羽の鳥を撃ったほうが勝ちという賭でしたわ」

「三羽の鶉よ」エレナーがくいさがった。

「でもねえ、エレナー」ハンゲート侯爵夫人が割って入った。「あなたが三羽の鳥と言ったんですよ」

「殿方は鶉を撃ちに来ているのよ」エレナーが口をとがらせた。「だから、鳥と言えば鶉のことだわ」

バーンは声をかけた。「射撃の腕を得点で判断するなら、鳥だろうと鶉だろうと、三点は三点です」

「鶉よ。みんなも、そのつもりでいたはずよ」エレナーがつばを吐いた。「この女だって」エレナーは両腕を大きく広げてクリスタベルにつめよった。「負けを認めたら？　扇をよこしなさいよ」

「いいえ！」クリスタベルはあとずさり、伸びてきた手から逃れた。「そちらこそ百ポンドの負けです」

エレナーはまだ弾の入っているライフルを近くの召使いの腕からひったくり、クリスタベルに狙いを定めた。「扇をよこしなさい。わからない女ね」

バーンは凍りついた。「ただの賭でしょう、エレナー。もう一度、勝負をしてはいかがです？　今度は鶉を撃つと決めて――」

ストークリー男爵がエレナーの背後から忍びより、銃身をつかんで空へ向けた。ライフルが火を噴き、頭上のオークの太い枝をはじいた。

次の瞬間、エレナーが身の毛もよだつような絶叫を発した。銃弾が枝から幹へと跳ね返り、戻ってきたらしい。全員が振り向くのと同時に、エレナーがスカートを持ちあげた。左のブーツがざっくりと裂け、足首から血が流れている。

エレナーは血を見るなり卒倒した。その後しばらく大混乱が続いた。女たちはエレナーに駆けよるか卒倒するかのどちらかだった。一方、男たちはストークリーを取りかこんで軽率な行動を責めた。遅ればせながら、ほかのライフルから弾を抜くよう召使いに命じる者もいた。

「どいてください！」クリスタベルが女たちの輪に向かって歩きながら厳しい声で言った。輪の中心ではジェンナー伯爵が妻の頭を膝にのせ、地面に座りこんでいる。

クリスタベルが近づいていくと、女たちが道をあけた。ちょうど意識を取り戻したエレナーは、のぞきこんでいるクリスタベルを見て叫んだ。「この恐ろしい女を近づけないで！　わたくしを殺そうとしたわ！」

「いいかげんにして」クリスタベルが鋭く制し、そばに座りこんだ。「自分で自分を撃っただけでしょう。さあ、足を見せてください」

エレナーはクリスタベルを避けて膝を縮めたが、痛みに悲鳴をあげた。

「ほら、いいから見せなさい」バーンも歩みより、口添えした。「レディ・ハヴァシャムは軍隊とともに何年も旅をしてきたのです。怪我《けが》の手当てをしたことも、一度や二度はあるでしょう」

「ええ、あるわ」クリスタベルがうなずいた。「ね、見るだけですから。それならかまわないでしょう?」

エレナーは表情こそ反抗的だったものの、意外なくらいにやさしく脚を伸ばされたときは、もう何も言わなかった。クリスタベルは傷口に目を凝らした。

「ただのかすり傷のようだけれど、傷を洗ってから、また見ましょう。弾が骨を砕いているかもしれないから」ストークリー男爵を振り仰ぐ。「お医者さまを呼んだほうがいいわね。わたしの手には余ります」

「すぐ呼ぼう」青い顔の男爵が召使いを手招きし、ソールズベリから医者を呼んでくるよう命じた。

「レディ・ジェンナーを屋敷に連れていかないと」クリスタベルがバーンのほうを振り向いた。

バーンは小さく悪態をつきながら、かがみこんでエレナーを抱きあげ、丘を下りて屋敷へ向かった。召使いに運ばせてもいいのだが、エレナーは先刻、クリスタベルに撃たれたと言いがかりをつけている。クリスタベルが応急処置を施してから医者が来るまでのあいだに何かあれば、それも言いがかりの種にするだろう。そんなことをさせるわけにはいかない。

エレナーがぎらつく瞳でバーンを見あげた。「あなたの新しいお友達は目ざわりだわ、バーン。場違いよ」

「たしかに」バーンはそっけなく応じた。「わたしたちのような輩《やから》に比べると、はるかに上等な人間です。だがホイストは強いし、わたしも気に入ったので、手放すつもりはありません。ですから、彼女の身に何かあれば、きっと憤りを抑えられなくなるでしょう」バーンは凍《い》てついた目でエレナーを見すえた。「おわかりですか?」

エレナーが青ざめ、目をそらした。「わかったわ」

やれやれ、腐り果てた女だが、なお盾ついてくるほど命知らずでもないらしい。いまならクリスタベルを撃とうとした報いに、たやすく絞め殺してやれるのだから。

皆が屋敷に戻り、ずいぶんたってから医者も到着した。診察の結果、弾は骨をかすめただけと判明したものの、縫合は必要とのことだった。医者はエレナーに助言した。一、二週間は野外での活動に参加しないほうがいいものの、ひと晩やすめば起きあがれるだろうし、カード遊びぐらいなら動いてもよろしい。ただし今夜は、カードはおあずけです、と――。そう申し渡されたエレナーは憤慨のあまり絶叫した。今夜から決勝トーナメントが始まる予定なのだ。

決勝トーナメントは延期、ホイストの勝負も今夜はいっさいしない、そんな約束をストークリー男爵から取りつけ、エレナーはようやく痛み止めの阿片《あへん》チンキを飲むことに同意した。

　ストークリーとトールボット、医者に続いて、バーンとクリスタベルもエレナーの部屋を出た。ほかの三人が低い声で話しながら先に階段を下りていったとき、バーンはクリスタベルに腕をさしだし、軽口を叩いた。

「おみごとでした。カードをめくりもせず、エレナーを八つ裂きにしましたね」

　クリスタベルが彼をにらみつけた。「彼女は自分で自分を撃っただけよ。わたしは何もしていないわ。それに、あの勝負は、わたしの勝ちですからね」

「冗談ですよ、かわいい奥さま。安心なさい、誰もあなたを責めたりしませんから。むしろ、わたしが自分を責めたいくらいです。普段のエレナーは、あそこまで理不尽なことは言わないのですが。わたしのせいで愛人が恥をかかされて、よほど悔しかったのでしょう。わたしの代わりに、あなたに意趣返しをしようとしたのです。やはり、昨夜あそこまでマーカムを痛めつけなければよかったかもしれません」

「というより、手当たりしだいに女を抱かなければいいのではなくて？」クリスタベルがぼそぼそと言った。

「何かおっしゃいましたか？」

「べつに。とりあえず今夜のホイストの心配はしなくてもよくなったわね。ふたりで、ぜひやりたいことがあるのだけれど」

バーンはクリスタベルの瞳の奥にきらりと光るものを垣間見て、うめき声をあげた。

「ベッドのシーツと、よく冷えた上等なマデイラ酒に関することだと言ってくれませんか」

クリスタベルが横目で彼を見た。「手紙の隠し場所がわかったの。ストークリー男爵の部屋のどこかよ。さっき捜しに行ったのだけれど、扉が開かなくて。ふたりで鍵《かぎ》さえ開けてしまえば――」

「ふたりで？　わたしの知らない特技を、まだ何かお持ちですか？」

「あら、いいえ。あなたなら、きっと――」

「それなりに波瀾《はらん》に富んだ生涯を送ってきたのは事実ですが、窃盗に手を染めてはいませんよ」その言葉は、まぎれもなく真実だった。だからといって、錠前破りができないというわけでもなかったが。それをクリスタベルに知られたくないだけだ。クリスタベルをぐっすりと眠らせたあと、ストークリーの寝室を調べよう。あの男が愚かにも手紙をそこに隠しているならば。

「でも、どんな金庫でも開けられると言ったでしょう――」階段を駆けあがってくる召使いの姿を見て、クリスタベルは口を閉ざした。

召使いが封印された手紙をさしだした。「急ぎの手紙が届いております」

胸のなかで心臓が跳ねるのを感じながら、バーンは礼を言い、手紙を受けとった。すばやく目を通したあと、クリスタベルに見られないよう、胴着のポケットに押しこんだ。

「バースに行かなくてはなりません」

「これから?」クリスタベルがきいた。「でも、決勝トーナメントが――」

「明日まで延期ですよ。夜までには戻ってこられます」バーンはクリスタベルの顎の下にそっと触れた。「大丈夫ですよ、かわいい奥さま。狼《おおかみ》どもが徘徊《はいかい》するカードテーブルに、あなたを捨てていったりしませんから」

クリスタベルが目を細めた。「では、あなたが出かけているあいだに男爵の部屋を調べておくわ。彼が眠っているときにでも忍びこんで――」

「むちゃなことを言わないでください」夜更けにクリスタベルが男爵の部屋へ行くと考えただけで、心臓が止まりそうになる。「いずれにせよ、それは不可能です。あなたも一緒にバースへ行くのだから」

18

相手の男が何者であろうと、無礼な言動など決して許しませんでした。自分が愛人だからといって、がまんする必要などないのですから。

――作者不詳『ある愛人の回想録』

バーンの表情から察するに、そんなことを言うつもりはなかったのだろう。滑稽《こっけい》なくらいの狼狽《ろうばい》ぶりだった。それでも、すぐにバーンの目は鋼の冷たさを取り戻した。「あなたも一緒にバースへ行くのですよ。すぐに出発です」

一瞬、断ろうと思った。やっとバーン抜きで手紙を捜す機会が訪れたのだから。けれども、ストークリー男爵の寝室に入るだけでも苦労しそうなのに、金庫まであるとしたら自分では開けられない。バーンは否定したけれど、たぶん錠前破りの方法を心得ている。バースへの道すがら頼みこめば、錠前破りを教えてくれるのではないかしら。

それが言いわけでしかないのは、自分でもわかっている。本音を言えば、一緒に行きたい。バースにある屋敷を見たいから。誰も目にしたことのない本物のバーンを見たいから。

「ロサを連れていかなきゃ」

「自分の評判に疵《きず》をつけたくなければ、ロサは置いていきなさい。バースには今夜ひと晩泊まるだけですから。ロサが残れば、あなたもここにいると偽装できます。一泊の旅だから荷物も不要です。別々に出て、外で落ち合いましょう。誰かがあなたを訪ねてきても、ロサに追い返させればよろしい。レディ・ジェンナーとの一件で気分がすぐれないと言わせればいいのです。ロサがいれば、ほかの召使いも、あなたの部屋に入って所在を確認することはできません」

バーンの言うとおりだった。わたしの評判など、もう修復不可能なところまで疵ついてしまった気もするけれど、こっそり抜けだしても損はないだろう。「そうね」

「三十分以内に出かけます。芝生のはずれにある生け垣のところで落ち合いましょう。生け垣の向こうにいれば、屋敷からも見えません」

そう言い残し、バーンは立ち去った。もう時間がない。以前から持っていた大きなレティキュールに手まわり品をいくつかつめこみ、来客の追い返し方をロサに指示するうちに、もう待ち合わせ時刻になってしまった。

馬車が屋敷を離れ、ようやくクリスタベルは安堵《あんど》の息を吐いた。「ストークリー男爵にはあなたひとりで出かけると言ってきたの？」

バーンがうなずいた。「大喜びでしたよ、あの御仁は。わたしがいなくなれば、あなたを口説けると思ったらしい」

「本当に、わたしなんかに気があるのかしら。そうは思えないわ。まあ、わたしを狙《ねら》っているなら、こちらがそれにつけこむって手もあるけれど」

バーンが眉間《みけん》にしわを寄せた。「つけこむ？　どのように？」

クリスタベルは何食わぬ顔でほほえんでみせた。「ほら、あなたも鍵《かぎ》は開けられないとおっしゃったでしょう？　どうしても男爵の寝室に忍びこめないのなら、わたしから男爵に言いよればいいのよ。そうすれば、いつでも寝室に入れてもらえ――」

「だめです」バーンが言葉少なに制した。「そんなことをしてはいけません」

「ベッドにも入るとまでは言っていないわ。軽くキスぐらいさせて、寝室に入るまで甘い顔を見せるだけよ」

バーンの表情が険しくなった。「寝室に入ってしまえば、いやがおうでもベッドに入ることになります」

クリスタベルは体をこわばらせた。「ちょっと口説かれたからって、体を許してしまうような女だとでも？」

「ただ口説かれるだけとはかぎりませんよ、かわいい奥さま。無理やり押し倒されたらどうします？　あなたの色香に血迷ったストークリーの意のままにされてしまう。寝室に女が入ってきたからには、口ではなんと言おうと、ベッドにも入ってくれると思われるのがおちです。その点については、誰もストークリーに非があるとは言わないでしょう」

「大丈夫よ。押し倒されそうになっても、うまくかわすから。あなたも扉の外にいてくれれば、何かあったら大声で呼んで――」

「だめです。危険すぎます。いくら手紙を取り戻すためとはいえ、あなたに商売女のようなまねをさせるわけにはいきません」

前にも似たようなことを言われたけれど。「とっくにやっているじゃない」クリスタベルは穏やかに返した。

恐ろしいほどの沈黙がバーンを包んだ。「わたしに手伝いをさせるためだけに抱かれたということですか」

「そうじゃないわ。でも、手を組んだからこそ、こういう関係になったという事実は残るでしょう」

バーンが悪態をついた。「あなたは商売女ではありません」

「じゃあ、何？」

「愛人です」

ほかの女たちと同じ。大勢の女たちと何ひとつ変わらない。喉が引きつって苦しい。

「商売女も愛人も、たいして変わらなくない？」バーンに抱かれた昨日とおとといは夢のような二日間だったけれど、現実の立場を思うと、いつも情けなくなる。「ホイストの賭《かけ》金《きん》を用立ててもらったし、ドレスも新調してもらったし。ベッドでの奉仕と引き換えに金銭的な見返りを得るのは、商売女ではないの？」

バーンが憤りに顔をこわばらせた。「たしかに愛人も似たようなことはしますが、同じではありません」

クリスタベルは小さく息をのんだ。なんとも微妙な話題になっている。なにしろ、バーンのお母さまは殿下を相手に、そういうことをしていたのだから。けれども、こちらの気持ちも理解してもらわなくては。「不特定多数の客か、決まった相手かという違いはあるけれど、それ以外は商売女も愛人も同じでしょう」

客という言葉に、バーンは顔をしかめた。「わたしが何を見てきたか、ご存じないから。そうでなければ違いに気づいているはずだ」バーンが身を乗りだしてきた。「幼いころ、わたしはずっと商売女たちのそばで暮らしていました。あなたは乱暴な男を相手にしたことはないでしょう。青痣《あおあざ》ができるまで殴られたり、腕をへし折られたりするのですよ。それなのに、男は罰も受けない。誰からも文句も言われないと、はなから心得ているのです。あなたは、はした金のために通りで客引きをしたこともないでしょう。それでも手にすることができるのは、ほかの女たち三人と身を寄せ合って寒さを凌《しの》ぎながら、蚤《のみ》だらけのベッドでほんの数時間だけ眠る生活です。あなたは見たこともないのですよね、酒びたりの労働者が絶望の淵《ふち》に沈んで自分の喉を切り裂くところなど。そういえば、その手の自殺がドルリー・レーンで——」

「バーン、もうやめて」物心もつかないうちからバーンがそんな光景をまのあたりにしてきたかと思うと、胸が痛くなる。

バーンが重々しい息を吐いた。瞳に剣呑《けんのん》な光が宿っている。ようやく自分を落ち着かせ、何度か小さな呼吸を繰り返したあと、バーンはふたたび口を開いた。「とにかく、あなたは商売女ではありません」

クリスタベルは逡巡《しゅんじゅん》した。この話題を続けていいものだろうか。これほどバーンが混乱しているのに。やはり……続けなくてはいけない。まだ、わたしの思いは伝わっていない。「居場所が違うから、商売女と愛人は違うとおっしゃりたいのかしら。たしかにドルリー・レーンの女の暮らしは惨めだけれど、それでもやっぱり、愛人も商売女もベッドでの奉仕と引き換えにお金をもらうのよ。その点は変わらないわ」

バーンの口元が引きつった。「お忘れですか。愛人と違って、商売女には自由がない」

クリスタベルは、きっと顔を上げた。「愛人にどんな自由があるというの?」

「たとえば、抱かれることを拒む自由」

「そんなことばかりしていたら、すぐに捨てられるわね」クリスタベルはさらりと言い返した。「それに商売女だって、嫌な客を取らない自由もあるわ」

「あなたは商売女ではないと言っているでしょう！」バーンが膝のあいだで両手を握りしめ、大声を出した。「そうですか。同じだと言い張るのなら……いいでしょう、違いを見せてあげます」バーンは窓の日よけを乱暴に引きおろすと、ふたたび背もたれに体をあずけた。その瞳は氷のように冷たい。「ドレスのボタンをはずしなさい」

クリスタベルは目をしばたたいた。「なんですって？」

「あなたは商売女なのでしょう？　わたしはあなたを買って、金も払った。だからボタンをはずしなさい。いますぐ！」

クリスタベルは目をすがめた。けれども、ここで引きさがって言い負かされるのは、自尊心が許さなかった。「わかりました」クリスタベルはドレスのボタンをはずした。「ほかに、ご用の向きはございますか？」わざと皮肉をこめて尋ねる。

バーンの顔が硬い仮面と化した。「胸を見せろ」

乱暴な言葉づかいに激怒しながらも、まったく別の、思いがけない感情もクリスタベルのなかにわきあがってきた。どういうわけか胸が高鳴る。悪魔のホイストをして、バーンの目の前で裸も同然になったときのことを思いだしたせいだろう。それ以外の原因は考えられない。

介添えもなしにドレスとシュミーズをゆるめ、短いコルセットを下げるのは少し苦労したけれど、なんとかひとりでやってのけた。ぎょっとしたようなバーンの表情に、いささか胸のすく気分を味わった。まさか本当に胸を出すとは思っていなかったのだろう。

「では、いじってみせろ」バーンが声をしぼりだした。

「なんですって？」

バーンの瞳から冷たい光が失《う》せ、いつしか熱く燃えていた。クリスタベルの血潮まで騒ぎだす。「自分で胸を愛撫《あいぶ》しろと言っているのです。先のほうまで。ちゃんと見えるように。そうするところを見たい」

炎が全身を噴きあげ、頬が朱に染まる。それでも、バーンの乱暴な言葉づかいが影をひそめたことには気がついた。「わかりました」ただ従順なだけでなく、なまめかしい響きも含んだ声で応じる。

一方のバーンは、自分の目が信じられずにいた。ちょっとばかりクリスタベルを懲らしめてやるはずが、刻々と失われていくのは自分の理性のほうだった。お堅い未亡人がここまで従順になるとは、誰が予想できただろう。

なかば目を閉じたクリスタベルが、まず片方の胸に指を這《は》わせ、そして反対側も愛撫した。たちまち先端が硬くとがり、誘いかけてくる。バーンは力ずくで衝動を抑えこまなくてはいけなくなった。向かいの座席に飛びこんでいき、みずみずしい胸を吸いあげたい。さらなる刺激を求める懇願がクリスタベルの唇から漏れだすまで。

いや、こんな衝動に屈したりするものか！　とんでもない強情ぶりを見せつけられて鼻の下を伸ばすなど、言語道断だ。自分たちの関係は商売女と客のあいだの浅ましい関係とは違うと、しっかり教えこまなくては。

バーンはズボンと下着の前を少しゆるめ、張りつめた部分が自由に猛《たけ》るにまかせた。そのまま腰を突きだす。「では、口で吸いなさい」苦しい息を、なんとか声にしてつけくわえる。「商売女」

これはさすがに効果的だった。クリスタベルの顔から血の気が引き、下唇が震えた。

「そんな……どうすればいいのか……」

「わからなくはないでしょう。口に入れて、わたしが満足するまで吸えと言っている。下の……奥で満足させるときと同じように」ひわいな言葉をぶつけることはできなかった。どうしてもできない。「ひざまずいて、なめてください。そのために金を払ったのだから。お忘れですか？」

このときはまだ、拒絶されるとバーンは思いこんでいた。元愛人のなかでも指折りに奔放な女でさえ、数えるほどしかやらなかった行為なのだ。とうてい無理だろう。

クリスタベルが座席のあいだの床に膝をついたときでさえ、馬車の揺れで倒れただけかと思った。われながら鈍すぎる。言い負かされないためなら、クリスタベル大佐はなんでもするということを失念していたとは。

文字どおりの衝撃に目をむいていると、クリスタベルは前かがみになり、憤る先端に口づけをしてきた。くそ、やめろ。

両手でクリスタベルの頭を押しのけようとしたが、つい引きよせてしまった。欲望のあかしが根元までのみこまれる。ああ、なんという快感。だが、吸いあげられた瞬間、これはまずいと気がついた。このまま口のなかで果ててしまうわけにはいかないのだから。

「もういい」バーンはうなり、クリスタベルの頭を押しやった。高まった先端が、つるりと唇のあいだからこぼれ落ちた。「いけません、こんなことをしては」

「なぜ?」さげすむような薄ら笑いとともに、クリスタベルが見あげてきた。その笑みが急に消える。「ああ、下手だったのね」

遅まきながら、クリスタベルが夫について語った言葉を思いだした。夫をベッドで満足させられなかったと思いこんでいるのだ。「それ以上されたら、あまりの快感に頭がおかしくなってしまう。いい子だから言うことを聞きなさい。妙なまねをしてはいけません」

「妙なまね?」さげすむような笑みが瞳に戻ってきた。「では、どうすればいいの? わたしはただ、お金を払ってもらった分の仕事をしているだけなのに――」

バーンは頑固な未亡人をかかえあげ、膝に座らせた。「あなたは商売女ではない」何か言いかけたクリスタベルから、唇ごと言葉を奪う。どうせ、ぐうの音も出ないくらい手厳しい反論でも言おうとしたのだろうが。

耳の痛いことは、もう聞かされている。〝ベッドでの奉仕と引き換えに金銭的な見返りを得るのは、商売女ではないの？〟

いいかげんにしろ！　バーンは荒々しく唇を重ねた。自分が商売女で支払いもすんでいるという思いこみを払拭《ふっしょく》してやりたい。商売女ではないのだから。

〝じゃあ、何？〟

なんなのか教えてやる。自分でも、よくわからないが。

クリスタベルが顔をそむけた。「バーン――」

「黙って」バーンは低い声で制し、このうえなく柔らかな肌にキスをちりばめながら片手をスカートのなかにすべりこませた。「満足させてあげますよ、ダーリン」

「だめ、わたしの番だもの」その手を押しのけ、クリスタベルがクラバットをほどき始めた。「男性が女性を満足させるのと同じで、女性が男性を満足させるやり方もあるのよね？」

バーンは驚き、上体をそらしてクリスタベルを見おろした。「そんな話を誰から聞いたのですか？」

「あなたの元愛人の皆さんから」クリスタベルに上着を奪われ、胴着のボタンもはずされた。「とても興味深い話だったわ。どうすれば男性を喜ばせられるかって」

うなり声が漏れる。「あまりぞっとしない話ですね」

しまったという表情がクリスタベルの顔に浮かんだ。「いいじゃない」ゆっくりとシャツを脱がされ、バーンはますます身構えた。

「あなたは戦略家だから、そういう知識でわたしを服従させようとするでしょう」彼は指摘した。

「さっき、あなたがわたしを服従させたみたいに？」シャツが頭から引き抜かれた。クリスタベルの指が胸の中央から腹へ、さらに下のほうへとすべっていく。張りつめた稜線《りようせん》を人さし指がすべり、彼の先端をくすぐったとき、バーンはその手をつかみ、語気を強めた。「やめなさい、悪い子だ。そんなことを考えつくのもいけません」

「何を？」クリスタベルが、しらじらしく尋ねた。

「前の仕返しですか。わたしにも同じことをして、何時間もかけてじらそうという魂胆ですね。いたずらな手だ。最後までやりたくなるではありませんか」

「どうぞ」先刻と同じ、うつろに従順な口調でクリスタベルが言った。「お客さまのよろしいように」

「クリスタベル——」バーンは叱責《しつせき》しようと口を開きかけた。

「フレンチ・レターはお持ちかしら？」

しまった。持ってこなかった。「忘れてきました」ドレスを脱がしやすくなるようクリスタベルを膝の上でかかえ直し、コルセットの紐《ひも》をほどいていく。

「まあ、どうでもいいわね」挑発めいた声。「レディ・ジェンナーの話だと、あなたはフレンチ・レターなしでは絶対に女を抱かなかったそうね。いつも愛人を商売女扱いして――」

「放《ほう》っておきなさい、あんな女」バーンはコルセットをゆるめ、なかば強引にむしりとった。「自分のことを商売女などと言うものではない。今度言ったら馬車を止めますよ。バースまで歩かせますからね」

クリスタベルが笑った。「できるわけないくせに」伸びてきた彼女の手に、脈打つ欲望のあかしをなでられる。「わたしを放りだしたら、ここが物足りないでしょう?」バーンが言葉も返せないままにらみつけると、彼女の笑みが消えた。クリスタベルが唇にキスを落としていくうちに、バーンの張りつめた気分は少しだけおさまった。身を引いたクリスタベルの目は真剣そのものだった。「自分を商売女だと思って何が悪いの?」

「商売女ではないからです。そんなふうに思われるだけでも、がまんできません」

バーンはシュミーズを脱がせようとしたものの、クリスタベルに手を押さえられた。

「愛人になんと思われようと気にしないんじゃなかった?」

「はい」耳ざわりな声が出た。「だが、あなたは別です」われながら情けない。クリスタベルのせいで、すっかり血迷った愚か者もいいところだ。おまけに、それでもかまわないという気にさえなっている。

またしても彼女の真剣な目が見つめてきた。「なぜ?」

つかまれていた手を振りほどき、バーンはシュミーズを脱がせた。「なぜ、とは？」

「ほかの愛人には、なんと思われようと気にしなかったのに、なぜわたしだと気になるの？　わたしだと、どう違うの？」

勘弁してくれ。「最後までやってくださるのではなかったのですか？」バーンは言い返した。一瞬だけクリスタベルを膝から下ろして下着をむしりとり、もう一度かかえあげて膝にまたがらせた。「ほら、早くしなさい」

突如きらめいた瞳に警戒するべきだったのだ。それなのに、腰を沈めてきたクリスタベルに熱く柔らかく包みこまれたときでさえ、その思惑が見抜けずにいたとは。ふいに、クリスタベルが動きを止めた。いたずらな光をたたえた瞳が真正面から見すえてきた。

「どう違うの、バーン？」彼女は同じ問いかけをした。少しずつ、ゆっくりと膝立ちにせりあがっていくクリスタベルの動きに、バーンの口から思わずうめき声が漏れる。

「悪ふざけもいいかげんにしなさい」バーンは文句を言い、クリスタベルの体を勢いよく引きおろそうとしたが、無駄だった。

クリスタベルが指を舌先で湿らせ、胸の頂にこすりつけた。「見たかったのでしょう？それとも、あれはただの嘘《うそ》？」

包みこまれたままの体が質量を増し、想像を絶するほどの硬さになった。「いや……嘘では……」バーンは小さく悪態をつき、腰を突きあげた。「ほら、ちゃんと……」

けた報いなのか。

なんとしても本音を言わせようというのか。これもクリスタベルを元愛人の群れに近づ

「どう違うの？」クリスタベルがまた問いかけた。

りしない」片眉を上げてみせる。「寝室では別ですが」

「あなたは正直で……率直です」バーンは苦しい息のもとで言った。「男を手玉に取った

まれ、バーンはクリスタベルの下で身をよじった。「それから？」さらなる追い打ち。

クリスタベルが頬をゆるめ、動き始めた。ゆっくりとした絶え間ない快感に責めさいな頭が変になりそうだ。このまま中途半端な責苦が続くのか。悦楽の味を知ったばかりの

女にしては、男を奮いたたせるのが妙に上手ではないか。まずい、うますぎる。「わたし

のことを……いくらでも贈り物が出てくる泉か何かのように思ったりしない」

クリスタベルが笑い声をたてた。「誰がそんなふうに思うの？」

「愛人は皆……昔つき合った女は、ひとり残らず」バーンは吐息をしぼりだした。「あなた以外、全員です」

クリスタベルが微笑し、ぐっと腰を進めてきた。こうして包みこまれたまま、彼女の笑い声を聞き、上気した顔と輝く目を見ていられれば、幸せすぎて死んでしまいそうな気がする。クリスタベルが頬を染めているのも、瞳をきらめかせているのも、わたしのせいなのだ。わたしのために。

「あ……それから?」クリスタベルも息を荒くしながら、ずんと体を落とした。艶《つや》やかな髪が揺れ、豊かな胸が誘うようにはずんだ。夢中で吸いつき、口のなかで転がすと、あえぎ声がクリスタベルの唇から漏れた。「どうして、バーン?」吐息で問いかける。「なぜ……わたしの気持ちが……気になるの?」

バーンはクリスタベルの胸から唇をもぎ離し、ざらつく声で答えた。「あなたのそばにいると……悪いことなどできない……そんな気分になってしまうから。ほかの女とは……そんな気分にならなかったのに」

クリスタベルが胸にバーンの頭を引きよせた。「変ね。わたしは……あなたと一緒にいると……いけないことをしたくなるわ」

欲望がつのり、轟々《ごうごう》と音をたてて頂点へ突き進んでいくのが感じられた。とっさに手を下へ伸ばし、クリスタベルの脚のあいだを刺激する。そのとたん、からみついてきた内奥に溶かされ、ますますあおりたてられてしまった。

「では……中間あたりで……折り合いをつけることにしましょうか、ダーリン」

クリスタベルが小さな叫びを漏らし、バーンの頭をかき抱いた。バーンも即座に後を追い、強烈な快感にうめきつつクリスタベルのなかで自分を解き放った。

ふたりでのぼりつめてから、ゆったりと時間が流れた。力の抜けたクリスタベルの体を膝の上で抱きかかえながら、これほど満ち足りた気分になるのは生まれて初めてだと、しみじみ思った。車輪の音が心地よい。ふたりだけの世界に包みこまれたような錯覚すら起こさせる。永遠に包みこまれていたい。これまでは、愛人を抱いたあとにふたりきりでいると、ひどく居心地が悪かったものだが。

クリスタベルと一緒にいるのは天にも昇るような気分だ。

「バーン」

「はい？」クリスタベルの腕をさすりながら返事をした。

「ストークリー男爵の話は本当かしら。フィリップに愛人なんかいなかったって」

ため息がこぼれる。この状態で亡き夫のことを考えられるとは。陶酔していたところに水をさされた気分だ。「それが何か？」

クリスタベルは彼をじっと見あげた。「愛人がいたとすれば、わたしでは不足だったということよね」

「いいえ」バーンは鋭い声を放った。「そうではありません。ご主人が愚かだっただけのことです。どれほどの宝が手のなかにあるか、気づきもしなかったのだから」

クリスタベルは疑わしそうな顔をした。「そうなの？　あなたのお友達も、みんな愛人を囲っているけれど、みんな愚かだとおっしゃるの？」

「浮気性の友人ばかりでもありませんよ。ドレイカーとアイヴァースリーは浮気をしないし、奥方たちにも心から愛されている」

「そうね」クリスタベルは考えこんだ。「そういう人もいるわね」

そういう人もいる。異母弟たちを見るかぎり、浮気をしない夫婦は、たしかに存在する。だが、それは長続きするのか？　できるのか？

「わたしの友人と目されている人々は、ほかにもいますが……愛情ではなく実利面を重視して結婚した者ばかりですからね。結婚によってもたらされる経済的、社会的な利点のために配偶者を選ぶ場合、一緒にいて心から幸せと思える相手が見つかるとはかぎりません」

クリスタベルの声が憂いをおびた。「愛し合って結婚しても、いつしか嫌いになって浮気に走ることもあるものね」

バーンはクリスタベルを抱きよせ、曇った眉に何度もキスをした。「ストークリーがご主人から聞いた話だと、あなたを嫌いになったわけではなさそうですよ。ご主人の心を奪ったものがあるとすれば、ギャンブルでしょう」バーンは首を横に振った。「ギャンブルのせいで崩壊した家族を、この目で何組も見てきました。息子を顧みない父親。娘を顧みない母親。妻を顧みない夫。あなたのせいではありませんよ、かわいい人。おそらくご主人は、あなたと出会うよりもずっと前からギャンブルに取りつかれていたのです。好きなだけギャンブルをする暇ができたので、理性が吹き飛んでしまったのだと思います」

クリスタベルがバーンの肩にしがみついた。「じゃあ、本当に愛人がいなかったと思う？」

「わたしの耳には、女の噂《うわさ》は一度も入ってきませんでした。誰にきいても同じでしょう」

クリスタベルからなんの返事もなかったので、バーンは言葉を継いだ。「愛人がいるなどという話を、誰から吹きこまれたのですか？」

クリスタベルは向かいの座席の下にたたんであったブランケットを取り、ふたりの体の上に広げた。「誰でもいいでしょう。わたしの聞き間違いかもしれないし――」

「誰ですか？　話してください」

クリスタベルが眉をひそめた。「殿下よ」

バーンは体をこわばらせた。「殿下？　あの悪党に言われたのですか？　ご主人に愛人がいるなどと」

「そういう言い方ではなかったけれど。愛人がいるというつもりで言ったのかどうかも、はっきりしなくて――」

「なんと言われたのか、正確に教えてください」命令口調に、クリスタベルが顔色を変えた。バーンはクリスタベルの気分が落ち着くよう、髪にキスをちりばめた。「そもそものような経緯で、あの男とこういう話をすることになったのです？」

クリスタベルが重い息を吐いた。「手紙がなくなっているとは夢にも思わないまま、殿下から内密の呼び出しを受けて、ロンドンでお目にかかったの。夫が、うちの父が持っているはずの手紙を売ったらしいと言われたわ。こちらがどこまで事情に通じているか、殿下もご存じなかったようだけれど。その手紙には心当たりがあるし、内容も覚えていると正直に答えたら、やっと詳しい説明を受けたのよ。ストークリー男爵が殿下を脅したのですって。要求どおりにしなければ手紙を公表するって」

「要求とは?」クリスタベルが黙りこんだので、彼女の顎に手をかけ、自分のほうを向かせた。「いい子だから話してください」「ストークリーの要求をわたしに知られたところで、減るものではないでしょう。お父上と殿下、双方に関することだとは想像がつきますが。だから話したくないのですね?」

しばらく彼を見すえていたクリスタベルが、実感のこもった吐息を漏らした。「話してはいけないのだけれど」口調が冷たくなる。「あの恥知らずの男爵ったら。プリンセス・シャーロットと結婚させろと殿下に言ったのよ。姫君とオラニエ公が婚約を破棄したからって」

バーンはあっけにとられた。「ストークリーは頭がおかしくなったのでしょうか」

「そうでもないわ。姫君は以前、ハンサムな近衛隊長《このえたいちょう》とひそかに手紙をやりとりしていたことがあるの。だからストークリー男爵は、自分ならもっとうまくやれると思ったみたい。いちおう爵位があるから」

「父親から見れば、男爵ではとうてい足りないでしょう。ドレイカーから聞いた話によると、殿下は娘に政略結婚をさせるつもりでいるらしい」

クリスタベルがうなずいた。「どう考えても、姫君を男爵に嫁がせたがっているとは思えないわ。でも、男爵はプリンセス・シャーロットと結婚する気満々なのよ」

「俗な暮らしに飽きたのでしょうね。不届きな賭博《とばく》パーティーや火遊びざんまいの生活にみずから進んで足を踏み入れたというのに。王女と結婚すれば悪評も消えると思いこんでいるのか」

「そうかもしれないわね。それにしては、殿下を脅迫するあたりが腑《ふ》に落ちないけれど」

「たしかに」バーンは半分おざなりに同意した。なんのかのといっても、手紙を奪った暁には自分でも有効に使わせてもらう予定なのだから。とはいえ、王女と結婚するつもりはないし、結婚を強要するなど、もってのほかだと思う。その点はストークリーより良心的だろう。そうではないか？

ちょっと待て。なぜ良心的であることにこだわるのか。種馬殿下が相手なのだから、どれほど悪辣《あくらつ》になろうとかまわないのに。「それで？　ストークリーに脅迫されていると、あの男に言われて、どうしたんです？」

「どうしても信じられなかった。夫がわたしの信頼を裏切って、父の手紙を男爵に売ったなんて。だから申しあげたわ。手紙を持っているというのは男爵の嘘でしょうって。男爵から殿下のもとへ送られてきた手紙を、証拠として見せていただいたけれど、それでも夫の関与を認めたくはなかった。そうしたら、殿下に言われたの。手紙を売ったのが夫でもわたしでもないなら……第三者の可能性があるって……夫に近い人物……たとえば……」

クリスタベルの目にあふれてきた涙を見ていると、いつになく胸が痛んだ。「たとえば?」バーンは続きを促した。

「あ……愛人とか」クリスタベルが泣きだした。バーンは摂政皇太子をののしりながら、クリスタベルを抱く腕に力をこめた。「夫に愛人なんかいませんと申しあげたのだけれど……気づかなかっただけだと言われてしまって……話は、それでおしまい。気が動転して……頭も働かなくて……愛人が誰なのか、きけなかったのよ」クリスタベルが涙をぬぐった。気持ちを静めようとしているらしい。ややあって、くぐもった声がした。「あのときはてっきり、愛人の名前までご存じだと思っていたのだけれど。いま振り返ってみれば、当て推量でしかなかったのかもしれない。それでも、殿下の話で疑いが強まってしまったの……夫がロンドンにしょっちゅう出かけていたのに、わたしが一度も連れていってもらえなかったのは、愛人がいたからだって」

「手紙を取り戻す計画に同意させられたのは、その謁見の最中だったのですか?」

クリスタベルはうなずいた。

「ひとでなしめ。かよわい女性の動揺につけこむとは」

「愛人に事寄せて、わたしに協力させたとか?　そんなはずないでしょう」

「どうだか。可能性はありますが。結婚や女性に対して斜に構えたところのある男ですから、愛人がいると思いこんでいただけかもしれません」

クリスタベルがバーンをじっと見あげた。「あなたは本当に殿下が嫌いなのね」

「嫌いというより、憎んでいると言ったほうがいいでしょう」

クリスタベルの手が彼の頬をなでた。「父がよく言っていたわ。憎しみは自分を傷つけるだけだって。いくら憎もうと、相手は痛くもかゆくもないんだから、無意味な感情だって」

クリスタベルの口から父親の話が出るのは久しぶりだ。やさしく愛情深い口調に、バーンは一瞬、言葉を失った。「手紙が公表された場合、お父上にとっては、どのくらいの痛手になるのです？」

クリスタベルが喉を上下させた。「どのくらいのスキャンダルになって、その後の政争でどの党が勝つかによるけれど。運がよくても軍人生命は終わり。屈辱のうちに将軍職を罷免されるわ。最悪の場合、反逆罪で絞首刑」

どういう内容の手紙だ、まったく。手紙を奪うと、クリスタベルの身に何か起こるのか。何も起こらない。クリスタベルを抱きしめながら自分に言い聞かせる。手紙を公表するつもりなどないのだから。母についての真実をあの男の口から世間に公表させるため、手紙を利用するだけだ。

「どちらにも転びません」バーンは断言した。「ふたりで力を合わせれば……いや、わたしがなんとかします」

それですべてが片づいたかのように、クリスタベルは穏やかにほほえみ、バーンの胸に頭をもたせかけてきた。

だが、クリスタベルが寝入ってから長い時間が過ぎても、バーンは悩み続けていた。ストークリーから手紙を奪えなかったら、クリスタベルはどうなるのか？　それを止める方法はあるのか？

19

表には出さないけれど、本当に奥の深い男とめぐり合うことも、ごくまれにありました。
——作者不詳『ある愛人の回想録』

とても不思議な夢を見た。やさしい手か何かに支えられ、空に浮かんでいる。そして雲の上に降ろされたとき、両足は現世《うつしよ》のしがらみから解き放たれた。上のほうから声が聞こえてくる。「このまま寝かせてあげましょう。少しやすませなくては。ドレスも、しばらく着せたままでよろしい」

扉が閉まる音に、クリスタベルは目を覚ました。ゆっくりとまぶたを開けると、そこは見覚えのない部屋で、赤々と燃える暖炉の炎だけが光を放っている。夢ではなかった。いつの間にかバーンの屋敷に着いていたらしい。バーンに抱かれたまま階段を上がり、ベッドに寝かせてもらったのだろうか。並はずれて柔らかな羽毛のマットレスの上に。

上体を起こしたクリスタベルは、胸を締めつけるコルセットに顔をしかめた。ぼんやりとしか覚えていないけれど、バーンの腕のなかでまどろんでいたとき、もうすぐ町に入るから夕食をとろうと言われたような気がする。なにしろ、二度目の情事は実にていねいでやさしく、すばらしいものだったから。食事のあと、ずっと馬車に揺られているうちに、またもや眠りこんでしまった。

クリスタベルは目をこすり、時計がないかと周囲を見まわした。真夜中。思った以上に時間が過ぎていた。それに、バーンはどこ？　ここにいるあいだはベッドをともにしないつもりだろうか。いつも情熱的なバーンにしては珍しい。

あらためて部屋の様子に目を凝らし、ふと思った。すぐに戻ってくる主《あるじ》のために用意された寝室には見えない。暖炉のおかげで室温が上がりかけているとはいえ、なお肌寒く、長いあいだ使われていなかった部屋に特有のかびくささがある。そして何より、ピンクを多用した内装がバーンの部屋らしくない。レースのカーテンはピンク、優美なベッドの天《てん》蓋《がい》と上掛けもピンク。絨《じゅう》毯《たん》までもがピンクとクリーム色だった。どう見てもバーンの部屋ではない。

では、彼はどこにいるの？　ベッドから出て扉を開けると、広い廊下に面して部屋がいくつも並んでいた。少し離れた奥の部屋から低い声が聞こえてくる。クリスタベルはストッキングだけの足で歩を進めた。

奥の部屋に近づくにつれ、バーンの声だとわかった。誰かと話をしている。「では、また診察してもらったんだね？　本当に治ったと言われた？」

誰が？　まさか、女の人？　気持ちが沈む。それでも、クリスタベルは姿を見せぬよう注意しながら戸口に忍びよった。

返事が聞こえた。「はい。お呼びたてして申しわけございません」

「わたしは、呼ばないでとエイダに言ったのよ」別の声がぼやいた。つとめて居丈高な物言いをしているようだけれど、甲高く細い声だった。「たかが風邪くらいで」

「いつもそう言うね。血を吐いたときにも」いかにも病人相手らしい猫なで声で、バーンが応じた。「でも、エイダは長年のつき合いだから聞き流してくれるんだよ、お母さん」

心臓が胸のなかで早鐘を打ちだした。お母さまは生きておいでなの？　しかも、この地でバーンの屋敷に暮らしていらっしゃるの？　そんな、信じられない！

あの火事は？　それでお亡くなりになったんじゃないの？　どうしてバーンは、お母さまが世を去ったと世間に思わせているの？　呼びだされればいつでもバースに駆けつける理由がわかったけれど。

バーンが言い添えた。「エイダ、今夜はこちらに泊まるが、朝一番に発《た》たなくてはいけない。本当に大丈夫だろうね？」

「メイズ先生は大丈夫だとおっしゃっていました。でも、お言いつけどおり――」

「ああ、ちゃんとわたしを呼んでくれた。ありがとう、エイダ、もうやすみなさい。あとは母とふたりだけで話がある」

「では、お先に」

小声の返答に、クリスタベルはうろたえた。身を隠す間もないうちに女が部屋から出てきたものの、クリスタベルのいる暗がりとは反対側の階段を下りていった。こちらに気づいた様子もない。

ほうっと無音の吐息を漏らし、クリスタベルは忍び足で扉のそばに戻った。

バーンが言葉を継いだ。「今夜は連れがいてね。紹介したいのだけど」

「また別の医者？ もういいわ、ギャヴィン、医者なんてもうたくさん。このところ具合がいいのよ。エイダはあれこれ言うけれど。メイズ先生もよくしてくださるし――」

「医者じゃない」バーンがさえぎった。「友達だよ。女友達」

「ふうん」長い沈黙が続いた。「じゃあ、わたしのことを話したのね？」

「まさか。誰にも話さないという約束だったから。約束は破っていないよ」なんの反応もないので、バーンは硬い声で続けた。「お母さんが田舎で暮らしたいと言うから、そのとおりにしてきたんだ。街にいれば、もっと快適な暮らしをさせてあげられるのに。知らない人と会うのは気が重いだろうが、彼女は例外にしてほしい。頼むよ」

クリスタベルの喉が引きつった。バーンが誰かに〝頼む〟と言うところなんて、聞いたこともない。

「わかったわ」かすれ声が応じた。「会うことにしましょう。明日、出る前に連れていらっしゃい」

「そうするよ、ありがとう」バーンの声はさらにしわがれていた。「さて、ここを少し居心地よくしておくかな。ちょっと寒すぎる。ポットの水も半分しかない。召使いを呼んで水をいっぱいに――」

クリスタベルがはっとしたときにはすでに遅く、戸口から出てきたバーンがこちらを見た。親孝行の現場を押さえられ、猟犬に驚いた狐《きつね》のように目をみはっている。

「ギャヴィン?」召使いを呼びもせず立ち尽くす息子に、母親が声をかけた。「どうしたの?」

バーンは息を吐いた。やがて、笑みが少しずつ唇に浮かんできた。「意外に早く会ってもらうことになりそうだよ、お母さん」

「ご、ごめんなさい」クリスタベルは口ごもった。「立ち聞きするつもりじゃ……目が覚めて、あなたがいなかったから……」

「かまいません」バーンが腕をさしだしてきた。「いらっしゃい。紹介しましょう」

しわだらけのドレスで、靴もはいていないことを痛切に意識しながら、クリスタベルは流れ落ちる髪に手をやった。「だめ、こんな格好で――」

「母はそんなこと気にしません。ご心配なく」皮肉をにじませ、バーンは言った。「いらっしゃい」

クリスタベルはバーンと腕を組み、促されるまま部屋に入った。もとは主寝室だったらしい部屋のなか、いちばん暗い隅に、半天蓋の巨大なベッドが鎮座していた。いまやここは病室で、つんと鼻を刺すような雑多な薬品臭と、切りたての薔薇《ばら》の甘い香りがまざり合っている。

部屋の照明は薄暗く、よくは見えないものの、女性向けの調度品を調えてあるらしい。上品なウィンザーチェアに、しゃれたドレッサー。華麗な模様のカーテンは、朝になればふたつの大きな窓から降りそそぐ日差しに明るく映えるだろう。けれども、ベッド自体に明るいところはかけらもない。天蓋から垂れさがる布のせいで、漆黒の闇《やみ》に閉ざされているのだから。

バーンはクリスタベルをベッド脇《わき》に連れていった。「紹介するよ。こちらは友達のクリスタベル、ハヴァシャム侯爵夫人。クリスタベル、母のサリー・バーンです」

「ごきげんよう、奥さま」バーンの母親の声は硬く、かすれていた。「いい夜ですこと。ご主人はどちらに？」

「彼女は未亡人なんだ」バーンが短く説明した。

どうしてよいかわからず、クリスタベルは小さく膝を折ってあいさつした。「お目にかかれてうれしゅうございます、ミセス・バーン」

おもしろい冗談だとでも受けとられたのか、甲高い笑い声がベッドのなかから聞こえてきた。「本当に？　思ってもみませんでしたわ、こんなところに侯爵夫人がおいでになって、お目にかかれてうれしいとかおっしゃるなんて」節くれだった手が闇のなかから伸びてきて、クリスタベルをさし招いた。「どうぞこちらへ。お顔をよく見せてくださいな」

クリスタベルは喉を上下させ、ベッドに近づいた。闇にのみこまれそうになっている小さな姿が、ようやく目に映った。表情はわからないけれど、その目は蝋燭《ろうそく》の明かりにきらめき、こちらを無遠慮に注視している。

「きれいな方ね、とてもきれい」ずいぶんたってから、ミセス・バーンが口を開いた。「小さいけれど」

「お母さん」バーンが戒めた。「失礼だよ」

「いいのよ」クリスタベルは割って入り、しかめっ面を作ってみせた。「小さいのが欠点だと思い知らされることはしょっちゅうだもの」

母親は喉の奥で笑ったあと、咳《せ》きこんだ。「それが欠点なら、わたしも一緒です。同じくらい小さいから。そこにいるきかん坊みたいに背の高い子をどうやってこしらえたのか、見当もつきませんよ」

皆が同じことを思い、沈黙が落ちた。殿下は大柄だった。

「ギャヴィン」母親がふたたび言葉を発した。「ポットに水を入れてきてくれない？　お友達のお相手は、わたしがするわ」

「なぜ?」バーンがきいた。「身分やら家族やらのことで質問攻めにするつもり?」

「生意気を言うんじゃないの」母親が切り捨てた。言葉の端々から慈しみがあふれていたが。「大きくなったからって、いまでもあなたをぶん殴ることぐらいできるのよ」

その言葉にバーンが苦笑した。こちらに向き直る。「いつもそうやってお仕置きされていたのです。ぶん殴られてね。まだこの手でカードを持てるのは奇跡としか言いようがない」

「まったくだわ。しょっちゅうぶん殴らなきゃいけなかったんだから。いたずらっ子で」母親が言い返した。「ほら、水を入れてきて」咳《せき》をする。「喉が渇いたわ。夕食の残りのブラウン・ブレッドも少し食べられそうだし。厨房《ちゅうぼう》から取ってきてくれない?」

バーンは疑わしげに母親を見たものの、クリスタベルの腕を離して部屋を出ようとした。けれども、戸口で母親に呼び止められた。

「廊下で盗み聞きなんかするんじゃありませんよ。ポットいっぱいの水と厚切りのパン、それにバターもほしいわ。十五分で持ってこなかったら盗み聞きがばれてしまうわよ」

バーンはクリスタベルに苦々しく笑いかけた。「わたしのことなど、母はすべてお見通しなんです」

バーンが出ていくやいなや、母親が話しかけてきた。「お座りなさい、レディ・ハヴァシャム」

かすかにアイルランドなまりのある命令口調がバーンを彷彿《ほうふつ》とさせ、クリスタベルは思わず微笑しながらベッド脇の椅子に腰かけた。

母親が、また言った。「どういうことかしら、こんなに身分の高い方が、うちの息子と一緒にいるなんて」

その問いに、クリスタベルの顔から笑みが消えた。どう答えたらいいのだろう。どの程度の話がバーンの意に副《そ》うのだろう。

クリスタベルは身構えた。「一緒にいたら変でしょうか？　魅力的な男性だし、働き者で――」

「ふつうの侯爵夫人がなびくような男じゃないわね」

「侯爵夫人になる前は、将軍の娘でしたから。働き者の男性になびいても、おかしくないでしょう」

ミセス・バーンはしばらく考えこみながら、口元を手で隠して咳をした。「でもね、それだけじゃ説明がつきませんよ。社交界のてっぺんを飛びまわっていられるのに、うちの息子とこんなところにいらっしゃるなんて」

ああ、お母さまも心得ておいでの話なら、どんなにいいか。当たりさわりのない答えを返そう。「息子さんに、お世話になっているんです。死んだ夫が……その……ギャンブルで失ったもののことで」

「ご主人は〈ブルー・スワン〉で大負けしたのね?」

「はい。でも、べつに――」

「それで奥さまは、自分の体で借金を払おうとなさっている」

「違います!」クリスタベルははじかれたように立ちあがった。「お金のために抱かれたりなんかしません。それに、ご自分の息子さんへの侮辱になりますわ。そんな下劣なやり方で未亡人をものにしているとおっしゃるなんて」

「そうね」闇のなかから鋭い目がじっと見つめてきた。「では、息子とベッドをともにしていらっしゃらないの?」

かっと顔が熱くなる。自分が愛人だと、当の母親に告げてよいものか判断がつかない。

「わたし……その……ただ……」

「答えなくても結構。だいたい想像はつくから」クリスタベルが頭をかかえたとき、乾いてかすれた声が言いつのった。「わたしだって、ばかじゃないんですよ。息子の愛人たちの噂《うわさ》は耳にしています。本人の口から聞いたわけじゃないけど。そういうことを母親に話す男なんていませんからね。でも、ゴシップ記事はやたらと多いし、エイダがバースの町で噂話を拾ってくることもあるし」

ミセス・バーンは言葉を切り、咳きこんだ。

「肝心なのは、ギャヴィンが愛人を連れてきて、わたしに引き合わせるなんて初めてだということ。紹介したい人がいるなんて一度も言ったことがないし。一度もね。おわかり？」

そう聞いて思わず心が躍りそうになったけれど、クリスタベルは自分を抑えた。「ご期待に副えず申しわけないのですが、彼がわたしを連れてきたのは、何か意味があってのことではありません。そうするしかなかったから。必要に迫られて」

ミセス・バーンが笑ったので、クリスタベルはぎょっとした。「必要に迫られて？　ギャヴィンが？　あの子が何かに迫られて動いたことなんてあります？」

その問いに、クリスタベルは言いよどんだ。「いいえ」

「ギャヴィンがなんと言いわけしようと、あなたを連れてきたのは、そうしたかったからでしょう。では、その理由は何かしら。あなた、ギャヴィンのなんなのですか？」

「自分でもわかりません」クリスタベルは肩を落として答えた。「本当にわからないんです」

「では、あなたにとってギャヴィンはなんなのです？」

クリスタベルは凍りついた。彼はわたしの何？　ストークリー男爵のパーティーに招いてもらうための、ただの伝手《つて》？　それだけではないでしょう。ベッドをともにするようになったのは、招待状が届いたあと、ずいぶんたってからのことだもの。

体の関係があるのは間違いないけれど、それだけではなかった。それだけで片づけたくない。バーンは苦労の見返りのつもりでわたしを愛人にしたのかもしれないけれど、それだけでは嫌。

「それも……お答えできません」乱れた声音にならないようにするのが精いっぱいだった。

「ギャヴィンが好きなのね？」かすれた声でミセス・バーンが言った。くだけた口調になっている。

きりきりと喉が引きつった。「そんなばかな。ギャヴィンがわたしを好きになってくれるはずもないのに」

「何言ってるの」ミセス・バーンは、ひとしきり咳をした。「頭のからっぽなアンナでさえ好きになったのに。あなたみたいにすてきな人を好きにならないなんて嘘《うそ》よ」

クリスタベルは目をしばたたいた。「わたしがお金のために抱かれているとおっしゃったばかりですのに――」

「あなたの人となりを確かめておきたかったの。それだけよ。ギャヴィンは頭の悪い女を選んだりしない。やっぱり男だから、きれいな女には弱いけれど」

「きれいな女を骨抜きにしてしまうほうが多いけれど」クリスタベルは口のなかでつぶやいた。

ミセス・バーンが笑い声をあげた。「たしかにそうね。女の扱いがうまいのは認めるわ。

でも、女に心を動かされたことは一度もなかった。ギャヴィンの心を動かしたい？　それなら、知っておいてもらいたいことがあるの。あの子のことで」暖炉のほうをさし示す。「そこに蝋燭があるでしょう。火をつけて、持っていらっしゃい」

クリスタベルはひとつ息を吸い、その言葉に従った。ふたたびベッドに近づいたとき、蝋燭の明かりがミセス・バーンの顔を照らしだした。

なかば覚悟はしていたものの、ひどく焼けただれた顔に、クリスタベルはあっと息をのんでしまった。咳をするふりでごまかそうとしたけれど。

「下手な咳はおやめなさい」ミセス・バーンが一蹴《いっしゅう》した。「鏡はあるわ。自分がどう見えるかぐらい、わかっているから」

「すみません――」クリスタベルは謝りかけた。

「気にしないで。この火傷《やけど》は息子の命を助けた名誉の印だもの。痕《あと》が残ったのを自慢したいくらいだわ」崩れた唇が薄く笑う。「そう思えないときも、たまにあるけど」

顔がよく見えるようになり、衝撃に声も出ない。これほどの火傷を負ったときの苦痛はいかばかりだっただろう。耳は半分しか残っておらず、髪は一本も生えていない。頭皮も、醜く引きつった火傷の痕だらけだ。「火事に遭われたという話は伺いました。でも、まさか――」

「生きていたのが信じられない？　たしかに死にかけたわ。でも、絶対に死ぬもんかと思ったの。ギャヴィンをたったひとり残していくわけにはいかないもの」

「それなのに、表向きは死んだことになさっていたんですね。なぜですか？」

「長い話になるわ」ミセス・バーンはクリスタベルを手招きし、ベッドに座るよう促した。クリスタベルの手から蝋燭を受けとり、ベッド脇のテーブルに置く。「火事の直後は、それはもうたいへんだったの。ギャヴィンを抱いて逃げだしたけれど、気を失ってしまって。しばらくしてギャヴィンが意識を取り戻したときにはもう、わたしはほかの人たちと一緒に聖バーソロミュー病院に運ばれたあとだったそうよ。死んだと思われていたらしくてね。助けだされた人たちも、結局ほとんど助からなかったようだし。病院に運ばれたときは、誰が誰だか見分けもつかない状態で。わたしだって、声が出せるくらいに回復して息子の居場所を尋ねられるようになるまで何週間もかかったもの」

手を握られ、クリスタベルははっとした。ミセス・バーンの手は老齢のせいで節くれだっているのではなく、火傷で引きつれ、ねじまがっていたのだった。

ミセス・バーンが言葉を継いだ。「ようやく居場所を突き止めたとき、あの子はいかさま師のところにいたわ。ちゃんと食べさせてもらってはいたようで、元気そうだった。体も不自由で醜い母親の面倒を見ながら暮らすより、幸せだろうと思えた。だから、わたしのことは何も伝えないよう、病院の人たちに頼んだのよ」

「じゃあ、どうして――」

ミセス・バーンは悲しげにほほえんだ。「もともと頭のいい子だもの。あの子のほうからわたしを見つけてくれたのよ。火事から一年近くたって、退院したとき。ご主人を亡くした看護婦さんが、わたしを田舎の家に住まわせてくれることになって。看護婦はちゃんとした女の仕事だし実入りもいいけど、ロンドンに赤ん坊を連れてくるのは無理だからと言ってね。それで、わたしは子守りになることにしたの」

握りしめてくるミセス・バーンの手に、痛いくらいの力がこもった。

「でも、かわいい息子をひと目見ないことにはロンドンを離れられなくて。たとえ顔は合わせなくても。本当に、見るだけでよかったのだけど」しばらく咳きこみ、また口を開く。「フード付きの外套《がいとう》を着て競馬場へ行って、物陰からギャヴィンの様子をのぞいたの。たくましい子よ。一人前に呑《の》み屋《や》の手伝いをしていたわ。根っからの呑み屋みたいに呼びこみをして、おのぼりさんたちを賭《かけ》に誘って」

ミセス・バーンは頭を振った。

「おまけに、競馬場は柄が悪くて。女が行くところじゃないわね。わたしみたいな女ならさほど危ない目には遭わないけど。杖《つえ》を頼りによたよた歩いているし、変な格好だし。それでも、わたしの顔を見ようとした与太者にフードを下ろされたわ。まわりにいた連中の反応ったら。みんな、ばかみたいに絶叫したりして」その目は涙で潤んだ。「でも、ギャヴィンが……駆けてきて、フードを直してくれたのよ。〝もう大丈夫だよ、姐《ねえ》さん。ばかなやつらのことなんか気にするな〟と言ってくれてね」

クリスタベルも泣いていた。涙が止めどなく頬を伝う。

「〝ありがとう、坊や〟と答えるのが精いっぱいだったけど。それだけで、あの子はわたしに気づいて、何もかも察してくれた。その後のわたしたちを見せたかったわ。ふたりして抱き合ったり笑ったり。クリスタベルの手を離し、シーツで涙をぬぐった。「わたしったら。もう何年にもなるのに、思いだすたびにめそめそして」

「いいじゃありませんか」クリスタベルは小声で言った。「そんな目に遭えば、誰だって泣きたくなります」亜麻布のハンカチを取りだし、自分の涙をふいてからミセス・バーンに手渡した。

ミセス・バーンは鼻をかんだ。「一緒に泣いているところを見られたら、ギャヴィンに笑われてしまうわね」

「たぶん。わかってくれませんもの、男の人は」クリスタベルはミセス・バーンが落ち着くのを待ち、続きを促した。「それからどうなったんですか？」

「あのとき、ギャヴィンに約束させたのよ。わたしが生きていることは誰にも知らせないようにって。もしも約束を破ったら、わたしは身を隠して二度と会わないと言ったわ。それでギャヴィンは、絶対に内緒にすると約束してくれた。やさしい子なのよ。その後、わたしはエイダの田舎の家に住むようになった。エイダが例の看護婦さんでね。ギャヴィンはロンドンに残ったわ」

「どうしてですか？　ロンドンで息子さんと一緒に暮らせばよろしいのに。人目が気になるなら、かつらとベールをかぶって、手袋もはめればいいでしょう」

ミセス・バーンはハンカチで口を押さえながら咳をした。「別居しようと思ったのは、人目を気にしたからじゃないわ。わたしは火事の前から〝アイルランドの売春婦〟と呼ばれていてね。そんな話がギャヴィンの耳に入るなんて、かわいそうすぎるもの。ふしだらな女じゃないと、息子さえわかっていてくれたら、他人になんと言われてもいいけれど。あの悪口が理解できるくらいの年齢になれば、苦しむのはギャヴィンだわ。悪口を言われて喧嘩《けんか》ばかりするでしょう。わたしをかばおうと、あちこちの店で揉《も》めたり、酒場のろくでなしと流血沙汰《ざた》になったり」

クリスタベルは小さくほほえんでみせた。「たしかに彼は……その言葉に……過敏になっているようです」

「無理もないわ。考えてもみて。〝あの母親が火事に遭ったのも自業自得だ〟とかいう、くだらないおしゃべりを聞かされ続けたら、もっとひどいことになっていたでしょう。わたしが死んだと思わせておけば、しばらくは悪口も言われるだろうけど、そのうちにおさまるわ。噂の主がいなくなればね」ミセス・バーンは苦しげに咳きこんだ。「わたしが生きているとわかれば、ギャヴィンは毎日のように悪口を聞かされ続ける。火傷の痕がどうだとか、〝焼かれた《バーンド》ミセス・バーン〟とかいう、ろくでもない冗談を聞かされなきゃいけない」

クリスタベルはうめき声を漏らした。

「あなたも聞いたのね。人は残酷になるものよ。ロンドン暮らしは神経も使うし、疲れきってしまうでしょう。ひとり身で自由な根無し草なら、あの子もなんとかやっていけるかもしれないけれど、わたしの面倒まで見させられたら——」

「でも、彼はまだ小さかったのでしょう?」クリスタベルは言葉を返した。「十二歳なんて、まだ子供なのに」

「ギャヴィンは別。何カ月も前から自活していたわ。ひとりで生きていく技を身につけていたのよ。わたしがロンドンに残っても、あの子の力にはなれなかった。重荷になるだけ。それにほら、エイダの家にいれば、なんとか生きていけたし」

「彼を連れていくこともできたでしょうに」

「連れていってどうなるの? 農場で働かせる? 鍛冶屋《かじや》に弟子入りさせる? そんな暮らしをするには、あの子は頭がよすぎたし、野心もあった。それに、エイダが看護婦の仕事で稼ぐ収入では、わたしと赤ん坊を養うので手いっぱい。ギャヴィンの面倒までは見きれなかったしね」ミセス・バーンの唇が険しく引きつった。「わたしが大喜びで息子と離れ離れに暮らしていたとでも思う？　何カ月かにいっぺん顔を見るだけの暮らしよ。おなかをすかせていないか、つらい思いをしていないか、そんなこともわからず――」その声は耳ざわりな咳にさえぎられた。「でも、いまのギャヴィンはどう？　わたしが離れずにいたら、いまのギャヴィンはあったかしら。そうは思えないわ」

どうだろう、よくわからない。わたしは、そこまで厳しい選択を迫られた経験もないわけだし。自分なら、どうしただろう。

ミセス・バーンの声音は誇らしげだった。「ギャヴィンは立派になった。たくましくて、まさに王家の血を引く息子だわ」ミセス・バーンはクリスタベルの手をぽんぽんと軽く叩《たた》いた。「あの子の父親のことはご存じね？」

「はい。でも、彼自身は、そのつながりが気に入らないようです」

ミセス・バーンがため息をついた。「ええ。悪いことはなんでも殿下のせいにして」

「無理もないと思います」

「そうかもしれないわね。でも、あの子はわかっていないのよ。苦労したおかげで、自分がどれだけ……たくましく強くなれたか。ずっと殿下に年金をもらっていたら、どうだったかしら。女優の私生児が出生のおこぼれにあずかって生きている、それだけよ。でも、いまのギャヴィンは自分でクラブを経営しているし、わたしが暮らせる屋敷も建ててくれて――」

「バースの片田舎に閉じこめた」バーンが戸口で声を発した。ポットと皿を手に入ってくると、母の顔とクリスタベルの濡《ぬ》れた頬を明々と照らしだしている蝋燭に目をやり、ぶっきらぼうに言った。「例の辛気くさい物語をすっかり話してしまったのか、お母さん」

「しかたがないでしょう」クリスタベルが言い返した。「あなたは話してくれそうにないし」

「話せるものですか」バーンがベッドに近づいてきた。「約束したのだから」

「ほらね？」母親が口を開いた。「いい息子でしょう？」

「本当に」クリスタベルはうなずいた。ベッド脇のテーブルに皿を置き、カップに水を注《つ》ぐバーンを見ていると、胸がつまった。

バーンは、さきほどまでクリスタベルが座っていた椅子に腰を下ろし、ひとくせありげに唇の端をつりあげてみせた。「内緒にしておいてくださいよ。血も涙もないという評判が崩れてしまう。そうなったら、金を返したがらない紳士が続出するでしょう」それから、クリスタベルだけに目配せをよこした。「あるいは奥方たちを送りこんで、わたしを撃たせようとするか」

「バーン」クリスタベルは声をとがらせた。「やめて――」

「それが馴《な》れそめ」バーンは瞳を心底いたずらっぽくきらめかせた。「わたしはレディ・ハヴァシャムに撃たれたんだ。亡きご主人の借金を取りたてに行ったときにね」

「本当？」母親が喉の奥で笑った。「ふうん、それでレディ・ハヴァシャムを追いかけまわしているのね。打ち負かせない相手は組み伏せてしまえというのが、あなたの信条だから」

バーンがうなった。「ちょっと、お母さん――」

「うぶな小娘じゃないのよ。あなたの女性関係くらい承知しているわ」母親が咳をした。「わたしだって、あなたのお父さんと関係を持ったわけだし。でも後悔はしていない。あなたを授かったのだから」

「つらく惨めな暮らしも」うつろな声でバーンが言った。

「ふん、誰の暮らしも、それなりにつらかったり、惨めだったりするものよ。ときどきつらく苦しい思いをすれば、それだけ幸せも実感できるようになるわ」ミセス・バーンはクリスタベルの手をさすった。「今夜は、とくに幸せ」

その言葉に激しい咳が続いた。バーンが立ちあがった。「もうやすんだほうがいい」かがみこんで母親の頬にキスをしたあと、クリスタベルに腕をさしだした。

クリスタベルも立ちあがり、バーンと腕をからめたとき、母親の鋭い声が飛んできた。

「ギャヴィン、どの部屋をレディ・ハヴァシャムに使っていただいているの？」

「豪華なピンクの部屋を」

ミセス・バーンが微笑し、うなずいた。「少しは、おもてなしの心得があるようね」

クリスタベルは笑いをかみ殺した。息子の愛人関係を熟知している母親にしては、ずいぶんと形式にこだわる。

かたやバーンも、こちらの屋敷に来ると別人のようになるのだろう。広大な地所を持つ立派な紳士に。なんだか想像もつかないけれど。

「おやすみなさい、お母さん」

一緒に部屋を出ようとしたものの、クリスタベルは衝動的に腕をほどき、ベッド脇に駆け戻ってミセス・バーンの引きつれた頬に口づけをした。「彼のこと、お聞かせくださってありがとうございました」かすれた声で礼を言う。

ミセス・バーンの目に涙があふれた。「ありがとう、ギャヴィンをわかろうとしてくれて」

クリスタベルがバーンのもとに戻ると、好奇心をほとんど隠しもしない瞳が見つめてきた。そして、部屋を出るなりバーンが口を開いた。「ずいぶんと感動的なおしゃべりをなさっていたようですね。わたしとの関係について質問攻めにされましたか?」

「どんな話だったかは内緒よ」

「この屋敷を出てからも内緒にしていただきたいものです」並んで廊下を歩きながら、バーンがそっけなく言った。

「あなたの信頼も、お母さまの信頼も裏切ったりしないわ。ご存じでしょう?」

バーンが半眼で見すえる。「そうでなければ、あなたをここに連れてきたりしません。もっとも、わたし自身は、母のことを内緒にしなくてもいいという許しが出るのを待ち望んでいるのですが。母をロンドンに引きとり、もっと手厚い治療を受けさせたい」

「どこかお悪いの？」

「肺が弱くてね。火事のせいではないと医師たちは言っていたが、そうは思えません。ここ数年、秋冬は悪寒や咳や胸の痛みに悩まされているようで。命が危なかったことも何度かありまして。それでわたしも、しょっちゅうこちらへ駆けつけなくてはいけないのです」

　ピンクの部屋の前まで来たとき、バーンが足を止めた。態度が一変している。

「その……今夜は……その……」

「ひとりでやすめばいいのでしょう？」クリスタベルは目をきらめかせながらバーンを見あげた。「わかっているわ、そのくらい」

「さぞかし、おもしろがっていらっしゃるでしょうね」

「悪の申し子ミスター・バーンが、母親の手前、愛人と寝室を別にするって？」クリスタベルは軽口を叩いた。「まさか。おもしろがるわけないでしょう、そんなことで」

　危険な光を瞳に宿し、バーンがクリスタベルを扉に押しつけた。「どういう経緯でそのような評判を得ることになったか、教えてあげたほうがよさそうですね」

想《おも》いのこもった深い口づけに、欲望とは違う痛みがクリスタベルの胸の奥を刺した。ようやくふたりの体が離れたとき、彼も何かを感じているらしいことが瞳の奥に見えた。けれども、彼が発した言葉はひとつだけだった。「ありがとう」

「何が？」

「母を人間として扱ってくれて」

クリスタベルは目をみはった。「人間だもの」

「そうですが。たいていの人は、怪物のごとき顔を見ると、中身まで怪物であるかのように扱いがちですから。あなたがそうでなくて感謝しています」

「いいのよ、感謝だなんて」胸がつまり、クリスタベルは柔らかく言った。ふたたび近づいてこようとする唇をさえぎった。「あんまりキスをしちゃだめよ。いい子でいようとするあなたの努力を無駄にしたくなるから」

笑い声があがる。「しかたがない。おやすみなさい、ダーリン」

「おやすみなさい……ギャヴィン」

彼は歩きだしかけたが、ファーストネームで呼ばれたのに気づき、ふいに立ち止まった。片眉を上げ、クリスタベルを見る。

クリスタベルは肩をすくめた。「その名であなたを呼ぶ女が増えたわね。気になる？」

「いいえ、べつに」そう答えたものの、バーンは燃える瞳で彼女をじっと見つめたあと、廊下の奥の部屋に消えた。

「おやすみなさい、わたしの王子さま」その扉が閉まったあと、クリスタベルはそっとささやいた。わたしの王子さま。愛《いと》しい背徳の貴公子……。自分も部屋に入ったものの、彼が一緒にいないので、なんだかひどくさびしい。なにしろ、さほど罪深い男でもなかったという証拠を矢継ぎ早に突きつけられたのだから。信頼できる相手だとわかってきた。大事にしたいと思える……心から愛せる相手。

〝愛人のままでいたければ、それだけは言っちゃだめ〟

まばたきをして涙をこらえ、ドレスを脱ぐ。ストッキングも脱いでベッドに座りこんだ。これからどうしたらいいの？　ギャヴィンを愛してしまったなんて。そう、わたしはギャヴィンを愛しているのだから。もう気づいてしまった。そのうえ、いずれは彼にも愛してもらえるかもしれない、そう思えてきた。

けれども時間がない。例の手紙が、ふたりのあいだに大きく立ちふさがっている。ふたりとも目に入らないふりをしているけれど。なぜ彼が殿下をあそこまで憎んでいるのか、これで納得がいった。手紙の中身を突き止めるまで、ギャヴィンは決してあきらめないだろう。ストークリー男爵と裏取り引きをする必要に迫られようとも。

ため息がこぼれる。こちらは何も知らされぬまま、ギャヴィンと男爵だけで事を進められてしまうかもしれない。四六時中ギャヴィンのそばにいるわけにもいかないし。残り時間が少なくなるにつれて、切羽つまってしまうのもわたしだけ。

手紙を発見し、その重大性に気づいたギャヴィンがどうするだろうかと、思い悩んでいるだけでいいの？　それとも、彼に真実を打ち明けてしまう？　いちかばちか賭《か》けてみようか。何もかも包み隠さず話したうえで、手紙を悪用したらたいへんなことになると説得できれば、ギャヴィンも良心に従ってくれるかもしれない。

これが一週間前なら、そんな危ない賭はしなかった。けれども、あのときはまだギャヴィンの素顔を知らずにいたから。ギャヴィンは何よりも家族を大事にしている。彼がお母さまを守ってきたように、わたしも父を守らなくてはいけないと言えば、わかってくれるだろうか。

いいえ、とても無理。父の命がかかっているのに、そんな危険を冒せるの？　でも、危険を冒さなくてどうするの。ギャヴィンの助けがなければ手紙は取り戻せない。日がたつにつれて、痛いほど思い知らされた。それに、彼に味方でいてもらうためには、男爵位だけでは足りない。男爵になっても、お母さまの苦しみは消せないのだから。あきらかに、その苦しみこそが彼をむしばんでいるのだから。お母さまの敵を討つまで、ギャヴィンは止まらない。

復讐《ふくしゅう》がもたらすものは、さらなる苦しみだけだと悟ってもらえないかぎり。

〝あなたのそばにいると……悪いことなどできない……そんな気分になってしまう〟

ああ、あの言葉が真実であってほしい。ギャヴィンが復讐を果たすには、いまが絶好の機会なのだから。そして、手紙から得た情報で復讐を果たす気になれば……。

ギャヴィンに過ちを犯させてはいけない。絶対に。これこそ、絶対に負けられない賭。

20

キューピッドの矢に射抜かれても、まるで気づかないのが男というものです。
——作者不詳『ある愛人の回想録』

どうもクリスタベルの気持ちが読めない。今朝バースを発《た》って以来、クリスタベルは馬車の窓から外ばかり見ている。目の前を通りすぎていく緑の丘や秋めいてきた林に、悩みごとの答えが書いてあるかのように。

やはり、バースに連れてきて母に会わせるべきではなかったかもしれない。だが、すんだことを後悔しても始まらない。母の話でクリスタベルが思い悩んでいるのでないかぎり。かつての暗い日々のことを、母はどれだけ話したのだろう。

「どうしたんです、かわいい奥さま？　黙りこんで」

「ストークリー男爵の屋敷に戻ったあと、どうなるかと思って」

ギャヴィンは肩の力を抜いた。そういうことか。「決勝を前に緊張しているのですね？」

クリスタベルが彼を見すえた。「いいえ。緊張したほうがいい？」

「誰が勝ち残っているかによります」

「これからは、あなたとわたしとでパートナーを組むのでしょう？」

ギャヴィンはクリスタベルにやさしくほほえんだ。「もちろんですとも、かわいい奥さま。今夜、まだ参加費を払って勝負を続行できる者は、ひとり残らず招集をかけられます。パートナーを決めるようストークリーが告げたら、わたしたちは互いを選ぶ。それだけのこと。そのあとは、ふたりで戦っていくんですよ。どのような運命が待ち受けていようとも」

「死がふたりを分かつまで」クリスタベルがそっけなく言い添えた。意外な言葉にギャヴィンが反応する間もなく、クリスタベルが問いかけた。「だから愛人とはパートナーを組まなかったの？　一時的な関係で終わらせたいのに、パートナーなんか組んだら一生のつき合いになってしまうから？」

「ストークリーのほうが強いから、彼女たちとは組まなかったのですよ、ダーリン」

「わたしだって弱いわ」クリスタベルが眉根を寄せた。

「強いですよ」ギャヴィンは異を唱えた。

クリスタベルが鼻を鳴らす。「残って勝負を続けなくてもいいなら……あなたと男爵が賭《かけ》なんかしていなければ、いますぐやめるのに。ほかの人たち全員を倒せるような腕じゃないのは、自分でもわかっているもの」

「何をおっしゃるやら。その気になれば、ほかの誰にも引けを取りません。唯一、問題があるとすればエレナーです。あなたの感情を揺さぶりにかかるはずだから。しかし、運はわたしたちに味方するでしょう。あの怪我《けが》ではまともな勝負などできやしません」ギャヴィンは言葉を継いだ。「あとはレディ・ハンゲート。あなたより強いが、攻撃性の点では劣ります。それから、レディ・キングズリーと戦う際の極意をお教えしましょう。彼女は切り札を温存する傾向にあります。それを覚えていれば楽に勝てるでしょう。あなたが勝負に集中してくれればの話ですが。むしろ、そちらのほうが問題だと思えてきました」

「大丈夫よ。今夜までには集中できるようにしておくから」クリスタベルが重々しく息をついた。「でもその前に、大事な話があるの」

「なんでしょう」ギャヴィンは警戒のまなざしを向けた。昨夜《ゆうべ》からずっと、まるで先行きが読めない。〝死がふたりを分かつまで〟などと言われれば、なおさらだ。それがクリスタベルの望みなのか？　結婚？　そんな期待を持たせていいのか？

そこが肝心な点だ、そうだろう？　クリスタベルとは一時的な関係だけで終わらせたくないという気になってきた。むしろ、もっと長い関係を結びたい。クリスタベルがほしくてたまらない。自分でも正気の沙汰《さた》ではないと思うが。確実に手に入ると言いきれるもの以外、何も望んではならない。そう肝に銘じて、何年もたつのに。

「お互いに手のうちを明かしましょう、ギャヴィン」

脈拍が速くなる。「いいですよ」

「いま手紙が見つかったとしたら、どうなさるおつもり?」

ギャヴィンは目をしばたたいた。手紙。そんな話か。「どういう意味です?」

「あなたが手紙を捜しているのは、自分で利用したいからよね。そのくらい、わたしにもわかるわ。手紙が見つかったら……手紙をあなたにあげたら……どうなさるの?」

「内容によりますね」

「言ったと思うけれど、殿下にとっては都合の悪い内容よ」

「醜聞の種ということですね」クリスタベルが何も答えないので、真実を告げるべきかどうか思案した。いや、昨夜、母と引き合わせたのだ。こちらの思惑にも共感してくれるに違いない。「わたしは殿下に手紙を突きつけ、公に母への謝罪の言葉を述べさせるつもりです。あの男のせいで、母は嘘《うそ》つきの売春婦という汚名を着せられた。まず、それを撤回させたい。母は殿下とだけ関係を持ち、落《お》とし胤《だね》をもうけたのだと宣言させます」

「殿下が承知なさるとは思えないわ。ただでさえ評判が悪いのに。嘘つきで女癖も悪いなんてことになったら、国民に合わせる顔もないでしょう」

「嘘つきで女癖も悪いのは事実です」

「まあね」クリスタベルが嘆息まじりにうなずいた。「あなたが謝罪を求めるのも無理はないわ。それに、あなたが手紙を見つけたら、殿下も筋を通すべきでしょう」彼女はギャヴィンを見つめた。「決めた。手紙の内容を教えてあげる」

予想もしていないことだった。ギャヴィンはクリスタベルを横目で見た。「どういう風の吹きまわしですか?」

「事の重大さをわかってもらえれば、手紙の扱いも慎重になると思うから。たしかに殿下の罪は軽くないけれど、それも大目に見てもらえそうな気がするし」

いくら言っても無駄なこと。そう思ったが、ギャヴィンは何も口に出さずにいた。いよいよ真実を聞きだせるというときに、よけいな口をはさむつもりはない。

クリスタベルの喉が、ごくりと上下した。「子供のために自分を犠牲にしてきた母親は、ほかにもいるのよ。あなたくらい親孝行な人は、そういう母親を苦しませるようなまねなんかできない。そう思いたいの」

ギャヴィンは目をすがめた。「誰の話です?」

気力をかき集めようとしているのか、クリスタベルが肩をいからせた。「マリア・フィッツハーバート。いまなお殿下の正式な妻と目されている人よ」

「ミセス・フィッツハーバートには――」言葉がつまった。全身で血潮が轟々《ごうごう》と音をたてている。「子供がいるのですか?」

「男の子がひとり。ジブラルタルにいるわ。二十年ほど前に父が引きとり、部下の軍人と妻に養育させたの。例の手紙は、ミセス・フィッツハーバートから父へ宛《あ》てたもの。子供を国外にやり、軍人の息子という名目で育てるよう指示した手紙よ」

その言葉の衝撃が、嵐《あらし》の海にも劣らぬ激しさで押しよせてきた。「なんと。殿下がミセス・フィッツハーバートに子供を産ませていたとは。それがどういうことか、おわかりですか？」

「もちろん。子供を外国にやって、いままでずっと隠してきたくらいだもの」

「本当に子供をミセス・フィッツハーバートに産ませていたのであれば、世継ぎの王子としての殿下の立場があやうくなります」興奮を抑えきれず、ギャヴィンは身を乗りだした。

「ただの愛人に産ませた落とし胤ではない。カトリック教会では、殿下と夫人との結婚はいまも有効です。したがって、ふたりのあいだに生まれた子供が正統な王位継承者であるとみなす者も多いでしょう。そうなれば、父王ジョージ三世陛下も議会も、ジョージ殿下に王座を譲りはしない。その跡継ぎに問題があるのだから」

クリスタベルが首を縦に振った。「そういうこと。だから殿下は必死になって手紙を取り戻そうとしているの。いま手紙が公にされれば、王座につく望みは完全に絶たれるから」

「願ってもないことだ」ギャヴィンは嬉々《きき》として言った。「あの男に事実を認めさせたくて、ずっと切り札を探していたのです。だが、こんな手があろうとは！　これでもう、あの悪党は王になれない！」

クリスタベルが蒼白《そうはく》になった。「ねえギャヴィン、聞いてちょうだい。あなたが殿下を憎むのも当然だと思う。でも、手紙を公にしたらいけない理由は、あなたにもわかるでしょう？　自分のことばかり考えないで」

「いいではありませんか」ギャヴィンは一蹴《いっしゅう》した。「あのろくでなしこそ他人を顧みず自分のことばかり考えている。あれがいなくなれば、この国はずっとよくなります。身勝手な豚、イングランドの令名と評判を食いつぶしている諸悪の根源なのだから。あの男の王位継承を阻めば、大勢の人から感謝されるでしょう」

「王党派のトーリー党みたいに、殿下を守って戦う人もいるはずよ。そうなれば、国じゅうの混乱が何年も続く。何年も。チャールズ一世陛下の王位継承問題で五十年も争いが続き、名誉革命が起こったわ。ジャコバイトの反乱から、まだ六十年しかたっていないのよ。なぜミセス・フィッツハーバートが息子を国外にやることに同意したと思うの？　嵐のまっただなかに息子を置いておきたくなかったからよ。息子を愛していたから、そんな重荷を負わせたくなかったのよ」

「いいえ、あの男に命じられて、そうしただけです。まんまと言いくるめられて」マリア・フィッツハーバートと母の犠牲を同一視するほど愚かではない。「結局、あの男の思う壺《つぼ》だ。いいですか、いまこそあの男から国を守る好機です。あの男を痛めつけて――」

「あなたとお母さまの敵を討つのね」クリスタベルの目に涙があふれた。「ギャヴィン、あなたは復讐《ふくしゅう》しか望んでいない。あなたの恨みを晴らすことで、国が分裂してしまうわ」

「そんなことはありません。あの男に代わり、弟君のフレデリック殿下が王位継承者になるだけの話です。それが筋ですからね」

「だとしても、それに賭《か》けてみるわけにはいかないわ。考えてもみて、皇太子殿下を敵にまわしたらどうなるか。公然と非難されるのよ、王室にスキャンダルをもたらした人間として――」

「かまいません。これまで浴びせられてきた罵倒《ばとう》に比べれば、たいしたことはない」

「そうね。でも、いまでは出世して立派な地位を築いたわ。お母さまだって、あなたの成功を、あんなに誇らしく感じていらっしゃるのに。非難がましい記事が新聞に載って、喜んでくださると思う？」

一瞬、ギャヴィンは言葉を失った。「母は理解してくれます」くいしばった歯のあいだから言う。「わたしを応援してくれます」

「そうかしら。新聞は、お母さまのことまで十倍も悪く書きたてるわ。居場所まで、かぎつけられてしまうでしょう」

「少なくとも母の汚名は晴らせる」

まぎれもない絶望が、クリスタベルの美しい顔に広がった。「では、わたしはどうなるの？　父は？」
「どういう意味です？」声が喉にからむ。
「言ったでしょう？　手紙が公にされたら、父は将軍職を解かれる。反逆罪で逮捕される
ようなことになれば――」
「なりません。殿下に愛想を尽かしているホイッグ党でさえ、戦勝の立て役者の忠誠心を
疑うはずがない」
「王位継承順位への干渉は反逆罪になるわ。絞首刑に処されてしまう」クリスタベルが喉
を上下させた。「殿下は追及の手をゆるめず、きっと父を追いつめる。そう思わない？
王座にはつけなくなるかもしれないけれど、それでも強い立場の王族だわ。父は手紙を焼
き捨てるよう命じられていたのに、そうしなかった。だから、なんらかの形で責めを受け
るでしょう」その声は小さくなり、ささやくほどになった。「それに、わたしも。そもそ
も、手紙のことを夫に話してしまったのは、わたしなのだから」
そう聞いたとたん胸の奥に感じた衝撃を、ギャヴィンは一刀両断した。「あなたが責め
を受けることなどありません。わたしが、そんなことはさせない」前かがみになり、クリ
スタベルの両手を握りしめる。ひどく冷たい。恐怖に凍った指に、ギャヴィンの心はわし
づかみにされた。「お父上を罪に問うようなこともさせません。約束します。わたしにも、
人脈がなくもない。わたしと弟たちとで――」

「弟たち？」

　不覚。よけいなことまで口走ってしまった。

「ドレイカー子爵のことは聞いているけれど……」クリスタベルが言いよどんだ。合点がいったような表情になる。「アイヴァースリー伯爵も落とし胤なのね？　三人で仲がいいから、何かあると思っていたわ」

「そのとおり。それにアイヴァースリーは伯爵で、影響力もある。兄弟三人が力を合わせれば、お父上は守れます。あなたのことは、わたしが守る。あなたとお父上の面倒を見る余裕も十分あります。あれだけの戦功を挙げた将軍が任を解かれるとも思いませんが、万が一の場合はバースの屋敷で暮らせばよろしい。あなたもご一緒に」

　クリスタベルの視線が離れていき、足元に落ちた。「父は喜ぶでしょうね。娘の愛人と一緒に暮らせるなんて」

「娘の夫では？　それならどうです？」

　こんなことを言うつもりではなかったのだが、口にしたからには、それでいい。クリスタベルを妻にする。ほんの数週間前であれば鼻で笑っていたところだが、いまでは夢のように思えてきた。結婚すれば、もう何にも悩まされることはない。わたしにはクリスタベルがいる。クリスタベルには、わたしがいる。誰になんと言われようとかまうものか。

　クリスタベルの顔に悲嘆の影がさし、ギャヴィンが手のひらで包みこんでいた彼女の両手が震えた。「その気もないのに結婚を口にするなんて。そうまでして手紙がほしいの？」

「本気です！」クリスタベルの手が逃げていきそうになったが、彼は放すまいとした。

「いいかげんな気持ちで言っているのではない。手紙を奪うための作戦でもありません。結婚しましょう。いい関係を築けるはずです。あなたとわたしで」

彼女のせつないまなざしがギャヴィンを見つめた。「あなたとわたし、それに、あなたが折々につき合う愛人とで」

「いいえ」ギャヴィンは重い息を吐いた。自分でも耳を疑うようなことを言おうとしている。「妻ひと筋の夫になります」クリスタベルが疑わしげな顔をしたので、荒々しく言い添える。「浮気はしません。誓います」

「あなたの妻でいたければ、わたしはただ、そばで眺めていればいいのね。あなたが国を裏切り、父に死刑の宣告が下るのを――」

「それと結婚とは関係ない！」ギャヴィンは声をあげた。

「全部、関係あるわ」クリスタベルが声をとがらせた。「横取りした手紙を公開するような人とは結婚できないもの」

ギャヴィンは目をすがめた。「あの身勝手な悪党に味方するとおっしゃるのですか？」

「殿下に味方しているわけじゃないわ！」いらだちに、クリスタベルの表情が険しくなった。「とりあえず、殿下やイングランドのことはいいの。わたしと父のこともね。キャメロンのことを考えてあげて」

　ギャヴィンはクリスタベルの手を振りほどいた。「どこの誰ですか、そのキャメロンというのは？」

「ミセス・フィッツハーバートの息子よ。例の手紙の子。これまでずっと、陸軍の隊長夫妻の息子という名目で暮らしてきたの。隊長夫妻から大事にされ、かわいがられて育ったわ。それをいまになって、あなたは全部めちゃくちゃにしようとしているのよ」

「間違いであれば指摘していただきたいのですが、その子供とやらは、いま二十二歳かそこらではありませんか？」

「ええ。それが何？」

「ささやかな家を失い、ほぼすべてのものを失い、母を失ったとき、わたしは十二歳でした。温かな家庭でぬくぬくと愛されて育った若造に同情しろなどと言わないでください。彼の未来も安泰ですね。殿下のうしろ盾があるのだから。十二歳のわたしには、どんな未来が用意されていたとお思いですか？」

「ギャヴィン――」

「あの火事のあと、何があったか教えてあげましょう。わたしを引きとったいかさま師は、〝やさしい父親〟に何度も申してた。あの種馬殿下にね。天涯孤独の身となった子供に、少しぐらい援助をしてもいいではないかと。しかし殿下は、すべて無視したのです」ギャヴィンは冷たく笑った。「少しでも金を払えば、事実上わたしを認知することになると考えたのでしょう」ギャヴィンの腹の底で怒りが熱い焼き印のように燃えた。「おっしゃるとおり、あの男は嘘つきで女癖も悪い。そのくせ、自分の非を棚に上げ、母を誹謗《ひぼう》した。それに比べれば、落とし胤だとわかっている子供の苦境に目をつぶるくらい、なんでもありません。ひどい汚名を着せられた愛人が、息子のためを思えば息子を捨てるしかないと思いつめても、あの男にとってはなんでもないことなのです」

クリスタベルの顔に同情が広がったので、ギャヴィンは思わず目をそむけた。

「母を見ればわかるでしょう。殿下に見捨てられたせいで、どれほどの苦しみを味わったか」声がひび割れた。「どうしてあんな大火傷《おおやけど》を負ったか、お聞きになりましたか?」

「あなたを火事のなかから助けだしたそうね」クリスタベルが、ごく小さな声で応じた。

「そうです。生活のためにかけ持ちしていた手間仕事を終え、夜更けに戻ってきたときに。まだ子供がなかにいると聞かされた母は、濡《ぬ》れたブランケットをかぶって部屋に飛びこんだ。わたしを見つけたものの、いっこうに目を覚ます気配がない。そんなわたしを抱いていれば、ブランケットをかぶることもできない。それで母はブランケットでわたしを包み、自分は無防備のまま炎のなかを突っきったのです」こみあげてきた過去の苦悩が胸をふさぎ、火事のあと何週間も服にしみついていた煙のにおいのように鼻を刺す。「みずからを犠牲にした母は、何カ月も苦しんだ。いまなお苦しんでいます」

目の奥の熱い涙を必死にこらえる。ギャヴィンはこれまで涙を流したことなど一度もなく、いまも流すつもりなどない。あの過酷な夜の母と同じぐらいには、自分も強くなれるのだ。

ギャヴィンは両手で固くこぶしを握り、クリスタベルに視線を戻した。「あの下劣な男さえいなければ、母はどこかの煉瓦造《れんがづく》りの家で快適に暮らしていたはずです。しょっちゅう火事が起こったりしないような高級住宅街で。夜中に子供ひとり家に残したまま、つまらない手間仕事でぼろぼろになるまで働くこともなかった。母にひどい仕打ちをした殿下は、報いを受けなくてはならない。母の敵は、わたしが討ちます」

「お母さまは敵討ちなんか望んでいらっしゃらないわ」クリスタベルが言い返した。「昔の恨みも、いまはもう消えているの。苦しかった日々のことは、過去のものとして、しまっておくほうがいい。復讐は過去を蒸し返すだけよ」

「そうともかぎりません。敵討ちをせず、過去を水に流すなど不可能です。母の顔を見るたびに、あの男のことが――」

「お母さまは、いまは幸せよ。わからない？　復讐なんかで人生が開けると本気で思うの？　それに、弟さんたちは？　あなたほど殿下を毛嫌いしているようには見えないけれど。あなたのせいで殿下が即位できなくなったら、弟さんたちは喜ぶかしら」

「いますぐは無理としても、いずれ納得するでしょう」ギャヴィンは低く吐き捨てた。

「では、わたしは？」かぼそい声できく。「どんな気持ちになるか、想像はつくわね？これまで必死に守ってきたものが壊されていくのを、そばで見ているだけなんて耐えられない。いくらあなたを愛していても無理だわ」

愛。ふたりのあいだで宙ぶらりんになっている言葉、輝かしい希望。ほかの女の口から出たときは、楽しい情事が牢獄《ろうごく》へと変貌《へんぼう》していく合図にしか聞こえなかったのだが。クリスタベルが口にすると、これまで望むべくもなかった暮らしへの招待のように聞こえる。いまは、こんな暮らしを望んでもいいのではないかと思えてきた……。

戦慄《せんりつ》が走った。違う人間になれと言うのと同じことなのだ。クリスタベルとの結婚は、ひとつの手だ。現実的で、無駄もない。だが、クリスタベルを愛することは？　笑止。

「そんなことを言うものではありません」ギャヴィンは語気を強めた。

クリスタベルの顔から血の気が失《う》せた。「何を？　あなたを愛しているということを？無理だわ。本当なんだから」

心が激しく揺れ、ギャヴィンは顔をそむけた。「違います。愛だと思っているだけで、ただの気の迷いです。母に会ったせいで、わたしのことまで立派で正義感に満ちた人間だと思いこんだのでしょう。やたらと殊勝な人間とでも思いましたか。とんでもない。わたしは長年の極貧生活に耐えてきただけです。良心を叩《たた》きつぶし、罪の意識を踏みにじって」

「もう、そんなことはしなくてもいいのよ。仕事は順調だし、友達も家族もいるし――」

「肝心なのは過去です。失ったものは二度と戻ってこないのですよ、クリスタベル。あとに残されたものは、ただの……良心も罪の意識も持たない生き物です。あなたがそれを受け入れられるなら、わたしと人並みの結婚ができるでしょう。だが、それ以上を望むなら、わたしはあなたの望むものにはなれません。心のない人間ですから。お忘れですか？」

「そうは思えないわ」クリスタベルに顎を軽くつかまれ、真正面から向き合わされた。

「わかっているんだから。あなたは使用人に親切だし、カードでいかさまをした子たちも許してあげたし、大事な家族を必死に守っているわ。心のある人間でなければなんなの？」

その瞳は愛に明るく輝き、あからさまな誘惑のごとく間近で揺れている。けれども、クリスタベルの思うとおりの人間になろうとすれば、復讐はあきらめなくてはいけない。そんなことはできない。とにかく不可能だ。

「好きなように思っていればよろしい。勝手な思いこみを引きずっていればいい」クリスタベルの瞳から視線を引きはがし、うつろな声で言う。「愛などという戯言《たわごと》に理性が揺らいだことなど、これまで一度もありません。これからも揺るぎはしない」

傷ついた獣のような低いうめき声がクリスタベルの唇から漏れた。ギャヴィンはひどく心が痛み、自分の言葉を撤回したくなった。だが、今後もなんらかの形で一緒にいるのであれば、現実の自分を直視してもらうほかない。

「手紙を見つけたら公表するつもりね？」クリスタベルが弱々しい声をしぼりだした。

「あの男を打ちのめすことができるなら、いかようにでも使うつもりです」

「そんなことはさせない」クリスタベルが小声で言った。「しょうがないわね。これからはふたり別々の道を行くしかないわ」

激しい胸の鼓動を感じながら、ギャヴィンはクリスタベルに目を向けた。「どういう意味です？」

「手紙は、わたしひとりで捜します。それに、もうこれ以上……あなたとベッドをともにすることはできません」

見境もない怒りが押しよせてきた。「ほかの愛人たちも、別れるという脅し文句でわたしを手玉に取ろうとしましたよ、かわいい奥さま。そんな脅しには乗りませんが。無駄です」

傷ついたようなクリスタベルの表情を目にしたとたん、ギャヴィンの胸の奥で硬いしこりが生まれた。「手玉に取るだなんて。あなたが何もかもめちゃくちゃにするのを黙って見ていられないと言いたいだけよ。だから、もうベッドをともにすることもできません。つらすぎるから」

「結構です」厳しく言い捨てる。猛烈な怒りがこみあげてきた。このままでは自分が何をしでかすか見当もつかないほどの激怒だった。ギャヴィンは馬車の天井を叩き、大声で御者に命じた。「止めなさい」

「なんなの？」クリスタベルの顔に警戒の色が浮かんだ。

馬車が止まり、ギャヴィンは扉に手をかけた。「わたしの存在に耐えられないのでしょう？」嫌味がましい言葉を吐く。「わたしは御者台にいます」

ギャヴィンは外へ身を躍らせたものの、ふと動きを止め、取っ手につかまったまま振り返った。

「おひとりで手紙を見つけられるといいですね。ああ、こう申しあげるべきでしょうか。わたしより早く手紙を見つけられるといいですね。どのみち、わたしのものになるが」

21

未練がましい男もいます。

——作者不詳『ある愛人の回想録』

〝どのみち、わたしのものになるが〟

それから二日間、クリスタベルは幾度となく思い悩んだ。あの言葉は、どういう意味だろう。ギャヴィンは手紙のことでストークリー男爵と取り引きをするつもりだろうか? 思惑の異なるギャヴィンと男爵が取り引きできるとは思えない。男爵は本気で手紙を公表しようとは考えていない。プリンセスと結婚したいのだから。かたや、ギャヴィンは殿下の即位を阻むために、なんとしてでも手紙を公表するつもりでいる。

胸が苦しい。ギャヴィンは理解してくれないだろう。復讐《ふくしゅう》の機会を逃すはずがない。わたしは賭《かけ》に負けてしまった。

それでも、ギャヴィンに包み隠さず告げたことは後悔していない。少なくともいまは、彼が先に手紙を見つけても、行動する前に考えてくれるかもしれないし。わたしの話を思いだし、恨みの壁を突き崩してくれるかもしれない。

「カードを切りなさい、レディ・ハヴァシャム」向かいから厳しい声が飛んできた。

顔を上げると、ギャヴィンだけでなく相手方二人も、こちらを注視していた。クリスタベルは勝負に意識を戻し、カードを切って手渡した。ギャヴィンがカードを配り始めた。

この期におよんで、なおギャヴィンはクリスタベルをパートナーに選んだ。断るどころか、ほかの人と組む機会さえくれなかった。バースから戻るなり、一同の前で、クリスタベルと組むと言ってのけたのだった。

いつも監視の目を光らせておきたいだけなのだろう。それでもクリスタベルは異を唱えなかった。なるべく長くストークリー男爵邸に滞在することが肝心だし、ギャヴィンと組めば、いつも絶好調なのだから。大半のパートナー同士よりも深いところで理解し合っているように思う。そのうえ、ギャヴィンを見ているだけでも、いろいろな発見がある。

この二日間、ギャヴィンと組んで戦ってきたことで、別の面も見えてきた。ギャヴィンにとっても、心のない人間となることは至難の業らしい。自分もカードテーブルでは心を捨てる必要に迫られたため、よくわかった。とはいえ、ホイストで勝ち残るには、ほかに道はない。ギャヴィンをただのパートナーと考えなくては。視線を上げ、硬く冷たくよそよそしいギャヴィンを目にするたび、心にわきあがってくる感情を押し殺さなくては。

いまもギャヴィンは、からくり仕掛けの玩具《おもちゃ》を思わせる最低限の動作で、几帳面《きちょうめん》に手札を並べ替えている。

本当に結婚を申しこんできたのと同じ人物とは信じがたい。もっとも、あのときは本気でも、いまは気が変わっただろう。わたしを味方につけようと不毛な努力をするあまり、口走った言葉なのだから。

ため息が唇から漏れた。

「弱い札ばかりでしたかな、レディ・ハヴァシャム?」ブラッドリー大佐が尋ねてきた。

クリスタベルは目をしばたたいてみせた。「そうだとしても、正直に答えるほど頭が悪くもありませんわ」

大佐が言い返す。「ふふん、ため息でバーンに合図を送ろうとしても、たぶんストークリーにまで聞かれてしまいますぞ」

ギャヴィンが半眼になった。「わたしとレディ・ハヴァシャムが、いかさまをしているとでもおっしゃりたいのですか?」ベルベットに包まれた鋼の声で、ギャヴィンが問いただした。この声を聞くと、クリスタベルはいつも身震いしてしまう。

ブラッドリー大佐が顔色を失った。男同士だと、こうした難癖が決闘につながる。「いや、べつに深い意味はないんだがね」

「大佐はただ、いらいらしていらっしゃるだけよ。わたしたちが勝っているから」クリスタベルは割って入った。このところ、ギャヴィンはひどく機嫌が悪く、どんなきっかけで爆発してもおかしくない様子だった。

ただし、クリスタベルとギャヴィンが勝っているというのは嘘《うそ》ではない。上位の八組に入っており、勝負は熾烈《しれつ》になる一方だった。ありがたいことに、レディ・ジェンナーは負傷のせいでベッドから起きあがれず、勝負に加わるのはまず無理だろう。だが、その結果、残りの参加者の力量は互角となった。したがって、クリスタベルとギャヴィンの獲得点が百に近づいているとはいえ、ぐずぐずしてはいられない。すでに百点に到達した組がふた組ある。ハンゲート侯爵夫人と愛人の組、そしてストークリー男爵とキングズリー子爵夫人の組だった。

ストークリー男爵とキングズリー子爵夫人が組んだとき、目を丸くした参加者もいたが、クリスタベルは驚かなかった。あきらかに男爵は、キングズリー子爵夫人アンナと組むことで強敵ギャヴィンを動揺させようとしている。おめでたいキングズリー子爵は、男爵のパートナーに妻が選ばれたのは凄腕《すごうで》を認められたせいだと能天気に納得し、予選落ちの客が泊まる近場の宿屋へと移ったのだった。

クリスタベルは、自分まで追いだされるわけにはいかないと肝に銘じた。歯をくいしばり、あらゆる感情を遮断し、自動的にカードをさばく機械となった。パートナーであるギャヴィンのように。どうやって彼が何年もこんなことを続けてこられたのか、まったく理解できそうにない。とはいえ、目の前に座るギャヴィンがどうやって鋼の意志を得たのか、わかった気がする。

勝負のあいだ、声を発する者は誰もいない。冷やかしの言葉も冗談もなく、注意をそらすようなものは何もなかった。全員が賞金をめぐって勝負に集中している。賞金の総額は、さきほど聞いたときには四万ポンドにもなっていた。

こちらの勝ちが決まると同時に銅鑼《どら》の音が響いた。クリスタベルが胸を高鳴らせつつ得点表を確認しようとしたとき、ギャヴィンが満足げに笑いかけてきた。「百点に到達しましたよ、かわいい奥さま。準決勝に進出です」

各テーブルの得点表によれば、下位の組が百点に達するには、まだ三十点ほど足りない。つまり、明日も何時間か勝負を続けなければ、準決勝で戦う組がそろわないということだ。

したがって、手紙を捜し、ストークリー男爵の裏をかく暇は十分にある。とはいえ、残り時間は刻一刻と減っていく。あとふた晩しかない。

ブラッドリー大佐組がお楽しみを探しに出ていき、テーブルにはクリスタベルとギャヴィンだけが残された。クリスタベルは立ちあがった。早く逃げなくては。テーブルをまわり、彼の固く閉じた唇にキスをしたいという衝動に駆られないうちに。

しかし、背を向けたとたん、ギャヴィンが低い声で問いかけてきた。「見つけましたか?」

あわてて部屋を見まわしたが、少し離れたところでストークリー男爵と雑談している数人の客の姿しかなかった。「見つけていたら、もうここにはいないわ。そちらは？」

「まだです」

ぶっきらぼうな言葉が憎らしい。ろくに話もしてくれないで……。クリスタベルはギャヴィンをまじまじと見た。こちらの情報を教えれば、ギャヴィンも心を開いて話をしてくれるのではないかしら。「客間は調べたし、ほかの人たちの部屋も見てまわったわ。でも、まだストークリー男爵の部屋には入れないの。いつも鍵《かぎ》がかけてあって」

「あそこに手紙はありません。もう調べました。昨夜《ゆうべ》の勝負のあと、ストークリーが客と飲んでいる最中にね」

クリスタベルは声をひそめた。「鍵をこじ開けたの？」

ギャヴィンがうなずいた。「あなたの部屋の鍵も開けようとしたのですが」そっけなく言う。「失敗しました」

「男爵が入ってこないよう、ドアノブの下に椅子をかませてあったのよ」

「色目を使って彼の部屋に入る作戦は取りやめですか？」険しい声できく。

「ええ」

ギャヴィンが息を吐いた。「それはなにより」まとめたカードを手のなかで何度もひっくり返しながら、クリスタベルを見すえる。「この調子では、すぐ手づまりになり、手紙を見つけるのは無理ということになるでしょう。やはりストークリーと取り引きをするほうがいい」

「あの人が手紙を手放すものですか」男爵に視線を走らせつつ、クリスタベルはつぶやいた。「取り引きを持ちかけても警戒されるのがおちよ」

「わかっています。だから、まだ持ちかけていない。しかし、手紙を見つけられないまま帰るか、取り引きをするかの二者択一となれば――」

「わたしは取り引きなんかしないから。手紙と引き換えに、男爵はろくなことを要求してこないでしょう。あなたはお金も人脈もお持ちだからいいわね。要求に応じられそうだし。まあ、わたしが何を言ったところで……あなた方の取り引きを止められるわけでもないけれど」

喉がつまり、クリスタベルは踵《きびす》を返して立ち去ろうとした。けれども、ギャヴィンがふたたび話しかけてきた。その声は柔らかく、苦しげと言ってもいいくらいだった。「待ってください。あなたのほうは……大丈夫ですか？」

「なんとかね」心が折れてしまった女にしては。

「疲れた顔をしている」

こんな状況で気づかわれると腹が立つ。「よく眠れないのよ。わたしと父に危機が迫っているかもしれないと思うと」

「わたしも眠れません。あなたが隣にいないから」

視線がぶつかり合った。ギャヴィンの瞳の奥にちらりと見えた悲痛な光に、クリスタベルの憤りは消え、心の底からわきあがる想《おも》いが胸に広がった。最後に抱かれてから、すでに三度の夜が過ぎている。眠れぬまま悶々《もんもん》と寝返りを打ったり、いやな夢や強烈な欲求不満に悩まされたりしては、悲しみの涙に暮れる夜だった。

あなたと一緒にいられるなら、どうなってもいい。そう言って身を投げだせたら、どれほど楽だろう。父が軍職や名声を失っても……人生さえ奪われてもいい、そう言えたら。

クリスタベルは誘惑を荒々しく押しやった。「鎮静剤をおのみになれば？　不眠によく効くらしいわよ」

「クリスタベル、頼むから——」ギャヴィンが口を開きかけた。

「レディ・ハウヴァシャム！」大声で呼ばれ、クリスタベルの意識はギャヴィンから引きはがされた。

近づいてくるストークリー男爵に、クリスタベルはうなりそうになるのをこらえた。すばやく周囲を見まわすと、もう誰もいない。

男爵がわざとらしい作り笑顔を、クリスタベルとギャヴィンの双方に向けてきた。「次へ勝ち進んだらしいね」

「次も勝ちます」ギャヴィンが答えた。

「どうかな」男爵の視線がクリスタベルの上で止まり、みだらがましいものとなった。「パートナーからお聞きになっていると思うが、終盤では、朝食後すぐにゲームを始めます。だから開始時刻は一時です」

「もう説明しました」ギャヴィンが割りこんできた。

男爵はギャヴィンを無視した。「次の勝負が始まったらすぐに、召使いに呼びに行かせます。もちろん、僕らは遅刻してもいいんだが。今夜ふたりで盛りあがって、朝まで起きているかもしれないからね」男爵が腕をさしだしてきた。「書斎でワインでもどうかな、レディ・ハヴァシャム？」

よくよく考えてみた。男爵を酔わせてしまえば――。

いいえ、だめよ。ギャヴィンが最悪の事態を懸念しつつ、こちらをにらんでいるのに。そのうえ、男爵を見れば見るほど、ギャヴィンの言うとおりだと思えてきた。男爵は、わたしたちをなぶり物にしようとしている。なんの情報も引きだせないばかりか、乱暴されてしまう恐れもある。そんな危険な賭に乗るわけにはいかない。

さしだされた腕に目もくれず、クリスタベルは言った。「ありがとうございます。でも、今日はもう疲れました。やすませていただきますわ」

そばを通り抜けようとすると、男爵に腕をつかまれた。「そうおっしゃらず――」

「放しなさい」背後でギャヴィンが立ちあがり、拳銃《けんじゅう》の轟音《ごうおん》のように鋭い言葉を発した。

男爵の手の力は強くなるばかりだった。「いいじゃないか、バーン。レディ・ハヴァシャムをベッドから蹴《け》りだしたんだろう？　もう別れたんなら――」

「第一に、こちらのベッドで何があろうと、あなたの知ったことではありません」今度ばかりは、鋼の声を包むベルベットは存在しなかった。「第二に、わたしたちは別れてなどいない。たとえ別れたとしても、あなたがレディ・ハヴァシャムを襲う権利などない」

「誰も襲ってなんかいないだろう」

ギャヴィンが半眼になった。「いますぐ手を離さないと、指を一本ずつ切り落としますよ」

たちどころに男爵の手が離れた。「やれやれ、正気の沙汰《さた》じゃないな」男爵は憤慨まじりの視線をクリスタベルに向けた。「またあとで話をしましょう、怖い元愛人がいないときに」

男爵が出ていくのと同時に、地を這《は》うようなギャヴィンの声が響いた。「やってみるがいい、下衆《げす》野郎」

がらんとしたカード部屋で、クリスタベルはギャヴィンとふたりきりになった。ギャヴィンの態度を気にかけながらも出ていこうとすると、低い声が追ってきた。「行かないでください」

クリスタベルは身構えたまま向き直った。「ギャヴィン、こんなことは無意味だわ」

「無意味？」近づいてきたギャヴィンに両手で頬を包まれたかと思うと、静かでせつないキスが降ってきた。口づけに感情の波が呼び覚まされ、体じゅうに広がった。激流にあらがいながら立ち尽くしていると、ギャヴィンが悪態をつきながら体を離した。「意味はある。わたしたちはもう離れられないのだから。あなたが一緒でないとだめなんです。あなたも、わたしが一緒でないとだめでしょう？　目を見ればわかります。そこまで意地を張らなくてもいいでしょうに」

「そちらこそ。わたしはただ、大事な家族や自分の身を守ろうと――」

「言ったはずです、あなたやお父上に災いが降りかからぬよう、わたしが守ると。母のため、敵は討たねばならないが」

「お母さまのためだなんて、嘘ばっかり」

「わたし自身のためだとおっしゃりたいのですか？」ギャヴィンはクリスタベルを突き放した。「種馬殿下から男爵位を賜るという約束は、なかったものと思っています。以前あなたに言われたとおり、社交界で築いたささやかな地位も失うかもしれない。それなのに、何がわたし自身のためになるとおっしゃるのです？」

「あなたの罪の意識が消えるわ」

ギャヴィンは衝撃を受けたらしい。「どういう意味です？」

「バースに行ってから、ずっと考えていたの。お母さまが大火傷《おおやけど》を負ったことで、あなたは自分自身を責めている。違う？」

口元を引きつらせたものの、ギャヴィンは何も答えなかった。

「目を覚まさなかった自分を責めて――」

「火事のなかで眠りこけていたのですよ！　母ひとりに、わたしを抱いて逃げるようなまねをさせてしまった」

「眠りこけていたのではないわ、ギャヴィン」クリスタベルは静かに言った。「煙に巻かれ、ぐったりしていたのよ。火事ではよくあることだわ。自分ひとりブランケットにくるまれて助けだされたからって、自分を責めたりしないで。火事のせいで、あなたのせいじゃないわ。何年も自分を責め続けてきたようだけれど。厳しい選択を迫られたお母さまは、どこの母親でもやるような行動を取ったの。自分を犠牲にしてでも子供を守ろうとしたのよ。だからといって、あなたが責任を感じる必要はないわ」

「責任を感じるなと？　無理ですね」かすれた声で言う。「火事のことだけではない。母が何カ月も病院で苦しんでいたとき、そばにいてあげられなかった。離れてはいけなかったのに。母が死んだという話を真に受けてしまうなんて」

「あなたは十二歳だったのよ！　呑《の》み屋《や》の使い走りをしていたって、まだ子供だわ。真に受けてもしかたないでしょう。お母さまが亡くなったと消防団の人から言われて、疑う理由がどこにあるの？　火事の夜、建物から運びだされる遺体も山ほど見たでしょうし」クリスタベルはギャヴィンの右腕に手をかけた。「かわいそうに。怒ったり傷ついたり、恨んだりするのは当然よ。でも、殿下を破滅させてもしかたがないでしょう。お母さまを助けることにはならないわ、絶対に」

ギャヴィンは体をこわばらせ、顔をそむけた。「わたしさえ生まれてこなければ、母はもっと幸せになれたはずです」

ああ、本気でそう思っているの？「かわいそうに、そんなことを考えないで。あなたはお母さまの生きがいなのよ。お母さまは、あなたを産んだことを一度だって後悔していないから。こんなことで、せっかくの将来をだいなしにしてほしいなんて思うわけがないもの。お母さまの望みはたったひとつ、あなたが幸せに暮らすこと」クリスタベルは声をひそめ、ささやいた。「それはわたしの望みでもあるわ」

熱く激しいまなざしで、ギャヴィンが彼女を見た。「そのわりには、あなたの行動は不可解ですね。わたしに抱かれることを拒み、結婚の申しこみも断って――」

「あら、本気じゃなかったくせに」

「もちろん本気でしたとも」ギャヴィンが言い返した。「いまも本気です」

クリスタベルは視線をはずし、目を伏せた。「頭を冷やす時間ができて、気が変わったかと思ったわ」

「気が変わってなどいません」ギャヴィンはクリスタベルのウエストに腕をまわし、抱きよせた。ハスキーな声で言い添える。「あなたくらいのものですよ、外聞をはばからずにすむ仲になりたがらないのも、結婚に条件をつけたがるのも。どんなことがあろうと、わたしはあなたと結婚したい」

愛と恐怖のあいだで引き裂かれ、クリスタベルはギャヴィンを見あげた。「では、復讐よりも将来のことを考えてくれないと。こんな雲が頭上に垂れこめているのに、幸せな暮らしなんかできないもの」

「肝心なのは、わたしたちです。他人の言うことなど放《ほう》っておけば――」

「子供はどうなの？　子供の将来は？　王室史上最大のスキャンダルを巻き起こした張本人の子供だと、うしろ指をさされるようになってもいいの？　恥知らずな将軍の孫だと責められてもいいの？　あなたもご存じでしょう。家族のせいで責められた子供が、どれほど傷つくか」

愕然《がくぜん》としたようなギャヴィンの表情からすると、子供のことはまったく考えていなかったらしい。

「こ、子供ができると決まったわけではないけれど」ギャヴィンの顔つきに不安を感じ、クリスタベルは口ごもった。「でも、あきらめたくない。け、結婚したらの話だけど、やっぱり子供はほしいもの」無言のまま、じっとこちらを見つめたきりのギャヴィンに、気持ちが沈んでいく。「あなたは子供なんてほしくないのかも――」

背後の扉が勢いよく開き、トールボットとブラッドリー大佐が入ってきた。見るからに酔っている。「バーン！」大佐が大声をあげた。「きみもどうだい、ストークリーの……やあ、レディ・ハヴァシャム。お邪魔するつもりじゃなかったんです。一緒に酒でも飲まないかとバーンを誘いに来たんですが」

「お気になさらず」邪魔が入ったことに、むしろほっとしながら、クリスタベルは口のなかで答えた。とりあえずいまは、子供などほしくないという言葉をギャヴィンから聞かされずにすむ。ただでさえ心が折れそうになっているのに、そんなことを言われたら完全に打ちのめされてしまうだろうから。「わたしはもう失礼してやすむところでしたから」

男たちが口を開くより早く、クリスタベルは足早に部屋を出た。

ギャヴィンはクリスタベルのうしろ姿を呆然《ぼうぜん》と見つめるのがやっとだった。子供。クリスタベルと自分の子供。避妊の努力を怠ったくせに、子供のことに思い至らなかった自分が信じられない。

「来いよ、バーン」千鳥足のトールボットが言った。「レディもいなくなったことだし、一緒にブランデーでも飲もう。ストークリーが最高級のブランデーを用意してくれてるぞ」

ギャヴィンは向き直り、クリスタベルへの欲求不満を怒りに変えてふたりにぶつけた。「当然でしょう。それこそストークリーの思う壺《つぼ》です。今夜たっぷり飲ませておけば、明日のあなた方はまともにカードもさばけず、最高のかもになってくれますから。そうなればストークリー組が優勝し、賞金をもぎとる。彼は毎年そうして勝ち、頭の足りないあなた方は毎年その手に乗ってきた。わたしとストークリーがいつも勝つ理由を、なぜ考えもしないのですか」

　つくづくあきれ果て、ふたりをねめつける。

「あなた方のように頭の足りない人たちを心配してやる道理もありませんが。ひとり残らず間抜けぞろいで。ストークリーから全財産をしぼりとられても自業自得というものだ。おやすみなさい、諸君。せいぜい楽しく飲んだくれることですね。明日から当分のあいだブランデーを買う金もなくなるでしょうから」

「なんだよ、ばかにするな――」トールボットが文句を言いかけたが、ギャヴィンはもう扉を抜けて廊下へ出て、クリスタベルの姿を探していた。

　だが、遅かった。クリスタベルはいなくなっていた。手紙を捜しに行った可能性もあるが、無事にストークリーの寝室に忍びこめる成算がない以上、まず何時間か睡眠をとってから行動を開始するだろう。自分とは違い、クリスタベルは夜更かしに慣れていない。ということは、自室にいるはずだ。ロサをそばに置き、ドアノブに椅子をかませて。堀に守られた城のようなものだ。したがって、キスや愛の手管を駆使してクリスタベルの意志をまげられる見こみはない。結婚や将来の話もできない。

子供の話も。

ギャヴィンは低くうなり、親族用の棟へとつながる階段を見あげた。親族用の棟くらい、自分でも建てられる。バースの屋敷は、それだけの規模があるのだから。男爵位を得れば、自分の息子に継がせることもできる――。

いや、このまま復讐計画を進めるのであれば、男爵位など得られはしない。

ギャヴィンは奥歯をかみしめ、客用の棟へと歩きながら、クリスタベルの言葉を頭からぬぐい去ろうとした。〝子供はどうなの？〟

子供がほしいと思ったことなど一度もない。いまさら子供をほしがる理由がどこにある。

ふいに心に浮かんできたのは、赤ん坊を胸に抱くクリスタベルの姿だった。自分の膝にちょこんと座っている赤い巻き毛の少女や、パパと呼びかけてくる黒髪の少年――。

冗談じゃない！　将来の話など持ちだされたせいで、調子が狂ってしまった。

耳ざわりな高笑いが耳に突き刺さり、ギャヴィンは騒音の源の客間から遠ざかった。あそこにストークリーがいて、男たちの腹を酒で満たしているのだ。すっかり泥酔してベッドに放りこまれた男たちは、妻や愛人にこっぴどく叱《しか》られるだろう。そして目覚めたときには、もはやホイストに集中できる状態ではない。言うまでもなく、ストークリーひとりをのぞいては。

ギャヴィンはこのとき初めて、ストークリーのささやかなゲームに加担して策略や手管、あからさまな詭弁《きべん》を弄《ろう》することに激しい嫌悪を覚えた。その嫌悪は、ストークリーだけでなく女たちへも向かった。ギャヴィンとクリスタベルがベッドをともにしていないと知ったとたん、秋波を送ってくる女が後を絶たないのだ。〝紳士〟と称する〈ブルー・スワン〉の客たちも厭《いと》わしい。無料の酒や料理を堪能《たんのう》し、極上の施設を当たり前のように利用しておきながら、〝商売〟など下賤《げせん》だと陰で嘲笑《あざわら》っているのだった。

誰も彼も厭わしい。男爵になった暁には、地獄に堕《お》ちろと言ってやる。

ギャヴィンは重ねて自分に言い聞かせた。いや、男爵になるつもりなどない。殿下の即位を阻み、おのれの名誉を泥にまみれさせるのだから。だが、なんのために？

〝お母さまのためだなんて、嘘ばっかり〟

母のために決まっているだろうが。

たしかに、母から復讐を頼まれたこともなければ、敵を討ってくれと泣きつかれたこともない。母も最初は殿下への恨み言を口にしていたが、火事のあとは一変した。〝命拾いをして、ようやく目が覚めたわ。憎しみに凝り固まった人生なんて、もったいない〟などと言いだしたのだ。

いや、母が憎しみを抱かずともよい。母の憎しみを、自分がすべて肩代わりしてきたのだから。母を売春婦と愚弄した連中を憎み、殿下を憎み……自分自身を憎んできた。

ぼんやりと階段を上がり、あてがわれた部屋へと向かう。そうだ、わたしは自分自身を憎んできた。火事のなかで眠りこけていたから。母を守れなかったから。生まれてきてしまったから。クリスタベルの言葉は、あながち間違いではない。ここまで復讐にこだわるのは、ずっと感じてきた罪の意識を抑えたいからでもある。物心ついて自分が私生児だと知り、自分の存在そのものが母の運命を変えてしまったと気づいたときから、ずっと心に巣くっていた罪悪感だった。

そのうえ、クリスタベルには別の点でも図星をさされた。たしかに母は、わたしの幸せを望んでくれている。そうでなければ、わたしのために、ここまで苦労しなかったはずだ。それなのに、わたしは自分の幸せの芽をすべて摘みとることで、母の犠牲に報いようとしている。クリスタベルと結婚できなければ、わたしは幸せになれないのだから。

うつろな痛みを胸の奥に感じつつ、ギャヴィンは部屋の扉の前で足を止めた。もう耐えられない。クリスタベルのいない暮らしなんて。毎晩からっぽのベッドにひとりきりで入るなんて。クリスタベルをからかったり怒らせたり、抱きしめたりすることもできないなんて。まなざしに真実の愛をこめて自分を見てくれた女は、ふたりしかいない。これまで世間に見せてきた姿ではなく、鎧《よろい》の下に隠された本物の自分を愛してくれた女は、ふたりしかいない。

それなのに、自分はふたりとも傷つけようとしている。母とクリスタベル、そして自分の将来をぶち壊しにして。わが子の将来まで、だいなしにして。同じ空気を吸う価値もない男を嘲笑うためだけに。頭がおかしいとしか思えない。

ギャヴィンはいきなり踵を返し、ふたたび階段を下りていった。もういい。くだらないことは終わりにしよう。朝までかかっても手紙を見つけてやる。見つからなければ、ストークリーと取り引きをするのだ。

なんとしてでも、クリスタベルのために手紙を取り戻す。クリスタベルのためだけに。

22

浮気しそうにない男を見つけたら、全力でつかまえておきましょう。

——作者不詳『ある愛人の回想録』

翌日、時計のベルがひとつ鳴ったとき、クリスタベルは主賓室に忍びこんだ。先に勝ち進み、たぶんベッドにもぐったままのふた組をのぞいて、客は皆カードテーブルを囲んでいるだろう。ストークリー男爵は、自分の勝負が終わったあとも客の相手に忙殺されているに違いない。ギャヴィンは、音楽室で寝ているのを見かけた。

いいえ、いまはギャヴィンのことなんか考えてはだめ。音楽室に向かうキングズリー子爵夫人とすれ違ったことも。ギャヴィンは彼女と会う約束でもしていたのだろうか？　ただひとり愛した女性と？

考えるのもつらすぎる。けれども、いずれ訪れる別れと向き合わなくてはならない。いずれ訪れる悲惨な運命に父とふたりでさらされながら、ギャヴィンに新しい愛人ができたと風の便りに聞くことになるのだから。

　じわじわと背筋を下りてくる氷のような恐怖を振り払い、クリスタベルは扉のそばのコンソールテーブルに扇を置いた。どの部屋を調べるときも、扇を口実にしている。使用人やほかの客が入ってきたら、こう言う。〝扇を捜しているのですけれど、見かけませんでした？〟それから、扇を見つけたふりをして立ち去ればいい。

　手紙を捜し始めてから何日もたつので、手順も決まっている。扉から開始し、部屋じゅうを丹念に二度見てまわるのが常だった。一巡目は調度品を調べる。引き出しに手紙が無造作に放《ほう》りこんであるとも思えないけれど。二巡目は壁を調べる。手の届くかぎりの羽目板と張りだし部分を調べ、塗装や縁取りや意匠におかしなところがないか、隠し扉がないか、目を凝らす。もちろん、隠し扉を見つけたら、ギャヴィンに相談しなければいけないけれど。自分にはギャヴィンのような錠前破りの腕がないから。とにかく、見つけてから考えよう。

　引き出しを開けるのと同時に、背後で扉が開いて声がした。「そこにはないよ、レディ・ハヴァシャム。僕のことを、どこまでばかだと思っているのかなあ」

　振り向くと、ストークリー男爵がいた。全身の血が凍りつく。男爵が冷たい笑みを浮かべて主賓室の扉をうしろ手に施錠し、鍵《かぎ》を上着のポケットに入れた。

「なんのことかしら」クリスタベルは狼狽《ろうばい》を顔に出さないようにしながら、扇を置いたコンソールテーブルのほうへ、じりじりと近づいた。「わたし、扇を捜しておりましたのよ」扇に伸ばした手は、男爵の手にとらえられた。扇までポケットに入れられてしまい、目の前が暗くなる。

男爵が冷ややかな声で笑った。「わかってるんだよ、扇なんか捜してなかったことは。きみもバーンも、ずいぶん僕を見くびっているようだな。きみたちの捜し物ぐらい、お見通しなのに。まさか、どこかの客間に手紙が置きっ放しになっているなんて思わないよな。とても安全な場所にあるんだから」

ああ、どうしよう。何もかも見抜かれている。

むきだしの手を男爵の口元に引きよせられ、キスをされたとき、クリスタベルはぞっとした。

「まあね、きみも努力してくれるなら、苦労の成果を分けてあげようって気になるかな。きみにも何かいいことがあってもいいよねえ。なんたって、手紙はもともと、きみの家にあったものだから」

人さし指を口に含まれ、吸いあげられたとき、男爵の上顎に爪を立てないようにするのがやっとだった。まだ戦線を張るには早い。男爵との関係を決裂させる前に、できるかぎりのことをしておこう。

そういうわけでクリスタベルは不快感をのみこみ、なまめかしい口調で尋ねた。「どういう意味かしら？　わたしの得にもなるよう、力を貸してくださるの？」

男爵は顔を上げたが、彼女の手は放さなかった。「きみにも納得のいく話だと思うけどね。なにしろ、バーンのベッドから蹴《け》りだされたあとだし」男爵の目が光った。「ご主人の遺産も、たいした額じゃなかったんだろう？　たぶん殿下からも、手紙のことでせっつかれているだろうし」

クリスタベルは顔色を変えないようつとめた。「あなたは何を約束してくださるの？」

男爵が目を丸くした。「ずいぶん欲張りで気の強い女だね、きみも。まあ、僕の提案は気に入ってもらえるだろうが。殿下に伝えてもらえないかな。もしも手紙を公表せざるをえなくなった場合、本物の手紙だと、きみも証言するって。そうすれば、夢に見たこともないような金持ちにしてあげるよ」

「お金なら、バーンも約束してくれましたわ」クリスタベルは嘘《うそ》をついた。「なぜあなたの申し出を受けなければいけませんの？」

「バーンは手紙を持っていない。僕は持っている。殿下が僕とプリンセス・シャーロットの結婚を許してくれたら、そのときは――」

「ありえないわ」クリスタベルは男爵の言葉をさえぎった。「殿下はもっと身分の高い殿方にプリンセスを嫁がせるおつもりですもの」

「はん！　娘を僕にくれるか、自分が即位できなくなるかということになれば、絶対に娘のほうを手放すさ。それでも断ってくるほど血のめぐりが悪いなら、手紙は出版社に大金で売り渡すだけのことだ」男爵はクリスタベルと指をからませ、自分のほうへ引きよせた。「きみも証言してくれれば、なおいい。どこの出版社も、こぞって本を出したがるだろう。お父上と殿下の息子と一緒にジブラルタルに行ったとき、きみは何歳だった？　五歳？六歳？」

「七歳ですわ」クリスタベルは硬い声で答えた。

「いいね。子供の視点での証言になる」

むかつく胃を必死に抑えこむ。「お忘れかしら、父はまだ生きておりますのよ。そんな本が出たら、父は縛り首になるかもしれないわ」

男爵が肩をすくめた。「お父上は将軍だ。アメリカでも、フランスのどこかにでも逃げられる。そうなったら誰にも見つからない」身をかがめた男爵が耳元に唇を寄せてきた。「きみは自分のことだけ心配していればいいんだよ。お父上のことじゃなくてね」

じっとりとしたキスを耳に落とされ、クリスタベルは身震いしながらのけぞった。「それで、あなたとのおつき合いも、この取り引きの条件に含まれるんですのね？」

「当然だ」男爵のくい入るような目の奥には、ぎらつく欲望があった。「僕は愛人に払う金は惜しまない。きみは身を寄せるところもなくなってしまうだろうから、ロンドンの好きな場所に屋敷を建ててあげよう。よかったら何軒でも。プリンセスの持参金は、かなりの額になるから、きみにも宝石やドレスをたくさん買ってあげられるし――」

「そこが唯一の問題ですわね」クリスタベルは男爵にとらえられていた手を振りほどいた。「取りたててドレスや宝石に興味はありませんし、ロンドンに屋敷がほしいとも思いません。あなたの愛人になる気もありませんわ」

「あくまで結婚にこだわるのか？　そりゃ賢明とは言えないね。貧乏な侯爵未亡人なんて貧乏な帽子屋と同じで、なんの役にも立ちゃしない」なめるような視線が下りてきた。「きみは見るからに美人だから再婚もできるだろうが、ひとりの男のものになってもつまらないよ」

「では、なぜあなたの愛人になれとおっしゃるんですの？」クリスタベルはぴしゃりと言った。

「やっぱり、見ごたえのある美人は好きだし」男爵の手が腰にまわされた。「きみだって、僕みたいな男は好みだろう？」

「べつに」もう逃げよう。クリスタベルは身をよじって男爵の手から逃れ、扉のほうへあとずさりした。「せっかくの寛大なお申し出ですけれど、お断りしますわ、ストークリー男爵。情事の相手は、ひとりで十分です」どうすれば男爵に扉を開けさせられるだろう。「それに、わたしはここでバーンと落ち合って、一緒に手紙を捜す約束をしておりますの。いまにもバーンが来るでしょう。彼は鍵のかかった扉も開けられるから――」

「なるほどね。だが、その手には乗らないよ、レディ・ハヴァシャム。ついさっき、ここに来る前、バーンとレディ・キングズリーが連れだって庭園に行くところを見たからな。なんで僕が、いまこのときを狙《ねら》って話をしに来たと思うんだい？」薄笑いを浮かべながら近づいてくる男爵に、ぞっとした。「各個撃破という言葉をご存じかな？　レディ・キングズリーは、きみのお友達のバーンと、よりを戻したがっているんだよ」男爵が足を踏みだし、ふたたび腰を抱いてきた。「そして僕のほうは、きみとの仲を深めたい」

クリスタベルは男爵の胸に両手を突っ張った。男爵を押しのけようとしただけでなく、どこに扇が入っているか探るためでもあった。「遠慮しておきます」

「いずれ気が変わるさ。バーンよりベッドの手管も上だと教えてあげる。そうすれば、いちころだ」

男爵が顔を近づけ、キスを迫ってきた。ああもう、こうなったらしかたがない。

クリスタベルは手を下ろし、男爵の股間《こかん》をつかんだ。前にギャヴィンのそれをつかんだときより強い力で握りしめる。失敗から何ひとつ学習しない女だなんて誰にも言わせない。

絶妙な力かげんだったらしく、男爵がのけぞって目をむいた。「なんだ――」

「放してください」クリスタベルは強い口調で言った。

「こいつ――」

さらに指に力をこめると、男爵の悪態が悲鳴になり、腰から手が離れた。クリスタベルは指の力を抜かず、男爵を引きずりながら扉へ向かった。「聞こえなかったようね」鋭く言い放つ。「レディが嫌だと言ったら、嫌という意味なの。次は思いだしていただけるかしら」

男爵の顔に血管が浮き、もしも顎に一ペニー硬貨を当てたら跳ね返しそうなほど固く歯をくいしばっていた。「あ、ああ」男爵が声をしぼりだした。「早く……放してくれ」

扉にたどり着いたクリスタベルは、あいている手で男爵の上着のポケットを探り、扇と鍵を奪った。鍵で扉を開ける。「おかげで楽しいおしゃべりができましたわ、男爵さま」

そして、いっそう強く股間を握ってから男爵を解放した。クリスタベルは主賓室を飛びだすと、うめき声をあげつつ体を半分に折りまげている男爵を残し、外から扉に鍵をかけた。

高鳴る胸を押さえて鍵と扇をポケットに入れ、足早に屋敷を出る。まだ近すぎて安心できない。いやらしい男爵が追いかけてこないうちに、できるかぎり離れなくては。

男爵が落ち着きを取り戻し、助けを呼べるようになるまで、少なくとも数分はかかるだろう。使用人に合鍵を持ってこさせて主賓室から出てくるまで、さらに数分はかかる。

クリスタベルは庭園に入った。ギャヴィンを見つけなくてはならない。これ以上、手紙を捜し続けるのは無意味だった。男爵のもくろみは嫌になるほど明白になった。こうなれば、何か取り引きをするしかない。けれども、それに見合うお金を持っているのはギャヴィンだけ。なんとか説得して復讐《ふくしゅう》をあきらめさせ、手を貸してくれるよう頼まなくては。

とにかく話を聞いてもらわなくては！

奥のあずまやから声が聞こえたので、そちらへ向かった。しかし、誰の声か判別がつくところまで近づいたとき、足がすくんだ。ストークリー男爵の言葉は嘘ではなかった。ギャヴィンはキングズリー子爵夫人と一緒にいた。

あずまやに飛びこんでいくのも妙に気が引けて、どきどきしながら忍びよってみた。凝った造りの窓の鎧戸《よろいど》は、昨夜から閉められたままになっていた。鎧戸を静かに開け、隙《すき》間《ま》から様子をうかがう。盗み聞きをしているような情けない気分だけれど、しょうがない。キングズリー子爵夫人は、ギャヴィンが生涯ただひとり愛した女性なのだから。

「もういい、アンナ」ギャヴィンの声がした。「大昔、なぜ親の命令に従ったかという言いわけを十分間もくどくどと。いまさら、どうでもいいことなのに。何度も言っているでしょう。もう忘れました。あなたも忘れなさい。許しの言葉だとか、そういうくだらないものを聞きたくて、わたしをここまで連れてきたのなら――」

「許しの言葉だなんて！　違う、そんなことを言ってほしいんじゃないの」

そっとのぞきこんでみると、ふたりの横顔が見えた。一度見たら忘れられないくらいの子爵夫人の美貌《びぼう》に、あらためて目を奪われる。喉が苦しい。ギャヴィンが彼女を愛したのも当然だろう。

「では、なんです？」ギャヴィンがにべもなく言った。「もう屋敷に戻らないと」

「どうしてよ？」子爵夫人がくってかかった。「愛人だとかいう、あの乱暴な女のところに行くの？　このところ、もう一緒に寝てもいないんじゃなかった？」

ギャヴィンが体をこわばらせた。「誰からその話を？」

「ストークリー男爵に決まっているでしょう。使用人から聞いたそうよ」

「ああ」ギャヴィンが一方の眉をつりあげた。「あなたとストークリーは、いま……伸び伸びとすごしているのでしょうね。ご主人が町にいるから」

「妬《や》ける？」子爵夫人は期待のこもったまなざしを向けた。

「あいにく、ちっとも。そんな気持ちは何年も前に捨て去りました」

その言葉に、クリスタベルの心のこわばりは、いくぶんやわらいだ。

一方、それを聞いた子爵夫人は優美な眉を曇らせた。「わたしとストークリー男爵のことなんか、どうでもいいでしょう。男爵なんて、わたしには似合わないし。あの女だって、あなたに似合いの女じゃないわよ。わかってるくせに。あなたに必要なのは、もっとゲームが上手で洗練された女よ。たとえば——」

「あなたのような？」ギャヴィンは冷淡に応じた。「せっかくですが、そういう女とは大勢つき合ってきましたから」

「ああ、ギャヴィン」媚《こ》びるようなささやき声に、クリスタベルは歯の浮くような不快感を覚えた。「あなたに恨まれるのも当然ね。親の言いつけなんか聞かなきゃよかった」

「でも、聞いてしまった」ずいぶんとやさしい口調になっている。「それでよかったのです、アンナ。わたしたちは結婚してもうまくいかなかったでしょう。当時のわたしは留守がちで、いつも〈ブルー・スワン〉にいましたから。そんなわたしに、あなたは絶えず不満を感じていたはずだ。貧乏だと怒ってばかりで――」

「そこまで軽薄な女じゃないわよ」すねたように子爵夫人が声をとがらせた。「お金の事情ぐらい、わかるもの」

「そうかもしれませんね」ギャヴィンがうなずいた。なだめすかすような口調でしかなかったが。「それでも、いつもあなたのことを案じていたなら、いまのわたしの成功はない。あなたは若すぎたし、わたしも、あなたがほしがるものを与えられなかった。男が年を取って地位を固めるまで結婚を控えるのは、ちゃんと理由があるのですよ。仕事が軌道に乗れば、妻と家族のために割く時間やお金もできますからね」

「愛人に割く時間やお金も？」子爵夫人が挑発的にまつげを伏せ、ギャヴィンのほうへとにじりよった。「主人に頼んで、すぐ町屋敷を買ってもらうわ。そうすれば、いつでも好きなときに会えるわね」子爵夫人は手を伸ばしてギャヴィンのクラバットをほどこうとした。「前にも愛してくれた――」

「大昔の話です」ギャヴィンはきっぱりと言い、子爵夫人の手をクラバットから遠ざけた。

「それに、愛人などほしくはない。妻がほしいのです」

子爵夫人がギャヴィンをまじまじと見た。「レディ・ハヴァシャムと結婚したいってこと？」

「彼女さえ応じてくれれば」ギャヴィンが低くかすれた声で答えた。

クリスタベルは息もできなかった。本気だったの？　ギャヴィンは本気で結婚を申しこんでくれていたの？

それでも子爵夫人の意気込みは揺るがないらしい。「妻も愛人も両方持てばいいでしょう。たいていの男は、そうしてるもの。どうしても身を固めたいなら、あの女と結婚しなさいよ。それでも、愛人とも――」

「いいえ、わたしがほしいのは彼女だけです。あなたの言うとおりだ。彼女は、わたしには似合いません。ありがたいことにね。やさしくて心が広くて、誠実で。わたしのような人間にはもったいない。それでも、わたしは彼女と結婚したいのです。なんとしてでも」

耳の奥で轟々《ごうごう》と血の流れる音がする。

子爵夫人はあきらかに気分を害していた。ふたりにまで聞こえてしまいそうだ。「そんなに結婚したいなら……わたしだって、主人に頼んで――」

「離婚してもらう？」ギャヴィンは辛辣《しんらつ》な笑い声をたてた。「また突拍子もないことを。たとえご主人が承知したとしても、そんな暴挙に出るなど愚の骨頂です。賭《か》けてもいいが、あなたは前にも増して醜聞沙汰《ざた》を好まないでしょう？」ギャヴィンの物言いが柔らかくなった。「こう言ってはなんですがね、アンナ。明日、あなたが鳥のように自由の身になってわたしのところに飛びこんできたとしても、あなたとは結婚しません。わたしたちの時間は終わってしまったのですよ。わたしがほしいのは、必要なのは、レディ・ハヴァシャムだけなのです。あなたが何をしようと、それは変わりません」

「信じられない」子爵夫人はギャヴィンの首にしがみついた。「まだ、わたしを愛しているんでしょう？　わかってるんだから。証拠を見せてあげる」

子爵夫人がギャヴィンの唇にキスをした瞬間、クリスタベルの心に激しい憤りがこみあげた。クリスタベルは戸口へ走り、力まかせに扉を開くと大声を張りあげた。「わたしの婚約者から、いますぐ手を離しなさい、この泥棒猫！」

もうギャヴィンは子爵夫人を押しのけていた。それでも夫人がこちらへ振り返ったとき、クリスタベルは扇を取りだした。

「ギャヴィンと一緒になる機会はあったのに、別れたのはそちらよ。二度目はないわ」留め金をはずしてナイフを出し、刃をちらつかせる。「これ以上ギャヴィンにつきまとわないで。今度見つけたら、はらわたを抜いてやる。魚みたいにね」

子爵夫人が悲鳴をあげた。

「いまの言葉を肝に銘じておいたほうがいいですよ、アンナ」ギャヴィンが冷ややかに口を開いた。「彼女は、やると言ったらやるのですから」

「そのとおりよ」クリスタベルは思いきりすごみをきかせて言い放った。「いいこと？　ゲームが上手でない女でも、スペードの扱いは大胆だったりするんだから。敵の裏をかいてこっそり愛人を横取りするようなまねなんかしない。好きな男のために闘う勇気があるのよ。そういう勇気は、あなたみたいに洗練された女は持ち合わせていないようだけれど」

ギャヴィンは必死に笑いをこらえているように見えた。「もう行ったほうがいい、アンナ。レディ・ハヴァシャムと、ふたりだけで話がありますのでね」

こわばった顔でうなずいた子爵夫人は、恐る恐るクリスタベルを迂回《うかい》し、扉から外へ飛びだしていった。

子爵夫人がいなくなるとすぐに、ギャヴィンはナイフに視線を落とした。「もうしまっていいですよ。まだ暴れたいとか、わたしの元愛人を脅したいなら別ですが」

クリスタベルは刃を扇におさめた。「そうしたいのはやまやまだけど」

ギャヴィンが足を前に踏みだした。「言っておきますが、こちらから誘ったわけでは――」

「わかっているわ。だいたいの話は聞こえたから」伸びてきた彼の手を押しやる。「そんな……そんなつもりで来たんじゃないの。手紙の件でわかったことがあって、知らせに来たのよ」

ギャヴィンの笑みが消えた。「いまのところ、こちらでは何ひとつつかんでいませんよ、クリスタベル。わたしは――」

「ストークリー男爵は気づいているわ。わたしたちが手紙を捜しているって」

ギャヴィンが静止した。「べつに驚きもしませんが。それにしても、なぜわかったのです？」

クリスタベルは、ギャヴィンを激怒させそうなところをのぞき、男爵とのやりとりを手短に話して聞かせた。

いずれにせよ、ギャヴィンを怒らせてしまったが。「あなたを愛人にしようとした？」

ギャヴィンは扉に突進した。「いいかげん、あれの性根を叩《たた》き直してやらなきゃいけませんね」

「男爵が口説いてきたことは一瞬だけ忘れてちょうだい」クリスタベルはギャヴィンの腕をつかんで引き止めた。「知らせに来たのはね、わたしが手駒《てごま》になりそうだと思われているらしいということよ。手紙が本物だと証言してほしいと言われたわ」

ギャヴィンが足を止めた。「ストークリーが、そんなことを？」ギャヴィンがこちらへ振り返り、目を細めた。「ならば、ほかにも証拠がなければ出版社を信用させるのは難しいと考え始めたのでしょうね」クリスタベルの両肩をつかむ。「それがどういう意味だか、わかりますか？」

クリスタベルはおずおずとギャヴィンを見あげた。「さ、さあ……」

笑みがギャヴィンの顔にゆっくりと広がった。「取り引きの余地があるということです」

「よくわからないわ――」

「ご心配なく。おまかせください。こちらから手紙にたどり着けなくても、手紙のほうから、こちらへやってくるよう仕向けられるはずです」

「何か考えがあるの？」

「はい」ギャヴィンはクリスタベルの手から扇を取りあげて脇《わき》へ放ると、細いウエストに両腕をまわして引きよせた。

クリスタベルはのけぞった。「どんな？」

「内緒です」

心が沈んでいく。「手紙を自分ひとりで利用するつもりね？」

「少しは信用してください、ダーリン」ギャヴィンがやさしく言った。「自信も少しは持ったほうがいい。あなたのせつなる頼みに、わたしがいつまでも抵抗できると思ったのですか？」

「そう思ったのだけれど」きっと顔を上げ、クリスタベルは答えた。

「あなたの言葉がどれほど胸にこたえるか、わかっていらっしゃらないようですね。昨夜《ゆうべ》の言葉は胸にしみました。たしかに、わたしは自分の恨みを晴らそうとしていただけでした。母の汚名を晴らすことだけが、昔からの望みだったのに。手紙を悪用すれば、母をもっと傷つけるだけなのに。あなたまで傷つけてしまう。そんなまねができるものか」

ささやかな希望がクリスタベルの心に芽生えた。「では、わたしのために手紙を取り戻してくださるの？　手紙を殿下に返してもいいの？」

殿下のことに触れたとたん、苦々しい表情がギャヴィンの顔をよぎった。「なんでもお望みどおりにしましょう、ダーリン。ただし、大喜びでやるとは思わないでください」

希望が大きく花開いた。「ああ、ギャヴィン！」クリスタベルは叫び、ギャヴィンの首にしがみつくと顔じゅうにキスの雨を降らせた。「ありがとう、大好きよ、本当にありがとう」

一瞬ののち、ギャヴィンが身を引いた。疑うような光が瞳に宿っている。「その前に。手を貸すには、ひとつ条件があります」

クリスタベルは不安な目でギャヴィンを見つめた。「何？」

「わたしとの結婚を承知していただきます」

ギャヴィンとの結婚。はい、という言葉が口から出そうになる寸前、クリスタベルは自分を抑えた。以前も考えなしに結婚に飛びついてしまった。同じ過ちを繰り返すわけにはいかない。まず、いくつか取り決めをしておかなければ。

手紙を盾に結婚を迫られるようでは、結婚生活でも、ろくなことがないだろう。「つまり、こういうことかしら。手紙を取り戻して、しかるべき場所に返せるようにするには、あなたとの結婚を承知しなければいけないってこと？」

「そうです」

「それって脅迫じゃない？」

「いかにも」申しわけないという表情などかけらも見せず、ギャヴィンが答えた。「もっとあくどいこともできますよ。もうご存じとは思いますが」

「結婚しないと言ったら？　手紙を悪用して、父を破滅させる？」

「そのとおり」

クリスタベルは眉根を寄せた。「純粋な善意から手を貸してくれる気はないの？」

「秘密をひとつ教えてあげましょう、かわいい奥さま」かがみこんだギャヴィンが耳元でささやいた。「わたしは善意など持ち合わせておりません」

顎の線にキスをちりばめられ、クリスタベルは声をあげた。「だったらなぜ、わたしがあなたと結婚しなければいけないの？」

「それがあなたの望みだから」

「どうかしらね」すっかり見抜かれているのが悔しい。昼用ドレスの背中のボタンにまで手をかけられ、あわてて制する。「やめて！　そんなことをしている暇は――」

「たっぷりあります」ギャヴィンが力強く言った。「次の勝負が始まるまで一、二時間はあるし、ストークリーとの話し合いは一瞬ですむ。だから大丈夫。やりたいことをする暇なら……あなたとわたしが合意を取り結ぶ暇なら、たっぷりあります」

肩からドレスがすべり落ち、むきだしの肌に半開きの唇が押しあてられた。

「それに、結婚すると言ってくださるまで、わたしはここを動きません」

ドレスの下にすべりこんできた手でシュミーズごしに胸を包みこまれ、クリスタベルの口から吐息がこぼれた。最後に触れられ、愛撫《あいぶ》されてからしばらくたっている。「でも……あなたの計画どおりにいかなくて、手紙を取り戻せなかったら？」

「そのときはまた協議しましょう」ギャヴィンがドレスを引きおろした。「だが、心配は無用です。なんとかして取り戻しますから。あなたが条件をのんでくださるなら」

背後にまわったギャヴィンにコルセットの紐《ひも》をほどかれ、はっとした。「だめよ、誰かに見られたら——」

「大丈夫、みんなホイストをしています」それでもギャヴィンはコルセットを脇に落としたあと、あずまやの扉を閉めた。「で？　結婚しますか？」

「そんな必要があるかしら」クリスタベルは声をとがらせた。「あなたみたいに評判の悪い人と結婚するなんて、世間体が悪すぎるし」

ギャヴィンが笑った。「世間体を気にしているわけでもあるまいに」

クリスタベルは毅然《きぜん》と顔を上げた。「それに、こちらにも条件があるわ」

ギャヴィンが片眉を上げ、一枚ずつ服を脱ぎながら近づいてきた。「まさか〈ブルー・スワン〉を閉めろと言うのじゃないでしょうね」

「なぜそんな条件を出すと思うの？」

「ご主人が賭博《とばく》で身を持ち崩したから」ギャヴィンがそっけなく言った。

クリスタベルは鼻を鳴らした。「あなたは賭博で大損するような人じゃないでしょう。その点は心配していないわ」ほっとした顔のギャヴィンを見て、こう言わずにはいられなかった。「だけど、もしもそういう条件を出したら、のんでくださる？」

ギャヴィンが半眼になり、さらに近づいてきた。「したたかで、ずる賢い女になりそうですね、あなたは。わたしに頭を下げさせるつもりですか？」

クリスタベルは明るく答えた。「当たり前でしょう、こんなに面倒をかけられているのだから」

あとずさりでギャヴィンから離れようとしたものの、あずまやの柱に背中をぶつけただけだった。下着姿になったギャヴィンが手を伸ばし、シュミーズを肩から引きさげた。シュミーズがクリスタベルの体をすべり落ちたとき、ギャヴィンは両膝をつき、真剣な顔で言った。「あなたとともに人生を歩めるなら、なんでもします」

「なんでも？」

「なんでも」ギャヴィンはクリスタベルの下着を引きおろすと前かがみになり、すでにしっとりと湿っている腿のつけ根にキスをした。「あなたを、わたしのものにしたい」ギャヴィンが熱い唇を寄せた。敏感な部分を吸いあげ、愛撫する。「あなたを幸せにしたい。わたしを幸せにしてもらいたい」唇を押しあてたまま、そっとささやく。「あなたの子供がほしい」

全身の血が騒ぎ、クリスタベルはギャヴィンの頭をかかえた。「でも、子供が産めない体だったら？」

「それでもいい。わたしがほしいのは、あなたなのだから」

「わたしだけ？」かぼそい声をしぼりだす。「でも正直、いままで……大勢の女の人たちを使い捨てにしてきたでしょう？」

ギャヴィンは愕然《がくぜん》としたような表情になり、まじめな目で彼女を見あげた。「本当にほしいものを判断するためには、いろいろ味見しなくてはいけない場合もありましてね。それでも、あなたがほしい。あなただけが。これからは、ずっとそばにいてください。死がふたりを分かつまで」

なおもためらいつつ、クリスタベルはごくりとつばをのんだ。「愛人を囲ったり、娼館《しょうかん》に行ったりなんてことは――」

「もう、その必要はありません、ダーリン。すべて、あなたを喜ばせてあげるための練習でした」それからギャヴィンはふたたび唇を寄せ、その練習で何を学んできたか如実に示し始めた。

「ああ、ギャヴィン……」クリスタベルはくぐもった声をあげた。体の奥がうずきだしている。ギャヴィンにしか癒《いや》せないうずき。ギャヴィンにしか起こせないうずきだった。

「お願い……お願いよ……」

「結婚しなさい」限界寸前まで高められたまま、じらすような愛撫をされ、クリスタベルはたまらなくなった。「わたしと結婚しなさい、クリスタベル」

まだひとつ、言われていないことがあるけれど、こちらから頼む勇気はなかった。もしもギャヴィンに愛してもらえないとしたら……。

「結婚してください、ダーリン」ギャヴィンはクリスタベルを引き倒し、あずまやの床に散らばっていたクッションの上に組み敷いた。クリスタベルの下着をむしりとると、腿のあいだにひざまずき、いっきに押し入った。「あなたを幸せにするとは約束できませんが、できるかぎり努力します」

「幸せになるには、まだ足りないものがあると言ったら?」

「まだ何か?」視線がぴたりと合う。「ああ、そうでした」ギャヴィンは深々と体をつなげ、かすれ声で言った。「愛しています、クリスタベル。思いもよらなかったほどに。愛しています」

歓喜がはじけ、クリスタベルは腰をギャヴィンに押しつけた。もっと近づきたくてたまらない。もう二度と離れられないくらいに自分を満たしてもらいたい。「ああ、ギャヴィン、わたしも愛しているわ」

ギャヴィンのまなざしが激しい欲望に燃えあがった。自分が何を求めているか心得ており、それを手に入れるためなら手段を選ばない男のまなざしだった。「では、わたしと結婚してください、愛《いと》しい人」苦しげな声をしぼりだし、さらに突き進む。「わたしと……結婚してください」

ギャヴィンの荒々しく情熱的な動きのなかに答えが見えた瞬間、せつない気持ちがつのり、クリスタベルは叫んだ。「ええ、ええ……ああ、ギャヴィン、結婚するわ！」

そして、ふたりとも同時に高みへとのぼりつめた。体じゅうに喜びがあふれ、疑いも不安もすべて流れ去ったあとには、強くやさしいギャヴィンへの揺るぎない愛だけが残った。

このうえなく甘い余韻。ギャヴィンの腕に抱かれたままじっと横たわっていても、まだ激しい鼓動を感じる。それでもやがて熱が引き、落ち着いてきた。

われを忘れるほどの喜びがいまなお信じられず、クリスタベルはささやいた。「あれは本気だったの？」

すると、ギャヴィンに軽く顎を上げさせられた。真正面からのぞきこんでくる目の奥には、温かな光が宿っていた。問いかけの真意を察してくれたらしい。「愛しています。戦場におもむく軍隊のように、何事にも全力と熱意を捧《ささ》げるあなたが好きです。何事にも誠実であろうとするあなたが好きです。傷痍軍人《しょういぐんじん》を使用人として雇い、家族を大切にするあなたが好きです。アンナを切り刻もうとしたのも頼もしかった」冗談めいた口調が一変し、まじめな顔になる。「わたしのことを私生児だとか、冷血漢のギャンブラーだとか、女癖の悪い愚か者などと思ったりせず、守ろうとしてくれる。そんなあなたが本当に愛おしい」

胸がつまり、クリスタベルはギャヴィンの頬をなでた。「ねえ、本当のことを話してちょうだい。わたしが結婚を断っていたとしても、あなたは手紙を父に返せるよう手伝うと言ってくれた？」

ばつの悪そうな顔でギャヴィンが笑った。「はい」クリスタベルが頬をゆるめたとき、ギャヴィンはぶっきらぼうに言った。「それでも、いずれは色よい返事をもらえると期待してのこと、それだけです」

「嘘おっしゃい」クリスタベルは軽口を叩いた。「あなたには良心があるわ。そんなものはないと全力で言い張っているけれど。真心もね」

「そうおっしゃるなら、それで結構です」ギャヴィンが小さく吐きだした。「だが、わたしが客の借金を帳消しにするとか、教会に通うなどという愚行に走るとは思わないほうがいい。それに――」

クリスタベルはキスでギャヴィンの口を封じた。たちまち熱く生々しいものが燃えあがり、ギャヴィンの手が胸へと下りてきて愛撫を始めたので、かぼそい声で制する。「もういいでしょう。あとで、いくらでもできるから」クリスタベルは上体を起こし、シュミーズを探しだして身につけた。「ね、教えてちょうだい。どうやって手紙を取り戻すの？」

ギャヴィンが嘆息し、寝転がったまま片肘をついて頭を支えた。「わかりました、ダーリン。絶対確実な計画というわけではありませんが、こう考えています……」

23

ギャンブラーの愛人になるなら、何があっても動じない覚悟が必要です。

——作者不詳『ある愛人の回想録』

ストークリー男爵のすぐあとに続き、クリスタベルの手を引きながら書斎に入ったギャヴィンは、懸念を押しつぶした。古なじみのストークリーも丸めこむだけの説得力がなくてはならないのだ。もし失敗したら……。

いや、成功させなくては。ふと見おろすと、クリスタベルは瞳に光を宿し、口元を不安げに引き結んでいた。失望させてしまうかもしれない、そう思ったとたん、ギャヴィンは腹に衝撃を食らったように感じた。

ふいにクリスタベルがこちらを見あげ、ためらいがちな笑みを浮かべた。胸が締めつけられる。なんとしてでもストークリーを丸めこまなくてはならない。死んだ夫のようにクリスタベルを失望させるわけにはいかない。

「それで、話って？」ストークリーが机の向こうの椅子に座り、問いかけた。「話があるとか言っていたな」

「レディ・ハヴァシャムの手紙を買いとりたい」

ストークリーは、なんのことかわからない、などとうそぶくような手間はかけなかった。

「金なら殿下に払ってもらえるのに、なんできみに売らなきゃならんのだ」

ギャヴィンは反論した。「お売りいただけない場合、手紙は紙くず同然になります」

ストークリーが目を細めた。「どういう意味かな？」

「偽手紙が出まわっていると新聞記者に言います。殿下とミセス・フィッツハーバートのあいだに子供が生まれたと称する手紙など、真っ赤な偽物だとね。クリスタベルの夫がギャンブルの借金を払うため偽造したものだと言いますよ。そうなったら、殿下を脅迫しても無駄です」

はじかれたように椅子から立ちあがったストークリーの顔は、硬く冷たい仮面と化していた。「そんなことができるものか。隠し子の噂《うわさ》が出ただけでも記者が押しかけてきて、ライアン将軍の過去やレディ・ハヴァシャムの夫婦生活を全部ほじくり返しにかかるぞ。連中は事実を暴きだす。そんなことを殿下が許すはずもない」

ギャヴィンはストークリーを冷たく見すえた。「殿下が許そうが許すまいが、わたしにはどうでもよいことです。どちらかといえば、殿下が破滅するところを見たい。わたしのほうこそ手紙を自分で悪用したいくらいだ。なぜだか、わかりますか？　あの男が王になる可能性をつぶしてやれるからですよ」

ギャヴィンの殿下への憎しみがどれほどのものか、ほかでもないストークリーがいちばんよく知っている。だからといって納得させられるわけでもなかったが。「いくらなんでもお父上まで破滅させるような計画にレディ・ハヴァシャムが協力するとは思えないね」

クリスタベルが言葉を返した。「ご自分で、おっしゃっていたでしょう？　父はどこへでも好きなところへ逃げられます」

ストークリーが吐き捨てた。「お父上に何があろうと本当にかまわないなら、僕の申し出を受けてくれてもよかったのに」

ろくでもない申し出を持ちかけてきたストークリーなら、大喜びで殺してやれる。クリスタベルは話そうとしないが、かなりふざけたまねをされたようだから、なおさらだ。

まあいい。手紙を手に入れてから、きっちり代償を払わせてやろう。

ストークリーは疑わしげにクリスタベルを見ている。「隠し子のことでバーンに記者と話なんかさせちゃいけないよ。お父上が破滅するかもしれないのに」机をまわったストークリーがギャヴィンをにらみつけた。「殿下はどうでもよくても、レディ・ハヴァシャムのことは放《ほう》っておけないんだろう？　僕もばかじゃない。はったりに乗るものか。見え見えだぞ」扉に向かって歩きだす。「手紙は売らない。今後もきみたちに売るつもりはない」

いまこそ思いきった勝負に出るときだ。「では、申しわけないが決闘を申しこまねばなりません。さきほど、あなたに侮辱されたレディ・ハヴァシャムの名誉を守るために」

「だめよ、ギャヴィン！」クリスタベルが大声をあげた。切り札をどう出すか、彼女に伝えてはいなかった。止められるのは、わかっていたから。とはいえ、さしものストークリーも、死んでしまえば手紙は悪用できないのだ。

残念ながら、決闘と聞いてもストークリーは笑うばかりだった。「商売女の名誉を守って決闘？　ばかを言うな」

ギャヴィンの体のなかで怒りが爆発したとき、クリスタベルが腕をつかんできた。「別の決闘のほうがお好みではないかしら、ストークリー男爵？」早口で言い添える。「あなたと、わたしたちの才能にふさわしい決闘があるわ」

ギャヴィンはクリスタベルを凝視した。いったい何を言いだすのだ？

それでも、書斎から出ていこうとしたストークリーを足止めするには十分だった。かすかな興味を顔に浮かべ、ストークリーがクリスタベルに向き直った。「それは何かな？」

「手紙をホイストの賞品にしたらどう？　わたしたちが優勝したら手紙だけいただくわ。賞金のほうは、あなたとレディ・キングズリーにさしあげます。わたしたちが負けたら、手紙も賞金も全部そちらのものよ」

ギャヴィンは笑いをこらえた。ストークリーをおびきよせる作戦の立案はクリスタベル大佐にまかせよう。

「決勝戦に残れるかどうかもわからないくせに」ストークリーが決めつけた。

思いのほか、クリスタベルの提案に心を動かされているようだ。たいへん結構。「それはお互いさまです」ギャヴィンは言い返した。

ストークリーが鼻先で笑った。「いつも、こっちの得点のほうが上だったぞ」

「たしかに。ならば、断る理由はないでしょう。そちらが勝つ可能性のほうが高いのだから。むろん、そちらが決勝戦に残れなかった場合でも、手紙は賞品のままにしていただきますが。さらに、こちらが優勝した場合、あなたと個人的に賭《か》けた千ポンドも帳消しにしてさしあげます。考えてもごらんなさい。勝敗がどうあれ、あなたは千ポンドを払わずにすむし、賞金も獲得できる。残念賞としては破格ですよ」

ストークリーが顔をしかめた。「きみに手紙を売るのと、どう違うんだ?」下心たっぷりの視線をクリスタベルに向ける。「もちろん、レディ・ハヴァシャムに……やさしくしてもらえるなら、考えてみても――」

「だめに決まっているでしょう」ギャヴィンは厳しくさえぎった。「それは条件に含めません」いいか、すべて片づけたあと、きさまの肺を引き裂いてやる。よこしまな目でクリスタベルを見ただけでも許せない。

クリスタベルが割って入った。「その代わり、別のおまけをつけるわ。わたしたちが負けたら、本物の手紙だと証言します。それがいちばんの目当てだったのでしょう?」

「それだけじゃないが」

「それだけで満足していただきます」ギャヴィンはつっぱねるように言った。気色ばんだストークリーに、かろうじて節度を保った口調で話しかける。「この条件なら、ほぼ要求どおりのものが手に入るのだから」

「僕が勝てばね。それに、きみたちが約束を守ると信じられるならばの話だ」

「いままで、わたしが負けをごまかしたことなどありますか?」ギャヴィンは即座に切り返した。

「どうしてもとおっしゃるなら、手紙が本物だという文書か何かに署名しておくわ。あなたが勝ったら、それをあげる。負けたら、わたしたちに手紙をくださいな」

ストークリーの顔に葛藤《かっとう》が浮かんだ。たしかに、あの手紙だけでは信憑性《しんぴょうせい》に欠けるかもしれない。レディ・ハヴァシャムが止めても、ギャヴィン・バーンが早まって手紙の内容を公表するかもしれない。なにしろ、いままで愛人を取っ替え引っ替えしてきた男なのだ。いまさら、ひとりの相手に義理立てをしたりするものか。

そのうえ、こちらとしても、手紙にけちをつけられるのは避けたいところだ。だが、レディ・ハヴァシャムの署名入り証言があれば、けちもつけられずにすむ。

ギャヴィンは口を開いた。「よろしいですか、ストークリー。ご承知のとおり、これは裏も表もない申し入れです」いささか慇懃《いんぎん》な物言いになる。「あなたもギャンブラーでしょう。選ぶのは、あなたです。決勝戦で勝つほうに賭けてもよし。別の可能性に賭けてもよし。わたしたちがロンドンへ戻っても、手紙が紙くず同然になるような話を広めたりしない、という可能性にね。どうなさいますか？」

ストークリーの視線がクリスタベルに移り、またこちらへ戻ってきた。「わかった」ストークリーがついに言った。「手紙を賭けて勝負しよう」

ギャヴィンは勝利の雄叫《おたけ》びをあげたい衝動と必死に闘った。

あとはカードで勝つだけだ。

クリスタベルは目を疑った。胸の高鳴りを感じながら、いま出したばかりの札を見おろした。この札でハンゲート侯爵夫人の組を打ち破り、決勝戦への進出が決まったのだ。きっと、夫には縁のなかった幸運が、ここ一番というときに降りそそいできたのだろう。

ハンゲート侯爵夫人がギャヴィンを見あげ、ぶつくさと文句を言った。「まったく、あなたは悪運が強すぎますよ」

「たしかに。もっとも、今回は運のせいではありませんよ」ギャヴィンがクリスタベルに視線を合わせた。「実力です」

ハンゲート侯爵夫人もクリスタベルを見て恨めしげに笑った。「そうかもしれませんね。

本当に」そして、自分のパートナーに向き直った。「いらっしゃい。ブランデーを飲みに行きますよ。賞金を獲得できる見こみがなくなった以上、お酒を控えてもしょうがないのだから。今年も負け」

ふたりが席を立ったとき、ストークリー男爵が向こうから視線を向けてきた。男爵も対戦相手をねじ伏せたばかりらしく、並んで立ったまま、こちらの勝負の行方をうかがっていた。「決着はついたのか？」

「もちろん」目をぎらつかせながらギャヴィンが返事をした。「あとは、わたしとあなたの組だけですよ」

男爵がキングズリー子爵夫人とふたりで近づいてきた。「いますぐ決勝戦を始めるか？ それとも小休止を入れるか？」

「小休止の必要はありません。ダーリン、あなたは？」

「わたしも大丈夫よ」クリスタベルは答えた。たいへんなものを賭けた大勝負を控えているにしては、心の余裕もある。

「ただし、始める前に賞品を確認させてください、ストークリー」

「そうくると思ったよ」ストークリー男爵がポケットに手を入れ、封筒の束を取りだして目の前のテーブルに放った。

クリスタベルの耳の奥で血流が音をたてている。こんなに近くにあるのに、とてつもなく遠い。

　ギャヴィンはテーブルに歩みよって封筒を取ろうとしたが、男爵がその手を押さえた。

「勝ってからだ。それまでは触れるな」

「本物だという証拠は？」

　ギャヴィンの肩ごしに、男爵がこちらへ顔を向け、尋ねるように片方の眉を上げた。

「本物よ」クリスタベルは断言した。口のなかが乾いてしかたがない。色あせた黄色いリボンとぼろぼろになりかけた紙は、ひと目見ればわかる。

「それ、何？」キングズリー子爵夫人がきいた。

「きみのかわいい頭を悩ませるような代物じゃないよ」ストークリー男爵が子爵夫人に言った。「とにかく、勝てばいいんだ。勝てばね」

「いつも勝っているじゃない」子爵夫人が言い返した。

「始めましょうか」ギャヴィンが声を発した。

「ちょっと待て」男爵がさえぎった。「その前に……」扉の前に控えていた使用人二人に合図する。「ミスター・バーンはブーツのなかにナイフを隠し持っている。ちゃんと預かっておくように。そっちの女も調べろ。いつも銃を持ち歩いているらしいからな」

　ギャヴィンが唇をゆがめて冷笑した。身体検査の末、使用人にナイフを取りあげられながらも軽口を叩《たた》く。「わたしたちが信用できないのですか、ストークリー？」

「全然」

クリスタベルの身体検査に呼ばれてきた小間使いが、オーバースカートのポケットから扇を探りだした。

「それはお持ちになったままで結構」男爵が酷薄そうに笑った。「勝負が熱くなったとき、必要になるかもしれないからね」

扇を見たキングズリー子爵夫人は口を開きかけたが、クリスタベルの鋭い視線を受け、すくみあがった。

「今度はそちらの身体検査をする番です」ギャヴィンが男爵に声をかけた。

男爵は気分を害したように見えた。「僕は紳士だ。ブーツに武器を隠し持ったりしない」

「それなら、確認させていただいてもかまわないでしょう」

男爵は躊躇《ちゅうちょ》したものの、うなずいた。

男爵が本当に丸腰なのを確認したギャヴィンは、さらに言った。「決勝戦のルールは、いつもと同じで？　五回勝負を一セットとして、全部で三セット。二セットを先取したほうが勝ち？」

「そうだ」男爵が椅子をさし示した。「どうぞ、ご婦人方」

自分の座る位置を確認したとたん、クリスタベルの脈拍は急上昇した。負けて失うものは、ことのほか大きい。手紙、父の名誉、そして、ギャヴィンとともに歩む未来。男爵に負けて手紙を奪い返せなかったら、殿下はどれほどの怒りをぶちまけてくるだろう。わたしと父の命ごいさえ聞き入れてくれなくなるかもしれない。まがりなりにも結婚を約束したことで、ギャヴィンまでも、こちらの陣営の中核に入ってしまった。ただでさえ殿下にひどく傷つけられてきたギャヴィンが、これ以上つらい目に遭うところは見たくない。

勝つしかない。とにかく勝たなくては。

椅子を引く手が震えた。そのとき、ふいにギャヴィンの手が重なり、椅子を引いてくれた。ふわりとなでる感触を残して。クリスタベルは腰を下ろし、ギャヴィンを見あげた。ギャヴィンの唇が微笑している。「幸運を祈ります、愛《いと》しい人」小声で言い残し、ギャヴィンは自分の席についた。

それだけでクリスタベルの手の震えが止まり、気持ちも静まった。

クリスタベルは精神を集中させ、捨てられたカードを覚えるのに専念した。今週の初めごろ、キングズリー子爵夫人とは何度か、ストークリー男爵とも一度パートナーを組んだことがある。クリスタベルは記憶をすべて掘り返し、ふたりの癖や作戦を思い起こした。その記憶はおおいに役立った。

クリスタベルとギャヴィンは最初の一セットを落とした。けれども、次の一セットはストークリー男爵とキングズリー子爵夫人が落とした。あと一セットで決まる。

終盤戦でも、得点にほとんど差はなかった。そのとき男爵が口を開いた。「レディ・ハヴァシャム？　昼すぎに、僕と一緒にいたことはバーンに話したかい？」

「もちろんよ」わたしを動揺させるつもり？　おあいにくさま。

「ふたりで気持ちいいことをしたよねえ。それも話した？」

今度はギャヴィンを動揺させるつもりらしい。クリスタベルは答えた。「ふたりで？

そうおっしゃった？　わたしの記憶では、あなたは痛がっていただけだと思いますけど」

ギャヴィンが笑った。「急所をつかまれましたか、ストークリー。クリスタベルには気をつけたほうがいいですよ。男をひざまずかせるのが得意な女ですから。ずいぶん荒っぽいやり方でね」

結局、このやりとりで動揺したのは男爵だけで、クリスタベルの溜飲《りゅういん》もすっかり下がった。もう男爵は何も話しかけてこない。そのほうが助かる。こちらも勝負に全神経を注がなくてはいけないから。

ややリードを奪われてはいるものの、ほぼ互角の勝負が続く。

だが、危機が襲ってきた。クリスタベルは惨憺《さんたん》たる手札を凝視した。自分で配ったのに。

ギャヴィンには、ましなカードが行っているといいけれど。

テーブルごしにギャヴィンの様子をそっとうかがってみたものの、手札を見つめる表情には何も浮かんでいなかった。一度でいいから冷徹な表情を崩し、強い手札だと合図してほしい。けれども、そんなことをすれば相手方にまで伝わってしまうのは間違いない。それは危険だろう。

いまは四点の点差がつけられている。わずか四点。とはいえ、ここまで手札がひどいと百点差にも等しい。不安が喉をせりあがり、恐怖がつのってきた。

そのとき、ギャヴィンの言葉を思いだした。初めてカードの手ほどきを受けた夜に、こう言われたのだった。〝十ポンドの賭《かけ》だろうと一万ポンドの賭だろうと、感情に流されてはいけない……カード以外のものに気を取られてはいけない〟

クリスタベルはその言葉に従った。必死の思いで恐怖を払いのけ、勝負に専念した。どうやら子爵夫人は切り札のダイヤを温存しているらしい。そうなると、こちらは大きな数札を有効に使わなくてはならない。ダイヤの二で勝負をかけられるところで、あえてクラブのジャックを切ったクリスタベルは、ギャヴィンにクラブのキングで取ってもらったとき、安堵《あんど》のため息を押し殺した。

その後も同様に、ふたりは長年連れ添った夫婦のごとく互いに協力しながらカードを切っていった。次の回も、その次の回も、ギャヴィンとクリスタベルがカードを奪った。そして最後に、キングズリー子爵夫人がとっておきのダイヤのクイーンを出してきた。

クリスタベルは、なけなしの強いカードをその上に置いた。ダイヤのキング。

ギャヴィンが頬をゆるめた。「勝ちましたよ、かわいい奥さま。わたしたちの勝ちです」

「嘘《うそ》でしょう」子爵夫人がダイヤのキングを凝視したままつぶやいた。「男爵さまが持っていると思ったのに。あんなカードばかり出すから、てっきり……そっちにあったなんて、信じられない……」

「気にしなくてもいい」妙に落ち着いた態度でストークリー男爵が言った。「ルールが変わったからね。負けはしたが、賞金は僕たちのものだ。バーンたちには賞品だけ渡せばいい」

男爵がテーブルの向こうから封筒の束を無造作によこしてきたとき、クリスタベルは疑念を抱いた。封筒を取りあげ、数を確かめる。明るい気分は、たちまち激怒へと転じた。

「どうしました？」ギャヴィンが尋ねた。

「三通足りない」クリスタベルは非難のまなざしで男爵を射抜いた。「あなたのことだから、いちばんの命取りになる三通を抜いたんでしょう」

男爵が肩をすくめた。「そう思ったご主人が、よけておいたんじゃないかな。僕が持っているのは、それだけだよ」

「嘘つき」クリスタベルは叫んだ。「残りも出しなさい、さもないと――」

「どうする？　父親の命を危険にさらして、手紙の内容をロンドンじゅうに言いふらす？　できないよねえ、そんなこと」ぎらつく目で男爵がこちらを見た。「賞金のほうは、ありがたくもらっておくよ。金はいつでも役に立つ。ほら……王室出身の奥方をもらうときとか」

「なんなの？」キングズリー子爵夫人が割って入った。「どういうこと？　それは何？」

「気にするな」男爵が、またしても言い含めた。

クリスタベルの視界の隅でギャヴィンがブーツに手を入れたものの、武装解除されていたことに思いあたったらしい。彼と目が合った瞬間、クリスタベルは得心し、すかさず扇をテーブルに出してギャヴィンのほうへすべらせた。

扇を取ったギャヴィンは一瞬で男爵の背後にまわり、髪をわしづかみにすると、もう一方の手で喉元にナイフの刃を突きつけた。「残りの手紙も出していただきたい」うなるように言う。

男爵の驚きは、たちまち恐怖へとねじれあがった。「持っていない」

ギャヴィンは旧友を見おろした。ストークリーが残りの手紙を持っていないなど、かけらも信じられるものか。クリスタベルの表情からすると、彼女もまったく信じていないようだし。「では、どこにあるのです？」

「し……知らない」

「それは残念」ギャヴィンは刃先を首筋に押しあてた。「では、死んでいただくしかありませんね。手紙を悪用できないように」

「やれるものか」男爵が小さな声をしぼりだした。とはいえ、両手が震え、額から汗が噴きでている。「いいか、バーン、僕は貴族だぞ。僕を殺してみろ、おまえも縛り首だ」

「これが殿下の耳に入れば、そのかぎりではありません。王座を守るためのあっぱれな働きということで、喜んで無罪放免にしてくれるでしょう」ギャヴィンは少しだけ刃先を下げた。「もっとも、あなたの言葉にも一理ある。あなたを殺せば、残りの手紙は手に入らない。誰か別の人間が手紙を見つけ、悪用するかもしれない」

「そうだ」男爵の息づかいが、わずかに楽になった。

「では、あなたを少しずつ切り刻んでいかなくてはなりませんね。記憶を取り戻していただけるまで」ギャヴィンは刃先をすべらせ、左耳のすぐ下に当てた。「ここから始めますか」

「そんな脅しに――」

「わたしがどこで育ったか、お忘れですか？」レディたちの怯《おび》えた視線を感じたものの、ギャヴィンは取り合わなかった。本気だということをストークリーに思い知らせなくてはならない。「ドルリー・レーンで、ありとあらゆることを習い覚えました。ご存じですか？　人間は、耳がひとつなくてもちゃんと生きていけるのですよ。片方だけでは見た目のバランスが悪くなるとご心配なら、反対側の耳もすぐに――」

「わかった」男爵がしわがれた声を出した。「残りの手紙は金庫のなかにある。うしろだ。暖炉の上だ」

「どこだ？」ギャヴィンは強要口調で言った。あいたほうの手で男爵の耳をつかみ、椅子から立ちあがらせる。「教えろ」男爵が暖炉に近づけるよう、少しだけ刃先を離してやる。

男爵が何やら押したところ、大理石の一片が手前に開き、金庫が現れた。

「こんなところにあったなんて」腹立たしい思いで、クリスタベルは吐き捨てた。「わたしたちを見て、笑っていたんでしょう。金庫のすぐそばでホイストをしていながら、ほかの場所ばかり捜しまわっていたのだから」

男爵は肩をすくめたものの、ふたたび刃先を首筋に押しつけられ、肩を落とした。「金庫を開けてください、ストークリー」

「自分で開けられるのではなかったの？」クリスタベルはギャヴィンにきいた。

「こうすれば開きます」ギャヴィンが小さく笑いかけた。「誰でも開けてくれますよ。命を失うかどうかの二者択一しかなくなればね」ギャヴィンは男爵の耳の下に刃先を戻した。

「あるいは、体の一部を失うとか」

男爵は体をこわばらせたものの、ギャヴィンの命令に従った。

金庫が開いた。賞金のポンド札が積みあがっているほか、不足分の手紙もあった。「きちんと借りを返してくれる人は、いつでも大歓迎です」ギャヴィンが低い声を発した。金庫に手を伸ばし、札束には触れることなく手紙を取った。続いてナイフを扇におさめ、ポケットに入れてから、男爵を突き放した。「楽しいパーティーでしたよ、ストークリー。しかし、もうそろそろ失礼しなくてはなりません」

置きっ放しになっていた残りの手紙も取りあげる。

「それをどうする気だ?」喉元のナイフがなくなり、男爵の声の震えが少しおさまった。

ギャヴィンは耳も貸さなかった。自分が何を手にしているか、ようやく実感できるようになった。力だ。殿下に打撃を与える力。母の恨みを晴らす力。手紙を公表すれば——。

「それをちょうだい、ギャヴィン」クリスタベルの細い声がした。

意識のなかに飛びこんできた声に、はっとする。ふと見ると、クリスタベルの顔から血の気が失《う》せていた。

クリスタベルが手を伸ばした。「お願い。自分が何をしているのか考えて」

「そうだ、考えてもみろ」ストークリーが悪意に満ちた笑みを浮かべ、言いつのった。

「殿下に致命傷を負わせられるんだぞ」

「うるさい、黙って」クリスタベルの声はかすれていた。「致命傷を負うのはギャヴィンのほうだわ」

わたしのほう。クリスタベルは、わたしの身を案じてくれている。父親でも自分でもなく、わたしを心配している。わたしの身を案じ、わたしのことを一番に考えてくれた女が、母以外にいただろうか。わたしの幸福と将来を、自分のことより優先してくれた女が、ほかにいただろうか。

干からびて久しい心に愛の重みが降りそそぎ、傷ひとつなくよみがえった。そしてついに、ギャヴィンは悟った。この幸せを受け入れるしかない。

暖炉の前に立ち、ふたたびクリスタベルに顔を向ける。「よろしいですね？」

いつものことながら、説明の必要もなかった。クリスタベルはうなずいた。

ギャヴィンは手紙を暖炉に放りこんだ。手紙が炎に包まれたとき、心が安らぎに満ちていくのを感じた。火事から始まった苦悩なのだ。火で終止符を打つのがふさわしい。

ストークリーが立ちあがった。「どこかに頭でも打ったのか！　どんなに価値のあるものか、わかっているだろうに！」

「はい。だから燃やしたのです。この世に存在するかぎり、きっと誰かに悪用されたでしょう」ギャヴィンはクリスタベルに暗い笑みを向けた。「それが自分になるかもしれない。そんな可能性は、つぶしておかなくてはなりません」

感無量という顔で、クリスタベルが心得たようにほほえんだ。満面に浮かぶ柔らかな笑みは、心から愛する男……夫だけに向けられる笑みだった。そっと寄り添ったクリスタベルは、背を伸ばしてギャヴィンの唇に口づけをすると、その手を取った。「ねえ、もう帰りましょう」

帰る。どこに帰るのか、きくまでもない。自分の町屋敷でも、ハヴァシャム侯爵家の町屋敷でも、バースの屋敷でも、どこでもいいのだから。これからは、クリスタベルの帰るところに自分も帰るのだ。

24

例外と言ってもいいほど珍しいことですが、ごくまれに、愛人と結婚する男もいます。

——作者不詳『ある愛人の回想録』

ストークリー男爵邸でのパーティーから二週間しかたっていないとは思えないほど、いろいろなことがあった。まず、バースの屋敷でささやかな結婚式が執りおこなわれ、ギャヴィンの母とふたりの異母弟、その妻たちが、初めて顔を合わせた。

それからクリスタベルは、手紙を取り戻したと殿下に伝えた。もっとも、手紙を燃やしたことは知らせていない。殿下がギャヴィンと交わした約束を果たすまで、知らせないつもりでいる。ギャヴィンと同様に、クリスタベルも殿下をまったく信用していない。

この一週間は身のまわりの片づけで忙しかった。ハヴァシャム侯爵家の町屋敷を出て新しい夫の屋敷に移ったのだ。今日の式典の準備であわただしかったのは言うまでもない。

クリスタベルは、そっとギャヴィンに目をやった。ウェストミンスター宮殿の控えの間で、ギャヴィンは物思わしげに窓の外を見つめている。クリスタベルの胸に、愛《いと》しい思いが満ちた。なんてすてきな人だろう。最高の旦那《だんな》さま。

「内密に会うと約束したのに、殿下にその気はなさそうですね」ギャヴィンが窓に背を向け、こちらを見た。「あの男が約束を守らないのは、わかりきっていましたが」

ギャヴィンが不信の念に凝り固まっているのも無理はない。ギャヴィンへの叙位式が始まるまで、あと三十分しかないのだから。すでに異母弟ふたりも入場し、ほかの貴族とともに席についている。

「ちゃんと来てくださるわ」クリスタベルはギャヴィンに寄り添い、扇で彼の腕を軽く叩《たた》いた。「約束を守っていただけないときは、これを使わなくちゃならなくなるもの」

一時間ぶりに、ギャヴィンの唇が小さく笑った。「王族を襲撃するなんて反逆罪ですよ。縛り首になります」

「なるものですか」クリスタベルは軽口を叩いた。「摂政皇太子の息子の妻が縛り首になるはずないでしょう」

ギャヴィンの笑みが消えた。「認知されていないし、認知されるつもりもまったくない息子ですがね」ギャヴィンはクリスタベルの手を握った。「まあ、男爵位ぐらいはくれてやろうというのだから、ご親切なことだ」

そのとき扉が開き、殿下が控えの間に入ってきた。結局、面会の約束は守られた。

クリスタベルは深く膝を折り、お辞儀をした。けれどもギャヴィンは頑として頭を下げず、まっすぐ立ったまま殿下をにらみつけていた。この父子がさし向かいで会うのは初めてだったのかと、クリスタベルは得心した。実の父親に会ったこともないなんて、心が痛む。

よそよそしく堅苦しい殿下の口調を耳にしたとたん、心の痛みはさらにつのった。「よく参られた、ミスター・バーン、レディ・ハヴァシャム」

「ミセス・バーンです」クリスタベルはきっぱりと訂正した。「新しい夫の姓を名乗っておりますから」

「おお、そうだった。そなたらは結婚したそうだな。それでも、レディ・ハヴァシャムと名乗り続けようとするのがふつうかと思ったが」

大貴族の未亡人は身分の低い男と再婚しても、以前の称号を使い続けられる。そして、大貴族の称号を使い続ける未亡人が大半だった。クリスタベルは、もう侯爵未亡人を名乗らずにすむことで大喜びしていた。

殿下がふたたび口を開いた。「むろん、まもなく新しい称号を得ることとなるがな、レディ・バーン」殿下はギャヴィンに顔を向けた。「そちは男爵になっても、バーンの家名を名乗りたいとな?」

ギャヴィンはうなずいた。「母の名誉のためには、そのくらいしかできませんので」

話がサリー・バーンにおよび、殿下が身構えた。「そちが内密に余と会いたがったのは、そのためであろうな。手紙を盾に認知を迫ろうと――」

「手紙はありません」ギャヴィンは言い放った。「焼き捨てました」

殿下が呆然《ぼうぜん》とギャヴィンを見た。

「それがお望みだったのでしょう、殿下？」クリスタベルは早口に言い添えた。「この世から消してしまいたかったのではございませんか？」

「いかにも。だが……」疑わしげに殿下がクリスタベルを見た。「焼くところを、そなたも見たのかね？」

「はい。ストークリー男爵とキングズリー子爵夫人も見ております。証人が必要ということであれば」

殿下の顔つきが、信じられないと言わんばかりの表情に変わった。「ミスター・バーンは手紙の内容を知っていて燃やしたのか？」

「はい、殿下。しかも、ストークリー男爵の目の前で」

殿下が長く重い息を吐いた。「なるほど、それでストークリーは国外へ逃亡したのだな」

「逃亡？」ギャヴィンがきいた。

「パリへ逃げた。余の報復が恐ろしかったのであろう。どのような破滅が待ち受けているかと思うと、いてもたってもいられなかったに違いない」殿下はギャヴィンに冷たく笑ってみせた。「逃げたところで、いずれ罰を受けるのは必定だがな」殿下はひと息つき、ギャヴィンを凝視した。「ミスター・バーン。そちが手紙を取り戻すのに同意したばかりのころ、余と内密に会いたいと申しておったな。なぜか？」

「なぜだとお思いですか？　爵位のほかにも……いただきたいものがあるからです」

殿下が体をこわばらせた。「ほう、爵位だけでは足りぬと申すか」

「お義母《かあ》さまへの仕打ちを償っていただきたいということでは？」クリスタベルは割って入った。「子供まで見捨てるなんて、ひどい――」

「いいえ、わたしのことは、もういいのです」ギャヴィンはクリスタベルの手を取り、自分のものと同じ結婚指輪のはめられた指をそっとなでた。そして殿下に向き直った。「母に謝罪していただくべき点は多々ありますが、なかでも、何かにつけて母を売春婦呼ばわりしたことです。母が売春婦呼ばわりされる筋合いはない。そんな女でなかったことは、そちらもご存じのはずです」口を閉ざしたままの殿下に、ギャヴィンは言いつのった。「公式な謝罪までは要求しません。政治的に不都合なのは承知しています。しかし、寵臣《ちょうしん》たちには……噂《うわさ》好きの有力者たちには、真実をあきらかにしていただきたい」

殿下が少しだけ頭を傾けた。「よかろう」

ギャヴィンが言葉を継いだ。「第二に、母に年金を支払う約束も履行していただきたい。年金を止めた時点から現在までの分をまとめて支払っていただきましょう。今後も、母が生きているかぎり、ずっと」

クリスタベルは目をしばたたいた。こんな話をするとは聞いていない。

殿下が目をすがめた。「ああ、ドレイカーが申しておったな。そちの母が火事のあとも生きておると。そちのバースの屋敷で何不自由なく暮らしておるそうではないか。年金を必要とする理由がわからぬ」

「必要かどうかが問題なのではありません」ギャヴィンはくいしばった歯のあいだから声をしぼりだした。「約束は約束ですから。年金は母の名前で基金にしてください。貧しい女性が聖バーソロミュー病院で治療を受けられるよう、基金を設立するのです。聖バーソロミュー病院は、火事のあと母を治療してくれました。基金を設立していただければ、母に対する誹謗《ひぼう》は事実無根だったと世間に知らしめることができます」

「わかった」殿下の表情には、新たな要求への驚きが浮かんでいた。「ほかには？」

「何も」ギャヴィンがそっけなく言った。

「殿下、もうひとつだけ」クリスタベルは口を開いた。誇り高い旦那さまは自分から申しでたりしないだろうから、わたしが代わりに言ってあげなくちゃ。「ギャヴィンはいろいろ苦労してきたのですから、せめて認知ぐらいしてくださるべきではないでしょうか？」

「そんなことは、どうでもいい」ギャヴィンが制した。「わたしはあなたに手を貸しただけで、殿下のために働いたわけではありませんから」

「わかっているわ、旦那さま。でも、心のなかでは、どうでもいいなんて思っていないでしょう?」こちらを興味深げに眺めている殿下に、ふたたび顔を向ける。「お願いです、殿下。一度だけでいいので、ギャヴィンを息子と呼んであげてください」

殿下が重いため息をついた。「是非もない。ギャヴィン、そちは余の息子だ。目のある者が見れば疑いようもなかろう」そして殿下は体を硬くした。「もう二度とは呼ばぬぞ」

「もとより承知のうえです……父上」ギャヴィンが言い返した。自分をこの世に送りだした張本人に恨み言のひとつもぶつけてやる機会を、どうしても無視できなかったらしい。「ご心配なく。長年、父親なしで生きてきました。いまさら父親など不要です」

けれども、ギャヴィンの手はクリスタベルの手を固く握り、声は震えていた。いくら不要でも、父親の存在は実感しなくてはいけない。

「父親といえば、あやうく忘れるところであった」殿下が近くの扉に顔を向けた。続きの間につながる扉だ。「入るがよい、将軍。そちの申すとおりであったな。結局、反逆罪に値する行為はなかった」

「反逆罪? いったいどういうこと——」クリスタベルのその問いは、ひとりの男が入ってきたときにとぎれた。「お父さん!」クリスタベルは叫び、そばに駆けよった。「お父さん、帰ってきたのね!」

「ああ、ベルベル。帰ってきたよ」父に抱かれたとたん、この二カ月間の紆余《うよ》曲折《きょくせつ》と苦労がどっと押しよせてきて、涙が止まらなくなった。クリスタベルを抱きしめる腕は力強く、つのる思いに声はかすれていた。「ほら、どうした、ベルベル？　わたしの小さな兵士は、いつからそんな泣き虫になったんだ？」

「堪忍してやってください」ギャヴィンが言葉少なに告げた。「義父上《ちちうえ》のことを、死ぬほど心配していたのですから」

「ああ、お父さん」クリスタベルは嗚咽《おえつ》しながら言った。「ごめんなさい、全部わたしが悪いの。フィリップに手紙を見せたりして……お父さんの信頼にそむいてしまって……」

父が小さな声で語りかけてきた。「何を言うかと思えば。自分を責めるな。そもそも、わたしが考えなしに手紙を取っておいたからいけないのだ」寄せていた頬を離し、父が顔を上げた。「捨てるようにと、殿下に何度も命じられていたのに」

クリスタベルは不安になって殿下を見つめた。「父を罰したりなさいませんわね？」

「国に尽くしてくれたことで？」にこりともせず殿下が答えた。「ナポレオンを敗走させたことで？　余を守ってくれたことで？　処罰など与えたら、国じゅうが余に反旗を翻すであろうな。ましてや、いまは万事うまくいっておるというのに」

「では、なぜ反逆などとおっしゃったのです？」ギャヴィンが厳しく言った。

返事をしたのは父だった。「おまえたちの結婚話が殿下の疑いを招いたのだよ。クリスタベルが手玉に取られ、手紙の内容を明かしてしまったのではないかとね。そして、手紙のことで脅迫されるのではないかとあやぶまれた。おととい、わたしがドーバーに上陸すると、殿下の使いが待ち受けていてね。すぐさまロンドンに連れてこられて、この面会に立ち会うよう命じられた。何か問題が起きたら、無理やりにでも娘を正しい道へ引き戻せとね」

「どうやら殿下は、わたしの妻をよくご存じないようですね」ギャヴィンが声を発した。「男だろうが女だろうが、クリスタベルに無理強いできるような人間には、お目にかかったことがありません」

父がギャヴィンを感慨深げに見た。「そうはいっても、心根のやさしい娘だからな。たまに、よからぬ相手に気を許してしまうのだよ」

ギャヴィンが血相を変えた。クリスタベルは父のそばを離れてギャヴィンに寄り添った。「今度は大丈夫よ、お父さん」ギャヴィンの手のなかに自分の指をすべりこませる。「そんなふうに心配するのは無理もないと思うし、彼をよく知ってもらうまでは、何を言おうと信じてもらえないでしょう。でもね、ほかには誰もいないくらい立派な人なのよ」

ギャヴィンが手を握りしめてきた。「お嬢さんに危害がおよばぬよう、この身を挺《てい》して守ると誓います、将軍」このうえなく厳粛な口調でギャヴィンが言った。ギャヴィンがこれほど厳粛な物言いをしたのは、結婚の誓いのときぐらいだろうか。「機会さえいただければ、わたしがクリスタベルのよき夫になれると証明してみせましょう」

心配半分、あきらめ半分といった顔で、父は娘と娘婿を同時に見た。「いずれわかるな、ミスター・バーン。いずれわかる」

「あと十分で式典が始まる」殿下が声をかけた。「婦人は式場に入れぬことになっておるから、ここで控えておるように、ミセス・バーン」

「わたしも一緒に控えております」父が言った。「積もる話もございますので」

「そうね、お父さん。でも、ほんのしばらくでいいから、ギャヴィンとふたりだけにしてくれない？　ギャヴィンが式場に入る前に」

「いいとも」

父と殿下が出ていったあと、クリスタベルはギャヴィンのほうへ振り向いた。誇らしさで胸がいっぱいだった。「血も涙もない背徳の貴公子さまが、とうとう男爵になるのね」ギャヴィンのクラバットを直し、仕立てのよい黒の上着から糸くずをつまみとりながら、クリスタベルはささやいた。「お義母さまも大喜びしてくださるでしょうね」

ギャヴィンのやさしい瞳が見おろしてきた。「頭のよいご婦人に言われましたから。わたしが幸せなら母も幸せになると」

「あなたは幸せ？」クリスタベルは小声できいた。

「幸せでした。ほかには誰もいないくらい立派な人間だと宣言されるまでは。本当に、そんな期待に応《こた》えられるとお思いですか、ダーリン？」

「わたしも協力するから大丈夫よ」クリスタベルは明るく言った。

「協力？　どのように？　銃で撃ってくるとか？」そっけない口調は、かすかに以前のバーンを思わせたけれど、辛辣《しんらつ》な皮肉はまじっていなかった。

「あなたを愛しているから」

ギャヴィンのまなざしが陰りをおび、キスが降ってきた。ていねいで、やさしいキスだった。「そういうことなら、改善の努力をしてもいいかもしれませんね、かわいい奥方さま」

エピローグ

結婚すると男は変わります。悪いほうに変わるとはかぎりませんが。

――作者不詳『ある愛人の回想録』

一八二一年七月十九日　ロンドン

大砲や銃による祝砲のほか、にぎやかな花火が昼からずっと鳴り響いている。そのため、執事がそばに来ていたことも、声をかけられるまで気づかなかった。

「お客さまがお見えになり始めました、旦那さま《マイ・ロード》」

ギャヴィンが男爵になって五年になるものの、いまだに貴族の呼称にはなじめない。

「ありがとう」ギャヴィンは〈ブルー・スワン〉の帳簿を閉じ、書斎の机の端に置いた。

店で何時間も帳簿と格闘していたのは過去の話だ。いまは支配人も雇い入れたことだし、自宅で帳簿をつければいい。自宅でも問題なくできるうえ、はるかに居心地がよい。

執事はまだそばに立っている。

「まだ何か？」ギャヴィンは尋ねた。

「奥方さまにもお客さまの到着を伝えてまいりましょうか。それとも、旦那さまご自身でお知らせになりますか？」

「まだ出迎えに下りていないのか？」

「はい、旦那さま。子供部屋に呼ばれていらっしゃいます。またトゥイードゥルディー問題でも勃発《ぼっぱつ》したのでしょう」執事は懸命に笑みをこらえていたが、あえなく失敗した。

「わたしが呼びに行こう」ギャヴィンは喉の奥で笑いながら言った。「できれば、トゥイードゥルディー問題について客に説明しておいてもらいたい」

執事が階段を下りていき、ギャヴィンは反対方向へ急いだ。子供部屋のそばまで行くと、クリスタベルの穏やかな声が聞こえてきた。「言ったでしょう。パパはいま、とてもお忙しくて、どっちをトゥイードゥルダムにするか決められないのよ。あとで決めてくださるから。いい子にしていないと、ママがふたりともトゥイードゥルディーにしちゃうわよ」

「パパに決めてもらわなきゃやだ。パパじゃなきゃだめだもん」子供の声がした。

ギャヴィンは笑い声を抑えつつ、戸口で様子をうかがった。例によって、家族間の小さな諍《いさか》いの中心にいるのは、四歳の娘サラだ。黒髪のサラは父親に似て悪知恵が働き、母親に似て気が短い。サラのうしろをちょこちょこと歩いているのは、二歳の息子ジョン。

早くも髪が赤みがかっていて、気の強い姉とまったく同じことをしたがる頑固な性格のせいで、一度ならずも窮地に立たされている。

ふたりの子供に理を説くという不毛な努力をしているのは、妻のクリスタベル。美しく魅力的な妻で、愛《いと》おしい気持ちが日ごとにつのる。たかが復讐《ふくしゆう》のためにクリスタベルを失うところだったと思うと、なおさら愛おしい。クリスタベルを失えば、悲嘆に暮れるしかなかっただろう。

「ママが決めてあげるから、それでがまんしなさい。言うことを聞かないと、お夕食が終わるまで閉じこめますからね。ジェーンに見張ってもらうから――」

「もういい」ギャヴィンは部屋に足を踏み入れた。「パパが来たよ」

「パパ！」子供たちが大声をあげて駆けより、ギャヴィンの左右の脚にしがみついた。うれしそうに顔を輝かせる子供たちを見おろすたびに胸がつまり、ギャヴィンは喉を上下させた。

「あたしがトゥイードゥルダムよね、パパ？」サラが叫んだ。

「僕だよ、パパ」ジョンが言った。

ギャヴィンはふたりの髪をくしゃくしゃとかきまわした。「ふたりともトゥイードゥルダムでいい。もうママを困らせたりしないな？」

喧嘩《けんか》ばかりしている瓜《うり》ふたつの兄弟の詩『トゥイードゥルダムとトゥイードゥルディ

ー』を初めて子供たちに読み聞かせ、それぞれの役を割り振ったときは、たぶん頭がおかしくなっていたに違いない。だが、あれが世紀の争いの原因になろうとは、はたして誰が想像できただろう。

「ふたりともトゥイードゥルダムなんてだめ」サラが文句を言った。「ジョンがトゥイードゥルディーよ。前にトゥイードゥルダムをやったんだから」

息子の下唇が震えだした。「ジョン・トゥイードゥルダムだよ。お姉ちゃんじゃなくて。僕だもん」

「そんなのずるい！」サラが抗議した。

ギャヴィンは笑みを隠した。「こうしよう。サラが一時間トゥイードゥルダムをやって、そのあとジョンが一時間トゥイードゥルダムをやればいい。それでどうだ？」

いかめしい顔でサラがうなずいた。これでジョンも自動的に同調してくれる。

「ジェーン？」

怒り心頭に発したという表情で、子守りのジェーンが歩みでた。「旦那さまと奥方さまをおわずらわせして申しわけございません。ちょっと目を離した隙《すき》に、ミス・サラが階段を駆けおりて、奥方さまを呼びに行ってしまわれて――」

「いいから。娘がときどき手に負えなくなるのはわかっている」

「誰に似たのかしらね」クリスタベルがつぶやいた。

「口のきき方に注意したほうがいい、奥方さま」ギャヴィンは軽口を叩《たた》いた。「さもないと、あなたにトゥイードゥルディーをやってもらうことになるよ」

「ママがトゥイードゥルディーなんてだめ」サラが決めつけるように言った。「ママはママだもん」

クリスタベルが天を仰ぎ、ギャヴィンは含み笑いをこらえた。「ジェーン、かくなるうえは、トゥイードゥルダムとトゥイードゥルディーの決定権をきみに授与する。わたしと奥方が客と晩餐《ばんさん》をとっているあいだ、ジョンとサラがおとなしくできない場合、いい子になると約束するまでふたりともトゥイードゥルディーにしてよろしい」

「かしこまりました、旦那さま」ジェーンが答えた。

ギャヴィンは子供たちをにらんだ。にらんでいるつもりなのだ、これでも。「おまえたちがジェーンを困らせたなどという話を少しでも耳にしたら、バーンのお祖母《ばあ》さまとライアンのお祖父《じい》さまにも言うからな。行儀の悪い孫たちだと、さぞがっかりされることだろう」ギャヴィンはクリスタベルに向き直り、腕をさしだした。「参りましょうか、奥方さま」

クリスタベルが腕に手をかけた。子供部屋を出るなり、低い声で言う。「本当に、お祖母さまとお祖父さまには、ちゃんと言っておいてね。言ってどうなるものでもないけれど。ふたりとも、あなたと同じくらい孫に甘いんだから」

「少しぐらい甘やかしてもいいでしょう、子供なのだから」

階段に向かって歩きながら、クリスタベルが柔らかな微笑まじりに、夫をちらりと見あげた。「そうね」

「だが、どうしてあの子たちはトゥイードゥルダムが悪でトゥイードゥルディーが善だと考えているのだろうね。詩では、どっちもどっちなのに」

クリスタベルがくすくすと笑った。「サラもジョンも子供だもの。子供に理屈は通らないわ。サラは、お祖父さまに聞いた戦の話とトゥイードゥルダムを結びつけてしまったの。名前の響きが太鼓の音みたいだから。それでもって、トゥイードゥルディーのほうは、小鳥のさえずりっぽくてばかみたい、だそうよ」

「サラがそう言えば、ジョンも無条件に従う」

「ジョンが自己主張できるくらいの年になれば別でしょうけれど」

ギャヴィンは笑った。「たしかに」階下の廊下を進み、客間への階段に向かっていたとき、ギャヴィンはいきなりクリスタベルを小部屋に引き入れて手にキスをした。

体を離すと、きょとんとした顔のクリスタベルが見あげてきた。「なんなの?」

「わたしと結婚してくれたから。かわいい子供をふたりも産んでくれたから」ギャヴィンは妻の腰に両手をまわした。「わたしを信じてくれたから。あんな状況では、誰も正気ではいられないだろうに」

今度はクリスタベルのほうから唇を寄せた。とても温かく甘い唇に、キスはたちまち熱をおびた。再度ギャヴィンが体を離すと、クリスタベルの頬は赤く染まり、呼吸は小さなスタッカートを刻んだ。もう燃えあがるしかない。

「大急ぎで出迎えに下りることもないでしょう」ギャヴィンはささやいた。「客はしばらく待たせておけばいい」

「誘惑しないの」声をあげたクリスタベルに廊下へ押しだされ、ギャヴィンは階段へと引きずられていく。「前に弟さんたちを待たせて、どうなったか覚えている？　延々とからかわれたじゃない。〝へええ、バーン、クリスタベルとふたりで下りてくるうちに迷子になったか。もう迷わずにすむよう、屋敷の見取り図を送ってやったほうがよさそうだな。ベッドのない部屋が客間だからな〟なんて」

クリスタベルのみごとなアイヴァースリーの口まねに、ギャヴィンは噴きだした。「そうだね。弟たちは無粋だから」

クリスタベルが鼻を鳴らした。「人を食ったような答えを返すあなたのほうも、相当ひどいわよ」

「奥方さまたちの赤い顔を見たくて、そんな会話をしているだけだよ」

「よくわかっているわ。あなた方三兄弟は、ふざけた人ばっかりなんだから」

口ではあれこれ言うけれど、クリスタベルがギャヴィンの人格に疑いを抱いたことはない。愛人契約を結んだとき、依存心が強く疑《うたぐ》り深い女になると言ったが、そのようなことは一度もなかった。かなり妙な話だが、そうやって彼女が信頼していると、妻を失望させてはならないという決意が、ギャヴィンの胸のうちでいっそう強まるようだった。

ギャヴィンがかがみこんでクリスタベルの耳に口づけをする。「だから、お互い飽きないのだよ」

クリスタベルが真剣な顔で見あげてきた。「前の暮らしが恋しくなったりしないの？」

「愛人たちを泣かせる暮らし、ということ？　夜ごと女たちに孤独な思いをさせながら酔っ払ったギャンブラーの相手をして、ストークリーのパーティーでは裏切りを恐れて一瞬たりとも気が抜けず――」

「つまり、恋しくないのね？」クリスタベルが微笑した。

「ちっとも」

もう客間の前まで来ていたけれど、ギャヴィンは扉の前で足を止め、クリスタベルの手を取った。「不安に思うことなど、まったくない。いまの暮らしは気に入っているし、子供たちとあなたを愛している」

「不安なんてないわ」クリスタベルも言い返した。その瞳も、愛おしげに輝いている。

「でも、そろそろなかに入りましょう。二度もからかいの種にされたくないもの」

「どのみち、からかわれるかもしれないが。なんといっても、このわたしと結婚したのだから。絶対に結婚しないと何度も言い張っていた以上、弟たちのからかいに何年も耐えるしかなさそうだ」

実際、そのとおりだった。客間に入ったとたん、したり顔のドレイカーが話しかけてきた。「おい、バーン。結婚してから食欲が落ちたんじゃないか？」

「それが何か？」ギャヴィンは鋭く返し、召使いからワイングラスを受けとった。

「まだだわ」クリスタベルが小さくつぶやいた。

そのとき、窓の外で鳴り響いた大砲の音に、誰もがぎょっとした。

「一日じゅう、こんな調子だ」アイヴァースリーが、ワイングラスを持った手で窓をさし示した。「何年も摂政皇太子として国をおさめてきたのに。ここまで盛大な祝砲を聞かされるとはね」

「戴冠式《たいかんしき》には参列しましたか？」ギャヴィンはドレイカーにきいた。

「ああ。女王陛下が式場から閉めだされたせいで、たいへんな騒ぎだった」

「あの男について、ひとつ言えることがあります。退屈しない人生ですね」

「息子と同じで」クリスタベルが横から口を出してきた。

ギャヴィンは頬をゆるめた。「まったくです」召使いの手からワイングラスを取り、クリスタベルに渡すと、自分のグラスをかかげた。「今日は、ぜひとも乾杯しなくてはなりませんね、諸君」

「そうだな」アイヴァースリーがグラスをかかげて言った。「貴くも不義なる絆《きずな》で結ばれた兄弟に」

皆、いっせいに乾杯した。妻たちまでもがグラスをかかげた。

一同がグラスを傾けたとき、ギャヴィンは正真正銘の弟となった男ふたりと、それぞれの妻を見渡した。どちらも夫のためなら火のなかを歩くことさえ厭《いと》わないだろう。わたしの母のように。

わたしの妻のように。クリスタベルに視線を向けると、ひたと見つめてくる瞳があった。クリスタベルの顔は愛にあふれていた。ギャヴィンはふたたびグラスをかかげた。「そして、われらが貴い種馬陛下に。国王陛下の御世《みよ》が永遠に続かんことを」

訳者あとがき

イギリスの摂政皇太子ジョージ殿下の庶子として生まれた三兄弟が、互いに協力しながら自分たちの未来を切り開いていくサクセス・ストーリー、〈背徳の貴公子〉シリーズもいよいよ本作品で山場を迎えます。主人公ギャヴィン・バーンは紳士向けの高級社交クラブの経営者で王侯貴族にも劣らぬほど裕福に暮らしているものの、母親に冷酷な仕打ちをしたジョージ殿下のことは、いまでも心の底から憎んでいます。そんな彼のもとへ、よりによって殿下から、ある依頼が寄せられました。もちろん断るつもりでいたものの、話を持ちこんできたのがギャヴィンとも因縁のあった美貌《びぼう》の未亡人。ふたりの運命は大きく揺れ動いていくこととなります。

ここで、作品中に名前だけ登場したマリア・フィッツハーバートの息子について、少しだけ説明しておきましょう。著者サブリナ・ジェフリーズの手記によると、ジョージ殿下とマリア・フィッツハーバートのあいだには、本当に子供がいたそうです。船長の養子となってジェームズ・オードと名づけられた子供は、スペインで育ち、のちにジョージ殿下の弟フレデリック殿下に引きたてられて海軍造船所の検査官となりました。アメリカに渡ったあと、実の母親ではないかと尋ねる手紙をマリア・フィッツハーバートに送っています。もっとも、それに対する返事は一通も届きませんでした。本書でも述べているとおり、親子関係を認めてしまえば政治的な問題が勃発《ぼっぱつ》すると恐れたのでしょう。

作品中でストークリー男爵が結婚をもくろむプリンセス・シャーロットも、やはり実在の人物です。たしかにプリンセス・シャーロットはオラニエ公との婚約を破棄していましたが、もちろんストークリー男爵との結婚が実現するはずなどありません。当時すでに彼女はザクセン＝コーブルク＝ザールフェルト公家のレオポルド（のちの初代ベルギー国王）と恋に落ちていたからです。一八一六年にレオポルドに嫁いだプリンセス・シャーロットは、幸せな結婚生活を送ったものの、わずか一年後に亡くなりました。

最後にもうひとつ。作品中でギャヴィンが言及し、レディたちが顔を赤らめた〝スパニッシュフライ〟とは、ツチハンミョウ科の昆虫の一種です。ヨーロッパでは昔から媚薬《びやく》として用いられていました。一方、日本や中国では同科の昆虫が暗殺用に使われており、時代劇や歌舞伎《かぶき》などで、お家騒動の際によく登場する毒薬〝斑猫《はんみょう》〟としておなじみです。同じ毒成分を持つ昆虫でも、洋の東西が変われば使い方も変わるものですね。

二〇一一年二月

富永佐知子

訳者　富永佐知子
東京藝術大学音楽学部楽理科卒業。主な訳書に、サブリナ・ジェフリーズ『黒の伯爵とワルツを』『竜の子爵と恋のたくらみ』、キャサリン・コールター『南の島の花嫁』『湖畔の城の花嫁』『エデンの丘の花嫁』（以上、MIRA文庫）がある。

背徳の貴公子 Ⅲ
麗しの男爵と愛のルール
2011年2月15日発行　第1刷

著　　者／サブリナ・ジェフリーズ
訳　　者／富永佐知子（とみなが　さちこ）
発 行 人／立山昭彦
発 行 所／株式会社 ハーレクイン
東京都千代田区外神田 3-16-8
電話／03-5295-8091（営業）
03-5309-8260（読者サービス係）
印刷・製本／大日本印刷株式会社
装 幀 者／岩崎恵美

ISBN978-4-596-91447-7

背徳の貴公子Ⅰ
黒の伯爵とワルツを
サブリナ・ジェフリーズ
富永佐知子 訳

貧窮する伯爵家を継いだアレクは、裕福な女性との結婚を目論むが…。摂政皇太子の隠し子3人が織りなす、華麗なるリージェンシー・トリロジー第1弾。

背徳の貴公子Ⅱ
竜の子爵と恋のたくらみ
サブリナ・ジェフリーズ
富永佐知子 訳

摂政皇太子の御落胤であるドラゴン子爵は粗野で人間嫌い。ある日、公爵令嬢と知り合った彼は社交界に引っ張りだされるはめになり…。人気3部作第2弾！

独身貴族同盟
迷えるウォートン子爵の選択
ヴィクトリア・アレクサンダー
皆川孝子 訳

誰が一番長く独身でいられるか、という賭をした4人の独身貴族。勝者に最も近い子爵は愛人にするはずの未亡人に恋してしまい…。〈独身貴族同盟〉第1弾。

結婚の砦1
不作法な誘惑
ステファニー・ローレンス
琴葉かいら 訳

一八一五年、突然社交界の花婿候補のトップに躍り出た元スパイたちは理想の花嫁を探すため秘密の紳士クラブを作った。〈結婚の砦〉シリーズ第1弾。

伯爵夫人の縁結びⅠ
秘密のコテージ
キャンディス・キャンプ
佐野 晶 訳

社交界のキューピッドと名高い伯爵未亡人に、友人の公爵が賭を挑んだ。舞踏会で見つけた地味な令嬢を無事に婚約させられるのか…？ 新シリーズ始動！

ロスト・プリンセス・トリロジーⅠ
幸せを売る王女
クリスティーナ・ドット
平江まゆみ 訳

祖国を離れ英国で身を隠すことになった3人の王女。第二王女クラリスは王家秘伝の美顔クリームを売るため、ある伯爵の土地を訪れて…。シリーズ第1弾。